天離り果つる国（下）

宮本昌孝

PHP
文芸文庫

○本表紙デザイン＋ロゴ＝川上成夫

天離り果つる国（下）目次

上巻　目次

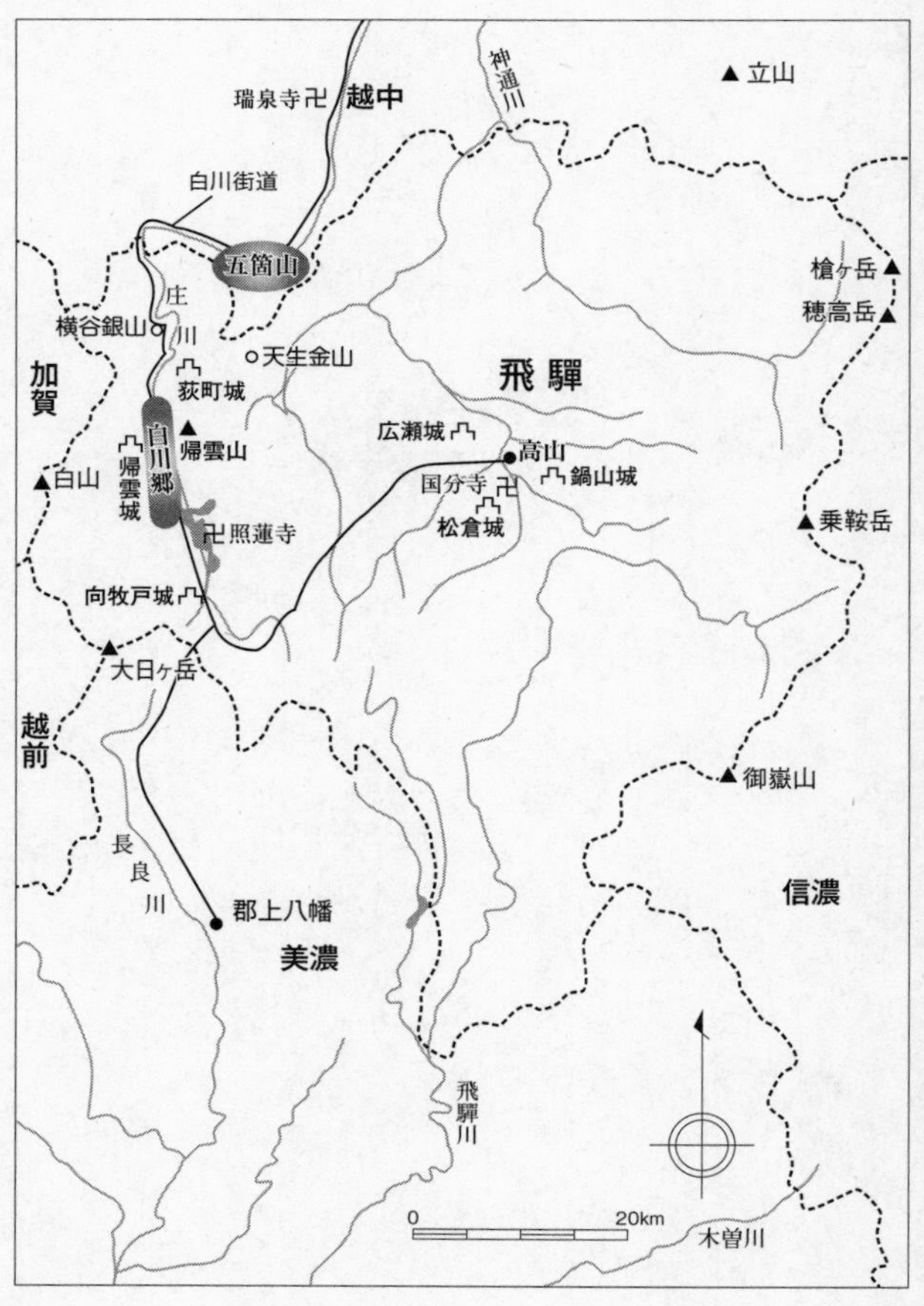

瑞泉寺
越中
神通川
立山
白川街道
五箇山
槍ヶ岳
穂高岳
庄川
横谷銀山
天生金山
加賀
荻町城
飛驒
白川郷
帰雲山
帰雲城
広瀬城
高山
白山
国分寺
鍋山城
松倉城
照蓮寺
乗鞍岳
向牧戸城
大日ヶ岳
越前
御嶽山
長良川
信濃
郡上八幡
美濃
飛驒川
0
20km
木曽川

天離（あまさか）り果つる国（下）

偏愛の越

大和政権の時代、北陸地方は越国と称ばれた。その後、越前・越中・越後の三国に分かれ、やがて越前から加賀が、越中から能登が分離した。いずれの国も、戦国期は一向一揆の勢力が強大で、領主層の武家と徹底的に戦い、屈することがなかった。

しかし、織田信長という破格の武将の容赦ない攻撃にさらされ、聖地である摂津の石山本願寺が降伏するに及んで、越国の一向一揆も追いつめられた。

信長は、和議を結んだにもかかわらず、石山本願寺に籠もりつづける新法主・教如の違背に激怒してみせたが、実は北叟笑んでいた。

「如在無きにおいては、二郡を返付」

本願寺側に越度がなければ、加賀国のうち石川郡と加賀郡を、信長は返付すべし、というのが和議の条件のひとつであった。

百年もの間、「百姓の持ちたる国」と称され、真宗王国であった加賀において、この先も半国に相当する二郡をかれらの土地と認めてしまえば、いつ再発火するともしれない。そこに、教如の籠城続行と諸国の末寺・門徒への支援要請がなされた。明らかに本願寺側の越度である。二郡返付の履行を反故にする正当な理由を、信長は得たといえよう。加賀から一向一揆を完全に排除できるのは、願ってもないことであった。

柴田勝家を総大将とする織田軍は、教如の檄に応じて抗う加賀一向一揆を間断なく攻め立てた。

天正八年八月二日、ついに教如が石山を退去し、紀州雑賀へ落ちた。このとき、何者の仕業によるものか、出火し、本願寺は焼亡してしまう。

最も厄介な敵が失せて、織田軍に余裕ができると、信長は、それまで勝家に従わせていた佐々成政を、いよいよ本格的に越中平定戦へ投入する。九月のことであった。

折しも、越中の反織田の国人衆を援けるべく、越後の上杉景勝みずから両国の国境まで出陣していると伝わり、成政は急ぎ、居城の越前小丸城を発した。ただ、このあと、長雨により越中国内の多くの河川が氾濫し、降雪期も近づくと、景勝は戦う前に越後春日山へ帰陣してしまう。成政のほうは、災害を放置してはおけず、留まって治水工事を行いながら、来春の上杉勢再襲来に備える。

そういう不穏の状況下なので、成政も紗雪との婚礼を急がなかった。

「近々にも越中へ居を移さねばなるまい。内ケ嶋の姫も、嫁いだ早々に宿替えとなっては、何かと負担が大きかろう」

と新婦を思いやったのである。

佐々成政というのは、ただの粗野な武辺者ではない。若年時から学問に熱心で、信長が朝倉義景と浅井父子の髑髏を肴に酒宴を開いたとき、『後漢書』の一節を引用して、これを諫め、君道を説くなど、学識と思慮深さも具えていた。

紗雪の輿入れは翌年の白川郷の雪解け後、越中陣の進捗のようすをみて、と取り決められた。

七龍太は、内ケ嶋氏の目付の任を解かれ、西国攻めの羽柴秀吉のもとへ遣わされた。亡き竹中半兵衛の弟・彦作からの要請を、信長が容れたというのが、その経緯である。

実は、半兵衛の死の直後、信長は、おのが馬廻衆の彦作を、秀吉の西国攻めに役立つと考え、その帷幄へ送り込んだ。ところが、彦作本人は、七龍太こそが半兵衛の愛弟子と認めており、その助言を必要としていたのである。

七龍太自身、幼い頃には彦作によく遊んで貰ったし、恩師の実弟でもあるから、否やはなかった。ある意味、助け船に乗ったともいえる。紗雪のいる白川郷に留まりつづけることの辛さから逃れられる。

教如の石山退去より三ヶ月余り後の十一月半ば、柴田勝家が加賀一向一揆をついに制圧し、首謀者たちの首を安土へ送った。これにより、越国においても、真宗が信長に刃向かう力はほぼ失せたといってよい。

最大の宗教勢力を斥け、日本の中央である五畿内からも敵を一掃した信長は、翌る天正九年の二月二十八日、後世に名高い絢爛豪華な京都馬揃えを天覧に供した。

宣教師ルイス・フロイスの著書『日本史』に「二十万人」と記された見物衆からは、織田信長が征夷大将軍に任ぜられて幕府を開く日も近い、という声が頻りに上がった。

この織田軍団の晴れの舞台に、羽柴勢は参加していない。西国経略の拠点とする姫路城天守の竣工も間近で、平定したばかりの播磨の仕置きはもとより、但馬・因幡・伯耆への出兵など、大車輪で働いていたからである。七龍太も、彦作を輔けてというより、秀吉その人に請われて、戦略・戦術に参画し、味方に戦果をもたらした。

この頃、白川郷はまだ雪の中なので、内ケ嶋氏理も上洛を見合わせるほかなかった。

北国勢の中で、馬揃えに参加せず、留守を預かった織田の有力部将は、佐久間玄蕃允盛政と佐々成政である。当時、加賀尾山城を居城としていた玄蕃は、叔父の柴田勝家譲りの猛将として名高かった。

成政が、北国の守備を玄蕃に託して、神保長住ら越中衆を率いて上洛したのは、三月六日である。

すると、数日後、織田方の守りが手薄になった隙をついて、越中松倉城主・河田長親が上杉景勝の出陣を仰ぎ、佐々の兵が守る越中小出城を包囲してしまう。小出城は、暴れ川で知られる常願寺川の東にあって、対上杉の最前線拠点であった。

柴田のわずか三百ばかりの兵が守る加賀白山麓の二曲砦も、景勝の要請をうけた一向一揆に襲撃されるが、これは後詰に馳せつけた玄蕃の働きによって事なきを得る。

安土に帰城した信長に伺候中であった柴田勝家を筆頭とする北国勢は、急ぎ帰国の途につく。帰路に帰雲城へ寄りたいと思っていた成政だが、それもならず、夜を日に継いで越中へ戻った。

成政の佐々軍が小出城の三里ばかり手前に迫ったとき、煙が見えた。すでに上杉・河田勢は城下に火をかけて陣払いしたあとであった。三月二十四日のことである。

上杉謙信の薫陶をうけた景勝ほどの者が臆病風に吹かれるはずはない。撤退の理由はほどなく知れる。謙信以来の忠臣・河田長親が小出城包囲の陣中で病に倒れたからだったのである。長親は四月八日に松倉城で没し、傷心の景勝は越後へ引き揚げた。

ここに至って、信長は正式に、成政へ越中の仕置きを一任する。

だが、この人事によって、成政と神保長住との間がぎくしゃくしてしまう。

長住にすれば、自分が越中国主の座に就けると思い込んでいた。信長に支援を要請し、その妹を室に迎えたのも、それがためである。国人衆にしても、余所者の佐々氏より、百数十年にわたって、越中守護代をつとめてきた神保氏のほうが、被官後もやりやすいはずではないか、と。

ただ、信長は、長住には、婦負・射水両郡の支配と、富山城をひきつづき居城とすることを許した。成政に服属させるといっても、越中の兵は長住の指令によって動くから、この先もまだ上杉方と戦わねばならない現状では、やむをえない処置ともいえよう。

それが分からぬ成政ではない。しかし、北陸街道と飛騨街道の交わる要衝の地で、越中平野の中央部を流れる神通川沿いに築かれた富山城は、平定戦の総大将こそが本拠にすべき城ではないのか、という不満を拭えなかった。

とはいえ、信長の命令である。不満を口にはせず、成政は守山城を拠点とすることになった。越中の北西部に位置する守山も、能登・加賀両国との交通に適しており、重要地ではある。

気短な信長は、軍事的な決定事の実行が遅滞することを、ひどく嫌う。成政は、ただちに越前小丸城を引き払い、一族郎党と家臣団を引き連れ、居を越中守山城へ移した。

これと同時に、紗雪の輿入れも行われる運びとなった。

「赦せよ……」

別れの日の朝、華やかな婚礼衣裳に身を包んだ紗雪の前で、氏理は首を垂れた。声が震えた。

「お前さま。何を謝ることがおありじゃ。紗雪は、お前さまが平伏す魔王の有力家臣の妻になるのではありませぬか。恐ろしいまでの玉の輿」

皮肉たっぷりに言ったのは、茶之である。魔王とは、みずからを第六天魔王と称したことのある信長をさす。

「残念ながら、佐々内蔵助は若くもなく、男振りも良いとは申せませぬがなあ、あの津田某ほどには」

「黙れっ」

氏理の手が出た。とっさに、茶之の胸ぐらを掴んでいる。

「撲つおつもりか、妾を」

怯まず、睨み返す茶之である。

「汝なんぞ……」

もはや離縁してもよいのだ、という禁断の一言が、氏理の口をついて出そうになった。

白川郷の真宗門徒にとって、茶之の人となりはともかく、領主の正室が有力な真宗寺院の住職家のむすめということに意味がある。しかし、石山本願寺が信長に屈し、諸国の一向一揆も急速に衰えたいま、茶之を蔑ろにしたところで、かれらの大きな反発を招く恐れはない、と氏理は思っている。もともと白川郷の領民は穏やかでもあるから、この期に及んで一揆を起こすなど考えにくい。

だが、紗雪の晴れの日である。妻の離縁などという凶事を断行すべきではない。氏理は辛うじて怺えた。

「とと」

紗雪が氏理をそう呼んでから、言い直す。

「いえ……父上」

その殊勝なようすに胸を塞がれた氏理は、憎き茶之から手を放し、愛娘へ向き直った。

「わたくしは、ここが大好きにございます。幼き頃より今日まで、楽しき日々を過ごしてこられたのは、父上、家来衆、城下の人々、そして、白川郷の鳥や獣たちや野山や川のおかげ」

ことば遣いは紗雪らしからぬとも、動物や自然にまで言及するところが、愛する野生児ならではであった。それだけに、妻への怒りを怺えた氏理も、嫁ぐむすめへの思いが込み上げるのを塞き止めることはできない。

「紗雪……」

父は咽び泣いた。

本当に泣きたいのは紗雪のほうなのだ、と氏理は痛いほどに分かっている。初めて恋をした七龍太と夫婦になれると信じていたのに、突然、引き裂かれたのだから。

成政への輿入れは信長の肝煎であるからには、拒むことなど決して許されない。とはいえ、七龍太ならばどうかして切り抜けてくれる。そう氏理は期待したし、紗雪は信じたはず。それほど、飄々乎としながら強靱な心をもつ若者であると思われた。

だからといって、氏理は七龍太を責める気にはなれない。その存在がなければ、織田と本願寺の圧迫を躱して、白川郷を平穏に保つことは不可能であったし、それどころか内ケ嶋氏などは信長にひねり潰されていたであろう。むしろ、七龍太には深く感謝している。

その思いは、紗雪の中にもあるはずであった。だからこそ、辛く、切ない。憎むことができる男ならば、いずれは思い切れようが、いまも恋しくてたまらぬ七龍太を、どうして諦められようか。

「すまぬ。嬉し泣きじゃ」

氏理は、手の甲で涙を拭いながら、ちょっと笑ってみせた。

「父上。永く慈しんで下さり、ほんとうにありがとうございました。わたくしほど仕合わせなむすめは、ほかのどこにもおりませぬ」

「佐々家にて意に染まぬこと……」

そこまで言って、氏理は次のことばを呑み込んだ。

妻となって他家へ入り、夫とその家のしきたりに従って生きるという窮屈な生き方を、ほかの姫君ならば、あるいは当たり前のこととして受け容れるであろう。だが、紗雪には苦痛以外のなにものでもないに違いない。

（意に染まぬことあらば、いつでも戻ってまいれ。たとえ織田に刃向かうことになろうとも、父はそなたを守る）

そう言ってやりたい。が、言えぬ氏理であった。信長の意を蔑ろにすることは、内ケ嶋氏の滅亡を意味する。

また溢れそうになる涙も、言ってやりたいことばも抑えつけて、氏理は本意でない一言を紗雪へ告げた。

「意に染まぬことがあっても、怺えてくれよ」

「はい。この先は、佐々内蔵助どのによく仕えることが、父上と故郷への恩返しになると心得ております」

「よう申してくれた」

それから、氏理は、紗雪の左右の少し下がったところに座す男女を見た。

男は、和田松右衛門。紗雪に従って、傅役として佐々家へ入るよう、氏理が命じたのである。

「松右衛門。紗雪を頼んだぞ」

「それがし、武芸不調法の上、臆病で、何の取り柄もなきゆえ、このような大役がつとまるとは到底思われませせぬ」

いまにも泣きだしそうな松右衛門であった。

「そこが、そちのよいところ。過信をせぬ」

「いちどでも過信をしてみとうござる……」

「何よりよいところは、余の儀には臆病でも、紗雪のためには誰よりも勇気を奮い起こしてくれる。それこそが、わしの知る和田松右衛門ぞ」

紗雪を守るためならば、おのが命も惜しまない覚悟を松右衛門が常に抱いてきたことを、氏理は知っている。

「お屋形……」

ひたいを床にすりつけてしまう松右衛門であった。

「たき」

氏理は、女にも声をかけた。城下の機織師〈さかいや〉の主人である。

「そなたには、わしのわがままを聞き届けて貰うた。礼の申しようもない」

「何を仰せられます。姫のお役に立てるのならば、いずこへなりとも、悦んでお供仕ります」

「しののことは、案ずるな。そなたには紗雪の世話を頼んだのだから、今後はわしも、しのをわがむすめと思うて接すると約束いたす。〈さかいや〉の商いも、かまえて傾くことなどなきよう取り計らう」

「勿体ないことにございます」

たきも、平伏した。

茶之とその側近の女房衆から疎まれてきた紗雪にとって、幼い頃より、心を許し、素直に助言を聞き入れることもできる唯一の女性が、幼馴染みのしのの母・たきなのである。たきもまた、紗雪をむすめ同然に愛おしく思っている。

氏理は、たきに乳母という立場を与えた。実際、紗雪が赤子の頃、たきの乳を呑ませたことがあるので、でたらめではない。

紗雪の乳母であれば、つまりは、随従の女房衆の中で最も高位となる。それゆえ、茶之と泉尚侍らには猛反対されたが、氏理はこれを黙らせた。

「ならば、紗雪に従うて佐々家へ入り、紗雪が何か起こしたとき、すべての責めを負う覚悟のある者がいるか」

紗雪のことを、何をしでかすか分からない獣に等しいと思っている女房衆にすれば、その言動の責任をとらされるのは堪らない。かくて、紗雪の輿入れ前に、乳母たきが誕生した次第である。

会所の前の庭に控えているおおさびも、むろん紗雪に随従する。

実は、氏理は、おおさびにも、紗雪の警固衆の頭の任を与えようとした。が、それでは目立つし、かえって自由に動けないので、これまで通り身分軽き従者のままがよい、というおおさびからの申し出を容れた。

「されば、出立いたします」

紗雪が父に向かって微笑んだ。

「母には挨拶なしか」

茶之は斬りつけるように言い、すかさず氏理が咎める。

「やめよ、茶之」

するると、わずかに膝をずらして、紗雪が茶之に正対し、

「父上と仲良うなされませ」

と穏やかに言った。

「なにっ……」

どれほど姫さまらしく振る舞っていても、自分と話すときは、我慢しきれずに憎まれ口を叩いて、暴れ出す。そうきめつけていただけに、意想外の紗雪の反応に、茶之はうろたえ、二の句が継げなかった。

「父上。ご息災に」

「そなたもな」

立ち上がった紗雪は、少し足早に会所をあとにする。

廊下へ出た紗雪がおもてを歪ませ、涙を必死に怺えるさまを見たのは、庭に控えるおおさびひとりであった。

松右衛門とたきが、氏理と茶之に辞儀をし、廊下へ出て、紗雪の後ろに従ったときには、その表情はもとに戻っている。

（いっそのこと、佐々内蔵助を……）

胸内に湧いたどす黒い思いを、消すことのできぬまま、おおさびは庭を離れた。

「すまぬな、紗雪どの。ゆるりと話す暇もなく、かようなことに……」

小具足姿の成政が紗雪に謝っている。

「お許しいただければ、わたくしもお供いたしますものを」

と新妻は微笑んだ。

越中国内各地で一向一揆の残党が蜂起したというので、婚儀を終えた早々に、成政は守山城より出陣を余儀なくされた。

「頼もしいことを言うてくれる。なれど、無垢な飛山天女を血腥いところへ連れてゆくわけにはまいらぬでな」

成政をはじめ、佐々家では、紗雪が武芸達者であることを露ほども知らない。

「それより……」

ちょっと口ごもった成政である。

「やむをえざる仕儀とは申せ、叔父御を討つことになるやもしれぬ」

茶之の弟で、紗雪には叔父にあたる瑞泉寺顕秀も、織田との和議に肯ぜず、武装の門徒衆を糾合しているのである。

「ご遠慮なされますな。ご武運をお祈り申し上げます」

一瞬の躊躇いもみせずに、紗雪はこたえた。

「うむ」

成政は、安堵し、蕩けるような笑顔をみせる。

だが、紗雪は気づかない。居並ぶ余の女たちが嫉視を向けていることを。

出陣の成政を追手門まで見送ってから、紗雪は建物の真新しい曲輪へ戻った。この曲輪は、紗雪のために成政が特別に設けてくれた一郭で、その故郷の名をとって白川曲輪と命名されたものである。

居室へ入ったところで、紗雪は膝から崩れた。

危うく、たきが支える。

松右衛門は、余の随従者らを退がらせ、戸を閉てた。

震え始めた紗雪を、たきは強く抱きしめる。

「ゆっくり呼吸をなされませ。ゆっくり、ゆっくり……」

紗雪が何を恐れるのか、むろんのこと、たきには分かっている。床入りであった。好きでもない男に、紗雪は身を任せることができるのか。恐怖と嫌悪から、拒むだけならまだしも、実家に禍が及ぶことも考えぬまま、反射的に成政を殺しかねない。

それゆえ、たきは、今夜の床入り前に、ひとり成政へ願い出ることを期していた。紗雪にはまだ心の準備ができていないので、気長に待っていただきたい、と。はねつけられたときは、乳母として自害も辞さぬという強い気持ちを伝えるつもりでもあった。そうまでされては、成政も、精気横溢する若者ではないのだから、譲歩してくれるのではないか。

今夜は、たきが願い出るまでもなく、床入りは回避された。が、先延ばしになっただけである。いずれは枕を交わすこととなる。その日までに、どうかして紗雪に覚悟させねばならない。

「たきどの。きょうはもう、姫にはお息みいただいてはどうであろう。ご婚礼の儀から出陣のお見送りまで、まことによくおやりになられ、さぞお疲れと存ずる」

松右衛門が、痛ましげな目を紗雪へ向けながら、言った。

たきもうなずいたそのとき、戸の外から呼びかけられた。

「松右衛門どの。女子衆がこちらへまいられる」

おおさびの声である。

松右衛門は、戸を少し開けた。

「女子衆とはどなたか」

「早百合さまとお付きの方々と見え申す」

「何用か知らぬが、お帰りいただいたほうがようござらぬか」

たきを振り返る松右衛門である。

「早百合さまと申せば、内蔵助どのの寵愛随一の御方。最初からご気分を害するようなことをしてはなりますまい」

「なれど、姫のごようすが……」

と不安そうに言いかけた松右衛門の前で、紗雪が気丈に立ち上がった。

「大事ないぞ、わだまつ」

いつもの紗雪らしい言いかたである。

「されば、姫。こちらへ」

たきは、紗雪に上座を空けるよう促した。

待つほどもなく、早百合が訪れた。

成政が幾年か前の越中出陣の折、呉羽山麓で立ち寄った豪農の屋敷で見初めた娘で、「類少なき国色」とまで評される美貌の持ち主である。

紗雪のほかに単独で曲輪を与えられている側妾は、この早百合しかいない。居住する曲輪は呉羽曲輪とよばれる。

「すまぬな、前触れものう訪れて」

早百合は謝った。が、口調はどこか高飛車である。

「お屋形のご出陣中に為しておかねばならぬことがあるゆえ、それを伝えにまいった」

お屋形とは、成政をさす。不完全な形とはいえ、信長より越中一国の仕置きを託されたので、佐々家ではあるじをお屋形と称ぶようになったのである。

「妾と紗雪どのの曲輪を取り替える」

「曲輪の取り替えとは……」

解しかねて問い返したのは、たきである。

「申した通りじゃ。妾は白川曲輪へ移り、代わりに紗雪どのが呉羽曲輪へ所替えとなる」

「畏れながら、われらはさような話をお屋形より伺うておりませぬ」

「いま伝えたではないか」

「さまで大事の儀を、早百合さまからわがあるじへ伝えよ、とお屋形が仰せられたということにございましょうや」

「そのほう、陪臣の分際で、妾に異を唱えると申すか」

「異を唱えるつもりなどございませぬ。事実をお教えいただきたいと申し上げて……」

「たきどの」

松右衛門が叱声を飛ばした。早百合の気分を害してはならないと言った当人が、その過ちを犯そうとしているので、慌てて止めに入ったのである。

「こちらのほうが広い。妾は奉公人が多くての、呉羽曲輪では手狭なのじゃ」

室内を見回しながら、早百合は言った。

（異なことを……）

白川、呉羽の両曲輪は、全体も建物も広さが変わらないことを、たきは知っている。むしろ、呉羽曲輪のほうがゆったりしているのではないか。

（おそらく……）

とっさに早百合の思惑を察したたきである。

成政が日常を過ごす本丸御殿との距離の差が気に入らぬのであろう。紗雪の白川曲輪のほうが、明らかに近い。寵妾の第一の座を脅かされる、と早百合は警戒し、紗雪に烈しく嫉妬している。

「承りましてございます」

紗雪が早百合に向かって軽く頭を下げた。曲輪の交換を本人があっさり諒承したのである。

「姫。なにゆえ、あのように唯々としてご承諾なされました」

早百合が辞したあと、たきは溜め息をついた。

「あの早百合というお人は、わたくしとは違う」

「紗雪さまと違うとは……」

「内蔵助どのを心より慕わしゅう思うておられる」

「えっ……」

予想だにしなかった紗雪の返答に、たきはしばし茫然とする。松右衛門も同様であった。

「きっと、いつでも愛しい御方のおそばにいたいのでありましょう。この曲輪のほうが本丸御殿に近い」

「姫はそこまでお察しに……」

驚愕を禁じ得ないたきである。

紗雪がちょっと淋しげな顔をみせた。

（あの恋が……）

七龍太との恋が紗雪を変えたのだ、とあらためて、たきは思い知る。

（わたくしは、なんというむごいことを姫に強いねばならぬのか……）

露骨な言いかたをするのなら、氏理と内ケ嶋氏の安泰のために成政に抱かれよ、と強いるのである。

いまこの場から紗雪をどこか遠くへ逃がしてやりたい。いや、どこか遠くへではなく、七龍太の胸へ飛び込ませてやりたい。しかし、決して叶わぬ望みである。たきは、唇を噛んで、洩れそうになる涙も嗚咽も怺えた。

成政は、越中の一向一揆の拠点を次々と攻め、瑞泉寺も焼亡させる。

瑞泉寺住職で、茶之の弟・顕秀は、ひとまず五箇山へ避難して、他の真宗の在地僧侶たちと語らって抵抗するも、もはや蟷螂の斧でしかなく、ついに戦意喪失し、京へ逃れた。

上杉方の越中国内の前進拠点は、富山湾に臨む新川郡魚津だが、その支城を成政は落としてゆく。

だが、景勝の越中出陣が伝わると、織田と上杉いずれにつくか迷っている国人衆への備えも、成政は怠ることができなかった。

信長は、上杉へ寝返る気配をみせた者は、能登七尾城や、場合によっては安土まで呼び出して誅殺してしまう。

真宗が力を失ったいま、越中平定に時間を要しすぎては、信長の怒りを買う。成政は守山にほとんど帰城することなく、越中国内を転戦しつづけた。たまに帰っても、疲労困憊で、閨房など思いもよらず、ひとり、床に就いてすぐに鼾をかくのが常であった。

早百合の勝手な曲輪替えには眉を顰めた成政だが、事が終わったあとでもあり、いまは女同士の諍いに介入している心の余裕もないのか、そのままにした。

それでも、降雪期に入る前から上杉方の後退が目立ち始め、越後を除く越国では、越前の柴田勝家、加賀の佐久間盛政、能登の前田利家、そして越中の佐々成政、それぞれが支配力を日に日に強めていく。雪が降り始めて、上杉景勝が越後へ帰国すると、織田方の勢力はさらに増した。

但し、成政だけは、守山に帰陣したものの、依然として確固たる立場とは言い難く、富山城の神保長住と二元支配のような形がつづく。

年が改まって、天正十年の初め。

居城で久々に落ち着いた日々を過ごし始めた成政は、心身の疲労も回復してくると、側妾たちと閨を共にするようになった。

ただ、なぜか紗雪と早百合には成政の声がかからない。

その理由を探りだしたおおさびは、紗雪が寝所へ入ったあと、松右衛門とたきに告げた。

「内蔵助どのは、曲輪替えの一件で、早百合さまにはお腹立ちのごようす」

おおさびは、本丸御殿付きはもとより、早百合の曲輪付きの軽輩や侍女、小者や端女などから、様々な情報を仕入れている。上に立つ者らは気づかぬが、そういう人々の耳が敏いことを、忍びのおおさびはよく心得ていた。

おおさびが、氏理から任命されかけた紗雪の警固頭という重い役の者であれば、かれらも要心し、容易には口を滑らせないであろう。だが、紗雪の家来衆の中でも、自分たちと変わらぬ雑役に使われる者だからこそ、気軽に話してくれる。そして、他者の心を巧(たく)みに操(あやつ)って秘密の話を引き出すのが、おおさびのような秀(ひい)でた忍びの最も得意とするところでもあった。

「その一方で、内蔵助どのは姫をいかに遇(ぐう)せばよいか迷うておられる」

この場の三人が「姫」と言えば、紗雪をさす。

「どういうことにございましょう」

たきが訝(いぶか)る。

「このご縁組(えんぐみ)は、もともとは、織田の北国経略の政(まつりごと)とは関(かか)わりなかったものと分かり申した」

「まことか」

眼(まなこ)を剝(む)く松右衛門である。

「内蔵助どのは、安土で姫に初めてお会いになったとき、一目(ひとめ)でお気に召された。それはもう、初めて恋をした女子のように羞(は)じらっておられたとかで、側近衆も驚いたらしゅうござる。なれど、織田の力を後ろ楯(だて)に無理強いするのは気が引ける、と思い悩まれた。そのごようすを見かねた前田又左衛門(またざえもん)どのが、内蔵助どのにことわりもなく、直(じか)に安土のご主君まで願い出られたというのが、事の経緯であったようにござる」

前田又左衛門利家は、佐々成政、不破光治(ふわみつはる)とともに府中(ふちゅう)三人衆のひとりで、かれらは互いに昵懇（じっこん）であった。

「つまり、内蔵助どのにすれば、結句は姫に無理強いする形となったことを、悔（く）やんでおられる、と」

そう推量したのは、たきである。

「さよう。と申して、そのことを口にするのは憚（はばか）られる。ご主君の肝煎を非難するのも同然にござるゆえ」

「佐々内蔵助というお人は、存外、気が小さいのじゃな」

と松右衛門は結論づけたが、

「和田さま。そういうことではないと存じます」

たきが、頭（かぶり）を振る。

「内蔵助どのは心より姫を愛しゅう思うておられる。いかに遇せばよいか迷うておられるのは、それがゆえにございましょう。姫には少しでも嫌われとうないのでございます。姫のことを召（よ）ぶのに、いまだに躊躇（ためら）いがちであられるのも、そうしたお心の揺れとみれば、得心（とくしん）がゆきます」

成政は依然、紗雪のことを「どの」と敬称をつけて呼んでいる。

「内蔵助どのがご帰陣後、ゆとりができてから、あらためて曲輪替えの一件で早百合さまにお腹立ちになられたのも、対手（あいて）が姫なればこそ。余の側妾ならば、笑（わろ）うて済ませられたに相違ありませぬ」

「では、たきどのも、内ケ嶋の皆々が期待したように、姫が越中国主のご正室におなりあそばすのは、夢ではないとお思いか」

「姫がその気におなりになれば、あるいは、にございましょうが……」

そこでことばを切って、たきはまた、首を左右にした。紗雪がその気になるなど、想像もできない。

「ただ、内蔵助どののお心がそのようであるのなら、駆け引きに使えましょう」

「よもやたきどのは、何か恐ろしいことを考えておるのではあるまいな」

「姫が佐々家において思うがままに振る舞えるよう、われらが策すのでございます」

「われらって……」

「もとより、おおさびどのと、わたくしと、和田さまにございます」

「げぇっ」

松右衛門は腰を抜かしそうになる。

「姫のためには誰よりも勇気を奮い起こしてくれる、それが和田松右衛門である、とのお屋形の仰せをお忘れにございますか」

この場合のお屋形とは、内ケ嶋氏理のことである。

「主君の仰せを持ち出すのは狡（ずる）いぞ、たきどの」

「わたくしが姫でのうて、ようございましたな」

「な……何を申しておる」

「姫ならば、かように仰せられます。わだまつ、手討ちじゃ」

「ああ、帰りたい、帰雲城に……」

しみじみと洩らす松右衛門であった。


とうとう、その日が訪れた。

「ほどなく本丸御殿より使いの女房がまいり申そう」

日没近くなって、先に探りを入れていたおおさびが、もとの呉羽曲輪である白川曲輪に戻ってくると、たきを戸外へ呼び出し、いち早くそのことを報せた。紗雪の初めての夜伽を、成政が欲したのである。

「まずは、わたくしがまいって、日延べを申し入れましょう」

たきは、男女の情交について、すでに紗雪には語って聞かせてある。が、当然ながら、いまだ紗雪の準備はできていない。そのことを、成政には正直に伝えるべきではないかと思う。

紗雪を大事にしたいと思っているはずの成政ならば、必ず理解してくれる。但し、これもまた先延ばしにすぎない。そのぶんかえって紗雪の恐怖心も増幅するであろう。それでも、もう少し時間が欲しかった。場合によっては、たきが紗雪を導いて、愛撫の稽古を始めることすら考えている。

「たきどの。内蔵助どのをご翻意させるのは難しいと存ずる。思い余った果てというごようすにござったゆえ」

もはや我慢できずに、ということである。

「さようなまでに……」

いずれにせよ、今夜は避けたい。そう心に決したとき、たきは、ふと思いついたことがあった。

「おおさびどの。内蔵助どのは使いの女房には何と仰せになられました。一言一句、間違いなくお教え下さいまし」

請われるまま、おおさびは、成政のことばの通りに告げた。

「いまいちど、お願い申します」

たきに促され、おおさびはまったく同じことばを繰り返したのである。

やがて、瀬尾という使いの女房がやってくると、紗雪の乳母として、たきがひとりで会った。

「紗雪どのには、今宵、お屋形のご寝所へ参上なさるよう」

「にわかのことにて、承服できかねます」

というのが、たきの返答である。

「なんと……君命に叛くと申すか」

「お屋形におかせられては、ご婚礼の折、閨房の儀については遅くとも前日までには伝えるとの仰せを賜っております」

これは偽りである。が、たきが堂々と申し立てたので、瀬尾は気押される。

「乳母どの。そなたとて、女ならば、殿御がにわかに精気を放ちとうなることを存じておろう」

あえて露骨な言いかたをして、瀬尾は自身を立ち直らせると同時に、高飛車になった。

「瀬尾どのは、お屋形をさまで粗野な御方と思うておられますのか」

「あ……阿呆なことを申すでない」

うろたえる瀬尾である。

「お屋形が、わがあるじ紗雪を大事にしておられることは、瀬尾どのも気づいておられましょう。仰せを違えることをなさるはずはありませぬ。瀬尾どのにお命じになられたとき、何と仰せあそばしたか、しかと申して下さりませ」

「今宵、寝所へまいるよう、紗雪に伝えよ、と仰せじゃ」

「紗雪に伝えよ、と」

「さようじゃ」

「おほほほ……」

突然、たきは笑いだした。

「何を笑う。返答によっては赦さぬぞ」

「瀬尾どの。大変なしくじりを犯すところにございましたなあ」

「しくじりじゃと……」

「お屋形がわがあるじを呼び捨てにせぬことを、瀬尾どのもご存じにございましょう」

たきのその指摘に、瀬尾はちょっと考え込み、そう言われてみれば、という顔つきになってゆく。

「お屋形がわがあるじをお召しならば、紗雪どの、と仰せられたはず。不躾ながら、おそらく瀬尾どののお聞き違えと存じます」

「誰と聞き違えたと申す」

「早百合」

とたきは、確信の口ぶりでこたえた。

「あっ……」

声を失う瀬尾である。

さゆき。

さゆり。

一字違いであった。聞き違えてもおかしくない。そして、成政は、紗雪を紗雪どの、早百合を早百合と称ぶ。

みるみる、瀬尾が青ざめてゆく。

その恐怖は成政に対してではなく、早百合に対してのもの、とたきは察した。

成政に召されたのは早百合なのに、使いの女房の聞き違えから紗雪が共寝をした。そうと早百合当人に知られたら、どんな酷い仕打ちを受けるか、瀬尾には想像するだに恐ろしいのである。

「乳母どの。この儀は……」

そわそわしながら、瀬尾が口ごもった。

「分かっております。誰にも明かしませぬ。それより、呉羽曲輪へお急ぎになられたほうがよろしいのでは」

「されば、よしなに」

早口に言いながら、立ち上がった瀬尾は、足早に出ていった。

たきには分かっている。召されたのは、疑いなく紗雪である。

成政が初めて、紗雪、と呼び捨てにしたのは、余の女房衆の前で威厳を保つためもあろうが、妻にしたのだという自覚をもつことを、おのれに強いたからとみるべきではあるまいか。そうでもしなければ、いつまでたっても子どものように純な恋のままで、紗雪と肌を合わせせられない。

「こなたさまは……」

稍あって、部屋に入ってきたおおさびが、落ち着き払っているようすのたきを眺めて、なかば敬服し、なかば呆れて、溜め息をついた。

その夜、呉羽曲輪から、女の金切り声と物が壊されるような音が、しばらくの間、洩れつづけた。いそいそと支度をし、本丸御殿の成政の寝所へ行った早百合だが、そなたを召んだおぼえはないと袖にされたので、虚しく呉羽曲輪へ戻るや、暴れだしたのである。

早百合が辞したあと、成政は瀬尾を呼びつけて詰問し、経緯を正直に語らせ、もとをただせば、自身が紗雪を初めて呼び捨てにしたことから生まれた勘違いであったと知れた。

誰かに非があるというのなら、紗雪の気持ちも忖らず、にわかの夜伽を欲した自分ではないのか。そう反省した成政は、瀬尾を咎めず、たきを呼び出しもせず、すべて不問に付すことにした。また、すっかり気を挫かれたので、あらためて紗雪を召し出すことも控えた。

これらのことを、夜中に探り終えたおおさびは、翌早朝、報告すべく、たきの居室を訪れた。すると、たきは、白装束に身を包み、膝前に短刀と封書を置いて、端座していた。

「それは、内蔵助どのには姫といかように接していただきたいかを記した、命懸けの嘆願の書にござろう」

とおおさびは言い当てる。

「乳母の願いはひとつ。姫の仕合わせにございます」

自若たるようすで、たきは応じた。

「ご自害の必要はござらぬ。昨日の一件については、内蔵助どのはなかったことにするおつもりにござる」

「さようでしたか……」

さすがに、たきも、ひとつ、ほうっと大きな息を吐く。

「たきどのは、内蔵助どのの姫への恋心とご性情とに、すべてを賭け、お勝ちになられた。たいしたお人だ」

おおさびは、膝を進めて、封書を取り上げ、おのが懐へ入れてしまう。

「あとで燃やしておき申す」

「ありがとう存じます」

たきも、短刀を手にすると、おのが背後へ回した。

「なれど、これで早百合さまを敵に回しましたな」

新たな不安を、おおさびは口にしたが、たきは微笑んだ。

「あるいは、悪くないことやもしれませぬ」

「悪くないとは……」

「紗雪さまは、闘う対手がいたほうが紗雪さまらしゅうなられる。さように思われませぬか、おおさびどのも」

「なるほど……」

たきの恐れを知らぬ明るさに、つられて、おおさびも笑みを泛かべた。

「聞いたぞ、そこのふたり」

戸を乱暴に開けて飛び込んできた松右衛門が、廊下で聞き耳を立てていたのを、おおさびはとうに気づいている。

「お聞きになられたからには、一蓮托生にございます」

冷然とたきに言われて、松右衛門は腰砕けになり、口癖を呟くばかりであった。

「ああ、帰りたい、帰雲城へ……」

名前違えの一件のあと、仕切り直しのされぬうちに、成政は出陣しなければならなかった。上杉方の魚津城を攻めるためである。

折しも、神保長住より、親交を深めたいから、と富山城への来臨を願う書状が届いたのと重なった。

「紗雪どの。富山までまいらぬか。それがしは、途次で魚津へ向かうが、富山はなかなかに賑やかなところゆえ、気晴らしになろうぞ。神保の衆も歓待してくれよう」

「嬉しゅう存じます」

守山城から出られぬ生活は、紗雪にはひどく気づまりであった。見知らぬ土地への行旅は願ってもない。

「妾も富山へまいりとう存じます」

すかさず成政にねだったのは、早百合である。

ちょっとおもてを顰めた成政だが、名前違えの一件で早百合を嫌いになったわけではなく、いまだに愛しい側妾だから、拒みかねた。

「されば、早百合もまいれ。かまえて両人とも、向こうで仲違いなどいたすなよ」

「このように可愛らしき御方と仲違いなど、とんでもないことにございます。のう、紗雪さま」

と早百合が満面の笑みで秋波を送ってきたので、紗雪は戸惑うばかりであった。

富山城で紗雪を待ち受けるのは、修羅。だが、いまはまだ何も知らない。

富山の変

「あれは鼬川と申し、お屋形の縄張りによって切り拓かれた流れにござる」

天正十年三月十一日の朝、富山城本丸の望楼から、城下を見渡しながら、紗雪に説くのは岡島金一郎である。お屋形とは、金一郎の主君・佐々成政をさす。

水勢の急な神通川は、たびたび氾濫する。二年前の長雨のさいには未曽有の大洪水を起こして、富山一帯を水浸しにし、城も毀った。

そのとき、富山城はいずれ自身の居城になると思い込んでいた成政は、城主の神保長住に指図して城と城下町の修築と整備を行った。越後勢の来襲に備え、城の東側は深濠にし、石塁を高くして、櫓も堅固にした。それらは皆、大洪水による地勢の変化を利用したものである。

「かような話は、白川殿にはご退屈でありましたかな」

と金一郎が気遣う。成政の家臣たちは紗雪を白川殿と称ぶ。

すると、紗雪は、それには返辞をせず、眼下に広がる眺めから目を離さずに言った。

「城を包囲されたときは、新しく拓いたあの鼬川の流れを堰き止め、わざと大水を起こして、お城を水の中の浮城にすればよい。それで、敵は攻め寄せられない」

息を呑んだ金一郎は、紗雪の横顔をまじまじと見てしまう。

「わたくしの顔に何かついておりますか」

紗雪に視線を振られて、金一郎は、はっとし、その場に折り敷く。

「これは、無礼をいたしました。白川殿のご慧眼に感じ入るあまり、我を忘れ申した」

人為的な洪水を起こして富山城を浮城にする工夫が、実際に施されている。金一郎はこれから、その事実を紗雪に明かそうとしていたのである。

「岡島どの。ご慧眼とは褒めすぎにございます」

後ろでたきが笑った。

「紗雪さまは、水に浮かぶお城はさぞ面白き景色であろう、と子どものように思いつかれただけのこと」

武事に関する紗雪の才を、いまはまだ佐々家の者に知られたくない、とたきは思っている。誰かの嫉妬を買う恐れもあるし、今後の紗雪の立場がどうなるかによっては警戒されないとも限らぬからである。

「お思いつきならば、白川殿はよほどに勘の鋭い御方にあられる」

金一郎は、魚津城攻めの成政に随従せず、竹沢熊四郎とともに、佐々家の女房衆の案内役を命ぜられて富山城に来ている。

美男の上、物腰がやわらかく、弁舌も爽やかなので、富山城の女たちにもたちまち好感を抱かれた。

（それはよいのだけれど……）

たきは、いささか困惑している。

金一郎の言動からは、心遣いの対象の第一が紗雪であることは誰の目にも明らかであった。あるいは、かつて窮地から救ってくれた七龍太より、紗雪のことをそれとなく気にかけていてほしい、ぐらいの一言を貰ったのやもしれぬ。とすれば、恩返しをせねば、と気負い込んだとしても仕方がないとも言えよう。しかしながら、そのせいで、早百合とお付きの者らに反感を抱かせたことは疑いない。

まったく頼りなさそうに見えて、いざとなれば盾になってくれる松右衛門がそばにいてくれれば、たきの心も落ち着く。が、松右衛門はいま、魚津城攻めに参陣中である。

紗雪の故郷・白川郷は、まだ雪に閉ざされている。それでも、内ケ嶋氏理は兵を率いて帰雲城を発した。成政の麾下となり、信長の肝煎で佐々家と姻戚関係まで結んだからには、越中平定の成否に関わる魚津城攻めに参加しないわけにはいかないからである。ただ、行軍中、幸運にも空は荒れなかったので、白魔に襲われることはなかった。

松右衛門は、飛騨街道より越中入りした氏理を、街道上で迎え、そのまま従軍した。魚津城攻囲の陣中で、成政との間に紗雪の話が出たとき、輿入れ後の日常を知る松右衛門がいたほうが、氏理も戸惑わずに済む。

「岡島どの」

神保家の家臣が、望楼へ足早に上がってきた。おもてを引き攣らせている。

「早々に会所へお越し願いたい」

何があったのか訊こうとして、金一郎は思い止まった。紗雪ら女房衆を不安にさせてはならない。

「白川殿。無礼仕る」

この間に、紗雪ときは、客殿の居室へ戻った。

すると、そこへ、おおさびがやってくる。

「会所に小島六郎左衛門という者の使者がまいっており申す」

小島六郎左衛門職鎮は、神保長職・長住父子が、かつて上杉謙信と織田信長のいずれにつくかで袂を分かったとき、長職に従った国人のひとりである。

「使者は、越中の真宗門徒へ回った急触れの書状を持参してまいった。それには、かように書かれているらしゅうござる。甲斐・信濃の国境あたりで織田さま父子が武田勢に討ち取られた、と」

「まさか、そのようなことが……」

にわかには信じがたいたきであった。だが、戦国乱世では信じがたいことが起こる。

紗雪は表情を変えない。

甲斐の武田勝頼を滅ぼすべく、尾張・美濃の織田勢が、二月三日に進発、信州入りしている。同時に、駿河口から徳川家康、関東口から北条氏政、飛騨口から金森長近、それぞれが甲斐へ向かった。

勝利を確信する信長は、嫡男の左近衛中将・信忠を総大将に任じ、自身は安土に留まって、逐一、戦況報告を受けた。

信忠は二月十二日に岐阜を出陣。同月末には、武田の親族衆筆頭の穴山梅雪を家康が寝返らせ、勝敗の帰趨はほぼ決した。次いで勝頼の異母弟・仁科盛信を城主とする信州高遠城が玉砕する。

悲報を受けた勝頼は、昨年末に新しく本拠としたばかりの韮崎の新府城を焼いて、落ちていった。三月三日のことである。

そして、信長が、総仕上げをすべく、安土を発ったのは、三月五日。翌る六日には岐阜入りし、仁科盛信の首を検めた。

ここまでは、富山の紗雪たちの耳にも伝わっている。

「偽りにござろう」

断定的におおさびが言うと、

「そうじゃな」

あっさり納得したのは、紗雪であった。

「姫は、なにゆえ偽りと思し召されます」

たきは、半信半疑である。

「おおかた上杉方の流したもの。越中の真宗門徒を煽って、魚津城攻めの織田勢の背後を衝かせたいのであろう。そうなれば、いまは織田方である国人衆も、上杉方へ寝返るやもしれぬ」

「それがしも、姫の仰せの通りと存ずる」

だいいち、とおおさびはつづけた。

「織田さまはまだ信濃と甲斐の国境まで達しておられますまい。岐阜にご逗留のあとは、尾張犬山、美濃金山、美濃岩村などに寄られて、ゆるゆると信濃入りなさるはず。甲斐はさらに先にござるゆえ」

「おおさびどのは、織田さまのご旅程を知っておられますのか」

らたきが眼を剝いたが、

「これでも、忍びにござるゆえ」

とだけ、おおさびはこたえた。

「魚津の織田勢が慌てることはないと存ずるが、当城の神保どのはうろたえておられるごようす」

「会所では、その儀について話し合うておられるのでございますな」

「……」

さよう、と言いかけて、おおさびは戸外を気にする。

紗雪も耳を欹てた。

「上杉方の狙いは、魚津城の後ろ巻きではのうて、この富山城じゃ」

この主従は、おそらく望楼からでなければ姿の見えない多勢の人馬の気配を、鋭敏に察知したのである。忍びと野生児ならではの勘というものであろう。

「他家の城なれど、われらの居所を侵されるのは我慢ならぬ」

自分らしいことばを発して、紗雪は立ち上がった。

「会所へまいる」

同じ頃、魚津城包囲の織田勢の大半が、馬首を転じて、富山城へ向かっている。

陣払いのさい、柴田修理亮勝家と佐々内蔵助成政との間で、烈しい口論があった。

「修理どの。なにゆえ、事前にそれがしにお伝え下さらなんだ。富山城にわが女房衆と家臣らが逗留しておることは、修理どのもご存じであったはず。先に知っておれば、逃がす算段をつけられ申した」

「こうしたことは、まずは味方を欺かねば、成就しがたいものぞ」

「上様より越中の一職支配を任されたは、この佐々内蔵助にござる」

「おぬしが、もっと早うに越中を平定しておれば、かように上様のお心を煩わせずに済んだのだ」

「修理どのは、佐々家の者らの命など粗末にしてよい、と上様が仰せられたとでも言わるるのか」

「死人の出ぬいくさなどないわ」

甲州攻めの途次で信長・信忠父子が武田勢に討たれたというのは、信長自身が流させた虚報である。

これを信じた越中の国人・地侍がどういう行動を起こすか、信長にははっきりと読めていた。

それでも織田につくという者は多かろう。が、そうでない者らは、一向一揆とともに富山城へ馳せつけ、期待した越中国主の座を信長より与えられなかった神保長住を押し立てて籠城し、上杉景勝と連携して織田と戦う道を選ぶ。

つまり、信長は、越中国内の反織田勢力を富山城一ヶ所に集め、一挙に片づけてしまおうというのであった。

これは、若き日より情報戦で常に敵より先んじてきた信長ならではの策といえる。そのための伝達網も調えていた。現今に伝わる当時の消息集によれば、三月八日に尾張犬山に在陣中の信長の手許へ、前日に勝家が越中でしたためた書状が届いているほどである。

「これで富山は乱れる。越中守が上杉方へ寝返らなんだとしても、その責めを負わねばならぬ」

勝家のいう越中守とは、神保長住をさす。

「切腹か追放か、いずれであっても、これをもって越中における神保氏の力は失せ、名実ともにおぬしの支配地となるのではないか。いささかの犠牲が何のことやある。それとも内蔵助よ、越中守を騙してまで国持ちになりとうはないなどと、青臭いことまで言い出すのではあるまいな」

「それは……」

二の句が継げない成政である。

この先も神保氏という前代の支配者を気遣いながら越中国を治めるのは、たしかに気骨が折れよう。というより、面白くない。神保長住が邪魔者であることを、成政も否定し難かった。

（紗雪どの……）

成政の心に真っ先に浮かんだのは、初めて会ったときの紗雪の無垢な俤である。肌を知る寵妾の早百合ではなかった。

「越中守どの、考え直されよ」

使者が辞したあと、岡島金一郎は城主の神保長住に翻意を迫った。上杉方の国人・地侍と一向一揆の入城を長住が諒承してしまったからである。

使者を寄越した小島六郎左衛門職鎮の意は、織田が武田に敗れたいま、混乱が起こるのは必定なので、越中の事実上の国主と認められるべき長住とその居城を警固したい、というものであった。

「先ほども申し上げたが、上様と左中将さまがまことに討たれたのや否や、まずは事の真偽をたしかめるのが先決。それまでは誰も信用せず、門を固く閉ざして籠城すべきと存ずる」

「六郎左も式部も、当家によく仕えてくれた者ら。入城後も、どうなるにせよ、わしの下知に服し、おぬしら佐々家の者も丁重に扱うと約束しておる。むこうも干戈を交えるのは本意ではないのだ。無下に追い返すことなどできぬ」

上杉方の国人・地侍と一揆勢を率いる大将は、六郎左衛門と唐人式部清房である。

「不躾ながら、かつてご追放の憂き目に遇われたのは、さような甘いお考えゆえではございませなんだか」

上杉謙信についた父の長職との争いに敗れた長住が、越中から追放されて、頼ったのが織田信長である。そして、長職と謙信の死後、信長のおかげで富山城へ戻ることができた。

「無礼者っ」

「殿への雑言、聞き捨てならぬ」

金一郎の発言に、長住の側近衆が色をなし、いずれも腰刀の柄に手をかけた。

「お鎮まりなされ」

場を圧する声とともに、会所へ入ってきたのは紗雪である。たきを従えている。

「わたくしは、金一郎の申した通りと存じます」

紗雪は、あえて金一郎と呼び捨てにした。この場では威厳が必要だからである。

「越中守どのにお訊ねいたします」

と長住を見た。

「なんでござろう」

「一揆勢をお城に入れたあと、もし上様ご存命と知れたときは、いかがなさいます」

「そのさいは、かれらに引き揚げるよう命じ申す。小島も唐人も、もとは当家の寄騎ゆえ、それがしを騙すような真似はいたさぬ」

「さようなことを伺うたのではありませぬ。事後、どのように計らわれるかなど、上様にはどうでもよいこと。上杉方をみずから城に招き入れた、そのことのみが上様にはすべて。越中守どのは誅殺を免れますまい」

「……」

絶句した長住である。側近衆も青ざめた。

家臣や麾下の武将が失態を犯せば、それが些細なものであったとしても、決して容赦しないのが織田信長という覇者であることを、かれらも伝え聞いている。

「いまこそ、お城を浮城になされませ」

鼬川の流れを堰き止めて溢れさせ、富山城の周囲を水で守るという、成政の工夫を実行すべし、と紗雪は言ったのである。

「白川殿。よくぞ仰せ下された」

味方を得た金一郎は、さらに長住へ詰め寄った。

「越中守どの。小島・唐人勢はまだ城下に踏み入っており申さぬ。早、馳川を……」

が、言い終えることはできなかった。女の金切り声に邪魔されたからである。

「妾は籠城などしとうないわ」

早百合であった。

お付きの男女の中に、竹沢熊四郎の困惑げな顔が見える。

織田父子が討たれたと聞いた途端、うろたえた熊四郎は、そのことを早百合へ伝えにいき、女たちに不安と恐怖を抱かせてしまったのである。

「それなる紗雪と岡島金一郎は、不義を働いておる。城に人が多くなっては、密会し難いゆえ、誰も入れたくないのじゃ」

早百合が何を言っているのか、紗雪にはすぐに理解できなかった。金一郎も同様である。

「わが姫と岡島どのが不義などと、なんという根も葉もなきことを仰せか」

真っ先に反応したのは、たきである。

「呉羽殿はお気が触れられたか」

紗雪の白川殿に対して、早百合も呉羽殿と称ばれるようになった。「さゆき」と「さゆり」の聞き間違いの騒動のあとからである。

「乳母のそのほうが密会の手引きをしておる、とわれらは知っておるのじゃ」

早百合がそうきめつけ、お付きの女房衆も一斉にうなずく。

（この女は……）

早百合の邪悪な意図を、たきは見抜いた。成政の愛情を一身に受けたいがため、このどさくさの中で、紗雪を陥れようとしている。

ただ、籠城したくないというのも、早百合の本心ではあろう。幾日か前、魚津の籠城勢が悲惨な日々を過ごしていると聞いて、早百合が身を震わせながら、おぞましい、と口走ったことは、たきの耳にも入っている。

紗雪が動いた。

「姫っ、なりませぬ」

たきが制しようとしたときには、早くも紗雪は早百合の頰に平手打ちを食らわせている。

しかし、怒り心頭の紗雪は、平手打ちだけでは済ませない。ぐらっと横倒しになりかけた早百合の胸ぐらを掴んで引き寄せるや、躊躇いなく投げ飛ばした。

女房衆の悲鳴が上がる。

庭へ叩きつけられた早百合の体は、二度、三度と転がった。

紗雪も、みずから庭へ飛び下り、早百合に馬乗りとなる。野生児の血が一挙に沸騰した。

「白川殿、もうよろしゅうござろう。そこまでに、そこまでに……」

同じく庭へ飛び下りた金一郎が、紗雪を羽交い締めにして、早百合から引き剝がす。

「こやつらを討ち取れいっ」

早百合の警固侍たちの頭が命じ、かれらは腰刀を抜いて、紗雪と金一郎を取り囲んだ。

「やめいっ。ここはわが城ぞ」

さすがに、長住が止めに入り、

「あの両人を……白川殿と岡島どのを、人屋へ案内いたせ」

と近習たちに命じた。人屋とは牢獄のことである。

「越中守どの。先に讒言をもってわが姫を愚弄なされし呉羽殿にこそ、罪がございましょう」

たきが抗議する。

「ましてや、人屋とは、あまりの理不尽」

それから、助けを求めて熊四郎を見やったたきだが、もともと早百合派で、金一郎に対しても含むところのある男には、視線を逸らされてしまう。

「ひとまずの計らいじゃ」

苛立ちを隠しもせず、長住は突っぱねた。

成政の随一の寵妾が早百合であることを知っていて、長住はこの処置をとった、とたきは感じた。

「乳母どのも人屋へお連れせよ」

小島六郎左衛門、唐人式部を大将とする越中の国人、地侍、一向一揆衆が入城したその日のうちに、柴田勝家に率いられた織田の大軍によって富山城は包囲される。神保長住以下、城の人々は仰天した。

どうして自分たちの動きが察知されたのか、六郎左衛門らには想像もつかなかった。

実は、富山城を本陣とし、ここから出撃して、魚津城攻めの織田勢の背後を衝くつもりでいたのである。ところが、出撃する暇すら与えられず、逆に織田勢に機先を制せられ、やむをえず籠城せねばならなくなった。せめて水で守られた浮城にしたくとも、いち早く鼬川の堰とその周辺をも押さえられてしまい、それもならぬ。

「柴田どのには、そのほうらの入城は富山城警固のためであったことを明かす。それゆえ、ただちに城を出よ。武器は差し出さねばならぬであろうが、そうしておとなしく退去いたせば、織田勢も手出しいたすまい」

長住が、六郎左衛門と式部に命じた。

しかし、ふたりは、ちょっと鼻で嗤った。

「何を笑う」

気色ばむ長住である。

「この期に及んで、愚かなことを仰せられるな」

「さよう。殿は、われらに同心し、上杉方となられたのでござる。攻城方の柴田に対し、籠城方は殿が総大将。われらに下知なさるべきは、上杉の後ろ巻きが到着いたすまで、いかに戦うか、それ以外にはござらぬ」

両人の視線は冷やかである。

「たばかったのじゃな」

長住は引き攣る。

「たばかってなどおり申さぬ。殿とて、織田父子が討たれたと知ればこそ、われらが上杉方と承知の上で入城を許されたのではござらぬか。御身に都合のよいようには、まいりませぬぞ」

「では、織田さまが討たれたと申すのも、そのほうらの偽りか」

「その儀は、偽りではないと存ずる。石山本願寺が滅び、各地の真宗門徒の探索も衰え申したが、それでも怨敵、織田の動静にござる。かれらが間違えるはずはござるまい。それでなければ、われらとて出てはまいり申さぬ」

六郎左衛門も式部も、自分たちにその認識はあるまいが、こうしたところが所詮は田舎武士というべきであったろう。信長が情報を巧みに操る武将であることを、分かっていない。

「織田さま父子の死がまことならば、柴田どのも佐々どのも、急ぎ、おのが足場を固める必要があろう。当城に押し寄せるのは奇妙ではないか」

と長住が当たり前の疑問を呈しても、両人は、ほとんど一笑に付した。

「三年は喪を秘せと命じた武田信玄の例を引くまでもなく、御大将の死の直後に慌てては、敵に付け入る隙を与え申そう。おそらく、柴田らは織田父子は恙なしとの態を装っているに相違ござらぬ」

「この先は、殿は武田四郎どのとも誼を通じるがよろしかろうと存ずる」

武田四郎とは勝頼のことである。勝頼は、謙信の死後、上杉の家督争いに介入し、最終的に景勝と同盟を結んでいる。

富山城で鳩首談合中の三人は知らなかった。この同じ日、武田勝頼が甲州の天目山麓の露と消え、甲斐源氏の名門武田氏が滅んでしまうことを。そして、信長がまだ信州岩村に在陣中であることも。

しかし、日が経つにつれ、真相は徐々に明らかとなり、それは籠城方にも伝わった。

織田父子は存生で、それどころか武田勝頼・信勝父子こそが討ち果たされ、信長が大勝利を得たことも知れた。

「早々に、和議を結ぶのじゃ」

おろおろしながら、長住は喚いた。

小競り合いは幾度もあったものの、双方に多数の死傷者が出るような衝突は起こっていない。いまならまだ折り合いのつく条件もあろう、と必死の思いの長住であった。

「いまさら織田が和議を受け容れるはずはござるまい」

「上杉の後ろ巻きを待つほかござらぬ」

首謀者の六郎左衛門と式部にすれば、和議を結べたとしても、自分らの助命はありえぬので、戦いつづけるしかない。

「めでたき方々よ」

嘲るように言って、左側面が長めの角頭巾を被った長身の男が、会所へ踏み入ってきた。鞘に収めた長い直刀を両肩で担いでいる。

「無礼者っ」

「退がれっ」

長住の近習たちが、立ち上がって、躍りかかった。が、凶暴なその男の敵ではない。柄頭と鐺のひと突きで、かれらは皆、倒れ臥してしまう。

「やめぬかっ」

六郎左衛門がその男を怒鳴りつけた。

「殿。これなるは、下間頼蛇と申す者にて、もと本願寺の坊官」

「もとではないと申したはず」

じろり、と頼蛇は六郎左衛門を睨んだ。

とうに本願寺を破門、追放された頼蛇である。それでも本願寺坊官を自任している。

ちょっと鼻白んだ六郎左衛門だが、そのことには触れずに、語を継いだ。

「ご覧の通り、腕が立つゆえ、兵に加えておる次第」

長住は、眉を顰めた。頼蛇の顔つきが陰惨すぎて、地獄の亡者と見紛うばかりだからである。それでも、入ってきたときの一言は気になり、六郎左衛門を促した。

「頼蛇。われらがめでたいとは、いかなる意か」

「まだ分からぬか」

六郎左衛門に訊かれると、掠れた声で頼蛇は言った。立ったままである。

「織田父子が討たれたとの報は、織田信長みずから流したものよ」

「何のために、さような偽りを」

「いま起こっていることのため」

「いま起こっていること……」

「越中国内の反織田の勢力を洩らさず富山城に集め、皆殺しにする」

「なんじゃとっ」

これは長住の叫声である。

「さように考えれば、辻褄が合おう。織田勢は動きが迅いことで知られるが、そうであっても、こたびは迅すぎた」

六郎左衛門らの入城から幾刻も経たぬその日のうちに、織田勢が馳せつけて富山城を包囲している。事前に予想していたのであれば、不思議ではない。列座の田舎武士たちも、さすがにそう思い到った。

「皆殺しには、わしも入っておるのか」

否と言って貰えることを期待する顔で、長住は頼蛇に問うた。

「おぬしがおらぬようになれば、佐々内蔵助は名実ともに国主の座に就き、越中は全き織田の領国となる」

長住は、一瞬、恐怖で震え上がったあと、怒りの眼を六郎左衛門と式部へ向けた。

「汝らなど、信じるのではなかったわ」

怒号を叩きつけながら立ち上がり、小姓の捧げ持つ刀を執って、すっぱ抜き、鞘を投げ捨てた。

六郎左衛門と式部も、応じて、立った。が、こちらは陣刀の柄に手をかけたものの、抜きはしない。

「刀を退かれよ」

「いまわれらが争うては、いよいよ織田の思う図にござるぞ」

会所内の余の者らも皆、床几を蹴り、長住方と六郎左衛門方とに分かれて睨み合う。陣中のことで、全員が陣刀を携えている。

「おぬしが、新しき城主になればよかろう」

頼蛇が六郎左衛門に言いながら、前へ出て、直刀の鞘を払った。

異様なまでに飛び出す両の眼より獰猛な光が放たれ、長住は射竦められた。

「おやめなされっ」

会所へ入ってきた女は、早百合である。

「妾が方々の命を助けてしんぜましょう」

城内の一郭に、人屋が四室、設けられていた。身分高き男屋と女屋、身分軽き男屋と女屋。半地下の構造で、清潔さは保たれ、小さな明かり窓から光も入る。

成政が富山城を修築するさい、虜囚だからといって無慈悲に扱うのはよろしくない、と作り直させたものであった。

主君の信長があまりに多くの人間の怨みを買っていることを危ぶみ、これを自身の戒めとする成政なのである。戦国乱世では昨日の友が今日の敵になることなどめずらしくないので、勝者は驕ってはならぬ、と。

身分高き女屋に押し込められたのは、紗雪とたきである。

紗雪付きの警固侍や女房衆は、身分軽き男屋と女屋とに分けられた。金一郎ひとりが身分高き男屋であった。

だが、おおさびの姿は、どこにも見当たらぬ。皆が捕らえられたとき、気づかれることなく逃れたのである。行方知れずになったのは名もなき軽輩のひとりにすぎないから、その後、捜索もされなかった。

おかげで、おおさびは、むろん人目に立たぬようにではあるが、城の内外を自由に往き来している。

人屋の見張りは厳重でも、忍びの者の目から見れば、まったく弛みがないわけではない。その弛みをついて、おおさびは幾度も近寄り、明かり窓から紗雪とたきに声をかけ、現状を報せている。

「小島の麾下に下間頼蛇がおり申した。きょうまで気づかなんだのは、それがしの不覚」

「あのけだものが……」

たきは怖気をふるった。

それから、おおさびは、会所の軍議の場で起こったことを、口早に話した。

「なれど、呉羽殿がまいられてからいかなる談合が行われたかは、探り得ませなんだ。頼蛇がそのまま留まったので、あまり会所へ近づいては、間違いなく勘づかれ申すゆえ」

「それより、おおさびどの。内蔵助どのには信じていただけたのでしょうか」

「分かり申さぬ。お屋形も、佐々どのからはまだ何も告げられておらぬ、との仰せにござったゆえ」

おおさびの言うお屋形とは、内ケ嶋氏理をさす。

富山城包囲の織田勢には、成政の属将として氏理も参陣している。おおさびは、包囲の直後、城を出て、内ケ嶋陣へ往き、氏理と松右衛門へ、城中で起こった事件の子細を語った。紗雪と金一郎が不義を働いたという早百合の作り話によって、両人とお付きの者らが皆、囚われの身となったことを。

氏理は、この儀は、城内のようすも知るおおさびから直に語らせるほうがよいと判断し、成政に面会するさいに伴った。

おおさびから事件のことを聞いて、表情を硬くした成政だが、紗雪側の人間の話だけでは公平さを欠くので、よくよくたしかめたいと言った。それに対しては、氏理も反駁しなかった。成政の立場なら、当然と思われたからである。

その後、氏理は、おのれは心労と闘いながらも、この一件に関して、成政を急かしてはいない。目下の大事は富山城を落とすことだから、成政を余事で煩わせてはならぬと耐えていた。それに、戦陣において身内のことばかり気にかけていては、氏理自身が成政に疎まれかねず、結句は紗雪への心証を悪くするやもしれぬ。

「おおさび」

と紗雪が呼んだ。

「父上に……いや、ととに伝えよ。おらちゃは平気じゃ、と」

「畏まって……」

おおさびは、ことばを途切らせ、それなり失せた。

これが、人が近くにきたことを報せるおおさびの突然の動きであることを、いまや紗雪とたきは分かっている。ふたりとも、にわかに黙した。

ほどなく、人屋の通路へ武装の一隊が入ってきて、金一郎ひとりを連れ出した。

「待て。金一郎をいかがするつもりじゃ」

頑丈な格子の中から、紗雪は一隊を呼び止めようとする。しかし、振り向く者とていなかった。

「白川殿。大事ござらぬ」

当の金一郎が返辞をした。が、黙って歩け、と兵に背を押されながら、人屋から出ていってしまう。

紗雪は、小さな明かり窓に顔を寄せた。外はいつしか薄暗くなっている。陽が落ち、月も出ていないので、よく見えない。遠ざかる足音と具足の軋む音が聞こえるばかりであった。

（おおさび……）

いやな予感のする紗雪は、おおさびが気づいてくれることを願った。

その願いは通じて、おおさびは、ひそやかに一隊のあとを尾けている。要心のため、おもてを頭巾で隠して。

だが、突如、横合いより現れた影から繰り出された銀光に、はっとし、地へ転がってこれを躱した。

「忍びよな」

抜き身の直刀を右肩に担いだ頼蛇である。

「何者の手先か……と訊いたところで、明かすはずもあるまいな」

頼蛇の第二撃が、片膝立ちのおおさびの頭上を襲う。

横っ飛びに逃れたおおさびだが、ふいに両目とも視界が翳った。

目の中に、ぬるっとしたものが入る。

頼蛇の初太刀に、ひたいを横に裂かれていたのである。浅傷なので、すぐには気づかなかった。浅傷でも裂け目が鋭いせいか、思いの外、血も多く流れ出たらしい。

次いで、第三撃の鋒に、左肩の肉を削られた。

（やむをえぬ……）

戦えば不利になるばかりの状況である。逃げるほかない。おおさびは、砂利を摑んで頼蛇の顔面へ投げつけざま、くるりと背を向け、遁走にかかった。

頼蛇も追わない。薄闇の中で、脚力で忍びと勝負するなど愚行と知っている。

「殺し甲斐のあるやつが、ひとり増えたわ」

独語すると、頼蛇は、一隊が待っているはずの馬場へ向かった。

そこでは、松明を灯した兵たちが金一郎を取り囲んでいる。

「汝が主君の側妾を寝取ったのだな」

口許を歪めながら、頼蛇はたしかめるように言った。

「呉羽殿の嘘にきまっておろう」

金一郎にはうんざりの話である。

「そのようだな」

あっさりと頼蛇もうなずく。

「ならば、それがしに何をしようというのか」

「初めは汝を助けてやってもよいと思うたが、情けをかけてやる者ではないと知れた」

「どういうことか」

「汝は津田七龍太の友」

「そのことと何の関わりがある」

「あやつを苦しめるのが、愚禿の正義よ」

「うっ……」

頼蛇の直刀が、金一郎の腹を抉っている。

「斬り刻んでやる」

地獄の亡者が笑う。

兵たちは、恐怖し、あとずさった。

驚殺の晨

「何を告げにまいったのか、あの竹沢熊四郎なる者、それがしには最初から、どうにも信用ができ申さぬ」

「お味方のご家臣をそのように申してはなるまいぞ」

松右衛門をたしなめながらも、氏理の表情は浮かない。不安を隠しきれないのである。

籠城勢に人質にとられた恰好の早百合の名代として、熊四郎がいま佐々成政の本陣を訪れている。

紗雪の安否が気になる氏理は、陪席したくとも、成政から招ばれないので、おのが本陣でただ待つほかなかった。

また何か言いかけた松右衛門だが、内ケ嶋氏の三ノ家老、川尻九左衛門の目配せで制せられる。

今回の氏理の出陣には、二ノ家老の山下大和守も従軍し、魚津城包囲陣の織田勢の中に留まっている。

「御免仕る」

ひそやかな声をかけてから、入ってきた者がいる。おい、おさびであった。

「紗雪はまだ人屋か」

氏理の何を措いてもの下問である。

おらちゃは平気じゃ、という紗雪から父への伝言は、すでに氏理に伝えてあるおおさびだが、

「面目ないことにござる」

とあらためて謝った。その後も人屋より救出できない不甲斐なさからである。

「致し方あるまい」

氏理は溜め息をついた。

「して、竹沢熊四郎は何を申した」

九左衛門がおおさびに訊ねる。佐々陣へ忍び入り、成政と熊四郎の会話を盗み聞いてきたおおさびなのである。

「籠城勢は和睦を望んでおり申す。条件は、城を明け渡す代わりに、神保越中どの以下すべての者の助命。それがならぬときは、呉羽殿ら佐々家の人質を皆殺しにし

た上で、最後の一人まで戦いつづける覚悟、と。なれど、呉羽殿その人は、内蔵助どののため、ひいては織田さまのために、自分たちの命など惜しゅうはないゆえ、ご存分に城攻めをなされよと申された由」

「あの呉羽殿が……」

不審を抱いたのは松右衛門である。そこまで潔い女ではないはず。

「内蔵助どのは、柴田どのの御陣へ諮りにまいられたゆえ、ほどなく、軍議の招集がかかり申そう」

「和睦が成るのであれば、それにこしたことはござりませぬ」

松右衛門が氏理を真っ直ぐに見つめる。

「軍議の場でお屋形が和睦を推してはなるまい。むすめ可愛さのあまりととられよう」

と頭を振ったのは、九左衛門である。

「七龍太どのなら……」

松右衛門は、思わずその名を口にした自分にはっとし、平伏してしまう。

「お屋形。お赦し下され」

「そうじゃな……七龍太どのなら言われるであろうな、むすめ可愛さでよろしゅうござろう、と」

ふっ、と力なく笑う氏理である。

そこへ、佐々家の使者がきて、柴田勝家の本陣へ参ずるよう命ぜられ、氏理は九左衛門を伴って、内ケ嶋陣をあとにした。

「松右衛門どの。岡島どののことは……」

余人のいないことをたしかめてから、おおさびが訊いた。

「むろん、お屋形には明かしておらぬ。明かせば、ご心労は一層のものになるゆえな」

早百合の偽言により、紗雪と岡島金一郎は不義を疑われて投獄された。当事者の一方である金一郎の誅殺は、紗雪が同じ目にあうことを氏理に想像させてしまう。しかも、殺害者が冷酷無惨な下間頼蛇と知れば、氏理は絶望するであろう。

「あの女、よもや姫まで……」

憤りを禁じ得ない松右衛門は、早百合をあの女よばわりした。

「内蔵助どののお許しなく姫を殺めることは、決してござるまい」

おおさびは否定する。

「と申すより、呉羽殿は姫を内蔵助どのの前へ突き出し、不義を詰って、ご処断を仰ぎたい。内蔵助どのから姫に死を与えて貰うことが、呉羽殿の大いなる満足なのであろうと存ずる」

「おおさび。和睦が成らなんだときは、いかがする」

「城内に火をつけ、混乱に乗じて、姫とたきどのをお救い申し上げる」

「大事なるは姫の命ぞ」

「たきどのを見捨てるなど、姫がお許しになられぬ」

「そうじゃなあ……」

深々と溜め息をつく松右衛門である。


織田信長というのは、何事につけ独断で、命令通りに実行できない家臣を無能ときめつけ、殺したり、追放したりする。後世には、そういう印象が強い。

実際には、現場の判断にまかせることが少なくなかった。それでなければ、驚異的な迅さで敵を次々と攻略した部将の羽柴秀吉や、難しい朝廷対策を円滑に進めた優秀な吏僚の村井貞勝などは誕生していない。また、結果的には追放することになるものの、佐久間信盛に、それまで五ヶ年もの間、本願寺包囲軍の指揮を執らせていたのも、現場の判断を重視すればこそであった。

越前一向一揆の大虐殺や、比叡山の全山焼討ちも、現場の部将たちが、勝利を得たあと、信長に満足のゆく内容の報告をしたにすぎず、実のところは、そこまで多くの人間を殺していない、という説も伝わっている。信長のほうも、それを承知で、数千人、数万人を討ったと世に喧伝させたとも考えられる。

越中国内の反織田勢力を富山城一ヶ所に集めて皆殺しにするというのは、信長の策ではある。しかし、その場の状況次第で臨機応変に対処して好結果を得るべきで、そのほうが信長も納得する、と勝家ら織田の部将には分かっていた。

だから、現状では、北国攻略の総大将の勝家にとっても、越中一職支配の成政にとっても、富山城の籠城勢との和睦に、実は否やはないのである。

肝心の魚津城を落とせないまま、富山城攻めにいたずらに時日を費やせば、織田に参じている北国の諸将の間に必ず綻びが生じ、上杉方へ寝返る者も出てくる。わけても、越中の国人衆はいまだ信用できない。これが勝家の考えであった。

成政にすれば、越中の中心たる富山で越中衆との血みどろの戦いなどすれば、勝ったところで、戦後の仕置きの支障となることは目に見えており、国内の統治は覚束ない。

問題は、籠城勢より提示された条件である。

「むしのよいことを申しおって」

勝家は吐き捨てた。

兵と婦女子の助命はよいとしても、首謀者と主立つ者らは切腹もしくは斬刑が当然。神保越中守長住にしても、経緯に関係なく、籠城勢の総大将となったことは事実なのだから、最も重い責めを負わねばならない。

「越中守は上様の御妹君の婿。追放に処せば充分にござろう」

と勝家に進言したのは、成政である。

「内蔵助。さまで側妾が大事か」

「それは別儀と申したはず」

気色ばむ成政であった。

「神保越中、小島六郎左衛門、唐人式部ら大将どもの首と引き替えに和睦に応ずる。籠城勢がこれを呑めぬと申すのなら、総掛かりをいたす。皆々、さよう心得よ」

「お待ち下され、修理どの」

口を挟んだのは、前田又左衛門利家である。柴田勝家は修理亮を称する。

「富山城は、内蔵助どのが縄張りなされた堅固の城。容易には落とせませぬぞ。われらが勝つとしても、多くの兵を失い申そう」

「武辺者の又左らしゅうもない臆病なことを申すわ」

「上様が何よりもご期待あそばすは、魚津城を落とすことではござらぬのか。ここで戦うて疲れた身で、すぐにまた魚津城攻めに向こうても、兵は存分に働けますまい。となれば、長期の包囲陣を覚悟せねばならぬと存ずる。富山の籠城勢と戦わずして、城を開かせられるのなら、われらも力を削がれぬまま、魚津城攻めに専念できるというもの」

「又左まで、神保らの言いなりになれと申すか」

「命乞いを受け容れるのは、言いなりにてはあらず。修理どのが武人の情けを示すことにほかなり申さぬ」

「それがしも又左に同心いたす」

と不破河内守光治が言った。

光治は、佐々成政、前田利家と並んで、越前府中三人衆のひとりである。かれらは、軍事的には勝家の麾下でも、信長の命によって勝家に対する目付の任も負う。

生没年の判然としない光治だが、この頃は高齢で、病身をおしての出陣であった。

「それでも修理どのが総掛かりをと仰せられるのなら、否やはござらぬ。不肖、この不破河内が先鋒を仕る。いつ死んでも惜しゅうはない身ゆえ」

家督をすでに子の直光に譲った光治は、越中平定戦を最後のご奉公と思いきめている。

「河内どの……」

こういう武人らしい言動には心を揺さぶられるのが、柴田勝家という大将であった。

とはいえ、ひとり信長の謀計を奉じて、越中国内の反織田勢力を富山城へ集結させることに成功しただけに、かれらを無傷で解放するのは、やはり業腹であり、勝家は迷った。

だが、にわかに、決断を先送りできない事態に見舞われた。魚津城攻めの織田勢からの急使が駆け込んできたのである。

「城方が息を吹き返し申した」

織田勢が富山城攻めに大きく兵を割いたことで、魚津城包囲陣には隙ができている。城方にそこをつかれ、奇襲戦によって幾度か兵糧を奪われかけた、という報告であった。

兵糧攻めをしている側が、その兵糧を奪われては元も子もない。勝家は決断せざるをえなかった。

「富山の籠城勢とはただちに和睦いたす。神保ら大将どもも殺さぬ」

「妾の申した通りになったであろう」

早百合が、長住、六郎左衛門、式部らに向かって、顎を上げてみせた。

たったいま、かれらは、柴田勝家からの和睦の使者の訪問をうけたばかりである。籠城勢全員の助命が保証された。

「呉羽殿には衷心より御礼申し上げる」

と長住が、露骨なほど安堵したようすで、頭を下げた。

六郎左衛門と式部も、実際の首謀者たるおのれたちばかりは絶対に死を免れないと諦めていただけに、顔の強張りが失せている。

「わがお屋形は、妾を決してお見捨てにならぬ」

籠城勢の提示した条件通りの和議を結ぶよう、成政はなんとしても勝家を説得する。そう早百合は長住に請け合ったのである。それほど自分は成政に寵愛されている、と。

現実には、勝家が魚津城攻めとの兼ね合いから判断して、条件を呑んだ。しかし、早百合自身はもとより、長住らも、死を覚悟した寵妾の健気さが成政の心を動かした結果と信じている。

「あとは、お分かりでありましょうな、越中守どの」

「ご念押しには及び申さぬ」

この日のうちに、籠城勢から攻城勢への城の明け渡しが行われた。四月初めのことである。

長住以下の籠城勢の大将らが雁首を揃える会所の首座に就いた勝家は、かれらに国外退去を命じた。

「次に叛いたときは、そのほうらはもとより、そのほうらの一族郎党、皆殺しにいたす。上様の義弟どのとて決して情けをかけぬ。さよう心得よ」

信長の義弟とは長住をさす。

「しかと肝に銘じましてござる」

汗の噴き出たひたいを床にすりつける長住である。

勝家は、富山城の接収と後処理を、城と城下の勝手を知る佐々勢に任せ、自身は他の将たちを率いて、急ぎ、魚津へ向かった。

籠城勢は、すみやかに武器を捨てて退去を始めたが、長住ら主立つ者ばかりは、佐々兵に包囲された会所に留まっている。退去にさいして万一、不穏のことが起こったときのための人質であった。

そこへ、早百合が参上した。

「その傷は」

と成政が、寵妾の唇の傷痕に気づいた。

「いえ……なんでもありませぬ」

躊躇いがちに、早百合がそう言うと、

「畏れながら、お屋形」

長住が、早百合を気遣うようすをみせながら、少し膝を進めた。成政をお屋形と称んだのは、越中国主と認めたからにほかならぬ。

「申し上げにくきことながら、実は、白川殿と岡島金一郎どのが……」

「お止め下され、越中どの」

早百合は烈しく頭を振る。

「呉羽殿はおやさしすぎる」

と長住が早百合に言った。

「両人の不義のことか」

成政の口から出たその一言に、長住も早百合も息を呑む。

「すでに聞き及んでおる」

成政の声は沈んだ。

「それならば、お叱りを承知で申し上げる」

長住がつづけた。

「不義のことをお知りになった呉羽殿は、白川殿には穏便に接せられたのでござる。なれど、白川殿は、乳母どのともども、烈しくお怒りになられて、呉羽殿のお顔を撲たれた。剰え、岡島どのに至っては、呉羽殿へ斬りつけ申した。これはわが家臣が取り押さえ、大事には至りませなんだ。岡島どのについては、その場で討ち取るのが当然にござったが、呉羽殿は早まってはならぬと仰せられた。岡島金一郎はお屋形のご近習ゆえ、お許しもなく罰してはならぬ、と。それで、ひとまず白川殿、乳母どの、岡島どの三人とも人屋へお入りいただいた次第」

「わしの聞いた話とは異なる」

眉を顰める成政である。

「どなたからお聞き及びか存じ申さぬが、いま申し上げたことはすべてまことのことにござる。この会所にて起こったことゆえ、この者らも皆、一部始終を見ており申す」

長住が六郎左衛門や式部らを振り返ると、かれらは皆、それが事実であることを手短に証言した。

「呉羽殿の願いにより、人屋の警固は緩くしており申したが、岡島どのがその隙をついて、白川殿付きの警固衆を率いて脱し、再び呉羽殿を襲おうとしたゆえ、悉皆、討ち果たし申した」

「なにっ……」

成政は驚いた。不義の一件が事実であったとしても、金一郎はともかく、紗雪付きの警固衆とは、輿入れから随従している内ケ嶋氏の侍たちではないか。

「女房衆は」

紗雪付きの女房衆も、乳母のたきをはじめ、皆、内ケ嶋氏の者らである。

「女房衆は、乳母どのを除けば、不義のことは知らなんだらしく、人屋にて終始、神妙に過ごしており、いまもそのままにござる」

「月が……月が悪いのでございます」

早百合が、俯いて、にわかに泣きだした。

「月が悪いとは、早百合、いかなる意か」

解しかねた成政が問う。

「あの夜、月が出ていなければ、仮山の陰で口を吸い合うているふたりを、妾が目にすることはござりませなんだ」

仮山とは、庭の築山のことである。

織田信長は築城において、建物の斬新さは言うに及ばず、庭作りでも凝った。成政も、主君に倣って、富山城内に幾つか庭を作っている。それは、いずれ自分の居城となったとき、紗雪に喜んで貰いたかったからである。

その庭で、月の光の下、紗雪と金一郎が口吸いをしていたという。

生々しい男女の交歓図が頭の中に広がって、成政の心は、一瞬にして、怒りと嫉妬で膨れ上がった。

「お赦し下さりませ」

わあっ、と早百合が泣き伏した。

「そなたが詫びることはない」

絞り出すように言ってから、成政は立った。

「人屋へまいる。供をせよ、早百合」

「そればかりは……」

泣き止まぬまま、早百合がいやいやをする。

「妾は白川殿が恐ろしゅうございます。顔を合わせれば、どうにかなってしまいそうで……」

縋るような涙目を、早百合は成政へ向ける。

これまでの対応の中で思い知った紗雪の性情を、早百合は恐れたのであった。紗雪は真っ直ぐである。対面すれば、おのれの嘘が露見するやもしれぬ。

成政は、早百合のそんな心の動きを察すべくもない。ただ、愛おしいと思った。

「相分かった。そなたも、人質にとられて苦労であったろう。息んでおれ」

成政は会所をあとにした。

その背を見送る早百合のおもてに、微かに笑みが刷かれたのを見て、長住は膚を粟立たせた。

こののち、越中国に別れを告げてから、浪牢の境涯となる神保長住だが、二度と故国の土を踏むことなく、戦国史より消え去った。いつどこで没したのか不明である。

小島六郎左衛門と唐人式部は、それでも本願寺教如が支援にきていた五箇山へ逃れて、真宗門徒とともに再起を策す。が、結局は何も成し得ないまま卒わった。

内ケ嶋勢は、敵の退去のようすを、門内の近くで、警戒しながら見戍っている。

「なんということか……」

会所における成政らのやりとりの子細をおおさびより聞かされ、氏理は茫然とした。

「警固衆を……」

九左衛門も二の句が継げない。

「呉羽殿が姫の警固衆を殺させたのは、おそらく、竹沢熊四郎を佐々陣へ送り込んだあとのことと存ずる」

それでなければ、そのときはまだ城内にいた自分が気づいたはず、とおおさびは口惜しく思う。

氏理の意をうけた警固衆が紗雪を裏切ることは決してない。早百合にとっては、自分の作り話を信じない者らはできるだけ少ないほうが好都合である。

紗雪付きの女房衆が殺されなかった理由も察しがつく。もともと茶之の家来であるその女たちは、紗雪に対する忠誠心をまったく持ち合わせない。きっと紗雪側に立つ言動を欠片もみせなかったのであろう。あるいは、不義の一件も信じているのかもしれない。

「実は、お屋形……」

松右衛門が申し訳なさそうに氏理に言う。

「岡島金一郎どのばかりは、それより前に殺されており申した」

「なんと……」

金一郎が殺されれば紗雪も殺される、と氏理が絶望するに違いないので、いままで明かさずにいた、と松右衛門は正直に告げた。

氏理は怒らない。それどころか、松右衛門とおおさびの思いやりに礼を言った。

「分からぬのは、神保越中らがなぜ、呉羽殿に口裏を合わせたのかだ」

九左衛門が訝(いぶか)り、おおさびがこたえる。

「察するに、呉羽殿は、自分が内蔵助どのに懇願(こんがん)いたせば、籠城勢の大将どもの命も救えると越中守に持ちかけた。攻城勢の思惑はどうあれ、畢竟(ひっきょう)、そのようになり申したゆえ、見返りに言いなりにさせた。さような次第ではござるまいか」

突然、氏理が足早に歩きだした。

「お屋形。いずこへまいられる」

九左衛門が追いかけ、松右衛門とおおさびもつづく。

「内蔵助どのに事の真相を申し上げ、紗雪を解き放っていただく」

「この期(ご)に及んでは、到底信じていただけますまい」

岡島金一郎は成政に信用されていた近習である。成政が冷静になれば、あらためて話を聞いて、慎重に真偽をたしかめたであろう。が、その金一郎を、早百合は早々と殺してしまった。紗雪への濡れ衣を主張するに違いない警固衆も洩らさず討った。死人に口なしである。さらには、籠城勢の大将どもも抱き込んだ。

何より、早百合の健気さを装うさまが堂に入っていた。実際に紗雪につけられた昏の傷痕のおかげで、よけいに真に迫った。目撃の光景が月下の仮山の陰での口吸いというのも、具体的なだけに信憑性を纏った。

そして、成政は、紗雪に恋をしているが、いまだ枕を交わしてはいない。早百合は幾度も肌を合わせてきた随一の寵妾である。紗雪とたきがどれほど否定したところで、早百合が嘘をついたとは、成政は疑わぬであろう。

「誠心をもってお頼みいたす」

おのが命に代えてもむすめを守りたい。その一心が、氏理を衝き動かしている。

もはや九左衛門も制止しない。命を差し出すのは、主君でなく自分である、と思い決した。松右衛門も決死の顔つきとなった。

（いよいよとなれば……）

ひとり別の思いを抱いたのは、おおさびである。

「紗雪」

どの、という敬称を対面で初めて口にしない成政であった。

人屋の格子を間にして、成政と紗雪は対い合っている。

「そなた、いつから金一郎と……」

「畏れながらっ……」

紗雪の傍らに控えるたきが、口を出した。

「それは、姫が不義を働いたときめつけておられるご下問にて……」

「僭上者っ」

近習衆でなく、成政みずから、たきを怒鳴りつけた。

成政が紗雪の前で声を荒らげるのは初めてである。永年の戦場鍛えの怒号だけに、恐ろしい。引き下がるほかないたきであった。

「わたくしと岡島どのとの間には何もござりませなんだ」

と紗雪がこたえた。

「それを信ぜよと申すか」

「わたくしは、まことのことを申し上げております」

「ならば、早百合が偽りを申しているというのだな」

「そうとも申せますまい」

「なに……」

「深く愛し、誰にも渡しとうない御方がいれば、そのためには、女子はどんなことでもしてのける。もし、そうあってほしいと思うていることが、愛の成就につながるのなら、そうであったと信じることができる。女子にはそうしたところがございます。それゆえ、早百合さまは嘘をついたとは思うておられぬと存じます」

ひと息に言ってのけた紗雪の眼は、きらきらと輝いている。

「そなた……」

成政は困惑した。言い逃れとは程遠い紗雪の言動だからである。そればかりか、早百合への非難も怒りもない。むしろ、同じ女として共感しているようですらある。

（姫……）

たきもまた、紗雪のようすに驚きを禁じ得なかった。

（いつのまに……かくもご成長あそばしたとは……）

成就はしなかったものの、七龍太への純愛が濃やかな女心というものを紗雪の中に生んだ。そうとしか考えられない。

「わたくしをお斬りなされますか」

声も乱さず、紗雪は成政に問うた。

「抗いますあらが」


「……」

即答できない成政である。

「そのときは、理不尽な罰をうけるつもりはございませぬゆえ、わたくしは抗います」

「姫っ」

わざわざ対手あいてを刺激するような発言はまずい、とたきは後ろから袖をとった。

が、紗雪は振り返らない。

「抗えば、無惨な死に方をすることになろうぞ」

気に障さわったようすもなく、冷静に成政は言った。

「闘わずに死ぬほうが、よほど無惨と存じます」

「お父上の教えか」

「生まれつき、かような思いを抱いてまいりました」

「なんと、のう……」

感に堪たえない成政であった。

「わしは、そなたのことを何も知らなんだようじゃ」

「わたくしも、殿のことはよく存じませぬ」

「さようか……存ぜぬか、わしのことを……」

成政は、ちょっと淋しげな笑みを浮かべた。ただ、表情から怒りの色はすっかり失せている。

「そなたとは、いま一度、初めから……」

そこまで言って、成政は小さく頭を振り、

「いや……なるまいの」

躊躇いがちに、小声でそうつづけたとき、出入口のほうが騒がしくなった。

すると、番兵が走り寄ってきて、内ケ嶋兵庫頭が目通りを願っていると告げた。

「そなたのことよな」

と成政は紗雪に言った。

紗雪のおもてに、初めて不安の色が過る。

「案ずるな。わしは、こたびの儀は兵庫頭には関わりなきことと思うている」

紗雪の不義の一件で氏理まで咎めるつもりはない、と成政はほとんど明言したのである。

「畏れながら……」

しばらく黙していたたきが、格子の際まで寄った。

「姫をお解き放ち下さいますよう、お願い申し上げます」

「それは、ならぬ」

冷然たる返答を投げてから、成政は背を向ける。

成政が半地下の人屋の郭から戸外へ出ると、地べたに平伏する氏理とその家来たちが待っていた。

「兵庫頭」

「ははっ」

「申したいことはあろうが、受けつけぬ。紗雪も乳母も人屋から出さぬ。なれど、傷つけはせぬ。いまは、それで諒とせよ」

「寛大なるご処分、御礼の申し上げようもござらぬ」

氏理は怺えた。何か口答えすれば、成政の気が変わって、紗雪が処刑されるかもしれないと恐れたからである。それに、いまは、という一言には微かな希望を感じた。

九左衛門も松右衛門もおおさびも口を噤んだ。

「籠城勢の退去が了わり次第、わしは魚津へ馳せつける。兵庫頭も後れるでないぞ」

氏理との関係はこれまで通り、という成政の意思表示とみてよかった。

「おおさび。この先、かまえて要らざることをいたすなよ」

成政がその場を離れると、九左衛門が釘を刺すように言った。紗雪を脱出させるなどすれば、内ケ嶋氏は滅ぼされよう。

「ならば、呉羽殿を……」

おおさびは眼に殺意を宿らせる。

「やめよ」

許さない九左衛門である。

「何者の仕業か知れぬように成し遂げられ申す」

「わしがそうしたいくらいじゃ」

これは氏理であった。

「なれど、おおさび。やはり、なるまいぞ」

氏理の命令では致し方ない。おおさびは早百合殺しを断念した。

(それこそ、いまは、だ)

越後春日山城を発した上杉景勝が、五千騎を従えて越中入りし、魚津城の東方の天神山に布陣すると、飢餓状態の籠城兵たちは奮い立った。五月十五日のことである。

だが、柴田勝家を総大将とする魚津城包囲の織田勢は、兵力も物量も、上杉勢をはるかに上回った。ばかりか、二面策戦をとって、上野の滝川一益と信濃の森長可が、それぞれ大兵を率い、景勝不在の越後を侵した。

自領が危うくなった景勝は、同月二十六日に天神山を陣払いし、急ぎ越後へ帰国する。そのさい、降伏を勧める書状を籠城勢に届けた。

これで意気消沈した籠城勢へ、勝家は全員の助命を約束するという講和を持ちかける。決して詐術でない証として、当方からは人質を差し出すので、そちらも本丸を明け渡して三ノ丸へ移ることで降伏の意を表して貰いたい、と。

織田勢から、勝家の従兄弟と成政の甥が人質に差し出されると、籠城勢もようやく信じて、防備の薄い三ノ丸へ移った。もとより罠である。代わりに本丸へ入った佐々勢が、三ノ丸へ鉄炮を斉射し、城外の織田勢もこれに呼応して雪崩込んだ。

憤怒の籠城勢は、人質のふたりを斬り刻んだ。

おのが親族を犠牲にしてでも、勝家と成政は魚津城を落としたかったのである。殺されたふたりも覚悟の上であった。

魚津城の玉砕は六月三日のことである。

「これで上様にご満足いただける」

勝家は胸を撫で下ろした。

この前日の朝、天下を揺るがす驚殺の凶変が起こったことを、北国の織田勢はまだ知らない。かれらの上様、織田信長が、京都本能寺において、重臣・明智光秀に討たれてしまったのである。

旭日の猿

艶めく緑の葉叢の中に散り乱れる真紅の花は、萼が長い筒状なので、燃え立っているように見える。

その果実は人の血の味に似るという、石榴の花である。

「七龍太。そのほうならば、お市さま母娘を助けられよう」

柴田修理亮勝家が籠もる越前北庄城を眺めやりながら、攻城軍の総大将・羽柴筑前守秀吉が言った。天正十一年四月二十三日の午後である。

「そのために参じましたが、約束はいたしかねる。生きることを、お市さま母娘が望んだとしても、お決めになるのは修理どののゆえ」

「そこをどうにかするのが津田七龍太ではないか」

「お買い被りと存ずる」

秀吉の帷幄に加わっていた頃の七龍太の軍略や戦術は、亡き師匠の竹中半兵衛譲りのめざましいもので、黒田官兵衛と双璧をなした。とはいえ、七龍太は、信長の命で一時的に秀吉寄騎となった竹中彦作の側近として参じており、秀吉の臣下ではなかった。

昨春、織田勢の武田討伐のさい、彦作が信長から呼び戻されると、七龍太も秀吉のもとを離れて、信濃まで出陣している。その後、本能寺の変が起こり、美濃不破郡の彦作の領地でも一揆が勃発したので、鎮定のために戦った。ところが、彦作が討死してしまう。七龍太は、師匠の弟を守りきれなかったことを悔やんだ。

半兵衛と彦作の弟である彦八郎も、本能寺の変にさいし、信長嫡男の信忠の籠もった京都二条御所で討死している。七龍太は、かつて半兵衛が隠棲の地とし、自身も幼少期を過ごした栗原山へ戻り、父の喜多村十助とともに、竹中兄弟の菩提を弔う日々を送り始めた。

この間、信長の後継者の座をめぐって、秀吉と勝家の対立が日に日に激化してゆくようすは伝わってきた。

秀吉その人が栗原山をふらりと訪れたのは、四月二十日の午頃のことである。

「力を貸せ、七龍太」

「岐阜城攻めならば、ご辞退申し上げる」

このとき秀吉は、美濃大垣城に入り、神戸信孝の岐阜城を攻める直前であった。織田信長の三男である三七郎信孝は、勝家と結んで秀吉に対抗している。

「旧主のお子は攻められぬ。そのほうの師の半兵衛が申しそうなことだ」

「お分かりならば、わざわざ足をお運びにならずとも……」

「岐阜ではない。余呉じゃ」

羽柴勢と柴田勢は、三月半ばより、近江国の北国街道沿いの余呉湖周辺に陣を布いて対峙し、膠着状態に陥っている。兵力で優る秀吉は、勝家への赴援を期す信孝を、先に叩いておくべく、二万の軍兵を割いて、本陣の木之本を一時的に離れてきた。

「わたしの出る幕はありませぬ」

「謙遜は無用ぞ、七龍太」

「ならば、ひとつご忠告申し上げましょう。ただちに木之本へお戻りなされよ」

「なんと申した」

「わたしが修理どのなら、筑前どののご不在のいま、戦雲を動かすと存ずる」

「いかにして動かす」

「中入り」

「なに……」

対陣中、一部の兵をもって、不意に敵中へ攻め入ることを中入りという。危険な戦法だが、対陣が長くなって敵に惰気が生じたときには効果的である。成功すれば、味方の士気は大いに上がり、敵を動揺させられる。

「わしの手の者らは、さまで迂闊ではない」

「羽柴のご家臣はさもありましょう」

「……」

秀吉の胸はざわついた。七龍太の言わんとすることが察せられたからである。

秀吉の麾下には、新参者が多い。本能寺の変以前は、織田家中において上位者であったり、同僚であったりした者も少なくない。かれらの忠誠心が薄いことを、秀吉自身、分かっている。

滞陣一ヶ月ともなれば、そういう者らは秀吉の総大将としての力量を疑ったり、厭戦気分に陥ったりしがちである。そこを不意討ちされたら、ひとたまりもない。

「修理は誰の陣を襲う」

単刀直入に訊く秀吉へ、

「わたしは戦陣のようすを存ぜぬゆえ」

と七龍太は頭を振る。

「なれど、ひとつ察しがつくのは、修理どのが中入りをなさるとすれば、大将に任じるのは佐久間玄蕃どの」

勝家の甥の佐久間玄蕃允盛政は、柴田勢の最強の将である。

「玄蕃どのならば、短い時で成し遂げることができましょう。あとのことは、そのときのありさま次第」

「ありさまとは」

「羽柴の他の陣が中入りにも冷静に対処いたすようなら、玄蕃どのを速やかに退かせる。うろたえるようなら、奪った陣地に玄蕃どのを留めて、柴田本陣を南へ進め、暇をおかず、羽柴本陣の木之本を総攻めいたし、岐阜にも急報して、三七郎さまには機を見てご出陣いただく」

「なるほどのう……」

心から感心したようすの秀吉である。

「無理強いはせぬ。なれど、七龍太、わしは必ず北庄城を落とす。そのほうには助けたいお人がおるはずじゃ」

それを別辞として栗原山を去り、大垣城へ戻った秀吉だが、途次で弟・羽柴秀長からの急使に出くわした。秀長は木之本付近の田上山に陣取っている。

「今早暁、大岩山の中川清秀どのの御陣が、敵の佐久間玄蕃勢のにわかの襲撃を受け、清秀どの、御討死」

「瀬兵衛であったか……」

秀吉は臍を噛んだ。

摂津衆の中川瀬兵衛清秀は、荒木村重謀叛の折、同心の嫌疑をかけられたが、あらためて信長に忠誠を誓い、その後、粉骨砕身して、おぼえがめでたくなった。西国をことごとく織田の版図に収めたときは、国持ちにするという言質も信長から賜っている。本能寺の変の直後、明智光秀の誘いにのらず、秀吉に全面協力して、高山右近とともに山崎合戦で奮戦した。

秀吉は清秀をそれなりに買っていた。しかし、猿めが主君面をする、と清秀はおのが家臣の前で吐き捨てたという噂が、秀吉自身の耳に入っている。主君面が不在になった途端、中川軍の士気は緩んだとみて間違いない。

「右近は瀬兵衛を助けなんだのか」

と秀吉は使者に質す。

味方の中で、高山右近の陣する岩崎山が、大岩山に最も近い。

「岩崎山も敵に押し寄せられ、どうすることもできず、高山どのは退かれ、大岩山ともども佐久間勢に奪われましてございます」

清秀、右近両人とも、織田においては新参者で、また光秀の組下でもあった。秀吉に属すようになってからは、さらに日が浅い。

「ほかの味方のようすは」

最も肝心なことを、秀吉は訊いた。

「小一郎さまがお味方の乱れを鎮められ、堀久太郎どのも柴田修理の動きを封じられたのでございますが、それでも逃げる兵、柴田方へ寝返る兵らを如何ともしがたかったところ……」

小一郎とは、羽柴秀長のことで、秀吉不在中は総大将をつとめ、人望が厚い。堀久太郎秀政は、年少時より織田政権の政事・軍事に活躍し、気難しい信長に最も信頼された側近のひとりで、秀吉がいち早く味方につけた才幹である。

「丹羽五郎左衛門どのが馳せつけて下されました」

と使者はつづけた。

「なんと、五郎左が……」

これは、秀吉には素直に嬉しい驚きであった。

信長に年少で近侍した頃から重用されてきた丹羽五郎左衛門長秀は、山崎合戦では秀吉に従って手柄を立てた。今後の織田政権の「天下之政道」を決める清洲会議に参加の宿老四人にも、柴田勝家、羽柴秀吉、池田恒興と並んで名を列ねている。

会議の決定では、それまでの若狭一国に加え、近江の志賀・高島両郡を得て、その後、秀吉と勝家が決裂すると、北国の柴田方に備えて、越前敦賀と近江の海津・塩津に兵を配し、自身は近江坂本城に拠った。しかし、秀吉が木之本から岐阜城攻めに向かったとの報を受け、自己判断で援軍としてみずから出陣してきた。そして、大岩山の南方の賤ヶ岳あたりが混乱しているのを望見するや、そちらへ向かったのである。賤ヶ岳の砦の守将・桑山重晴は丹羽家の旧臣であった。

「丹羽どののおかげにて、士気は高まり、お味方も陣を立て直すことができましてございます」

「では、それを見て、佐久間玄蕃は引き揚げたのだな」

「は……」

使者は秀吉の質問の意を理解しかねるようであった。

「玄蕃が引き揚げたのや否やを問うておる」

「佐久間勢は大岩山とその付近に留まり、賤ヶ岳を包囲し始めました」

敵の主力の将を討ち、その陣地を奪ったのだから、留まるのは当然、と使者は思ったのである。

「そうか、玄蕃は留まっておるか」

中入りが成功しても、羽柴勢の他の陣に動揺がみられないのなら、佐久間玄蕃は速やかに撤収するはず、と七龍太は言った。予言のほとんどは的中したが、そこのところだけが違った。決定的な違いである。

「玄蕃め、勝利に驕ったな」

嬉しそうに、秀吉は膝を叩いた。

「虎之助」

近習の加藤虎之助清正に命じる。

「栗原山へ引き返し、いまの話を七龍太に伝えてから、かように申せ。参陣いたすもいたさぬも、そのほう次第、とな」

「畏まってござる」

秀吉は、ただちに早馬を放って、大垣と木之本をつなぐ道沿いの村々に触れを出し、大量の炊き出しと、沿道に松明を灯すようにも命じた。近江長浜以北の村には、兵糧を木之本まで運ばせ、また、稲を掛けて乾燥させる稲架木すべてに蓑笠を着けるという擬装の兵まで配させた。その上で、みずからは近臣数騎を従えたのみで、兵らより先に大垣を発した。本能寺の変の直後、対陣中であった毛利に京の大事件を知られる前に、これと和睦し、備中高松から信じがたい迅さで大軍を東上させて山城国山崎で光秀を破った、いわゆる中国大返しに、秀吉自身が倣ったものといえよう。

大垣から木之本まで十三里。中国大返しに較べれば随分と距離が短いので、馬は三頭乗り潰したものの、秀吉は、二十日の夜のうちに木之本の本陣へ戻り着いている。兵たちも一年足らず前の経験を生かし、落伍者もほとんどなく、一気に駆け通して陸続と集結した。

秀吉が美濃から疾風迅雷の如く戻ってくるなど夢想だにしていなかった玄蕃は、仰天し、急ぎ敵中からの撤収を開始する。

秀吉も七龍太も後日に知ることだが、中入りは玄蕃が進言した策であり、勝家は当初、これに反対したという。しかし、柴田勢の最強戦力で気に入りの甥でもある玄蕃に押し切られ、大岩山を落としたら、そのときの状況がどうあろうと即時撤兵することを条件として、進言を容れたのである。秀吉が余人の思いもよらぬ戦略・戦術を成功させてきたことをよくよく知る勝家は、その速やかな反撃を予想し、恐れていたのかもしれない。

二十一日早暁より始まった賤ヶ岳合戦は、真っ向勝負の合戦ではなく、ほとんど羽柴勢による柴田勢追撃戦であった。

このとき、柴田勢の中で、勝家に大きな戦力として期待されていた前田利家が、羽柴勢と一戦も交えることなく、早々と戈を収め、おのが全軍を率いて北方へ逃げてしまう。すると、大岩山攻撃では佐久間勢の先鋒をつとめた不破直光と金森長近も戦意を喪失し、いずれも持ち場を放棄して戦場を脱した。越前衆とよばれて、勝家を支えてきたかれら三名の戦線離脱は、余の武将たちにも影響を与え、柴田勢は無惨なまでに潰乱する。

実は、戦前に秀吉と利家は密約を交わしていた。勝家に刃を向けたくない気持ちは分かるので、せめて中立を守ってほしい、という秀吉からの要請に、利家が応じたのである。

信長が尾張統一もいまだ遠しという時代からの朋輩である秀吉と利家だが、といって、これは友情という美談ではない。露骨に言えば、利家は勝ち馬に乗ったにすぎない。もし戦況が柴田勢に有利となり、勝機もみえたと判断したときには、躊躇わず羽柴勢を攻めたであろう。

佐久間玄蕃允盛政は、越前の山中に逃れて潜んでいるところを捕らえられ、後日、京に護送されて洛中引き回しの上、刎首となる。

柴田勝家は、わずかな供廻りで、二十一日夜半に北庄へ帰城し、籠城した。守兵はわずか三千である。

秀吉は、二十三日朝、数万の大兵をもって、北庄城を完全に包囲する。

「津田どの。主命ぞ」

市と姫らの救出を確約できないという七龍太を睨みつけたのは、若く才気走った顔つきである。

「わたしは、お主をもたぬ身」

その秀吉の側近・石田三成へ、七龍太は穏やかに言い返した。竹中半兵衛も織田信長も亡きあと、主君はいない。

「上様が天下布武を成し遂げられたあとも、さように申せるか」

羽柴家の家臣たちは、主君・秀吉のことを、信長の遺志を継ぐ者として、早くも上様と尊称している。

「やめよ、佐吉」

と秀吉がたしなめた。三成は通称を佐吉という。

「津田七龍太はこういう男よ。なれど、必ずしてのけてくれよう」

七龍太は、秀吉の本意を知っている。信長の妹と姪たちの救出に執着するのは、死なせては大恩ある亡君に顔向けができない、という忠義心からではない。永く高嶺の花と憧れてきた市をわがものにしたい、その情欲からなのである。ただ、それはそれとして、七龍太とて市と三人の姫の命を助けたいことに変わりはない。

「されば、これより城へ」

座を立った七龍太は、

「警固をつけようぞ」

という秀吉の申し出を、ご無用に、と断った。

「僭上者っ。上様のご懇情を蔑ろにいたすか」

三成が声を荒らげたが、こんども七龍太は声も乱さずにこたえる。

「わたしは、筑前どのの使者としてまいるのではないゆえ、関わりなき羽柴家のご家臣を危うきにさらすことはでき申さぬ」

もし籠城方が玉砕を覚悟していれば、その強固な意志を示すため、攻城方の使者も警固人も斬り捨てるというのは、合戦ではめずらしいことではない。

だが、七龍太が警固を固辞した理由はそればかりではない。秀吉の家臣に監視されるのが煩わしいからでもあった。

「好きにいたせ」

秀吉が苦笑まじりに赦した。

「まいろう、兵内」

七龍太は、永年の従者である宮地兵内ひとりを供に、城門へ向かった。

「まことに七龍太じゃ」

通された会所で兵内とともに待っていると、歓声が上がって、後ろから首に抱きつかれた。

「これは、お江さま。お久しゅうござる」

市の三女で、十歳をこえたはずの江だが、まだ稚い。

「双六をしようぞ」

「それは嬉しいお誘いにござるなあ」

「そうであろう。されば、こちらへまいれ」

江が、前へ回り込んで、七龍太の手をとる。

「江っ、退がりゃ」

叱りつけた声に、振り向いた七龍太は、敷居際に立つ女人に目を奪われた。

（お市さま……）

岐阜城下で初めて出会った頃とまったく変わらぬ、いや、それよりもさらに若々しい美貌がそこにあった。

「そちはいま、妾を母上と見間違えたな」

七龍太の驚愕の顔つきから、その心中を見透かした美姫は、艶然と微笑んだ。

「お茶々さま……」

膝をずらし、七龍太は茶々に向かって頭を下げた。市の長女である。

その間に、次女の初が、江を七龍太より引き剝がしてゆく。

「おもてを上げよ」

ゆるゆると歩を進めてきた茶々は、七龍太の前で立ち止まって見下ろした。

「なにゆえじゃ、七龍太」

咎める口調である。

「畏れながら、なにゆえとは……」

七龍太には察せられない。

「なにゆえ、伯父上の弔い合戦に参じなんだ」

山崎合戦の起こった昨年六月十三日は、竹中彦作が一揆勢に討たれてわずか七日後のことであり、七龍太はまだ美濃で竹中一族のために奔走していた。

「面目ないことにござる」

理由を明かさず、七龍太はただ謝った。

秀吉の行動があまりに迅すぎて、信長の家臣や麾下で弔い合戦に参陣できなかった者は、ひとり七龍太だけでなく、数多いる。

「伯父上が身罷られても、妾はそちとのことまで反故にしとうはなかったのじゃ。そちならば、弔い合戦で大きな手柄を立てられると思うたからの」

「わたしに、さまでの力はござらぬ」

「そのようじゃな」

茶々の声音が冷たい。

信長は、いずれ七龍太に城と所領を与え、茶々を妻合わせるつもりでいた。これは、茶々がみずから望んで、信長の快諾を得たことである。

「どこぞの山に引っ込んだと聞いておる。武士を棄てたのか」

「武士を棄てる……」

あはは、と七龍太は笑った。

「何を笑う」

「畑を耕し、山菜採りをし、川で漁をし、料理もし、ときに典籍を繙き、なかなかに忙しき日々を過ごしており申す。なんであれ、難しきことを考える暇はござらぬ」

「妾は見誤ったようじゃ」

「畏れ入り奉る」

七龍太は、茶々の性情を知っている。

幼い頃から、茶々が好むのは、遥かなる高みをめざし、邪魔となるものは徹底的に排除してゆく男。つまりは、伯父の信長であった。

小谷城から救出されて織田陣へ着いたとき、赤子であった江はともかく、初は信長を恐れて近寄らなかった。伯父とはいえ、父を殺した男なのだから、正常な反応であろう。しかし、茶々は、事態を把握できる年齢であったにもかかわらず、信長に向けて安堵の表情をみせたのである。そこから憧憬のような思いすら伝わり、七龍太はひとり、茶々の行く末を危ぶんだ。

それゆえ、縁組話を伝えられたときも、いずれ茶々のほうから破談にする、と七龍太には分かっていた。やがて自分の望むような男でなかったと知れば、茶々は途端に冷めるからである。憧れの信長の弔い合戦に参じなかったばかりか、若くして俗世を棄てたような暮らしを始めた男など、茶々にとっては凡愚でしかあるまい。

「そちには、あの鄙の姫が似合いであったな。名を何と申したか」

「さて、わたしに似合いの姫などおりましたかなあ……」

紗雪への雑言は聞きたくないので、七龍太は惚けた。

佐々成政に嫁いだ紗雪は、岡島金一郎との不義を疑われ、成政より折檻をうけたが、その後は赦されて、越中富山城に国主の愛妾としておさまっている、と七龍太は聞いた。

金一郎が処刑されたという不義の一件は、あまりに違和感があった。七龍太が知る紗雪と金一郎の間にそんなことは起こりえない。

そこで、事の真相をたしかめるべく、兵内が富山へ赴き、城下でおおさびに会った。

紗雪と金一郎は、常日頃から親しげであったのは事実だが、わりない仲になったわけでもないのに、勘繰って成政の耳に入れた者がいて、そこからこじれた。金一郎には気の毒であったが、いまは紗雪は成政と仲睦まじく暮らしている。

そのように、おおさびは兵内に明かした。

ただ、兵内が紗雪に目通りを願いたいと申し出ると、おおさびからは、申し訳なさそうに、それはならぬと断られた。この一件以来、成政が嫉妬深くなったので、かつて帰雲城で紗雪と親しく交わった七龍太の使者の拝謁を許すわけにはいかないのだ、と。

そこまで言われては、兵内も引き下がるほかなかった。紗雪はもとより、友であるおおさびにも迷惑はかけられぬ。

栗原山に戻った兵内の復命をうけ、七龍太は、おのが未練に気づいて、恥ずかしくなった。情けなくもある。

(姫はとうに佐々内蔵助どのの妻になられたのだ。わたしが想いを抱いたり、何か詮索するなど、してよいお人ではない……)

もともと、本能寺の変後、栗原山に退隠したのも、紗雪を忘れなければならぬと自身に強いたからではないのか、とあらためておのれに思い出させた。秀吉と勝家の跡目争いに加われば、否応なしに成政とも関わりをもたざるをえないのである。

そして、ようやく晴耕雨読の日々に慣れ始めたというとき、秀吉の栗原山訪問によって、それは破られた。市母娘の暮らす北庄城が大軍に攻められると知っては、参じないわけにはいかなかった。

七龍太にとっての救いは、北庄城に成政がいないことであったろう。成政は、越後の上杉景勝への押さえとして、賤ヶ岳合戦以前から越中に留まっている。内ケ嶋氏理も成政に従って在陣中、と聞いた。

ただ、紗雪は北庄城内のどこかにいてもおかしくない。合戦を前に、総大将が有力な部将や寄騎の妻子を人質にとるのは、当然のことなのである。

「久しやな、七龍太」

明るい声とともに会所へ入ってきたのは、市である。勝家に従っている。

（お窶れになられた……）

胸が塞がれそうになりながら、七龍太は首座に向かって平伏した。兵内も倣う。

茶々ら三姫は、それぞれの座につく。

「そちの顔も見られて嬉しいぞ、兵内」

七龍太の後ろに控える兵内にまで、市が温かい声をかける。

「勿体ないことにございます」

兵内は、恐縮し、ひたいを床にすりつけた。

「堅苦しゅういたすな、七龍太。兵内も」

と勝家が微笑んだ。

「わしが市と夫婦になれたのも、三姫が命を長らえているのも、もとをただせば、そちらが小谷で警固を全うしてくれたおかげと申してもよいのじゃ。随分と遅うなったが、礼を申すぞ」

「過分のご褒詞にござる。われらの生涯の栄誉といたしとう存ずる」

七龍太は心よりそう思った。

柴田勝家というのは、当初は信長と家督を争った弟・勘十郎信勝の家老であったが、勘十郎が滅んでからは、異心なく信長に尽くしてきた。本能寺の変後の跡目争いにしても、秀吉と違って、勝家には野心がなく、織田家の存続こそがその願いであったことを、七龍太は知っている。それでも、結局は秀吉と争わざるをえなくなったのは、自身が烏帽子親をつとめた信長三男の信孝に泣きつかれたからといってよい。そのせいで、早くから先を見据えて迅速に行動した秀吉に対し、すべてにおいて後手に回ってしまう。味方につけたかった徳川家康や毛利氏にも色好い返辞を貰えず、外交でも軍事でも大きく水をあけられたまま、開戦に踏み切ることとなった。

勝家は、天下に知られる武辺者だが、情に脆い。信長の遺児の信孝に引っ張られたのも、甥の佐久間盛政に中入りを許したのも、知よりも情に流されたからであろう。情に厚いふりをしながら、実は冷徹な計算をする秀吉に比して、分かりやすいから、そのぶん敵に付け入られやすい。

しかし、そういう人であっても、目の前の勝家のようすは、七龍太には穏やかすぎるように思えた。大軍の攻城方との決戦を前にした総大将の顔ではない。達観した僧侶のそれのようである。

（やはり、再起を期すおつもりはないのだ……）

勝家はとうに、潔く城を枕に討死する覚悟をきめている。七龍太がそれと察したのは、勝家が敗走の途中に前田利家の府中城へ立ち寄ったさいの子細を、羽柴陣において聞いたときである。

勝家は利家の裏切りを詰るようなことは一切せず、それどころか、これまでの厚情に礼を言い、湯漬と替え馬を所望しただけで去ったという。そして、去り際に、摩阿どのはお返しいたす、と告げた。摩阿というのは、前田家が人質として北庄城へ差し出している利家の三女である。

「七龍太がまいったということは、用向きはお屋形にではなく……」

市が、並んで座す勝家を、ちらりと見やってから、視線を戻す。

「わたくしに、じゃな」

かつて、浅井長政の小谷城落城にさいし、七龍太に救出された市と三人の姫が生きて織田陣へ姿を現すと、歓喜が沸いた。ところが、勝家ひとり声をあげて泣いたのである。鬼柴田が嬉し泣きをしておる、と信長は笑った。しかし、市は勝家の洩らした一言を聞き逃さなかった。

（お可哀相に……）

良人を奪われた市の悲嘆を、勝家だけが思いやってくれた。

清洲会議において勝家への再嫁が決められたとき、市は嫌がらなかった。勝家が正室を亡くしたあと、信長にどれほど勧められても後添えを貰わなかった理由を、その頃には察していたからである。

だが、父娘ほども年齢差のある市への想いを、勝家が口にしたことは一度もない。その純情に、市は胸をうたれた。

「七龍太。そのほうからも諭してくれ」

勝家が言った。どこか困惑げである。

「は……」

一瞬、戸惑った七龍太だが、良人から妻への視線で、勝家の言いたいことが分かった。

「御方さまと三姫のお命を助けたい。それが修理どののお望みにあられる」

「察しがよいの」

「御方さま……」

七龍太は市を見つめた。

「何も申すな、七龍太。姫たちを道連れにするつもりはありませぬ。そなたが三人を警固して羽柴陣へ連れていってたもれ」

市の声はやさしい。

「姫君たちにはお母上が必要にござる」

「何も申すなと命じたはずじゃ」

「この儀ばかりは、叛き奉る」

「変わらぬの、七龍太は」

微笑んだ市である。

「修理どの」

七龍太は搦手から攻めることにした。

「いまこの場にて、御方さまを離縁なされよ」

「それは……」

「良人の今生最後の望みを蔑ろにするなど、まことの妻にあらず」

「そうよな……」

溜め息まじりに、勝家はちょっと笑った。

「七龍太。生憎でありましたな。小谷のことは、お屋形には何もかも包み隠さずお伝え申し上げておる」

浅井長政は、落城の直前、市をどうしても助けたくて、良人たるこの長政の意に沿えぬとあらば離縁する、と妻を脅したのである。

あのときは、それでも長政と共に死にたいという市を、七龍太が当て落とし、気絶させたまま背負って城を脱した。

「七龍太。そなたが、筑前の使者でのうて、みずからの意によって、危うきを承知で、これへまいってくれたこと、わたくしは本当に嬉しく思います」

「わたしは、御方さまを……」

そこでことばを途切れさせ、七龍太は唇を噛んだ。

「そなたの誓いは知っておる。わたくしを生涯守る、という」

市に言い当てられて、七龍太は、はっとする。

「小谷城を脱するさい、そなたが口に出して誓うたその一言、わたくしはそなたの背中でたしかに聞きました」

七龍太は、朦朧としている市の耳には入らないだろうと思いながらも、ひとりで宣言したのである。

「泣きたいのを怺（こら）えるのに苦労いたしましたぞ」

「畏れ入り奉る」

七龍太の声は掠（かす）れた。

「わたくしは、備前（びぜん）どのを失（うしの）うたあと、永く心が虚（うつ）ろでありました」

備前どのとは、浅井長政をさす。

「ようやく見つけたのですよ、すみれの花を」

「御方さま……」

遠く十六年前、岐阜城下で初めて出会った日、七龍太には市は天女（てんにょ）としか思えなかった。あの美しい笑みが、いまここにある。

あの日、十歳の七龍太は、一輪の紅菊（べにぎく）を贈ってくれようとした市へ、南蛮（なんばん）ではひとつひとつの花に意味があるということを、生意気にも語った。後世でいう花詞（はなことば）である。

紅菊は、わたしは愛する、であった。

市に請（こ）われて随従し、小谷城で側近（そばちか）く仕えるようになってからも、七龍太は折に触れて花詞を教えた。

すみれは、恋の真実、である。

「二度と失いとうはない」

勝家を見やりながら、市は強い口調で言った。

勝家と共に死ぬのが、市の恋の真実であり、女の仕合わせなのである。

(死なせて差し上げねばならない)

七龍太は、眼を濡らしながら、ようやく市に微笑み返した。

「どうやら、七龍太でもどうにもできぬようじゃな」

花詞など知らぬ勝家だが、七龍太からも険しさがまったく消えたので、そう納得したのである。

「何のお役にも立てず……」

勝家に向かっては、深々と首を垂れる七龍太であった。

「よいわ。お市がここまで望んでくれるのなら、わしは天下一の果報者よ」

勝家も、市を眺めやって、初めて屈託のない笑顔をみせた。

「わたくしに心残りがあるとすれば、七龍太の嫁取りを見られなんだこと」

市が、ちょっと冗談めかして言い、茶々を一瞥した。

茶々は平然と視線を逸らす。

「わたしはどうも、女子には好かれぬようにて……」

「何をたわけたことを」

と勝家が笑う。

「そちを好いていた女子は、織田家中だけでも大層な数であったと聞いたぞ」

いまなら訊ねることができる、と七龍太は思った。

「女子と申せば、内ケ嶋の姫はご城内におわしましょうか」

「内ケ嶋の姫とな……」

「以前、わたしは、目付として飛驒の帰雲城に赴きましたゆえ」

「おお、内蔵助の側妾のことよな」

「さようにござる」

「あの者なら、富山城に幽閉されておるのではなかったか」

「幽閉、と……」

「そうじゃ。不義を働いたとかでな。内蔵助も、麾下の内ケ嶋兵庫がよく働いてくれるので、そのむすめを斬ることもできかね、処分を永く先延ばしにしておるらしい」

「そのようなことが……」

七龍太は、背後に控える兵内が少しもぞもぞするのを感じた。おおさびに聞かされたことと異なる、と不審を抱いたのは明らかである。

「七龍太。今宵は最後の宴を開く。そちと兵内も参じよ」

その夜、城内では、死出の旅路を前に、三千人の別盃が交わされた。

翌る四月二十四日の未明、七龍太と兵内は、茶々、初、江を警固して、城を出ると、秀吉の本陣へ無事に到着した。前田利家のむすめの摩阿も、勝家が付けた警固衆によって前田陣に届けられた。

「お市さまは」

七龍太の一行を見て、馳せ寄ってきた秀吉が真っ先に放った一言である。

七龍太が市を説得できなかったことを告げると、秀吉はあからさまに不機嫌になり、本陣の奥へ引っ込んだ。

ここで七龍太は、金森長近に出会った。

長近は、敗軍の将として、秀吉に赦しを請い、今後の臣従を誓うべく、参上していたのである。おのが御家の存続のためには、謝罪は早いほうがよい。

秀吉は、夜明けと同時に総攻めを命じた。

籠城勢もよく持ち堪えたので、戦闘はまる半日にも及んだ。夕暮れにはまだしばらく時間を残す頃合いに、勝家は天守へ上り、最愛の妻・市と手を取り合って自害した。城は、火が放たれて、灰燼に帰した。

掃討戦が始められた頃、七龍太は黒田官兵衛の本陣によばれた。足羽川の流れを見下ろす懸崖の上である。

従者の兵内は、陣幕の外に留められた。

七龍太は、いきなり多勢に囲まれる。

「抗うでないぞ、津田七龍太」

と官兵衛が言った。

「抗えば、陣幕の外の従者を斬り、栗原山の者らも皆殺しにいたす」

やむなく、七龍太は差料の柄から手を離した。

「筑前どののお下知か」

この七龍太の詰問には、官兵衛はこたえない。

「おぬし、お市さまに何を申した」

「何を勘繰っている」

「ご自害を勧めたのではないか」

「なぜわたしが、さようなことをする」

「上様のお望みを察しているからだ」

官兵衛の言いたいことを、七龍太は見抜いた。

生きて秀吉の慰み者になるくらいなら、死を選んだほうがよい、と七龍太が市に吹き込んだ。そういうことであろう。

「よほど恥知らずなお望みのようだな」

「いずれ天下さまにおなりあそばすのだ。いささかの無理は押し通してよい。信長公を思えば、おぬしも分かるであろう」

「まことの上様は、いやがる女子に無理強いなどなさらなんだ」

「まあよい。いずれにせよ、おぬしはしくじったのだ」

そう言ってから、官兵衛は、後ろへ首を回した。

包囲の輪の一角が割れて、なぜか金森長近が姿を現した。陰鬱な顔つきである。

「五郎八どの。金森家の安泰と引き替えにござる」

官兵衛の露骨な脅迫であった。

五郎八を称する長近は、七龍太の前に立つと、腰に佩いている太刀を抜いた。

「赦せ、七龍太」

じりっ、と長近が間合いを詰める。

「ご苦衷、お察し申し上げる」

怒りもせず、かえって同情しながら、しかし、七龍太はあとずさる。

じりっ、じりっ……。

ほどなく、七龍太は懸崖の縁へ追いつめられた。

夕陽を弾いて、太刀がきらめく。

一閃、二閃。

血飛沫は、霧となって、宙に舞う。

くるりと反転した七龍太の背を、長近は強く蹴り飛ばした。

七龍太は、懸崖から落下し、足羽川に高く水飛沫を上げた。

いったん沈み込んでから浮き上がった動かぬ体は、そのまま下流へ押しやられていく。

長近は、腰砕けに尻餅をつくと、血糊のついた刀身を、しばし茫然と眺めた。やがて、太刀を棄て、顔を被って泣きだした。

龍虎の間

成政が、紗雪を人屋から解放し、初めて閨を共にしたのは、天正十一年の八月十五日の夜である。

この年、四月に賤ヶ岳合戦が起こったとき、上杉方の押さえとして越中に在国していた成政は、柴田勝家自刃の報をうけると、まだ北国に在陣中の勝者・羽柴筑前守秀吉を加賀の尾山（金沢）城に訪ね、むすめを人質に差し出して、麾下に属すことを約した。但し、主従関係を結んだわけではない。

「三法師さまご元服のみぎりまでは、筑前どのにとっても、それがしにとっても、主君は織田左近衛権中将三介さま」

本能寺の変で信長も嫡男信忠も討死したあと、秀吉主導による清洲会議において織田の家督と認められたのが、信忠の遺児の三法師。いまだわずか四歳の幼君なので、信長の次男の三介信雄が後見人をつとめている。

「申されるまでもなきこと」

表向きは織田家の政務代行者という立場をとっている秀吉だから、成政の宣言を笑顔で受け容れた。

成政は、引き続き、秀吉から上杉対策を一任され、八月一日に越中守護の朱印状を受けて、正式に越中一国の領主となった。居城は富山城である。

同時に、前田利家も能登一国と加賀半国を与えられ、尾山城に拠った。成政の監視役を兼ねていることは明らかである。

それでも、前に神保長住を追放し、こうして全き越中国主の座に収まり、久々に戦陣を離れる余裕も得た成政の心には、いまこそ紗雪をまことの妻にしたいという切なる思いが自然と湧いてきた。幾分かでも情緒的になりやすい仲秋の名月の夜を、そのときに選んだのは、成政なりの女性への気遣いでもある。

「ご随意に」

白い寝衣姿で仰向けになった紗雪は、それなり動かない。

衿を開かれても、拒むでも、羞ずかしがるでもなく、ただ凝っと天井を見上げている。

「……」

成政は、紗雪の乳房に触れてみて、おもてを顰めた。ひどく冷たい。まるで血の通わぬ骸のようである。

短檠を引き寄せ、紗雪の顔を照らしてみて、成政は身を硬くした。目尻から、一筋、涙が伝い下りているではないか。

「さまで……」

ふつふつと怒りが込み上げてくる。

「さまで、わしに抱かれるのが忌まわしいか」

だが、紗雪の返答は意外なものであった。

「誰に抱かれても同じこと。まことに抱いてほしいお人は、もうこの世におりませぬ」

「やはり、岡島金一郎と」

成政は、紗雪の胸ぐらを掴み、上半身を乱暴に引き起こした。

「つだ……」

と紗雪は言った。

「つだ、じゃと。何のことか」

「しちろうた」

それで成政にも分かった。

「津田七龍太……。津田七龍太がそなたの想い人であったと申すのか」

何やら咎があって黒田官兵衛の陣で討たれた、と成政は伝え聞いている。それ以上のことは知らない。

「おらちゃは……」

突如、紗雪が眼をぎらつかせた。

「殺す」

「なに……」

「必ず殺す」

成政が初めて見る異様なようすの紗雪であった。これまでとは別人である。人屋暮らしが長いあまり、狂気を発したのやもしれぬと疑いつつ、成政は一語一語区切るようにして訊いた。自身のいましがたの怒りは瞬時に失せている。

「誰を、殺す、というのか」

「羽柴筑前」

「筑前を……」

七龍太は秀吉の命令によって殺されたと紗雪は思っている。そういうことであろうか。

「筑前を殺すまで、おらちゃは死なん。何をされようと、生きつづけてやる」

紗雪の全身から炎が発せられているように見え、成政は恐れて体を離した。

復讐を果たすまでは、どんなことにも堪える。ご随意に、という紗雪の最初の一言は、その強烈な覚悟から発せられたものと理解すべきなのか。

（わしは、どうすればよい……）

のちの江戸期の殿様なら、たとえ暗愚であってもかしずいて貰えるが、下剋上の風潮が蔓延していた戦国期の武将というのは、常に下の者らより値踏みされる立場にあった。かれらは、主君として相応しくないと思えば、見限ることを躊躇しない。佐々家の家臣たちも、女房衆も紗雪の不貞行為を信じた以上、かれらの手前、本来なら成政の処断は揺らいではならなかった。

しかし、年甲斐もなく一目惚れした女性である。死一等を減じ、入牢にとどめた。この緩い処罰に、早百合とその一派などは不満を隠さなかった。だから、成政も入牢を解くことだけはせずにきた。

やがて、時が経つにつれ、周囲の反応も徐々に変化し、重臣の多くが、お屋形のお心次第になされてはいかが、と口にするようになった。かれらにそう言わせたのは、紗雪の父の内ケ嶋氏理の戦陣における粉骨砕身による。氏理の成政への忠節は揺るぎがない。

氏理の思いがむすめにも伝わり、紗雪が心を開いてくれるよう、成政は願った。

人屋に奥女中を遣わし、今夜の夜伽を命じると、紗雪は素直に応じ、乳母のたきも許したというので、成政はようやく想いが叶うと期待したのである。

それが、あまりに思いがけない告白を聞かされることとなった。愚弄（ぐろう）されたといってもよい。が、怒りにまかせて紗雪を痛めつけて犯す、というまでの横溢（おういつ）する力は成政にはない。

佐々成政の年齢については、諸説あるものの、比較的信用できる史料をもとにすれば、この当時すでに七十歳に近かったと思われる。紗雪の復讐の熱き風に、おのが情欲の炎（ほのお）を吹き消されてしまい、脱力感に襲われるばかりの老将であった。

成政は、仕切戸（しきりど）の向こうへ声をかけた。

「誰（たれ）かある。紗雪の乳母を呼べ」

翌（あく）る天正十二年三月。

織田三介信雄が、羽柴秀吉と断交した。

秀吉は昨秋より、天下の諸将に号令する本拠として、大坂（おおざか）に空前の居城を普請（ふしん）中である。織田政権が秀吉に完全に簒奪（さんだつ）されたことは、誰の目にも明らかで、三法師の後見人・信雄の存在は無視されたと言わねばならない。

この上は、戦って義を立てるほかないと思い決した信雄は、信長の唯一の同盟者であった徳川家康を恃（たの）んだ。三河（みかわ）・遠江（とおとうみ）・駿河（するが）・甲斐（かい）の四ヶ国と信濃半国を領有する家康の力は、秀吉を脅（おびや）かすには充分である。

秀吉は、対抗策として、越後の上杉景勝を味方に引き入れ、徳川領への出陣を促した。

すると、家康も、越中の佐々成政に、景勝を牽制するよう、主筋の信雄を通じて働きかける。

当初は前田利家と共に羽柴勢に加わった成政だが、たとえ名ばかりであっても、織田の家督・三法師の後見人たる信雄の懇請を蔑ろにはできない。また、弟が信雄に仕えており、佐々家の本貫地の尾張比良の親類・縁者も同様とあっては、なおさらである。成政は、羽柴勢を装いながら、裏で織田信雄・徳川家康連合軍と通じた。

秀吉、家康の両雄は、北国だけでなく、畿内とその近国、さらには四国にまで、外交戦を展開する。

この間に起こった尾張の長久手合戦では、羽柴勢の池田恒興、森長可が、いまは守りの手薄な徳川の本拠・三河岡崎への中入りを策して看破され、家康みずから率いる徳川軍に大敗を喫している。両将は討死した。

連合軍は羽柴勢に較べれば、兵力で劣る。家康は、この大勝利を世に喧伝し、あとはいかに挑発されても出撃せず、戦線をあえて膠着状態に陥らせた。

本能寺の変直後の中国大返しから、山崎、賤ヶ岳と天下に注目された大合戦に連戦連勝の秀吉が、局地戦とはいえ敗れたのである。この結果は遠く九州にまで伝わり、徳川家康の武名は次第に高まってゆく。家康自身の狙い通りであった。この状態が長引けば、羽柴勢を離脱する者らが出てきてもおかしくはない。

秀吉は、しかし、家康との決戦にこだわらず、十万と称した大兵力の利を存分に生かす。徳川軍の布陣する尾張小牧山に対し防衛線を幾重にも固めておいて、伊勢の戦いに集中した。伊勢は信雄の領国である。

信雄は、羽柴勢の圧迫の前に、弱気になってゆく。それこそが秀吉の狙いであった。

他方、越中の成政も、連合軍に気脈を通じたものの、尾張・伊勢の戦況を睨みながら、躊躇っていた。心情的には信長の遺児を援けたいが、いまの秀吉は軍事力も経済力も圧倒的である。連合軍が敗れたときは、佐々家も恐ろしい仕打ちを覚悟せねばならない。

この頃、越後の上杉景勝は、秀吉の要請に対して、中立を保つことにしたものの、人質は差し出している。成政は、その景勝と結ぼうとして、一蹴された。成政ら織田勢の卑怯な戦法で魚津城を落とされた怨みを、上杉では忘れていなかったのである。

同時に、実子が女ばかりの成政は、むすめのひとりに、前田利家の次男利政を婿として迎えるという婚姻話を進めてもいた。この先、秀吉の世が到来するようなら、その最も信頼厚き友である利家と姻戚になっておいて損はない。前田家にしても、利家の血筋がやがて佐々家を継ぐことになれば、これほどの慶事はないので、否やはなかった。

その一方で、成政は、家康に対しては、佐々軍が前田領の能登へ攻め入ったなどと報せている。実際には軍を動かしていない。

婚儀は八月と決まり、七月中に佐々家から前田家へ結納が届けられた。ところが、佐々家では、八月初めに富山城を訪れた前田家の結納答礼使に、婚儀の日延べを申し出る。この期に及んで、八月は祝儀月にあらず、というのが佐々家の言い分であった。

折しも、秀吉と信雄・家康が和睦するやもしれぬと伝わってきた頃であり、成政はなおもようすをみたのである。

成政の言動に前田利家が疑念を膨らませたそのとき、前田家臣の某が富山城で茶坊主をつとめる甥より密告をうけた。

「婚姻の儀は偽りにて、佐々家の君臣は加賀攻めの密議を凝らしおり候」

先手を打って越中に侵攻することも考えた利家だが、ここは自重する。このところの成政は、上杉に対抗するという名目で、諸国から多くの牢人を募って、兵力増強中なのである。

守りを固めることにした利家は、八月下旬、兵を繰り出して、加越国境の朝日山に砦を築き、越中勢の侵入に備えた。

利家に露見してしまったからには、裏切りのことは秀吉へ急報されよう。旗幟を鮮明にするほかなくなった成政である。

九月に入って、七日に秀吉と信雄・家康の和睦交渉が決裂すると、九日に成政は大兵を率い、間道を伝って能登末森城へ奇襲をかけた。

佐々勢が攻め入ってくるのは加賀と思い込んでいた前田勢は、うろたえる。能登半島の喉頸を扼す位置の末森城を奪われては、加賀と能登の連絡を分断されかねない。

利家みずからに率いられた前田勢は、翌日の陽の高いうちに尾山城を出陣し、十一日深夜、雨の中を末森の野に着陣した。この迅さと行軍の道筋に、こんどは佐々勢が仰天する。

末森の西方に、日本海に面した河北砂丘が広がるが、前田勢はその波打ち際を走ってきたのである。佐々勢は、この方面にも兵を配置しておいたものの、あくまで念のためであり、大軍がやってくるなど思いもよらない。雨夜の闇があたりを支配する中、吼えたてるような波音と風雨の音で、兵と軍馬の発するあらゆる音も掻き消され、気づきようもなかった。

「これが又左よな」

してやられた、とばかりに成政は唸った。

若い頃は傾奇者といわれた前田又左衛門利家の、久々のかぶいた兵法であったといえよう。

成政は、十二日の朝、撤退を開始した。敵の領国内で長陣になる愚を避けたのである。

利家も追撃しなかった。佐々勢が、陣を鶴翼に立ててから、一備えずつ退くさまは、見惚れるほどに統制がとれていて、付け入る隙はまったくなかったからである。

「さすが内蔵助どのよ」

かつては府中三人衆として共に幾度も戦場を馳駆した年長の猛将に、利家もあらためて感服した。

富山に帰城した成政は、このあと、西の前田だけでなく、東の上杉とも干戈を交えることとなり、緊迫の日々がつづく。

連合軍との連絡役として小牧山と尾張清洲に派遣しておいた家臣から、富山城に驚天動地の急報がもたらされたのは、十一月の半ばのことである。

「三介さまが筑前と和議を……」

二ヶ月前に強く拒んだ信雄が、いまになって秀吉と和睦した。それも、家康の同意なく、伊勢桑名において単独で結んだという。

（なぜじゃ……）

成政は茫然とする。

秀吉の、信雄の追い込み方が巧みだったのである。

秀吉は、信雄の領国である伊勢を容赦なく蹂躙し、奪った城地を家臣らに与え、国の支配は織田信包に任せた。信包は、信長の弟であり、兄の存命中は織田の連枝衆の中で信忠、信雄に次ぐ地位を与えられていた。つまり、信雄の後釜として、信包を三法師の後見人に据えることを、秀吉は暗に仄めかしたといえる。

信雄は、いくさに負ける恐怖と、おのが領地も地位も奪われる恐怖を、存分に味わわされた。秀吉の鞭である。

次に、秀吉は信雄に飴をちらつかせた。人質を差し出して尾張の一部を割譲するのなら、こちらは北伊勢四郡を返還し、兵糧の一部も進上し、さらには、信雄の領内に築かれた新城を、連合軍だけでなく羽柴勢のそれもすべて破却する。敗色濃厚な信雄にとっては、破格の好条件と言わねばならない。

さらに秀吉は、脳裡に家康の顔がちらついてしまう信雄を一喝した。

「総大将はどなたかっ」

信雄も、口には出さねど、家康の言いなりを強いられる現状に不満を溜めていたのである。このままでは、もし連合軍が勝利したとしても、徳川の下風に立たされつづけることは明白であった。若年時から信長の気に入りであった家臣の秀吉のほうが、まだしも通じ合えるところがある、と信雄は思った。

「して、徳川どのは」

成政は、連絡役に復命の先を促す。

「総大将の和睦は、徳川どのにとっては戦う大義を失うたと同じゆえ、兵を退くほかないと決せられました」

家康自身も、秀吉から提示された和睦の条件を呑み、次男の於義丸を人質に差し出すことを承諾した。が、秀吉は於義丸をおのが養子に迎えるという。互角以上の戦いをした実力者の家康に、気を遣ったのである。

いずれ和は破れる、と両雄ともに後日を期しながらの終戦は、痛み分けであったといえよう。

「お屋形」

家老の佐々平左衛門が、首座へ膝を向ける。

「前田の使者には、それがしが立ち申そう」

事ここに至っては、前田利家と和を結んで秀吉の軍門に降るほかない。抗えば、たちまち滅ぼされよう。

「いや。平左どのでは殺されかねぬ。尾山へはそれがしがまいる」

成政の甥の佐々与左衛門も申し出た。

前田との偽りの婚姻話を進めているとき、尾山城に結納を届けたのが平左衛門である。憎まれていることは疑いない。

「上杉はどうなさる」

末席から質問の声を上げたのは、もともと奉行人として成政に重用されてはいたが、ちかごろ、より地位を高めて、こうした重要な談合にも席を与えられるようになった竹沢熊四郎である。早百合ら女房衆から忠臣と評価されていることが、後押しになった。

「さよう申すからには、春日山へはおぬしが往くつもりよな、熊四郎」

与左衛門が冷やかな視線を向ける。

「それがしなどでは、その……分をこえたるお役目にござる」

熊四郎は、うろたえ、おもてを引き攣らせた。

「それは、そうよな……」

岡島金一郎を好漢と信じていた与左衛門は、あの不義の事件にはいまも違和感を拭えず、早百合に一方的に加担する饒舌な証言をした熊四郎を、嫌っているのである。

「おぬしのような軽き者を遣わせば、義と礼節を重んじる上杉弾正は、当家に侮られたと怒り、門前で斬り捨てさせようぞ」

春日山城を居城とする上杉景勝の官途が弾正少弼である。

「よさぬか、与左衛門」

と平左衛門がたしなめた。

「皆、聞け。わしの存念を申す」

それまで黙していた成政が、深く、ひとつ呼吸をした。

列座は、息を殺し、首座を注視する。

「浜松へまいる」

成政のその一言を、誰もが理解しかねた。聞き間違えたと思った者もいる。

「お屋形。畏れながら、いまいちど仰せられますよう」

平左衛門が主君を促す。

「徳川どののおわす遠江浜松へまいると申した」

一瞬、息を呑んだ列座は、稍あって、大きな吐息を洩らした。

「徳川どのに会われて、いかがなさる」

「和議を破って越中に援兵を遣わしてくれるよう、要請いたす」

「まことは不承知であったとはいえ、和議が成ったばかりのいま、徳川どのはさようなことはなさるまいと存ずる」

「いまなればこそ、ではないか。徳川どのが退かれて、羽柴勢は油断しているはずじゃ」

「そうやもしれ申さぬが……」

「もともと、こたびのいくさで、わしも含めて三介さまに味方した者らは皆、徳川どのを頼っておった。長久手の捷報が伝わったとき、そのほうらも徳川どのは筑前を凌駕する器量と感服したであろう。その徳川どのが、こんどはまことの総大将として起ち、早々に諸将へ号令いたせば、筑前嫌いの者どもは挙って参じようぞ」

「なれど、お屋形……」

となおも諫めようとする平左衛門に、与左衛門が横槍を入れた。

「平左どの。お屋形の仰せられたことが成るや成らぬやは、分かり申さぬ。なれど、前田と和を結べるや否やも、筑前の赦しを得られるや否やも、同様に分からぬことと存ずる。いまの当家は、恭順の意をあらわしたとしても、筑前に滅ぼされるやもしれぬ。赦されたところで、お屋形の地位も領国もそのままということはござるまい。ならば、一擲乾坤を賭してこそ、乱世の武士とそれがしはおぼえ申す」

「よう申してくれた、与左衛門」

成政は涙ぐんだ。

永年、見限ることなく成政を信じて仕えてきた家臣らが、主君の涙に心を動かされないはずはない。

「お屋形。この佐々平左衛門に主命を奉じる栄誉を賜りますよう」

家老のその承諾に、列座の大半が追随する中、しかし、ひとり水をさす者がいた。

「畏れながら……」

熊四郎である。

「雪解けは四、五ヶ月も先かと存ずる」

北国は降雪期に入っており、これからいよいよ本格化する。雪中の行軍など難儀この上ないし、ましてや、加賀、越前、美濃など、秀吉傘下の国々を無事に抜けられるはずもない。白魔と敵兵のいずれかに、あるいは両方に殺される。短時日のうちに遠く東海地方の浜松へ達するなど、何か奇跡でも起こらぬ限り、不可能というべきであろう。

にわかに座を蹴った成政は、置畳から下りると、左右に居流れる家臣たちの間を大股に抜け、舞良戸の前に立つや、みずから開け放った。

一挙に寒気が押し寄せる。

庭は白銀に敷きつめられているが、雪晴れの朝であった。空に光が満ちている。

成政は、敷居を跨いで、廊下へ踏み出し、東南の彼方へ目をやった。

冠雪の立山連峰が望まれる。

（美しいのう……）

高き山々の向こうは信濃。家康の支配力が強い。南下すれば、遠江に着く。

成政の心の内で、あの夜の紗雪が山上に立っていた。

「筑前を殺すまで、おらちゃは死なん。何をされようと、生きつづけてやる」

血を絞り出すような紗雪の不退転の覚悟に、圧倒された。

（わしも紗雪に負けぬ。いかなる艱難辛苦も乗り越えてみせる）

成政は、振り返った。

主君のようすから揺るぎない決意の伝わった家臣たちは、おのずから平伏する。

「あの山を越えようぞ」

この日から、成政は病床についた。

冬の山越えの準備を、密やか、かつ速やかに進めるためである。

北国では冬の降雪期は休戦となるのが慣例みたいなものとはいえ、前田や上杉の間者には厳重な警戒が必要であった。茶坊主の密告によって痛手を被ったことは、記憶に新しい。

会所で成政の決意宣言をうけた家臣らも、事を家族にすら明かさず、それぞれに与えられた役目をこなしてゆく。

厳冬の雪中に高さ千丈前後の山々を越えようという決死行である。装具、食糧を万全にするのはもとより、信用できる熟練の先達を徴するのが最優先であった。

立山というのは平安時代から修験僧の霊山なので、その麓の二山、すなわち岩峅寺と芦峅寺には次第に堂塔、宿坊が増え、それぞれの集落ができ、この時代にはすでに霊場参拝の立山講も盛んになっている。

講の案内人をつとめる衆徒は、当然ながら山を知り尽くす。かれらはまた、立山信仰の布教のために諸国を経巡るので、情報伝達者としても優れる。だから成政は、信長の命令を奉じて最初に越中へ遣わされたとき、早くも禅僧の玄同という者を通じて、岩峅、芦峅両寺の衆徒を用いた。越中国主となってからは、重臣の寺島職定に両寺を治めさせている。

それでも、今回ばかりは、悪くすると生還を期し難い任なので、かれらにも覚悟して貰わねばならない。成政の命懸けの思いを伝えるべく、家老の佐々平左衛門が急ぎ両寺へ出向いて、職定とともに交渉にあたった。

しかしながら、事を進めるのに密やかであればあるほど、富山城内にはかえって張り詰めた空気が漂ってしまう。成政の病は重篤なのではないか、と案じる声も聞こえ始めた。そうなると、寝所の主君の容体ばかりを誰もが気にしだし、余事に注意を向ける人間は稀であった。

紗雪とたきが収容されている人屋も、もともとあまり厳しくなかった警固が、一層、緩いものとなる。

成政は、出立日を十一月二十三日と決した。現行の暦では、とうに大雪を過ぎて、冬至の頃であり、寒気が急激に増す。

「明日は、病気平癒の御礼に、一夜泊の宮に詣でる」

出立の前日、病床を払って、城内に元気な姿をみせた成政は、笑顔でそう告げた。

以前、常願寺川が氾濫して堤防が七、八里にもわたって決壊したさい、成政は昼夜を厭わぬ陣頭指揮で新しい堤防を築き上げた。その無理がたたって病に倒れると、近在の一夜泊の宮の祭神が薬草の神と伝えられるので、地元の多くの民が平癒祈願をしたところ、成政はたちどころに快方へ向かった。感謝した成政は、社殿を造営して寄進し、以後、この宮を厚く信仰している。

「芦峅寺まで足をのばし、幾日か宿坊に泊まるつもりゆえ、皆、今宵は早めに就寝いたせ」

成政は、随従を命じた大半の者には、まだ真の目的を明かしていない。先達の衆徒が山越えの装具と食糧を調えて待つ芦峅寺に到着するまでは、秘すつもりなのである。

その夜の富山城は、いつにもまして森閑とし、しんしんと雪華の舞う音が聞こえるかのようであった。

主君の参詣の供をする者らは、英気を養うためにも、よく寝入っている。余の者らも、成政の快気により、それまでの心労から解放されて、寝心地がよいのであろう。

雪の降る日は、人屋の郭から見張りの兵は失せる。それでも、通常は人屋に通じる通路にひとり置かれるのだが、今夜は怠っていた。

どのみち、紗雪とたきは脱獄などしない。そんなことをすれば、白川郷の内ケ嶋氏が成政に滅ぼされることを、見張りの兵も知っているのである。

「たき。おらちゃの打掛を着よ」

「ご案じ召されますな。早、三度目の冬にございます。わたしも少しは馴れました」

人屋の中には、成政の計らいで、畳、燈台、火桶、夜着などが備えられているものの、半地下の牢獄なのである。北国の冬の寒さを凌ぐには、あまりに心許ない。豪雪地の白川郷で自然と鍛えられてきた紗雪たちでなければ、あるいは、凍死はせずとも、いつ病死してもおかしくないであろう。

「捨蔵か」

気配を感じた紗雪が、格子戸の向こうへ声をかけた。足軽の捨蔵が今夜の宿直のはずである。

寄ってきたのは、しかし、別人であった。

「おおさびどの」

たきが驚く。

「姫。たきどの。ここを脱しますぞ」

言いながら、錠前を外すおおさびである。

「いまになって、何を申す。ととが討たれるではないか」

紗雪は、おおさびが開けようとする格子戸を、押さえつけた。

「ご案じなきよう」

「もしや、お屋形さまが羽柴筑前どのに通じられたのでは……」

たきが、ひとり決めに察する。たきの言うお屋形とは内ケ嶋氏理である。

秀吉の後ろ楯があれば、氏理は成政にたやすく滅ぼされはすまい。

「お屋形は、もはや佐々にも羽柴にも従うおつもりはあられぬ」

「どういうことじゃ」

「姫もご存じの信念を、お屋形は貫くとお決めになられた。すなわち、照蓮寺明了どのに宣せられたこと。内ケ嶋と白川郷は独立の道を往く」

「ととは佐々とも羽柴とも戦うのか」

「そういうことになるやもしれ申さぬ」

「おらちゃのために……」

紗雪の格子戸を押さえる力が緩んだ。

「お父上のお心は、姫がみずから会うて、あらためてたしかめられよ」

おおさびは、格子戸を開くと、携えていた大きめの布包みを差し出す。

「おふたりとも、早、お召し替えを」

城の女房装束では、夜の雪中を逃げるなど覚束ない。包みの中身は、冬の狩猟のさいの装具である。

着替えを済ませた紗雪とたきは、おおさびの先導で通路を抜け、外へ出た。

そこには、雪明かりにうっすらと浮かぶ人影がふたつ。

こちらに顔を向けている一方が、折り敷いて、紗雪に挨拶をした。

「姫。ご無事で何よりと存ずる」

宮地兵内である。

背をみせていた他方も、ゆっくり振り返った。

たきの息は停まりそうになる。

紗雪が終生忘れぬと心に刻みつけてきた飄々たるおもてが、ふにゃりと綻んだ。

雪を蹴散らしながら踏み出した紗雪は、生きていた最愛の人に、平手打ちを食らわせた。凍えた夜気を切り裂く渾身の一撃である。

左の頬を打たれた津田七龍太は、あまりの痛打に声を洩らすことすらできず、右へ大きくよろめく。

「待ちくたびれたわっ」

倒れそうな七龍太の腕を掴んで引き寄せた紗雪は、男の唇にむしゃぶりついた。

紗雪の涙が七龍太の腫れてきた頬を伝う。

「もっと……もっと、もっと……もっとじゃ」

紗雪は七龍太の唇を吸いつづける。

たきも、こみあげる嗚咽を止められない。

おおさびと兵内は、期せずして、うなずき合い、互いのあるじである男女から、目を逸らす。声をかけられるまで待つ時間に、これほど心が充たされてゆくのは、ふたりとも初めてのことであった。

不図の道

柴田勝家と妻の市が越前北庄城もろとも焼失した直後、七龍太は、羽柴秀吉の命をうけた黒田官兵衛より死を宣告された。

実際に斬りつけてきたのは、七龍太が幼少期より敬う金森長近である。

勝家の麾下として羽柴勢と戦った長近にすれば、この酷い役を命ぜられても、拒むことなどできるはずがない。秀吉に降伏した以上、忠誠の証をみせねば、金森家が滅ぼされてしまう。長近のそういう苦衷を察する七龍太は、抗わなかった。

しかし、互いをよく知る七龍太と長近は、わずかな目配せによって、これから起こる同じ画を心に描いた。

長近が、思い切りよく、太刀を二度きらめかせた。七龍太は、二度ともおのが肉まで刃を届かせ、傷口が開くように動いて、わざと血を飛び散らせ、くるりと反転した。その瞬間に、長近の蹴りが入り、七龍太は懸崖より足羽川へ転落し、あとは動かぬ骸を装って下流へと流されていったのである。

長近は、七龍太を川へ蹴落としたあと、尻餅をつき、血に塗れた刀身を立てて眺めてから、泣き崩れた。懇意の若者を断腸の思いでたしかに殺した、と官兵衛に信じ込ませるためであった。

刀疵は、決して浅傷ではない。七龍太は、止まらぬ流血で意識が薄れかけたとき、岩か流木に体のどこかを強くぶつけて、気を失った。

目覚めたのは、小さな祠堂の中である。助け人は兵内であった。

黒田陣の陣幕の外であるじの戻りを待っていた兵内は、長近から七龍太を斬ったと知らされ、耳許で口早に真相を囁かれると、急ぎ足羽川の川沿いに下ったのである。

優れた忍びの者は、医の心得があり、応急処置も薬の調合もできる。兵内に手当てされなければ、七龍太は本当に死んでいたかもしれない。

兵内は、負傷した七龍太を動かしたくはなかったが、羽柴勢による柴田方の残党狩りが行われている越前では、一所に長く留まるのは危険である。常に周辺を探って残党狩りの動向を把握しつつ、危ういと思われたときは、七龍太を背負って居所を移した。そうしながら、徐々に飛騨へ近づいていった。

そのうち、若い体が次第に力を取り戻し、七龍太も歩けるようになると、主従は飛騨入りに成功し、白川郷へ向かった。

ただ、帰雲城へ行って、氏理に匿って貰うわけにはいかない。そのことが露見すれば、内ケ嶋氏は秀吉に討伐されよう。七龍太は、先に兵内をひそかに遣わし、猟師の孫十に子細を明かした。孫十とその倅の吉助と小吉は、七龍太を慕ってくれている。

山中深くに廃された猟師小屋があるので、そこを使えばよいと孫十から勧められた。食糧は吉助と小吉が運ぶ。

また、傷を正しく治して体力を回復させるには本物の医者が必要と考えた兵内が、帰雲城下に住む翠渓に、時折、診療に来るよう孫十を通じて要請し、快諾を得る。

そうして七龍太が落ち着いたところで、兵内は富山へ赴いた。紗雪は富山城内に幽閉されているという、柴田勝家の口から語られたそのことの真偽をたしかめるためである。

物売りに化けて富山城下で暮らしていたおおさびは、兵内に発見されて驚いた。

「生きておったのか」

七龍太が秀吉の命令で殺されたとき、従者も殉じたと伝わっていたからである。七龍太の従者といえば兵内しかいない。

「七龍太さまもご存生にあられる」

ここまでの経緯を、兵内はおおさびに語ってきかせてから、紗雪のことを糾した。

「おおさび。おぬし、それがしと最後に会うたとき、姫は佐々内蔵助どのと仲睦まじゅう暮らしておられると申したが、あれは偽りであったのだな」

「すまぬ。まことのことを明かしてはならぬ、と姫からのご厳命であった」

紗雪の幽閉を知れば、七龍太は救出しようとするであろうし、そのときは共に殺されても仕方ない。成功したらしたで、紗雪の実家である内ケ嶋氏が成政の怒りを買い、氏理の命も危うくする。

それ以前に、紗雪は、自身はすでに信長の肝煎で成政に嫁ぎ、七龍太もやがて信長の姪の茶々を娶るという状況では、どう転んでもふたりの愛は成就しないと思い知っていた。だから、七龍太は忘れねばならぬ男であり、二度と会うまいと覚悟をきめたのである。

おおさびが七龍太の死を知ったのは、風説による。真実をたしかめるため、黒田官兵衛を警固する近習のひとりに、商人を装って、それとなく近づいた。官兵衛の警固人ならば、七龍太が殺される場に居合わせたはずである。それで、秀吉に忠誠心を示さねばならぬ金森長近が官兵衛に強要されて七龍太を斬ったことが判明した。従者なんぞは幕外で兵どもに片づけられたであろうよ、と鼻で嗤われた瞬間、怒りを湧かせたおおさびは、その近習を殺して、立ち去った。

おおさびは、紗雪には七龍太の死を秘すつもりであった。だが、富山城の人屋の警固は緩く、紗雪もたきも番兵とことばを交わすので、いつしかおおよそを知られてしまい、その後にふたりのようすを見るため城内へ忍び入ったさい、おおさびは探りだした一切を明かさざるをえなかった。以来、紗雪は人屋の中でおのが肉体を鍛えるようになる。いつか必ず秀吉を殺す、と心に期して。

「信長公が斃れ、羽柴筑前が天下を狙うておるいま、織田家大事の佐々内蔵助どのは、この先どう動かれるのか、予断を許さぬ。その動きは、麾下である内ケ嶋の今後を左右いたそう。賤ケ岳には関わらなんだ徳川どののご本心も気になるところ」

兵内が言い、おおさびもうなずく。

「七龍太さまは、天下の趨勢次第で、佐々も内ケ嶋も立場が変わるとみておられる。その変わり方によっては、姫を助け出すことができるやもしれぬし、結句はこのままということもありうる。なれど、いまはまだたしかなことを何も申せぬからには、姫のお心を惑わせとうはない。おおさびは、どう思う」

「最愛の七龍太どのが亡くなられたとお分かりになったとき、一度だけでも会いたかったと姫は悔やまれたはず。それが一転、ご存生とお知りになれば、こんどは会いとうて矢も楯もたまらなくなり、きっとわれらの考えの埒外のことをおやりになる。姫はそういうお人」

「さもあろう」

「おふたりが共に生きられる。その最初の光が見えぬうちは、七龍太どのご存生のことは姫に明かさぬほうがよい」

「姫のことを誰よりも知るおぬしがさよう申すのなら、それがしに異存はない」

兵内は、しかし、七龍太と紗雪が兄妹であることまでは、おおさびに明かさなかった。

こうして、兵内とおおさびは別れた。

その後に小牧・長久手戦が起こり、それまで羽柴方を装っていた成政は、本年の八月下旬に至って、秀吉に叛旗を翻した。

徳川家康の支援をうけた織田信雄と、秀吉との和睦交渉が九月に決裂するや、成政は公然と織田・徳川に与し、秀吉方の前田利家の能登領内へ攻め入った。末森城への奇襲である。

西の前田ばかりか、東の上杉とも敵対することになった成政は、北国が冬に入るまでこれを凌ぎ、各地の属将たちへは来春早々の出陣を要請する。その命令は飛騨の内ケ嶋氏理のもとにも届いた。

むろん、氏理は要請に応じるつもりであった。人質というより、罪人扱いをされている紗雪の命が長らえるや否やは、ひとえに氏理の働きにかかっている。

折しも、白川郷では事件が起こった。帰雲城の茶之が罹病したというのに、白川郷唯一の医者、翠溪の姿がどこにも見えないというので、大騒ぎとなったのである。家臣たちも城下の人々も総出で、翠溪の捜索を始めた。

このとき不審な動きをした孫十父子が、和田松右衛門に詰問され、とうとう白状に及んだ。仰天しながらも悦んだ松右衛門だが、秀吉の怒りを買って殺されたはずの七龍太が白川郷で生きていると外部に洩れれば、内ケ嶋が惨劇に見舞われることは必定である。このまま秘匿しつづけねばならぬ。

松右衛門は、七龍太が塒とする猟師小屋へ赴いている翠溪を、急ぎ吉助と小吉に連れ戻しにいかせた。

城下へ戻ってきた翠溪が診たところ、結局、茶之の病はさしたるものではなかった。

松右衛門は、氏理その人にだけ、七龍太が領内で生きている事実を明かした。早くに七龍太に会いたい氏理であったが、すでに降雪期が訪れており、雪の中を城主が隠密裡に山へ入るなど、できることではない。

氏理がもどかしい思いでいると、帰雲城に別儀が伝わってきた。以前よりも中央の動静を探ることを密にしている三ノ家老・川尻九左衛門が登城し、織田信雄が単独で秀吉と講和し、これを徳川家康も不本意ながら事後諒承したというのである。

この情報を得て、氏理はすぐにでも七龍太に相談したくなった。

帰雲城下の桶六の家は、いまも他の家々同様、塩硝土造りが行われており、また氏理が時折、領民と酒を酌み交わす場としても用いている。だから、その訪問を誰も怪しまない。そこで、その翌夜、孫十から知らせをうけた七龍太が氏理の待つ桶六の家へ忍び入り、ふたりは再会を果たした。

「ようもご無事で……」

七龍太の顔を見るなり、氏理は嗚咽を洩らした。随行の九左衛門も涙し、松右衛門は憚りなく泣き声を放った。

（父上……）

心の内でそう呟きながら、しかし、七龍太は怺えた。

「七龍太どの。わしの覚悟を申す」

「謹んで承る」

「わしは家臣と白川郷の領民とともに独立の道を歩む。この信念を二度と忽せにいたさぬ」

「織田も佐々も羽柴も徳川もない。さように思うてよろしいのでしょうか」

「もとよりのこと。もはや迷いはござらぬ」

「明了どのには」

白川郷領民のほとんどを占める真宗信徒の心をひとつにできるのは、中野村の照蓮寺明了である。

「ご納得いただけるはずじゃ」

氏理と明了が常にその道を探っていたことを、七龍太もよく知っている。

「四面楚歌になりましょうぞ」

内ケ嶋氏と白川郷は孤立無援になる、ということである。

「それもまた覚悟の上。なれど、かつて、さる御方が、かように仰せられた。白川郷は天険の地で、金銀、塩硝も豊かに貯えておるゆえ、それらをうまく用いれば長陣にも堪えられる」

「なるほど……」

七龍太は思い出した。

「さる御方は、こうも仰せられた。内ケ嶋は、よき兵法家を得れば、敵が大軍でも充分に戦えましょう、と」

「して、兵庫頭どの。よき兵法家の心当たりはおありか」

「竹中半兵衛どのの愛弟子が、わが目の前に」

「お買い被りと存ずる」

「七龍太どのとなら、われらは心中いたして悔いはござらぬ」

九左衛門と松右衛門を振り返った氏理である。両人も、七龍太に向かって、大きく首を縦にしてみせた。

「いくさでは、できうる限り犠牲の出ぬよう工夫してみましょう」

七龍太の承諾の言である。

「かたじけない」

氏理主従は、深々と首を垂れた。

「なれど、わたしには、策を立てることはできても、皆さまを奮い立たせる力はござらぬ」

「白川郷の皆が七龍太どのを好もしゅう思うている」

むろん、茶之と側近衆はその限りではないが、これはあえて口にするまでもなく、氏理も七龍太も分かっていることである。

「わたしは所詮、余所者。四面楚歌でも誰も挫けることなく戦うには、ご幼少の頃から家来衆にもご領民にも愛されつづけてきた御方が必要。兵庫頭どのもさように思うておられましょう」

「紗雪を富山城よりお助け下さるか」

「そのつもりがなくば、いまのお申し出をうけておりませぬ。兵庫頭どのも、はなから、それを望んでおられたかと存ずるが」

「やはり、七龍太どのには敵わぬ。畏れ入った」

「姫も、たきどのも、必ず帰郷させて御覧に入れる」

囲炉裏の火明かりに照らされた七龍太と氏理の顔は、どこか清々しい。

「何やら、今夜は温うございますな」

松右衛門がしみじみと言った。


「あれは、まことの阿呆じゃ」

眉間に皺を寄せながら、紗雪は雪中にせっせとかんじきを漕いでいる。

が、突然、動きを停めて、急激に振り返った。

「はきと申してみよ」

とおおさびを睨みつける。

「いきなりさように仰せられても、身共は一言も発しており申さぬ」

「ならば、そちの心の声か」

「人の心の声をお聞きになられたとは、畏れ入りましてござる。なれど、そうしたときは存外、おのれの声やもしれませぬ」

「やさしいは、弱いと同じじゃ」

「ははあ……。されば、姫は、七龍太どのはやさしいお人と……」

「なんじゃと」

紗雪は、素早く腰を落として、雪を摑むや、おおさびの顔めがけて投げつけた。目から鼻にかけて命中し、ぱっと雪が飛び散る。

「ふんっ」

ざまをみろといったようすで、紗雪は背を向け、ふたたびかんじきの足を速めた。

この主従から、やや後れて、七龍太、たき、兵内がつづいている。

「まだ怒ってるみたいだなあ、姫は……痛たたたっ」

笠の内の七龍太の顔は、左頰が青痣になっている。

富山城内の人屋の郭を脱したところで、七龍太らは、ひとりの足軽に出くわした。人屋の宿直を怠った捨蔵という者で、どうやら上役に咎められ、慌ててやってきたらしい。

紗雪に命ぜられたおおさびが、やむをえず殺そうとしたところを、七龍太は止めた。捨蔵が十四、五歳とみえる年少者で、怯えてもいたからである。

逃がしてやると、稍あって、捨蔵のわめき声が聞こえた。

「人屋破りだあっ」

その瞬間、七龍太は紗雪に二度目の強烈な平手打ちを食らった。

脱獄があまりに早く露見してしまい、すぐに追手をかけられたために、七龍太らは富山城を逃れ出るのがやっとのことであり、当初の計画である白川郷をめざして飛騨路方面へ逃走することは、断念しなければならなかった。松明の明かりから、追手の多くがそちらへ差し向けられたと見えたからである。

七龍太、紗雪、おおさび、兵内の四人ならば、越中から飛騨へ強行突破もできよう。しかし、たきばかりはとてもかれらと同じようには動けない。

いったん加賀か能登へ逃れることも考えたが、いずれも秀吉と結びつきの強い前田利家の領国なので、捕らわれる危険性が高い。七龍太が生きていることを、秀吉に知られてはなるまい。越後の上杉景勝とて、前田ほどではないにしても、秀吉方になりつつある。

「ならば、信濃じゃ」

と決したのは、紗雪であった。信濃は徳川家康の支配力が強い。

越中から信濃へ入るには、険しい立山連峰を越えねばならぬ。極寒の降雪期の立山へあえて入山するのは、山を知り尽くす地元の猟師か修験者ぐらいなもので、余人は自殺しにいくようなものである。それだけに、女人二人を含む逃走者たちが立山越えに挑むなど、成政には思いもよらぬことであろう。そう紗雪は確信した。

天離る白川郷の過酷な自然と共に育った紗雪には、追手を警戒する必要がなくて、冬の山越えだけに専念できるのなら、たきを抱えていても、これを成し遂げる自信があった。おおさびも同様である。

「熊に食べられるかも……」

ひとり不安を洩らした七龍太は、三度目の平手打ちで黙らされた。

かくて、紗雪ら五名は、夜陰に紛れて富山城から南東へ向かい、明けても、ひたすら歩きつづけて、いまや岩峅寺の集落の近くまできたところである。

あたりは薄暗い。常願寺川上流に数年前に発見された立山温泉への道筋を辿るつもりなので、出発地となる芦峅寺まで達したかったが、たきの足取りに合わせて進んでいるため、今夜はその二里ばかり手前の岩峅寺の宿坊に泊まることとした。

「身共はしばし、このあたりで留まっており申す」

おおさびがそう言うと、

「追手の有無をたしかめるのだな」

打てば響くように、兵内が察する。

「万々が一ということもあるゆえ」

「されば、宿坊が決まり次第、それがしが知らせに戻ってまいる」

「かたじけない」

紗雪、たき、七龍太、兵内が岩峅寺の集落内へ入ろうとしたところ、戦国の世の人々には聞き慣れた音が伝わってきた。

近くで斬り合いが行われている。

「見てまいれ」

七龍太に命ぜられた兵内が、音のするほうへかんじきを漕いでゆく。

常願寺川の雪に被われた川原で、幾つもの人影が雪煙を上げながら動いていた。たったひとりを、五、六人が攻め立てているという構図である。ほかに、倒れ伏した者が三、四人といったところか。

たったひとりがふるう得物は、長い直刀である。

夜目の利く兵内は、正体を見定めた。

(下間頼蛇……)

薙刀を振り回す敵は、血裏頭衆。織田軍の比叡山焼討ち後、信長への復讐を誓って結成された過激な僧兵団である。

頼蛇は、本願寺坊官であった頃、血裏頭衆を唆して内ケ嶋氏理の命を狙ったが、失敗すると、自身との関係を隠蔽するため、衆中の者を氏理や七龍太の前で手にかけた。利用された揚げ句、仲間まで殺された血裏頭衆は、以来、頼蛇とは敵対することとなった。おおよそそんなところ、と兵内は推測している。

「黒蛾坊に伝えろ」

頼蛇の声が兵内の耳に届いた。五年前、播磨陣において、竹中半兵衛を急襲した血裏頭衆の指揮をとっていた者が、黒蛾坊という名であった。

「次は右目を抉ってやる」

と頼蛇は宣言した。

眼前の闘争の場に黒蛾坊の姿が見えないのは、この近くのどこかで頼蛇に左目を抉られたということであろうか。双方の怨恨はよほど根深いものに違いない、と兵内は思った。

(関わってはなるまい……)

その場を離れ、七龍太のもとへ戻った兵内は、見たままを聞いたままを伝えた。

「頼蛇は独りで動く男だが、血裏頭衆の者らはほかにも岩峅寺の内にいるやも……」

どうすべきか、七龍太が考え始めたところ、紗雪は川原のほうへかんじきの先を向けた。

「千載一遇の好機じゃ。頼蛇を殺す」

その袖を、すかさず、七龍太が摑んだ。

「なぜ止める。あやつは、迫田彦八を殺した外道じゃ」

彦八は、紗雪の安土行きのさい、氏理が信頼して随従させた内ケ嶋の忠臣である。帰雲城の門前で七龍太を奇襲してきた頼蛇に斬り殺された。

「そちにとっても友の仇ではないか」

岡島金一郎のことである。

「姫。われらがなすべきは、五人揃って無事に帰雲城へ辿り着くことにござる。危うきは避けねばなり申さぬ」

「臆病者」

「戦国の世では、臆病者でなければ長生きは叶わぬことと存ずる」

「さまで長生きがしたいのか」

にいっ、と七龍太は微笑んだ。

「生きておればこそ、姫に再会でき申した」

「そ……それを申せば、おらちゃが悦ぶとでも思うのか」

途端に、怒りの薄れた声音に変わった。

七龍太は、帰雲城に着くまでは、兄妹であることを紗雪に明かすつもりはない。明かせば、紗雪は狂乱するであろう。

「宿坊は数多くあるゆえ、ひと晩ぐらいなら、われらのことが頼蛇と血裏頭衆に露見せぬよう、それがしとおおさびとで、なんとかでき申そう」

兵内が請け負った。

そこへ、兵内がよびにいくまで動かぬはずのおおさびが、なぜかやってきた。

「佐々の兵が、こちらへ向かっており申す」

という報告である。

「追手なのか」

と兵内が糾す。

「分からぬが、見たところ、先駆けの者らのようであった。人数は十人ばかり」

紗雪らを追って、先行する者たちが、要所要所で後続の本隊にようすを報せる。

そうであるのなら、最初から成政は紗雪らの信濃への逃走を予見していたことになる。

「信越の国境まで追手を遣わすなど、ありえぬと思うが……」

「身共も同様」

兵内、おおさびほどの忍びの達者でも、まったくの予想外の事態であった。

もしおおさびが近頃の成政の動向に細心の注意を払っていたら、立山越えで浜松の家康に会いにいくという冒険行の計画を探り得ていたであろう。だが、このところのおおさびは、紗雪とたきの救出に向け、兵内と連絡を取り合うことに専らで、そこまで気が回らなかった。だから、佐々兵の十人が成政の立山越えの先遣隊であるなど、知る由もない。

ともあれ、頼蛇、血裏頭衆、佐々兵と敵だらけの集落に留まるのは危険すぎる。

「早々に、この集落を抜ける。抜けてから、今夜は岩穴で寝る」

と言ったのは、紗雪である。

夜を跨いで雪中行旅をするさいは、山小屋に泊まるものだが、このあたりは山麓の地で集落も存在するから、それは設けられていない。といって、いまは露営の雪洞を作る余裕もないので、自然の岩穴を発見して朝まで籠もるというのである。

「畏れながら、雪夜に岩穴を見つけるなど……」

至難のこと、と兵内が反対を口にしかけると、

「大事あるまい。姫なら見つけられよう」

楽観的な言いかたをしたのは、なぜか七龍太であり、これにおおさびがうなずいた。

「なるほど、さようにございました」

兵内も納得する。紗雪が獣の感覚をもつ野生児であることを、あらためて思い出したのである。

「皆を紐で繋げよ」

紗雪が命じた。

夜の降雪地を往くのである。踏み出す一歩の方向がわずかにずれただけでも、はぐれてしまう。全員を紐で繋げて歩けば、その心配はない。

「おおさびと兵内は、たきを代わる代わる背負うのじゃ」

「姫。おのれで歩きまする」

とたきは、頭を振った。

「姫のお言いつけじゃ」

「岩穴を見つけるまでのこと。われらにお任せ下され」

おおさびと兵内が、恐縮するたきを諭(さと)した。

「まいるぞ」

紗雪は、号令をかけるや、先頭をきって、かんじきを力強く漕ぎだした。

雪も、にわかに強まった。

紗雪が発見した岩穴で一夜を過ごした七龍太らは、白々(しらじら)明けとともに、そこを発(た)った。

幸いにも、しばらくは雪が降らなかったので、かんじきを進めるのも捗(はか)が行く。

やがて、芦峅寺の集落の手前で留まると、まずはようすを探るため、おおさびが中へ入った。

「津田さま」

疲れた顔のたきが七龍太に寄ってきて、小声で話しかけた。紗雪に聞かれたくないことらしい。

「何か危ういことが起こったときは、お躊躇(ためら)いなく、このたきをば、お見捨て下さいますように」

「たきどのは、わたしに死ねと言われるのか」

「仰せの意が……」

「さようなことをいたせば、わたしこそ姫に見捨てられる。どころか、きっと殺される。わたしは命が惜しいゆえ、いかなることが起こっても、たきどのを守らせていただきたい。この通り、お願い申す」

七龍太は、たきよりもさらに声を落とし、最後は片掌拝みをしてみせる。

「津田さま……」

七龍太流のやさしさに、たきは胸を熱くした。

「大事ござらぬ。女子の体というは、寒さに強く、また、よほど血を流しても死なぬもの」

「津田さまは医術にも精通しておられるのですか」

「翠溪どのからの請け売りにござる」

あはは、と七龍太が笑うと、

「何を笑うことがある」

途端に、紗雪に聞き咎められた。

「笑えば、少しは寒さが凌げるかと存じ……」

「どこまで阿呆なのじゃ、汝は。笑うた口いっぱいに雪を詰め込むぞ」

「ご……ご勘弁」

七龍太の温かさと、若い男女の明るいやりとりのおかげで、たきはおのれが蘇生するような感覚をおぼえた。と同時に、ある人の俤も心に蘇ってきた。女子の体は強いという七龍太のことばに、記憶を呼び起こされたのである。

（尼御前はいま、いかがお過ごしか……）

不遜にも名門姉小路の氏名ばかりか、飛騨国司家をも自称する梟雄・三木氏と紗雪の縁組を、陰で動いて鮮やかに破談へと持ち込んでくれた妙岳尼。あれほど心の強靱な女性は、滅多にいるものではない。

まことの姉小路氏は、飛騨の二大勢力というべき三木氏と江馬氏に討滅され、その女たちは皆、慰み者として生きることを強いられた。自身の死を装って、三木氏の居城・松倉城から遠くない山中に隠れ棲む妙岳尼の終生の目的は、隠密裡の采配で女たちを操り、憎き三木・江馬を滅ぼすことにある。

現実に、妙岳尼は、三木・江馬を内側から弱らせてきた。三木自綱には父の良頼と子の宣綱を、江馬輝盛には父の時盛を、いずれも殺すよう仕向けて成功している。

本能寺の変後に、その自綱と輝盛は飛騨の荒城郷で激突し、後者が討たれて江馬氏が滅んだことを、富山城の人屋で番兵より聞いたときも、たきは妙岳尼の暗躍を推測した。

きっと妙岳尼は共倒れを策したことであろう。が、三木自綱は悪運の強い男である。江馬氏を討ったことで、白川郷を除く飛騨の大半を手中に収めてしまった。

昨年末、自綱は、実弟の鍋山顕綱とその妻を、謀叛の嫌疑をかけて刺客に殺させたが、これもまた、誰にもそれと気づかせぬ妙岳尼の謀略であったに相違ない。顕綱も鍋山家の養子に入って、その養父を毒殺し、養母を追放したような卑劣漢だから、兄弟を仲違いへ追い込むなど、妙岳尼には容易なことであったと思われる。最も手強い最後の敵、自綱を倒すには、事を急かずに、外濠からじわじわと埋めてゆくつもりなのかもしれない。

（尼御前なら必ず成し遂げられましょう）

成就のあかつきには、生き別れの子を捜し出し、晴れて対面したい。それが妙岳尼の生涯最後の望みである。

しかし、人はいつ命を失うか知れたものではない。たきは、富山城で永く紗雪とともに人屋に押し込められて、その危うさを思い知った。まして仇敵を滅ぼすために、女の身でぎりぎりの戦いをつづけている妙岳尼ともなれば、今日明日にも惨劇に見舞われかねない。

紗雪が氏理に会いたいのよりも、たき自身がむすめのしのに会いたいのよりも、妙岳尼はもっともっと切ない思いでわが子に会いたいはずではないのか。

（白川郷へ生きて戻ることができたら……）

たきはいま、思い決した。妙岳尼の生き別れの子の痕跡を捜し出そう、と。

「随分と早い戻りだが……」

兵内が集落のほうを眺めている。

余の三人も見やると、おおさびがこちらへかんじきを漕ぎ進めてくるところであった。

「佐々の動きの謎が解け申した」

辿り着いたおおさびは、七龍太に復命する。

「佐々は、われらを追ってきたのではのうて、端から立山越えをするつもりだったのでござる」

「なんのためじゃ」

訊ねたのは紗雪である。冬の立山越えなど自分たちのようにやむにやまれぬ事情がなければ、愚行以外のなにものでもない。

「理由までは分かり申さぬ。なれど、幾日も前に富山城から使者がまいり、本日中には佐々内蔵助みずからがやってくるとのこと」

おおさびが芦峅寺の集落へ入ると、何か大がかりな行事を控えているようすで、人々が慌ただしく行き交っていた。そこで、衆徒たちの会話を盗み聞いたところ、佐々成政が家来を百人ばかり率いて立山連峰を越中から信濃へ越えるので、皆が準備に忙殺されていると知れた。先導する衆徒はもとより、雪道を拓(ひら)く大勢の人夫(にんぷ)も必要なのである。また、食糧その他の荷と、それらを運ぶ橇(そり)なども用意せねばならない。

「そうであったか。なぜ気づかなんだ」

七龍太は、おのがひたいを、手で打った。

「なんじゃ」

と紗雪が促す。

「内蔵助どのは浜松の徳川どのに掛け合うつもりなのでござり申そう。羽柴筑前どのとのいくさをつづけるように、と」

「まさか、そのような……」

兵内には信じがたい。おおさびも同様である。

「やりかねぬわ。年齢(とし)は食うておっても、気骨(きこつ)のある武将ゆえな」

めずらしく紗雪が成政を褒(ほ)めた。

紗雪にとって、成政というのは、妻になりたいとも、抱かれたいとも一度も望んだことのない男ではあるが、といって、憎んでいたわけでもない。それどころか、秀(ひい)でた武人と思っていた。だから、七龍太と出会いさえしなければ、自分と成政の関わりかたも違ったものになっていたかもしれないのである。

「七龍太さま。いかがなさる」

兵内があるじの指図を待つ。

「立山を越える」

七龍太のことばを待たずに宣言したのは、紗雪である。

「芦峅寺から雪道をつける先駆けの人夫衆が出るのなら、その尻にくっついてゆけばよいのじゃ。誰もわれらのことは知るまい。佐々衆はいささか間を置いてまいろうゆえ、容易には露見せぬ。だいいち、われらが立山越えをするなど、佐々衆には思いもよらぬこと」

「放胆だなあ、姫は」

七龍太は感心してしまう。

「姫。畏れながら……」

兵内が口を挟む。

「女子がいては、不審この上なしにて、ただちに佐々衆の知るところとなり申そう」

「髪さえなければ、分かるものか」

言うなり、紗雪は笠を脱いだ。

「たき。そちもじゃ」

「はい」

たきも、紗雪に倣う。

女たちは、蓑の中へ押し込めていた長い黒髪を、後ろ手に根元で束ね、はね上げるようにして外へ取り出した。

両人の髪の尾が、長く垂れ下がる。一瞬の逡巡もない潔さであった。

「切れ」

紗雪が男たちに命じた。

兵内とおおさびは躊躇うが、七龍太は紗雪の髪の尾を掴んだ。

「姫。美しい御髪にあられる」

褒めながら、七龍太は短刀を抜く。厳しい寒気で一瞬にして霜の降りた刃は、文字通りの白刃と化す。

「あ……阿呆。世辞は無用じゃ」

頬を赧めた紗雪である。

「御免」

白魔の真

好天に恵まれ、眩しいばかりに白く光る弥陀ケ原の雪野に蠢くのは蟻の群れか、と思われたが、よくよく見れば、人の群れであった。

動きが遅々としているのは、雪面を踏み固めながら進むためである。

雪踏みに用いる履物を、踏み俵という。藁で編まれており、口径一尺、高さ一尺二、三寸ばかりで、形が炭俵に似ている。内底に藁沓を装着したものもあれば、藁縄で足を固定するものもある。

こうして人夫衆によって作られた道が、あるていどの長さに達したところで、後続が辿ってくる。まずは荷物や食糧を積んだ橇、そのあとを成政主従の行軍という段取りであった。

「いま気づいたんじゃが、あんたら、このあたりの者ではなかろう」

鋤を担いだ人夫頭のひとりが、戻ってきて、最後尾の五人に不審の目を向ける。

「われらは、佐々の殿さまが越前府中を治めておられた頃、ご領内で小商いをしておりました者」

澱みのない返答を始めたのは、兵内である。

「それなりに繁盛しており申したが、丹羽さまが新しきご領主になられてから、そのなされようにどうにも馴染めず、商いも先細りになりましてございます」

いまの越前国主の丹羽長秀も、公的には成政と同じく織田の部将だが、事実上は羽柴秀吉の忠実な属将というほかない。

「そうなると、佐々の殿さまのご仁政が懐かしゅうなり、この上はいまいちどご城下に住みたいと思い立ち、富山へまいったところ、殿さまは一夜泊の宮ご参拝と伝え聞き、あとを慕ってゆきますと、にわかに芦峅寺のほうへ往かれたとのこと。いかにせんと困じたのでございますが、やはり遠目からでもいちどご尊顔を拝したく存じ、われらも急ぎ芦峅寺へきてみると、こんどは、殿さまが立山へ湯治にまいられるのに、雪道を拓く人数が必要と知り、少しでもお役に立ちたいと思うて、かく参じた次第にございます」

「それは殊勝なことじゃ」

途端に、人夫頭の顔つきが柔らかいものになった。

「なれどのう、佐々の殿さまは、立山で湯治なさるだけではのうて、信濃までまいられると聞いておる」

「なんとまあ、それはまた難儀な……」

兵内は驚いてみせた。

「なんのために山越えをなさるのか、それは存ぜぬが、まあ、われら風情は、国主さまのお下知には、ただ従うだけのことじゃ。あんたらも、励んで下され」

「それはもう」

兵内が笠の縁を摘んで頭を下げ、七龍太、紗雪、たき、おおさびも、これに倣う。首から下の髪を切り、ひげを生やした紗雪とたきは、間近で凝視でもしない限り、男にしか見えない。ふたりのひげは、兵内とおおさびの手で付けられたもので、忍びの変装術である。

すっかり疑念を払拭できたらしい人夫頭は、先へ進んでいった。

おおさびが、後ろを振り返る。

後続の気配は、まだない。橇はやがてやってくる手筈だが、成政主従が芦峅寺を発つのは明朝であろう。

「見事なものだなあ、姫の兵法は」

七龍太が感心した。先駆けの人夫衆の尻にくっついてゆけば容易には露見しないという、紗雪の大胆な計略はいまのところ図に当たっている。

「うっ……ぷ」

感心したそばから、七龍太は笑いを噛(か)み殺して俯(うつむ)く。ひげを付けた紗雪の顔が、幾度見ても可笑(おか)しいからであった。

「あっ……」

下から、顎(あご)を鷲摑(わしづか)みにされ、七龍太は体を突っ張らせる。

「おらちゃの言うたことを忘れたか」

次に笑ったときは容赦しない、と釘(くぎ)を刺されていた。

「ご……ごめん、なさい」

乾(かわ)いた音が高鳴った。お定(き)まりの平手打ちである。

七龍太は、目から星を飛ばし、雪上にひっくり返った。たきが、呆(あき)れる。

「津田さまのように懲(こ)りない御方(おかた)は見たことがありませぬ」

「面目(めんぼく)な……」

慌てて、おのが口を押さえて、視線を逸らす七龍太であった。たきのひげ面(づら)にも笑いを怺(こら)えきれない。

「津田さまっ」

芦峅寺から当時の立山温泉までは八里ほどの行程だが、雪山ではとても一日で踏(とう)

破できる距離ではない。雪道を拓きながらではなおさらである。先遣隊の人夫衆は途次の猟師小屋に泊まることにした。

しかし、全員を収容できるわけではないので、ほとんどの者は、雪洞を作るか、岩穴に入るかして、そこを寝場所とする。

「このあたりならアワは避けられる。幹を背負うて作るのじゃ」

七龍太らも、紗雪の指示で、大きな木々の繁るあたりに雪洞を作ることにした。

この時期はまだ、固まった旧雪に馴染んでいないやわらかい新雪が、重さで崩れ落ちることがある。それが傾斜地で起これば、凄まじい落下速度と破壊力を伴う。いわゆる表層雪崩で、アワと称されるが、樹木の繁茂するところはわりあい安全であった。

また、木の幹を背にするのは、いささかでも保温効果を得られるからである。こうした智慧は、幼少期より白川郷の雪山で遊んだ紗雪にすれば、当たり前のものにすぎない。

「出入口は狭くせよ」

と紗雪が命ずる。

雪というのは断熱性が高いので、雪洞は外気を遮断してくれる。出入口もできるだけ狭いほうがよい。

同様の智慧をもつおおさびは、洞内の一隅を掘り下げた。

「かようにいたせば、冷気はここへ落ち申す」

と七龍太に説く。

この間に、兵内が木の枝を拾い集めた。焚き木と寝床に用いる。

雪洞が出来上がると、紗雪は火を熾し、おおさびが道中で見つけた岳樺の木から剝いできた皮を近寄せた。この皮は油のように燃えるので、焚きつけるさいに重宝する。

兵内の集めた枯れ枝に火を移すと、たちまち燃え上がった。木々も冬は眠って活動しないから、水分量が少なくて乾いている。

持参の鍋に雪を入れて溶かし、沸かした湯と携帯の味噌で汁を作った。水分不足は凍死の危険性を高める。

当座の食事は、握り飯。芦峅寺の集落で作り、腹巻に入れて持ってきたものだ。翌日からは糒で腹を充たす。

氷点下の世界で冷やされつづけていた五人の体が、内側から温められてゆく。

しかし、陽が落ちれば、気温はさらに急激に下がる。

丸めて持ってきた藁苞で出入口を塞いでから、皆で寝床に横たわった。蒲団代わりの夜具は、木の枝と持参の毛皮である。

七龍太、紗雪、たきは、早々と寝息を立て始めた。

兵内とおおさびは、宿直(とのい)をつとめ、交代で睡眠をとった。万一に備えてのことである。

「きょうは動けぬと存ずる」

未明に皆が起き出すと、そのとき宿直であったおおさびが言い、出入口の藁苞を外して、洞外を見せた。

出入口の全面をほぼ塞ぐぐらいの高さまで雪に被(おお)われている。

「やはり積もったか」

兵内の宿直中から六花(りっか)は舞っていた。

雪が降り積もったあと、すぐに動くと、雪崩に遭(あ)う恐怖を拭(ぬぐ)えぬ。とくに積もったばかりの泡雪(あわゆき)は、雪を踏む音はもとより、話し声にすら誘発されて、アワを引き起こしやすい。また、人間が音を立てぬよう極力注意したところで、鳥や獣(けもの)の発する音までは禦(ふせ)ぎようがないから、新雪が旧雪に馴れるまで、一日くらいは待機したほうがよい。

むろん、音を立てても、小さなアワで済んだり、何事も起こらないこともある。

おおさびが出入口の雪を掻(か)くうち、曙(あけぼの)の光が射(さ)してきた。

洞外へ出ると、其処此処(そこここ)に人夫の姿が見えた。

「朝飯を食うたら、出立するそうじゃ」

前日の人夫頭がやってきて、そう告げた。

「積もったばかりで、危うくござらぬか」

と兵内が不安げな顔で訊いてみる。

「われらもさように案ずるのだが、お奉行のお申しつけゆえ、仕方あるまいの」

人夫衆を指揮する奉行人は、成政の重臣で岩峅寺、芦峅寺とその一帯を治める寺島職定の家臣である。

「相分かり申した」

兵内も素直に応じた。

一日も早く浜松へ到着したい成政から、山越えの通行路の確保を急ぐよう命ぜられているに違いない、と七龍太は察する。

朝食後、後続を待つ者を残して、雪道作りの先遣隊は早々に発った。七龍太らは、昨日と同じく最後尾に付いた。

先遣隊は、慎重な足取りで雪踏みをしながら、弥陀ケ原より松尾峠へ向かった。この峠を越えれば、立山温泉は近い。

峠の頂で、紗雪が立ち止まり、頭上を仰ぎ見た。

冠雪の樹林の上空を、猛禽が飛んでいる。大鷲であろう。

「姫。いかがなされた」

七龍太が訝る。

たき、おおさび、兵内も足を止めた。

人夫衆はすでに峠を下り始めている。

「皆、木の根元に寄って、体を括りつけよ」

紗雪の命で、五人揃って一木に寄り、幹に縄をかけ回したとき、大鷲が滑空してきて、羽ばたきの音を立てながら、別の木の枝に降りて止まった。

その枝を深夜に覆った新雪が、塊のまま動き、音立てて落下する。驚いた大鷲は飛び立った。

雪塊は、下の枝の新雪を巻き込んで落ちてゆく。さらに下の枝の新雪を加えて、みるみる大きくなる。

これに誘発されて、樹林を覆っている新雪が挙って動き出した。

この間に、紗雪ら五人は、木の幹に体をしっかりと括りつけている。

周囲に、大きな雪塊が、どすんっ、どすんっ、と落ちてきた。夥しい雪煙に吹きつけられ、息苦しくなる。

「アワじゃあっ」

「逃げろっ」

人夫衆の悲鳴が聞こえた。

樹林から地へ落ちた無数の雪塊は、峠の斜面を転がり、速度を増しながら、ますます巨大になって、かれらに襲いかかる。

傾斜地にぽつぽつと生える木は盾(たて)にならない。その陰に避難した者は、根こそぎもっていかれる。岩石でさえも、地中から一瞬で掘り起こされる。

凶暴(きょうぼう)な白魔は、ちっぽけな人間たちを容赦なく呑み込んでいった。

「まだこのままでいよ」

紗雪が言った。アワの動きも、雪煙も、雪崩が起こした風も、すべて鎮(しず)まるまで、下手(へた)に動いてはならない。

「縄を解け」

実際にはさほどの長さではなかったのかもしれないが、永遠とも思える時間(とき)を経(へ)て、ようやく紗雪が命じた。

峠の頂から、五人は斜面を見下ろす。

倒れている者が点々と見えるが、いずれもぴくりとも動かない。大半は雪の下に埋もれたのであろう。

「姫。ひとりでも……」

助けましょうぞ、と言いかけた七龍太だが、紗雪はにべもない。

「無駄じゃ。皆、死んでいる。それに、ここに止まれば、われらも殺される」

紗雪が見上げる空は、にわかに暗くなっていた。まるでアワに呼応したかのように。

山の天気は、それこそ一瞬で変わる。吹雪がくる、と紗雪は察知したのである。

峠を下りきるまで、空は暴れなかったが、温泉へは辿り着けなかった。ついに、竜巻のような猛烈な吹雪に襲われた。

身を隠す場所はない。というより、真っ白で、何も見えない。

「穴を掘るのじゃ」

瞬時に凍ってしまう雪の粒が鉄炮玉のように叩きつけてきて、顔が痛い。

まともに目も開けられぬ。口や鼻の穴にも雪が吹き込んで、息もできない。

五人は、死に物狂いで、雪面に穴を掘った。

たきの悲鳴が上がる。激甚の雪風に、体をかっさらわれたのだ。

「たきどのっ」、
おおさびの伸ばした手は届かなかった。

たきの体は、鞠となって転がりながら、恐ろしい速さで遠ざかってゆく。

「わたしが助ける」

七龍太が、みずから身を投げ出し、雪風に乗った。

宙を飛び、一気にたきに追いつくと、抱きついて、ともに雪面を転がってから、止まった。

「たきどの」

「大事ございませぬ」

笠も蓑も吹っ飛ばされてしまっても、たきは気丈である。

七龍太は、たきを強く抱え込みながら、紗雪らのもとへ戻ると、大笑いした。

「皆、雪の化け物みたいだなあ」

たしかに、五人とも、全身くまなく雪を纏って、人間には見えない。

「阿呆がっ」

紗雪が怒鳴り返したが、七龍太の戯言は、自然の猛威への恐怖に張り詰めた皆の心を、一瞬、和ませた。

「このくらいでよい」

五人は、雪面に掘った穴の中にしゃがんで、たきを真ん中にして手を繋ぎ、身を寄せ合った。穴に入っただけで、息をするのが少し楽になる。

聴覚を破壊しそうなほどの猛吹雪の轟然たる音は、天地の怒りの声に聞こえる。

人間はひたすら畏怖し、凝っと堪えるほか術がない。

目の前に、何か落ちた。

いち早くそれを見定めた七龍太が、たきの頭を胸に抱え込んで、見せないようにする。

あの人夫頭であった。首も手足もありえぬ方向に捩れ、見開いたままの眼はうらめしげである。

死体はそこには止まらない。一瞬ののち、風に吹き上げられて、どこかへ消えた。

吹雪が去ると、空は晴れ渡った。

白魔に見逃して貰い、命を拾った七龍太ら五人は、立山温泉へ向かう。

ほどなく、湯煙が見えてきた。湯の川や岩の間などから、熱湯が湧き出ている。

雪原に小屋が幾棟か点在するが、ほとんどが無惨な姿であった。冬の間の雪風で壊されてしまうのだ。春先に修繕され、秋の終わりまで湯治客が使う。

「湯屋はあそこにござろう」

おおさびの指先の山腹から、ひときわ濛々と湯煙が立ち昇っている。

「姫。冷えた体をお温めなされませ」

「たきこそ、しかと温めるのじゃ」

「ありがとう存じます」

たきは笠も蓑も着けている。周到なおおさびと兵内が持参した予備のものである。

山腹まで登ると、そこには広い岩窟があり、中に板囲いが設けられていた。

岩盤の抉れた天然の湯舟には、岩の天井から湯が流れ落ちている。湯量は豊富で、滝のごとくであった。

驚くべきことに、先客がひとりいた。

濃い湯煙で判然としないものの、こちらに背を向け、男であるようだ。

「ここまで追ってきたか。褒めてやる」

七龍太に聞き覚えのある声を発するや、湯舟から振り向きざまに立ち上がり、躍り出てきた痩せた裸形は、本願寺の凶悪な元坊官のものであった。濡れた長い直刀を手にしている。

「下間頼蛇」

七龍太は、紗雪とたきを後ろに庇う。

兵内とおおさびが、丸めた藁苞の紐を即座に解いて、中から武器を取り出した。

「これは思いもよらぬ、津田七龍太ではないか」

「血裹頭衆と思い違いしたな」

「まあ、そういうことだ。叡山の大衆はしつこい」

「七龍太さま」

素早く寄った兵内が、あるじに刀を手渡す。七龍太が亡師・竹中半兵衛に賜った直江志津兼俊である。

兵内とおおさびは、七龍太の左右について、両人ともいつでも抜き打てる構えをとった。

三人の後ろで、紗雪も小太刀を手にしている。

「黒田官兵衛に殺されたというは、誤伝であったか」

「たしかに殺された。なれど、わたしは悪運が強いらしい、お手前同様に」

そう言われて、頼蛇は、ふんっ、と鼻で嗤う。

頼蛇も、一時、木津川合戦で落命したと聞こえたが、生き長らえている。

「いちばんの楽しみが復活したわ」

七龍太をおのが手で殺すことを、以前から熱望していた頼蛇なのである。

「いまここで結着をつけたいのなら、受けて立ち申そう」

七龍太が申し出た。

「汝は最後にとっておく」

「ほかにも殺したい者がいる、と」

「羽柴筑前」

「何のために、筑前どのを」

「あやつは信長の遺志を継ぐ。仏罰を受けさせるのが当然よ」

破門後も本願寺坊官を自称する頼蛇は、仏法最悪の敵というべき信長を斬り刻んでやるつもりであった。が、京都で予想外の事変が起こり、それは叶わぬこととなってしまったのである。

「ご存じないのか、お手前は」

「何のことだ」

「筑前どのは、この先、一向一揆と戦うつもりはない。それどころか、本願寺の罪を赦し、いずれ近いうち、大坂、京に寺地を与えるとまで伝わっている」

現実に、秀吉は、早くも信長横死の二ヶ月後に堺坊舎の寺領を還付して以来、本願寺とは友好関係を保とうとしており、この翌年から寄進を繰り返すことになる。

「お手前が筑前どのを害するは、いまの本願寺にとっては迷惑至極と存ずるが」

「坊主でもない汝の説教など、片腹痛いわ」

頼蛇は、眉間に皺を寄せ、目の下の肉を震わせ、唇を刀痕の目立つ左頰へ吊り上げた。おのが意思ではなく、勝手にそうなったように七龍太には見えた。頭の中に残る銃弾の起こす悪さだが、もとより七龍太の知るところではない。

「ならば……」

と紗雪が洩らし、

「その腹、まことに抉ってやろうぞ」

七龍太らの前へ飛び出し、頼蛇に向かって恐れげもなく踏み込んだ。かれらが止める暇もなかった。

小太刀の鋭い突きが頼蛇の腹を襲う。

頼蛇は身をひねりざま、刀身の鐔許で辛うじて小太刀を撥ね上げ、これを躱した。勢いあまった紗雪は、湯舟の中へ飛び下りる。が、底で足を滑らせ、ざんぶっ、とひっくり返った。

「姫っ」

おおさびが湯舟へ躍り込もうと動いた。

その腕をとって引き戻した七龍太が、抜き打ちに刃を斬り上げる。矢が、真っ二つになって、足許へ落ちた。引き戻さなければ、おおさびに命中していたであろう。

湯屋をめざして、雪の斜面を上がってくる者らがいる。

「ちっ……」

舌打ちをした頼蛇は、脱いでおいたおのが着衣をまとめてひっ抱えると、裸のまま、岩窟から走り出た。

「逃げたぞっ」

「追えっ」

血裏頭衆も一斉に頼蛇のほうへ方向を転じた。

ひとり、立ち止まって、七龍太らを見上げる者がいる。左目に眼帯をし、杖を持つ大柄な男。

（あれは首領の黒蛾坊……）

かつて竹中半兵衛が血裏頭衆に急襲されたさい、七龍太はその姿を見ている。

七龍太に気づいたかどうかは分からぬが、黒蛾坊は視線を逸らし、配下のあとを追っていった。

ほうっ、と兵内が安堵の息を吐く。もし血裏頭衆に襲われたら、雪山で多勢に無勢、厄介なことになっていたであろう。

「七龍太どの。身共の命を救うていただいた。礼の申しようもござらぬ」

おおさびは、頭を下げた。

「助け合うのは当たり前。ではござらぬか、姫」

と七龍太が湯舟を見やると、ばしゃばしゃと湯を浴びせられた。

「あっ、あっ、熱い、熱い」

「このくそたわけがっ」

紗雪は怒鳴りちらす。

「あんな外道といつまでも無駄口を叩きおって。初めから有無を言わさず、皆で斬りつけておれば、討てたのじゃ」

「裸の相手に問答無用はよろしゅうござらぬ」

「なんと、呆れたことを申すやつじゃ。戦国の世ぞ」

「乱妨者ばかりでは、いつまでたっても戦国の世は終わらぬかと……」

「おらちゃが乱妨者じゃとっ」

「いや、いや、いや、姫のことでは……」

湯舟から躍り上がった紗雪が、七龍太の胸ぐらを摑むや、思い切り引きずり倒した。

「ああーっ」

頭から湯舟に突っ込まされる七龍太であった。

おおさびが、血裏頭衆を尾けて、ようすを見た。が、かれらは止まることなく頼蛇の足跡を追い、引き返してくる気配もない。

折しも雲行きもまた怪しくなってきたので、おおさびは急ぎ立山温泉へ戻った。

「きょうはもう動かぬ」

降り始めた雪を眺めながら、紗雪が判断した。

雪道を拓くはずの先遣隊は、吹雪で全滅した。となれば、一日後れで芦峅寺を発つ予定の成政主従が、今日明日のうちにここまで来るなど、ありえぬであろう。

幸い、岩窟の湯屋には分厚い松材の板囲いが設けられており、涸れることのない熱い湯も寒気を和らげてくれる。酷寒の雪山で、これ以上はない避難場所といえよう。

「されば、姫とたきどのから、湯へ……」

勧めかけた七龍太のそのことばに、紗雪が被せる。

「あの吹雪を堪えたあとじゃ。おらちゃは何ともないが、湯へ入るのは、皆の体じゅうの傷をたしかめてからぞ」

「さようにござった」

すぐに、おおさびが察した。凍傷の有無である。

いきなり火や熱湯で温めてしまうと、そのときは良くても、重度の凍傷ともなれば、あとで患部が腫れて、取り返しのつかないことになる。最悪の場合は、爛れて、やがて壊疽となり、骨にまで達して手足などは脱落してしまう。たとえ軽症でも最初の治療が肝要であった。

「わたしはとうに、湯舟へ叩き落とされたが……」

七龍太は、おもてを引き攣らせる。

まずは、囲いの内で、女ふたりがたしかめ合うと、たきの藁の脛巾の一部が切れており、足に凍傷が見つかった。

「案ずるな、たき。さしたることはない」

おそらく吹雪に飛ばされたさいのものであろうが、たき自身はいままで気づかなかったという。

「おおさび。塩じゃ」

それだけで、おおさびには分かる。

「しばし、お待ち下され」

火を熾したおおさびは、鍋で塩を炒ると、それを布に包んで、囲いの内より出された紗雪の手に渡した。

「あれで丹田を温めるのでござる」

興味津々というようすの七龍太へ、おおさびが説いた。

臍のちょっと下のあたりの丹田は、人間の体の健康と気力の源といわれる。ここを炒り塩で温めると、それが徐々に全身に回り、冷えて塞がれていた血管を自然に開かせる。その後に、弱火やぬるま湯などから始めて、少しずつ温度を上げてゆく。

「さすれば、傷は腫れることなく、治りも早うなり申す」

「そういうものなのか。物知人よな、おおさびは」

手放しで感服する七龍太である。

「身共などより、数倍、姫のほうが」

「さもありなん」

大きくうなずく七龍太に、おおさびこそ感服してしまう。

（まこと、この御方は……）

ひとに花をもたせるのが上手い、と。

それに、七龍太がちょっと抜けているように見えるのは、たいていの者は気づかないが、みずからそう見せているのだ、とおおさびは看破していた。信長にも一目置かれたほどの博学多才、あの竹中半兵衛に愛された唯一の弟子が、凍傷の対処の仕方ぐらい知らぬはずはあるまい。

（そうしたところが手管ではないというのが、稀有なお人柄よ）

だから、誰もが手を焼く稀代のじゃじゃ馬、紗雪でさえ、惹きつけられずにいられない。かく申す自分も、とおおさびは思う。

たきの足以外には皆の体のどこにも凍傷は見られず、男女が交代で温泉に浸かったあと、糒を湯で戻し、味噌汁を添えて食した。

「たきは三度栗を食べよ」

栗はあるていど日持ちがし、甘みがあって栄養価も高いので、非常食に適している。三度栗というのは、笹栗の一種で、なぜか年に三度結実するため、その名を付けられた。高僧の霊威によるといわれるが、むろん俗説にすぎない。

「何かあったときの備えにございます。決して、いまわたしが頂戴してよいものではありませぬ」

固辞するたきである。

「たきどのに何かあったと申せば、きょうのことにござろう」

と七龍太が微笑んだ。

「姫にとって、たきどのは大事なお人。召し上がれば、姫がお喜びになる。おおさびも兵内もわたしも、嬉しゅうござる」

「津田さま……」

「あ……たきどの、自分は足手まといなどと申されてはなりませぬぞ」

たきの心の動きを瞬時に察して、七龍太は先んじた。

「身も心もやわやわとしておられるたきどのがそばにいてくれるだけで、わたしは心地よくこの雪山に立ち向かう覚悟がもてる」

「まあ……」

たきが年甲斐もなく頬を赧めると、

「なんと申したっ。いまいちど申せっ」

七龍太に向かって、紗雪が怒声を噴かせた。突然のことである。

「な、何を申せば……」

七龍太は怯えた。

「身もやわやわは、まずかった」

「さよう」

兵内とおおさびが囁き合う。

「おのれは、たきをさような下劣な目で見ておったのじゃな」

紗雪は、七龍太の首根っこを押さえるや、そのまま岩窟の縁まで連れてゆき、背中を蹴り飛ばした。

「思うさま雪山に立ち向かえっ」

「ああーっ」

懲りない七龍太が、夕暮れの雪山の斜面を転がり落ちてゆく。


七龍太らが息んだ当時の立山温泉は、江戸時代末期の大地震により土石の下に完全に没してしまう。

その温泉場をあとにして、五人は谷川沿いに先を急いだ。

千仞の山の鞍部へ出た。さらさら峠であろう。

佐々成政が、浜松の徳川家康と面談するため、冬の立山連峰を命懸けで踏破した壮挙は、江戸期の書物によって「さらさら越え」の名で知られることになる。ざら峠、皿峠、沙羅沙羅峠などの名は伝わるものの、実はそれがどこの峠をさすのか判然としない。たぶん立山連峰越えそのものを、さらさら越えと称したのではないか。

「姫。いかがなさる」

おおさびの問いは、谷筋、尾根筋のいずれを往くかという意味である。

積雪に埋まった谷筋のほうが、上り下りの差が少なく、歩を進めやすい。しかし、谷筋は雪崩の危険を拭えず、起これば逃げきれぬ。尾根筋の場合は、高低差のある上り下りが頻繁で、歩行が難儀で時間はかかるものの、雪崩をあまり警戒せずともよい。

紗雪は、深呼吸をすると、目を閉じた。

そのまま、しばし黙して、身じろぎひとつしない。

「姫は、何を……」

七龍太が、小声で、おおさびに訊くともなく訊いた。

「空と山と生き物の匂いを聞いておられるのでござる」

「匂いを聞く……なるほど」

香道において、香の匂いを嗅いで、種類を言い当てたり、違いを判別したりすることを聞香という。野生児の紗雪は、大自然の匂いを聞くことで、常人には分かりようもない何かを察するのであろう。

その姿は神々しくさえあった。

（さながら、姫神だ……）

七龍太が本気でそう思ったとき、紗雪は宣言した。

「谷筋を往く」

この決断は、しかし、七龍太には意外である。人に対しては危険を冒して挑むが、自然に対しては畏敬の念を忘れないのが紗雪ではなかったか。にもかかわらず、自然の怒りに触れるかもしれない道を選んだ。

それでも、七龍太は、不安をおもてに表さなかった。

（もしや姫は大自然と語り合うて、味方につけたのか……）

そんなふうに思ったからである。

おおさびも兵内もたきも、命を奪われかけたアワと猛吹雪の記憶はまだ鮮明であるはずだが、何も言わない。皆が紗雪を心より信じていた。

「まいるぞ」

紗雪を先頭に、五人はかんじきを漕ぎ出した。

もはや、誰も一言も口を利かない。

迫る両側の白魔の斜面は決して見ない。ひたすら、かんじきを進めた。

紗雪は、新雪だらけの中でも、比較的固いところを瞬時に選んで、先導する。まるで紗雪の前にも案内者がいるかのようであった。

鉄製のかんじきなので、下りでは滑らせることができた。七龍太も、かんじきの操作法は紗雪に幾度も教授されているから、後れずについてゆける。

長丁場であった。しかし、晴れ渡っている空が曇ることは、ついになかった。五人は恙なく、さらさら峠を越えたのである。

紗雪が、振り返り、峠に向かって掌を合わせる。

「御礼申し上げまする」

情感の籠もった可愛らしい声音であった。姫神から無垢な少女に戻ったかのように。余の四人は、紗雪に掌を合わせたい心境である。

広々とした五色ヶ原高原へ出た。

「きょうは、ここで息む」

難所のさらさら峠を抜けたばかりで、さしもの紗雪にも疲れがみえる。

「鹿を仕留めてまいる」

雪洞を作ってから、おおさびひとり、その場を離れた。

一頭分の鹿肉があれば、食糧不足にも栄養不足にも陥らずに済む。余った肉は、そのつど雪中に埋めておけば腐らないから、幾日でも保つ。

このとき、遠くの木立の中から、雪洞を眺めている巨影がいた。巨影は、のそり、と木立の外へ踏み出した。低く唸っている。

野生児の紗雪も、雪洞内でようやく息をつき、心身を弛(ゆる)めてしまい、その接近に気づくべくもない。

充分な量の食べ物を得られず、冬眠しそこねた「穴持(あなも)たず」であろう。腹を減らして、冬じゅう、うろつき、凶暴でもあった。

熊だ。

おおさびが狩ってきた鹿の肉を焼き、存分に食すと、五人の体は芯(しん)から温まった。雪洞内の片隅(かたすみ)に穴を掘り、余った生肉(なまにく)を雪中に埋めて保存しておく。自然冷凍である。

「姫。宿直(とのい)は不要と存ずる。おおさびも兵内も朝まで思うさま寝かせてやってはいかが」

と七龍太が紗雪に伺いを立てる。

雪道を拓く先遣隊が全滅したからには、成政も立て直しに時間(とき)がかかる。この二、三日で自分たちに追いつく者などいないとみてよい。

紗雪とたきを富山城より脱出させるべく、事前に万全の準備をし、成功後も休むことなく、雪山越えに必要な道具その他の荷を負い、警固も怠りなくやってきた忠義の従者ふたりである。心身の疲労は極限に達していよう。

「それがしにお気遣いなど、勿体ない」

「身共も同じにござる」

頭を振る兵内とおおさびだが、

「寝よ、ふたりとも」

意外にも紗雪に許された。

それを聞いて、七龍太は満足げである。

「代わりの宿直は、そちじゃ」

「げっ……」

「不服と申すか」

「滅相も……」

七龍太は泣きだしそうになる。

「情けないやつじゃ。どのみち役に立たぬゆえ、そちも寝よ」

「やはり姫はおやさしい」

げんきんに相好を崩した七龍太だが、

（素直じゃないなあ）

の一言は喉許で呑み込んだ。発すれば、お定まりの平手打ちを食らわされる。

実は、紗雪も少し気を弛めていた。

今夜から明朝にかけての山の気が穏やかであることは、野生児の五官で確信できる。成政の一行に追いつかれる危険もなさそうなことを思えば、疲労が引き起こす事故を避けるためにも、このあたりでいちど五人全員が充分に睡眠をとって、明日以降の雪山越えに備えるのがよい。

ひとり、雪洞の出入口から空を仰ぎ見ていたたきが、皆を振り返る。

「皆さま。美しい夜にございます」

風が少し弱まっているので、五人とも外へ出てみた。

満天の星であった。

空気の澄み渡る冬の雪山だから、星々も冴え冴えとして、近くに見える。

「やあ、われらの守護星が輝いている」

七龍太が南天を指さした。

無数の明るい星々が集まっているあたりである。冬の夜空を華やかに彩るオリオン座だが、その名は当時の日本人の知るところではない。

「津田さま。われらの守護星とは……」

たきが訝る。

「ほら、あの同じくらいの間を空けて並ぶ三つの大きな星は、帯のように見えましょう。勇士の帯と申し、その帯から提げているように見えるのが、剣」

「さように仰せられれば、なんとのう……津田さまは天文にも通じておられるのでございますね」

「きっと、こやつの虚言じゃ」

と紗雪は対手にしない。嘘や作り話だと切り捨てたのである。

「実は、バテレンからの請け売りにござる」

あっさり明かして、七龍太は笑った。

キリスト教の宣教師を、バテレンという。父、師父などを意味するポルトガル語のパードレに、伴天連、破天連などの漢字をあてたところから生まれた呼称である。イエズス会司祭のルイス・フロイスは、信長に厚遇されたので、七龍太も幾度か会っている。

「異朝においては、あの星々は神、王、聖者、さらには、いくさ人にも見立てられるとか。それゆえ、きっとわれらを守って下さると思うたのでござるが……」

「ここは日本じゃ」

「なれど、姫。空の星々は、バテレンの国の人々にも見えると存ずる」

「そちは南蛮へ渡ったことがあるのか」

眼を剝く紗雪である。

「いやいや、それはござらぬ」

「なんじゃ。ならば、同じ星が見えるかどうか分からぬではないか」

「姫は信長公のようなことを仰せられる」

「どういうことじゃ」

「信長公は、何事もおのれの五根でおたしかめにならぬうちは、信用なさらなんだ」

五根とは、視覚・聴覚・嗅覚・味覚・触覚、すなわち五官のことである。

「いつか、ともにたしかめにまいり申そう」

「誰に言うておる」

「姫に」

「おらちゃを南蛮へ連れていくというのか」

「お厭かな」

「厭に決まっておろう。南蛮なんぞ、気味が悪いわ」

「めずらしや、紗雪どのが臆された」

「臆するものかっ。バテレンなんぞ、ひとひねりじゃ」

「ひとひねりって……」

いま自分がそうされると察知し、七龍太はあとずさった。

ふいに、たきが声を立てて笑いだす。

「何が可笑しい、たき」

紗雪は気色(けしき)ばんだ。

「おふたりとともにいると、何やら勇気が湧いてきて、自然と笑(わろ)うてしまうのでございます。お赦し下さいまし」

兵内とおおさびも、さよう、さようと破顔する。

「姫とたきどのの変装も、もう要(い)らぬな」

雪洞内へ戻ると、七龍太が言い、

「いかにも」

紗雪とたきの顔から、男に見せかけるための付けひげや粧(よそお)いを、兵内とおおさびがすっかり拭い去った。

めずらしく七龍太が紗雪の平手打ちを食らわずに済んだこの夜、五人揃って、深い眠りについた。

「お頼み申す」

と呼ばわる声に最初に気づいたのは、兵内とおおさびである。

雪洞の出入口に垂(た)らして括りとめてある藁苞(わらづと)の戸の向こうからであった。

兵内が刀を手に執(と)り、柄袋(つかぶくろ)の紐を解きながら、出入口へ寄る。おおさびは、まだ眠っている余の三人を静かに起こした。

「お頼み申す」

ふたたび、声をかけられる。

黙っていれば、向こうから藁苞の戸を開けられてしまうであろう。

「どこのどなたかの」

兵内が、七龍太のうなずきを得てから、戸越しに応じると、耳を疑う返答がきた。

「当方は、岩峅寺衆徒にて、円光坊弘栄と申す者。越中国主・佐々内蔵助さまのご一行の先達として、山越えの途次」

雪洞内は一挙に緊迫感に包まれる。声を上げかけたたきは、おのが手で口を塞いだ。

先達とは、案内人、とくに修験道において峰入りなどのさい、他の修行者を導く者をさす。

「怪我人、病人を抱えて、難儀いたしておる。その者らを、雪洞で休ませて貰えぬか。また、喰う物があれば、幾らか頒けていただきたい」

弘栄の声が、そうつづけた。

「お助けしたいのはやまやまなれど、ここには労咳病みの母がおりましての」

兵内は、とっさに偽った。

「労咳となっ……」

驚きと困惑の混じった声が返された。

労咳とは、結核、わけても肺結核のことであり、当時は不治の病とされ、伝染すると恐れられていた。

「さよう。母は土地の医者には半年もつや否やと突き放されたのでござるが、倅のそれがしは信濃に坂流の名医がおられると聞き及んだので、どのみち儚い命ならば、一縷の望みに賭けてみようと思い立ち、母を背負うて山越えの途次なのでござる」

医門として高名な坂流は多くの名医を輩出しており、この理由には真実味がある。ここで、兵内はたきに目配せした。

即座に、たきが激しく咳き込んでみせる。

咳は間違いなく弘栄の耳に届いた。雪を踏む音からたじろいだようすが伝わってきたのである。

「われらと接すれば、かえって、そちらにご迷惑をかけることになり申そう」

と兵内は追い討ちのことばを付け加えた。

弘栄が離れてゆくのが、雪を踏む音で分かる。きっと成政へ報告しに戻ったのであろう。

兵内は、藁苞の戸をわずかに開けて、外へ視線をやった。

雪は降っていない。朝の光の輝く雪原に、武器を携行する一団が立ち止まっている。雪洞から十間余り離れたあたりだ。橇も二台あって、いずれにも人が横たわっているように見える。

体を寄せ合っているため、人数はしかと見定め難いが、五十人ほどであろう。誰もが笠を被っており、どれが佐々成政なのか特定できない。

おおさびも、出入口へ寄って、兵内と同じく、戸の隙間から一団をたしかめた。

「これほど早く追いついてくるとは……」

七龍太と紗雪の温情に甘えて、宿直を怠ったことを、両人は後悔する。

（一時でも早く徳川どのと面談いたしたい。内蔵助どののその強い思いが困難を押し切った……）

ひとり七龍太は、そうと察した。

日にちが経てば経つほど、家康を起たせるのは難しくなり、それは佐々家の存亡にかかわる。一時でも早く浜松へ着くことが、いまの成政の唯一無二の使命というほかない。

実際に、七龍太の推察通り、成政は強行軍で雪山に挑んだのである。先達をつとめる岩峅・芦峅両寺の衆徒や、随行の猟師ら、山を知り尽くす者らに危険を説かれても、日和を待つこともせず、ひたすら前進した。かれらも、ひとりひとりが報酬として、法外ともいえる米や銭を貰っているので、文字通り命懸けで成政の命を奉じた。

だから、これまで、はぐれて行方(ゆくえ)知れずになった者、雪庇(せっぴ)を踏み抜いて谷底へ転落した者など、落伍者が続出している。雪崩にも遭(あ)い、そのさいは一挙に多くの人命と荷を失った。

雪道を拓く先遣隊に追いついたときには、隊の全滅という惨状を目の当(ま)たりにし、絶望しかけた。それでも成政の心が折れないので、先達も家臣らも必死に歩を進めてきたのである。

「おらちゃの不覚じゃ。佐々を見縊(みくび)った」

紗雪の小太刀の鞘(さや)を持つ手に力が籠もる。

「姫。早まってはなりませぬ」

いまにも飛び出しかねない紗雪を、七龍太が制した。

「先達が戻ってまいり申す」

兵内が言い、皆は息を殺す。

「申し伝える。ありがたくも、国主さまからのおことばじゃ」

ふたたび、戸外から声をかけられた。

「謹聴(きんちょう)いたし申す」

兵内は畏(かしこ)まった返辞をする。

「民を慈しまねばならぬ国主が、労咳の母を命懸けで助けんとする孝行者を、雪山に見捨ててゆくなど、決してあってはならぬこと。橇を引いておるゆえ、母御を荷台にのせ、ともに山越えをいたそうぞ」

あまりに予想外の申し出に、兵内は七龍太を振り返った。どうこたえればよいのか、窮したのである。

（裏目に出たか……）

七龍太も、労咳病みを抱えているという兵内の嘘は上々で、成政らは一刻も早く立ち去ろうとすると確信したのだが、案に相違した。

（あるいは、内蔵助どのは、途次で善行を積めば、浜松で願いが叶うと思われたのやもしれぬ……）

御家存続のために藁にも縋りたい成政がそんなふうに考えたとしても、一向に不思議はない。

「ご返答は」

と弘栄の声が迫る。

「兵内。佐々勢の中に、竹沢熊四郎の姿はあるか」

小声で七龍太に訊かれた兵内は、あるじに理由を質すこともなく、ただちに佐々の一団へ一層、目を凝らす。

笠の端を指で摘んで持ち上げている者が幾人もいて、そのうちのひとりの顔をしかと捉えることができた。

「おり申した、竹沢熊四郎が」

「内蔵助どのと話し合うてまいる」

という七龍太の宣言に、余の四人は仰天する。

「何かお考えがあってのこととは存ずるが、おやめくだされ」

「さよう。問答無用で討たれましょうぞ」

兵内とおおさびが、藁苞の戸の前を塞いだ。

「内蔵助どのも問答くらいはするさ。わたしが生きているのは驚きだろうからな」

「おらちゃも出る」

と紗雪が言ったので、七龍太は戸惑う。

「姫が出てはめんどうなことになり申す」

「とうにめんどうなことになっておるわ」

すると、また弘栄から、返答の催促があった。声に苛立ちが混じっている。

「いま、まいる」

ついに紗雪が返辞をしてしまった。

「やむをえぬ」

七龍太も肚(はら)を括る。

「兵内。おおさび。わたしと姫で時間(とき)を稼(かせ)ぐゆえ、たきどのを連れ、雪洞の裏へ出よ」

雪洞を包囲されたら、逃げ場がない。だが、木立を背にして作ってあるので、佐々勢が七龍太と紗雪に気を取られている間に、雪壁(ゆきかべ)の一部に穴を開けて抜け出し、木立の中へ逃れるぐらいは、兵内とおおさびならばできる。

「それから、佐々勢の背後へ回り込め」

と七龍太は命じた。

「畏まった」

ふたりの忍びが声を合わせる。

「されば、姫。まいりましょう」

「そちは、おらちゃが守ってやる」

「千人力(せんにんりき)にござる」

七龍太は、藁苞の戸を取り去り、雪原へ踏み出した。紗雪がつづく。

笠も蓑も着けていない両人なので、近づいてくるその姿を見た成政には、誰であるかすぐに分かった。

「紗雪……」

成政は、随行人らを掻(か)き分けて、前へ出ていきながら、

「早まるなっ。このままでよい」

戦闘態勢に入るべく、笠蓑を脱ごうとした家臣たちを制した。

「お久しゅうござる、内蔵助どの」

七龍太の挨拶は気軽である。

「そのほう……」

笠の端を上げ、まずは七龍太をまじまじと見つめる成政であった。

「化けて出たわけではござらぬ。この通り、生きており申す」

「誰が紗雪をさらったのか、なかなか思い到らなんだが、津田七龍太ならば、さもあろうな」

「さらったとは、人聞きが悪い。理不尽な罪で獄に繋がれた姫を救い出しただけのこと」

「不義者を罰することが理不尽と申すか」

成政の突き刺すような視線が紗雪に向けられる。

臆することなく睨み返してくる紗雪に、成政は、怒りをおぼえないと言えば嘘になる。だが、紗雪の本性を知ってからは、その強靱さに圧倒され、敵討ちをさせてやるべきではないか、と思うことさえあった。

「筑前は命拾いをしたようじゃな」

ふっと笑って、成政は独語するように言った。羽柴筑前守秀吉の命で黒田官兵衛に殺されたはずの七龍太はこうして生きているのだから、紗雪の復讐心も失せた、とみたのである。

「今後、白川郷に手を出せば、殺す。羽柴でも、佐々でも、誰であろうと」

と紗雪が宣言した。紗雪の父・内ケ嶋兵庫頭氏理は、いまも形の上では佐々の属将だから、これは叛意をあからさまにしたことになる。

「そういうことであったか……」

帰雲城の目付をつとめた七龍太は、その間に氏理と昵懇になった。その七龍太が、信長の肝煎で成政に嫁いだ紗雪を、富山城よりさらって逃走中である。氏理が知らぬはずはあるまい。みずから許可したのだ。とすれば、氏理は秀吉ばかりか、成政とも敵対する道を選んだことにほかならぬ。

「愚かよな、兵庫頭は」

吐息まじりに、成政は洩らした。

「紗雪どのの件はもうよろしいでしょう、内蔵助どの」

七龍太が、話を戻した。

「忘れよとでも申すか」

「内蔵助どののほどのお人なら、この紗雪どのが決して不貞を働く女子でないことは、ようくお分かりかと存ずる」

「その場を……見た者がおるのだ」

躊躇いがちな反論であった。たしかに、紗雪を知れば知るほど、不貞とは無縁と強く感じた成政だったのである。

「呉羽殿にござろう」

成政の寵妾の早百合が、呉羽殿と称ばれる。

「ほかにもおられたか、紗雪どのと岡島金一郎とのさような場を見た者が」

「それは……」

「おられまい」

「神保越中ら、当時、富山城に籠もっていた者らも挙って、紗雪と金一郎の不義は明らかと申したのだぞ」

「それは、籠城勢すべての助命という、神保越中からの開城の条件を、内蔵助どのが呑まれたあとのこと。あのとき、明らかに信長公に叛いた越中らは、玉砕やむなしと覚悟しており、織田軍を対手に、総助命などというむしのよい条件をみずから掲げるはずはない。掲げれば、よけいに攻城勢の怒りを買うぐらいのことは、かれらも分かっていたはず。とすれば、その条件を内蔵助どのに呑ませる代わりに、越中らに見返りを要求した何者かがいたと考えられましょう」

「……」

当時のことを思い出そうとしている成政の表情である。

「籠城勢の使者は、呉羽殿からの伝言を携えていたと存ずる。自分は内蔵助どののため、ひいては織田さまのために命を捨てる覚悟ゆえ、存分に城攻めをなされませ、と。呉羽殿がさまで潔い女子であるや否や、誰よりもよくご存じなのは内蔵助どのではござらぬか。しっくりせぬ思いは湧かなんだと言い切ることがおできか」

「早百合は……」

成政にはあとのことばが出てこない。

「呉羽殿は嫉妬しておられた」

と七龍太は断じた。

「そして、籠城勢の使者として、呉羽殿のことばを伝えた者も、内蔵助どののおぼえめでたい岡島金一郎に嫉妬していた。この両人が結びついたのは、いわば自然の成り行きにござろう」

「結びついたとは……」

「まことの不義者は、呉羽殿と竹沢熊四郎にござる」

「なにっ……」

成政は声を失った。

紗雪も驚き、七龍太の顔を見てしまう。

「偽りを申すでない、この不埒者めがっ」

怒号を上げ、雪に足をとられて一歩ごとに転びそうになりながら、熊四郎が出てきた。

「お屋形。こやつの申すことは、なにひとつ真実なき大嘘にござる」

熊四郎の怒りの形相の中に、怯えが垣間見える。それを見逃さない成政だが、しかし、七龍太を信じたわけでもなかった。

「この儀は、後日、吟味いたす」

成政は、熊四郎に告げてから、あらためて七龍太と紗雪を見やった。

「いま申したことに恃むところがあるのなら、これより警固をつけるゆえ、そのほうらは富山城へまいり、わしが帰城いたすのを待て」

「内蔵助どの。富山城には、呉羽殿とその息のかかった者らがおり申そう。とても服えませぬ」

「津田七龍太。本来なら、不貞の儀を抜きにしても、わが城へ忍び入ったそのほうも、わが妾でありながら城より逃げ出した紗雪も、この場で首を刎ねるところであるぞ。わしは怒りを殺して譲っているのだ」

「わたしも前に譲っている」

「そのほうが何を譲ったというのか」

「富山城へ忍び入ったとき、お命を頂戴することもでき申した、呉羽殿の」

「なぜ殺さなんだ」

と七龍太に訊いたのは、成政ではなく、紗雪であった。

「呉羽殿にもいつかお心を入れ替える日がくるやもしれ申さぬ。そのとき、事の真相を正直に明かしていただけるのでは、と」

「どれだけ甘い……」

紗雪が言い切る前に、

「黙れ、黙れっ」

熊四郎が、叫(おら)びながら、帯にたばさんでいる短刀の柄袋を解(ほど)き始めた。

雪山での足送りの邪魔になるため、大刀は腰に差さずに、背負う。短刀にしても、柄が雪や雨で濡れたり、濡れたところが凍ったりするのを避けるため、大刀ともども柄袋を着けている。

「やめよ、熊四郎」

という主君の制止の声も聞かず、柄袋を取り去った熊四郎は、七龍太と紗雪めがけて踏み込んだ。が、雪に足をとられて、つんのめる。

応じたのは、紗雪である。こちらは腰に差している小太刀を鞘走(さやばし)らせ、熊四郎の短刀を横薙ぎに撥ね飛ばした。

対手の抜刀に、成政の家臣らが反応するのは、当然の成り行きであった。皆が笠と蓑を脱ぎだす。

先達の衆徒のひとりが、家臣らより先に、七龍太に向かって杖を振り下ろした。雪山に馴れている衆徒は、熊四郎のようにかんたんに転びはしない。

やむをえず、七龍太は竹中半兵衛より拝領の直江志津兼俊を抜き合わせた。

こうなると戦闘は止められない。

「殺すなっ」

七龍太が大音を発した。佐々勢の背後に忍び寄っていた兵内とおおさびに向けてのものである。

両人は、手のうちで柄をくるりと回し、刀身の刃を上向きにした。

兵内もおおさびも軽装である。佐々勢が笠と蓑を脱いだり、背負い太刀を手にとったりする前に、かれらを次々と刀背打ちに倒してゆく。

たしかな踏み込みのできぬまま槍や杖を繰り出してくる者もいたが、両人にとっては、その手許へ跳び込んで、当て落とすのは容易であった。

七龍太と紗雪も、同様である。

無勢が多勢を押しに押した。

「お屋形あっ、人質をとりましたぞっ」

雪洞の裏手の木立の中より、背後から男に喉を摑まれたたきが、出てきた。脇腹には刃を突きつけられて。

「でかした、八郎」

熊四郎が小躍りした。八郎というのは、成政の出行には必ず随従する小者である。

「得物を捨てられいっ」

成政に寄り添っていた佐々与左衛門が、七龍太と紗雪に言い、

「そこな両人もっ」

と兵内とおおさびも見やった。

たきは、口中に何か詰め物をされたまま、猿ぐつわをかまされている。それを見た七龍太は、微笑んだ。

「八郎どのとやら。礼を申す」

なぜ礼を言われたのか分からず、八郎が戸惑ったようすなので、七龍太は左手でおのが口を塞いでみせてから、愛刀の鋒を雪面に突き刺し、柄から右手を離した。

おそらく、たきは、人質にとられては紗雪らに迷惑が及ぶので、舌を嚙んで死のうとした。それを、とっさに八郎が禦いだに違いない、と七龍太は察したのである。

礼の意味が伝わったのか、八郎はちょっと油断した。そのせいで、背後から躍り

出てきた巨影にまったく気づかなかった。

「八郎、逃げよっ。熊じゃあ」

成政の悲鳴も虚しく、後肢で立った熊が前肢を振り下ろすと、八郎の体は大きく吹っ飛ばされ、雪面に突っ伏した。

八郎の首の肉は深く抉り取られ、そこから血が溢れ出ている。

熊は、咆哮しながら、突進してくる。

人間たちは、右往左往する。

しかし、熊は、ほとんど一直線に、熊四郎をめがけてきた。

逃げ後れた熊四郎は、腰を抜かして、立てなくなってしまう。

「あっ……」

と七龍太は何かに気づいた。

その熊は、月輪熊で、右の前肢の小指がなく、喉のあたりの三日月形の白い斑には斜めに傷痕が微かに見える。

「悪太郎どのっ」

いまにも熊四郎に襲いかかるところであった熊は、いったん立ち止まり、名をよんだ七龍太のほうへ、首を回した。すると、その眼から、それまでの獰猛さが薄れた。

「そう申せば、越中が悪太郎どのの故郷でありましたな」

もともと越中の山に棲息していた悪太郎だが、人間の幼子を襲いかけて、猟師に鉄炮で撃たれて右の前肢の小指を削られると、飛驒の山へ逃げ込んだ。幼子に食らいつこうとしたのは狼で、悪太郎はこれを助けたのだという話も伝わる。

悪太郎と名付けたのは、飛驒白川郷の猟師たちらしい。冬でも冬眠せずにうろつき、しばしば人畜に害を及ぼすはぐれ熊だったからである。

幾年も前の春、白川郷の山中で、飢えていた悪太郎は、たきのむすめのしのを襲おうとした。七龍太が命懸けで近づき、にぎり飯を与えて去らせなければ、悪太郎は紗雪や猟師の孫十の矢で射殺されるところであった。

「もしや、わたしに恩返しを……」

七龍太は、にぎり飯を食べる仕種をしてみせながら、悪太郎に笑顔を向ける。

首を振り立てて吼えたのが、悪太郎の返辞であった。それから、仰のけに倒れている熊四郎の胸を、右肢をのせて押さえつける。

「ひいいいっ……」

あまりの恐怖に、熊四郎は虎落笛のような情けない悲鳴を上げる。

この間に、佐々勢に随行の猟師三人が、鉄炮を撃つ準備を了えていた。

「兵内」

それと気づいたおおさびが、兵内とともにかれらに走り寄り、三人とも刀背打ちで昏倒せしめる。

紗雪は、たきのもとへ走り寄って助けている。

「竹沢熊四郎」

その顔を、七龍太が上から覗き込んだ。

「八郎どのの最期を見たか。熊に八つ裂きにされるのは、無惨ぞ。物凄く痛いし」

「た……助けてくれ」

「不義の一件のまことのことを、いま明かしてくれるのなら、この悪太郎どのに、おぬしを殺さぬよう頼んでみよう。ただ、悪太郎どのは人の心が読めるゆえ、一言でも嘘があれば、そのたびに、おぬしは鼻やら耳やら手足やら、どこかを引きちぎられる」

「申す、申す。まことのことを申す」

ついに熊四郎は明かした。紗雪と岡島金一郎の不貞は呉羽殿のまったくの作り話で、実際に不義を働いていたのは、その呉羽殿と自分であったことを。

ご丁寧にも、熊四郎は、呉羽殿との関係が始まったのは、成政が富山城の前に居城としていた守山城にあった頃からだと告白してくれた。

「しかとお聞きになられましたな、内蔵助どの」

熊から逃げずに近くに突っ立っていた成政を、七龍太は見た。雪面に仰のけの熊四郎は、間近の主君の存在に気づかず、あらいざらい吐いたのである。

「わしとて、薄々は……」

力なく、成政は言った。

「内蔵助どの。愛する者らを信じるのは罪ではござらぬ」

七龍太は責めなかった。成政にとって、呉羽殿を称す早百合は寵妾、竹沢熊四郎はよく働く寵臣なのである。

「おらちゃも恨んでおらぬ」

いつの間にか七龍太の傍らに立っていた紗雪が、成政に向かって、やさしい声音を届けた。

「与左衛門どの」

かねて見知っている成政の甥に、七龍太は告げる。

「雪洞をお使い下され。洞内の地中には鹿の生肉を埋めてあるゆえ、皆さまで召されよ」

「かたじけない」

頭を下げる与左衛門であった。

このようすから事が結着したと分かったのか、悪太郎は、熊四郎の胸から前肢を引き、くるりと背を向けて走り去ってゆく。

「悪太郎どの。終生、感謝申し上げる」

遠ざかる熊が見えなくなるまで、七龍太は合掌しつづけた。

「敵わぬわ」

紗雪が、嘆息した。

「それはそうでござろう。対手は熊にござる」

「まこと阿呆じゃな、そちは」

七龍太には敵わぬ、と言ったつもりの紗雪だが、気づいてもらえないので、ふんっ、とそっぽを向いてしまう。

七龍太の一行がその場を去ると、雪が降ってきた。成政は、雪洞にも入らず、しばし、顔を被って泣きつづけた。誰も声をかけることができなかった。

その後、佐々勢が幾日かけて信濃入りを果たしたのか、詳らかではない。信州上諏訪の高島城に落ち着き、浜松へ使者を立て、何かとやりとりがあってから、家康との対面にこぎつけたのは、天正十二年も押し詰まった十二月二十五日のことといわれる。

成政を大いに歓待した家康だが、決起については、否、であった。御輿の織田信雄が秀吉に降り、自身も次子・於義丸を人質として大坂城へ送った直後でもあったので、いまや家康は雌伏の時代に入ったと言わねばならない。成政は、尾張清洲城へ参上し、信雄にも秀吉討つべしと説いたが、退けられた。

多数の家臣を死なせたさらさら越えは、無駄足でしかなかった。成政が越中への帰途についたのは、翌る天正十三年正月三日のことである。足取りはことのほか重かった。

富山城に帰城した成政が、真っ先にしてのけたのは、熊四郎と早百合の残忍な処刑である。

成政みずからの刃で、熊四郎の首をじわじわと切り裂いた。早百合については、神通川の畔の榎にその裸身を吊るし、鮟鱇の吊るし切りのように、皮を削ぎ、肉を断ち、内臓を抉り取り、最後にぎりぎりと骨切りをしたといわれる。事実であるとすれば、大願が成就しなかった憤懣を思うさまぶつけたのかもしれない。

宿昔(しゅくせき)の契(けい)

「よう戻った。よう戻った。よう戻ったの」

氏理(うじまさ)は、あたりを憚(はばか)らず、紗雪(さゆき)を強く掻(か)き抱(いだ)いた。涙も洟(はなみず)も垂(た)れ流し放題である。天正十二年の大晦日(おおみそか)に、至福の再会は成(な)った。

「とと……」

泣きはしない紗雪だが、父の体を突き放すようなまねもしない。されるがままに委(ゆだ)ねた。

松右衛門も大泣きし、たき・しの母娘(おやこ)は手を取り合って感涙(かんるい)に咽(むせ)んだ。

七龍太(しちろうた)は微笑を絶やさず、兵内とおおさびも末席で穏やかな表情をみせる。

居城の向牧戸(むかいまきど)城から、深い雪道の中、この帰雲(かえりぐも)城まで紗雪ら五名を送ってきた三ノ家老・川尻九左衛門は、筆頭家老の尾神備前守(おがみびぜんのかみ)に労(ねぎら)われている。

越中富山城を脱して、さらさら越えで信濃入りした七龍太、紗雪、たき、兵内、おおさびは、木曽路から美濃路へと繋いで、白山信仰の玄関口である関まで出て、そこから長良川沿いに北上し、飛騨白川郷の南を守る向牧戸城へ辿り着いた。真冬の降雪期に、どこで遭難してもおかしくない自殺行為の道程というべきだが、紗雪の野生児の勘と七龍太の陽気さに、たきの温かさと兵内、おおさびの忍びの多芸が、かれら自身を救ったのである。

「お屋形」

拳で嬉し涙を拭いながら、松右衛門が提案する。

「明日、晴れましたら、ご城下で姫のご生還祝いをなされてはいかがにござろう。元日ゆえ、領民も重ねて喜びましょう」

「おお、それはよい」

氏理は即座に賛成し、ようやく愛娘の体を離す。

「明了どのも祝うて下さるか」

近くに座す照蓮寺明了へ、氏理はまだ両目を潤ませたままの顔を向けた。

「拙僧とて、姫を赤子の頃から存じておるのですぞ。皆さまに負けぬくらい、嬉しゅう思うており申す」

照蓮寺は、向牧戸城と帰雲城をつなぐ白川街道の途次の中野村に建つ。九左衛門が立ち寄って子細を告げると、明了は同道を望んだ。紗雪が帰還したあかつき、白川郷の今後についてあらためて話し合うことを、氏理と取り決めていたからである。

囲炉裏の火と、皆のひとつになった心とで温もりに包まれたこの会所へ、

「祝うことかやっ」

怒声とともに戸を開けて、踏み入ってきた者がいる。

茶之であった。嫡男の氏行に寄り添う恰好で、みずからは泉 尚侍ら女房衆を従えている。

氏行ひとり困惑げなようすであった。

一挙に冷気も這入り込んできた。外は雪である。おおさびが戸を閉てた。

「お前さま、お分かりなのか。これなる者らは大罪人ぞ」

茶之は、座りもせず、紗雪らを眺め下ろして、きめつけた。

「それでも母かっ」

激怒した氏理が、立ち上がる。

「いわれなき罪を着せられ、永き牢獄暮らしを強いられたむすめが、命懸けで脱して帰郷したのだぞ。何をおいても、喜び、迎え入れるのが親であろう」

「いまさら、何を……」

茶之は鼻で嗤う。

「当家大事で、紗雪を佐々に嫁がせたのは、お前さまではないか」

「情けないことを仰せられる」

　と松右衛門が茶之に反駁する。

「あのときのお屋形のご苦衷は、いかばかりであられたか」

「控えよ、和田松右衛門。奥方さまに異見いたすとは何事か」

　高飛車に言ったのは、泉尚侍である。

「お屋形。畏れながら、姫をお匿いになれば、ご当家は佐々を敵にまわすことになりまするぞ」

「そこもとこそ控えられいっ」

　九左衛門が泉尚侍を叱りつけた。

「ご当家が何をいかに処すか、すべてはお屋形がお定めになること」

「佐々だけなら、まだしもじゃ」

　きっ、ときつい視線を、七龍太に向ける茶之である。

「この者が白川郷で存命と露見いたせば、内ケ嶋は羽柴に滅ぼされる」

　津田七龍太は賤ケ岳合戦で秀吉に逆らって処刑されたと伝わっており、その生存を茶之が知ったのは、最近のことである。降雪期に入ってから、氏理に何やらそわそわするようすがたびたび見られるようになったので、女房衆に慎重に探らせたところ、領内の猟師小屋で七龍太を匿い、療養させていると発覚した。氏理を問い詰めると、とうに七龍太は傷が癒えて越中へ潜入し、今頃は富山城から紗雪を救い出して飛騨へ向かっているはずと聞かされたのである。

今後は羽柴秀吉の世になろうかというときに、その秀吉への反逆者を使って、織田の部将に嫁いだむすめを奪い返すなど、正気の沙汰ではない。茶之は氏理を烈しく詰ったが、突っぱねられた。備前守ら余人がその場にいて、止めに入ったから事なきを得たものの、夫婦ふたりだけであったのなら、間違いなく血を見たであろう。

「お前さま。いまからでも遅うない。この者を羽柴筑前に差し出しなされ」

「七龍太どのは、われらの大恩人ぞ。七龍太どののご尽力がなければ、内ケ嶋も真宗の領民も、本能寺の変より幾年も前に信長公に滅ぼされていた。こたび、紗雪も富山で生き地獄のままであったろう」

「それが何じゃ」

「なにっ……」

「いまのこの者にどれほどの力があると仰せか。後ろ楯であった竹中半兵衛も、津田の姓を与えた信長もおらぬのじゃぞ」

「さようにございますな」

ふいに、七龍太が言って、あはは、と屈託なさそうに笑った。

「何を笑うっ」

茶之は顔を朱に染めた。

「いまの奥方のおことばで、あらためて気づき申した。わたしは随分と身軽になったものだなあ、と。さよう思うたら、にわかに心も軽うなって、つい笑うてしまい……無礼の段、お赦し下され」

頭を下げる七龍太である。

「おのれは、妾を愚弄……」

「なれど、奥方」

茶之に最後まで言わせず、七龍太は声を張った。

「いまのわたしは、以前よりも大いなる力を頂戴している」

「大いなる力じゃと。それは何じゃ。申してみよ」

「兵庫頭どの、紗雪姫、内ケ嶋のご家来衆。それに、真宗の教えを穏やかに守り、明了どのと兵庫どのを信ずるご領民。皆さまは天離る美しき里、この白川郷で共に仕合わせに暮らしたいと望み、そのためにのみ闘うことで心をひとつにしておられる。他者から奪うことばかりに腐心する戦国乱世にあって、そうして正義と平穏を守らんとするこの地の人々と自然から、わたしは大いなる力を貰っている。さように思うており申す」

「話にならぬ」

「七龍太どのに無礼ぞ」

氏理が茶之を怒鳴りつける。

「よもや……」

茶之は、視線を明了に向けると、語を継ぐ前に座(すわ)った。自身が帰依(きえ)する真宗の僧侶に対しては、立ったままの非礼に気づいたのである。女房衆もあるじに倣(なら)って、一斉に座(ざ)す。

「御坊(ごぼう)はいかがなさるおつもりか」

「拙僧は、兵庫どのとともに、白川郷独立(どくりゅう)の道を歩む覚悟にござる」

明了の声音(こわね)には迷いがない。

飛騨国の浄土真宗秘史『岷江記(みんこうき)』に、「信仰世の常ならず徳たけなる」明了は、領主の「武徳」と「照蓮寺法力」により「互に脆(もろ)きを助け危(あやうき)を救ひ諸共(もろとも)に御力(おんちから)を合されば、何となく騒動も静まりて、国穏(くにおだやか)に民安(たみやす)からん事必定(ひつじょう)」と武門と宗門の「御合体(おんがったい)」をめざしたと記されている。

「どくりゅう……それは、いかなる意に」

困惑する茶之であった。

「他から支配されることなく、おのれの意と行いによって立つ」

「さようなことができるはずがございますまい。石山本願寺も織田に屈したいま、この白川郷が天下の力ある大名らに抗って生き残れる、と御坊は本気でお思いか」

「これは異なことを承る。奥方さまは、門徒衆の最後のひとりまで織田と戦いつづけることを望んでおられたはず。真宗の仏法護持のために悦んで死ぬのが門徒衆である、と」

明了は、茶之の弟の瑞泉寺顕秀が指導者のひとりであった越中一向一揆にも、剰え石山本願寺にも、あまり協力的でなかったことを、茶之から恨まれていた。詰問状だけでは腹立ちが収まらず、みずから照蓮寺へ足を運んできた茶之に、散々に面罵されたことも一度や二度ではない。

「あの頃は……」

一瞬、ことばを詰まらせた茶之だが、くいっと顎を上げて、後ろめたさを振り切る。

「信長が真宗を皆殺しにせんとしていた。こちらも挙げて戦うほかござりますまい。なれど、羽柴筑前は信長と違うて、真宗には寛大。あえて抗う対手ではないと存じまする」

「茶之」

と氏理が口を挟んだ。

「そなたが案じているのは、刑部の身であろう」

刑部少輔を称する氏行が、ちょっとおどおどしたようすで目を伏せたので、氏理は小さく溜め息をついた。幼少期より生母の茶之に猫可愛がりされ、すっかり惰弱者になってしまった跡継ぎである。

その反動から、氏理は次男の亀千代に期待をかけてきた。が、亀千代は、内ケ嶋勢が佐々成政の麾下として越中西部の平定戦に参陣したさい、討死を遂げた。

内ケ嶋勢がいくさを終えて、帰雲城に帰陣したときの茶之のようすを、氏理はまざまざと思い起こすことができる。

運ばれてきた息子の無惨な亡骸を前にして、茶之は氏理を罵り、狂乱した。

「なぜ死なせたっ」

「いくさ場ぞ。誰が死んでもおかしゅうない」

「ならば、お前さまが死ねばよかったのじゃ。門徒衆ならばきっと、亀千代を守ってくれた」

「門徒衆だと……。その一向一揆に亀千代は殺されたのだ」

「嘘じゃ」

「いまさら嘘をついてどうなる」

「嘘じゃ、嘘じゃ、嘘じゃあっ」

この日からしばらくして、茶之は氏理に宣言した。

「刑部だけは決してあのような目にあわせぬ」

氏行自身を戦陣に赴かせることは断じてさせない、という意であった。息子の死により、いくさの恐ろしさというものを、茶之は初めて実感したのである。

「いくさ場に出ぬような者に、わしが家督を譲ると思うのか」

「いまだ津田七龍太を養嗣子にしたいと思うておられるのじゃな、お前さまは」

「できることなら、そうしたい」

「紗雪の婿にとお望みだったのでありましょうが、肝心の紗雪は佐々の側室となり、津田七龍太も織田へ戻ってしまい、残念でありましたな」

「憎体なことを……」

「お前さまは、紗雪が憎体なことを申しても可愛うて仕方ないのに、妾となると、まことに憎いのでございましょう。なれど、刑部には必ず家督を譲っていただきまするぞ。あのときの約束を違えるのであれば、妾は……」

茶之の眼には、瞋恚の炎が灯っていた。

その後、氏理は、以前からの茶之の望みであった婚姻を成就させた。氏行の妻に明了の孫娘を迎えたのである。

氏理と明了の中では、内ケ嶋氏と真宗門徒の領民が手を携え合って、白川郷独立の道を歩むという覚悟の証としての婚姻であった。が、もとより、その真意を茶之には明かしていない。

茶之自身は、母には決して逆らわない嫡男の氏行に、自分と同じ真宗の僧侶家のむすめを娶らせることで、内ケ嶋氏の中にも仏法の教えを浸透させ、いずれ宗門を武門の上に戴くためのきっかけとするつもりでいた。折しも、真宗の天敵である信長が本能寺に斃れて、茶之は歓喜した。しかし、各地の一向一揆の再燃の火は、信長が失せても強力な織田軍団によって消されてしまう。そして、旭日の勢いを得た羽柴秀吉による強硬策から懐柔策への転換に、真宗は次第に戦意を喪失してゆく。あまりに永くつづいた武門との血みどろの戦いに、門徒衆も倦んでいたから、これは自然の流れといえた。時勢を捉えて巧みに利用できる秀吉の才能の為せる業でもあったろう。

氏行大事の茶之も、この先の白川郷は秀吉に従わねばならないと思い決した。

それがいま、白川郷は他者に支配されない独立の道を歩むというではないか。しかも、そのことを、真宗門徒である領民の精神的支柱というべき照蓮寺明了より、茶之は聞かされた。信じがたいことである。

「お前さまは……刑部まで死なせるおつもりか」

怒りで、茶之の声は震える。

「こちらからいくさを仕掛けるつもりは、毛頭ない」

「このありさまは……」

茶之は、両腕を左右へ広げ、

「もはや仕掛けたも同じ。どのみち、こやつの入れ知恵に相違ござりますまい」

と七龍太を睨みつけた。

「天下に一所ぐらい、い、い、いたづら者の里があったほうが面白い。奥方はさよう思われませぬか」

「いたづら者の里……。何じゃ、それは」

「明恵上人をご存じかな」

「知らいでか。京の栂尾に高山寺を開いた名僧じゃ」

「さすが、奥方。上人のような仏心がおありでなければ、そのように即座のおこたえは返ってまいらぬと存ずる」

「妾まで籠絡しようというのか」

鎌倉時代、執権・北条泰時や後鳥羽院などの帰依をうけながら出仕はせず、承久の乱では、逃れてきた武士を保護したり、いくさで夫を失った女たちのために尼寺を開創したりと尽力し、自身は生涯を遁世の聖として過ごしたのが、明恵上人である。

「世のしきたりや法といった煩わしき枷からおのれを解き放ち、また一切の欲も願いも捨てて、無念無想の一生を送った明恵上人は、そういう自分をいたづら者と称したのでござる。かの白居易も、楽は身の自由にありと詠じられた」

白居易は、唐の詩人で、平安時代に詩文集が舶来し、広く読まれた。その平易な作風を竹中半兵衛が好んだので、七龍太も学んだ。

「兵庫どのも明了どのも領民も、この地の人々は、他者への害意も、領地を広げる欲もまったくないゆえ、白川郷のことはいたづら者の里と笑うて捨て置き下さりたい。さよう天下に触れたく存ずる」

「なんと、呆れたことを申すやつじゃ。信長の天下布武を受け継ぐ羽柴筑前に、さような申し事が通るはずがあるまい。そのほう、狂うている」

「狂うていると呆れていただければ幸い。筑前どのであれ誰であれ、かようなところに兵を差し向けるのは愚かと思うやもしれ申さぬ」

表情の明るい七龍太が、さらにつづける。

「他国とは隔絶し、道は険しく、雪に埋もれる冬が長い。米は少しばかりしか穫れぬ。奪うたところで、さしたる利を得られぬことも、天下に喧伝いたす」

「七龍太さま。過言にあられる」

皆に申し訳なさそうな顔つきで、兵内があるじを諫めた。

「よい、兵内。まことのことゆえ」

と氏理が言った。七龍太との間に意思の齟齬はまったくないという明るさであった。

「利はあるっ」

茶之がぴしゃりと言い、

「大いにあるわっ」

確信ありげに繰り返した。

「白川郷は薬玉と忍冬の宝庫ではないか」

薬玉は塩硝、忍冬は金銀のことで、両方とも白川郷における隠語である。茶之の口から出てくるとは誰も予想していなかっただけに、七龍太ですらすぐには応じられなかった。

石山本願寺と織田信長の圧迫下にありながら、七龍太の発案で氏理と明了の合意による偽計を用い、塩硝造りも金銀採鉱も見合わせて、両勢力の視線を逸らせてきたが、本願寺が織田に屈し、信長も横死してからは、実はどちらも再稼働している。白川郷を守る戦いに備えての貯えのためであった。

「羽柴筑前はそのことを存じておりますぞ」

茶之は、氏理を見やる。

「金銀はすべて採り尽くして山を閉じた。筑前とて、知っているのはそれだけのこと。塩硝についても、本願寺から知り得たとしても、もともと五箇山ほどの量は産ぜず、さしたるものでないと知るであろう」

「いずれも、この津田七龍太に唆されたお前さまと明了どのの偽りでありましょう」

「白川郷が独立の道を歩むための方便じゃ」

「その方便であることが、筑前には露見しておると申しましたのじゃ」

「露見したはずがあるまい。領内に間者が入った形跡はないのだ。まして、当家に裏切り者がいるなど、考えられぬゆえな」

「裏切り者とは聞こえが悪い。内ケ嶋家と白川郷の民の安寧に心を砕く善女、と仰せ下され」

茶之の目許、口許に笑みが刷かれた。

善女とは、仏法に帰依した女性のことである。

氏理は、はっとした。余の者らも次々と気づく。

「茶之。そなたが羽柴筑前に……」

「妾が領内を出たことがないのは、お前さまもご存じの通りじゃ。筑前へ直に伝えたのは顕秀」

越中礪波郡井波の瑞泉寺七世で、成政ら織田勢に逐われて、京へ逃れた茶之の弟である。

「もとより空手では左近衛権少将どのに無礼ゆえ、顕秀には手土産の金を届けておきましてございます」

「そなた、わしに断りなく、蔵より金まで持ち出したと申すか」

秀吉の左近衛権少将任官はこの年の十月二日のことで、早くも十一月二十二日には権大納言に昇叙したから、茶之が動いたのはその間と考えられる。七龍太が生きていて、紗雪を富山城より救出すべく越中へ向かったと知った直後に違いない。

「おのれは、よくも……」

おもてを真っ赤にした氏理は、腰挿の柄に手をかけた。

その手を、すかさず七龍太が押さえる。

「なりませぬ、兵庫どの」

「お止め下さるな」

「羽柴筑前どのは決して侮れぬお人、金銀、塩硝の儀だけでなく、わたしの存生も、やがては必ず暴かれるところとなりましょう。早いか遅いかの違いだけにござる」

竹中半兵衛死去の直前の播磨陣において、秀吉は言った。白川郷の忍冬などをいずれ見てみたいものだ、と。だから、少なくとも金銀山閉山に関しての嘘は秀吉に看破されていた、と七龍太は思わざるをえない。

「たとえさようであっても、わしはこの毒婦を赦せぬ」

「おらちゃが、やる……」

呻くように言ったのは紗雪である。眼をぎらつかせている。

「兵内。おおさび」

七龍太が末席へ声を投げた。それだけで両人は察し、馳せ寄って、兵内は茶之の盾となり、おおさびは紗雪の前に立ちはだかる。

それとみて、紗雪は、氏行に跳びかかった。

「た……助けてっ」

悲鳴を上げて仰のけに倒れた氏行に馬乗りとなって、紗雪はその首に手をかけた。

「愚者熊を殺されるほうが辛かろう」

氏行の幼名を夜叉熊というが、紗雪は昔から愚者熊とよんでいる。

「けだものっ」

と紗雪に摑みかかろうとした茶之だが、兵内に押さえつけられた。

「御免っ」

おおさび、松右衛門、備前守、九左衛門の四人が一斉に、紗雪を氏行から引き剝がしにかかる。会所内は騒然となった。

「お鎮まりなされっ」

唱名で鍛えられた明了の太い声が響き渡る。

皆の動きが止まった。

「善人なおもて往生をとぐ、いわんや悪人をや」

悪人こそ仏の救済に与る機縁がある。真宗の最も有名な教えというべき悪人正機説を、明了は言い放った。

「御坊は……妾を、悪人と……」

茫然とする茶之である。

「仏の目から見れば、人間は皆、等しく悪人である。われら坊主とて煩悩まみれの哀れな悪人ゆえ、人を救うことなど到底でき申さぬ。ならば、皆で救い合うほかございますまい」

「真宗の教えではない」

明了に向かって、茶之は歯を剥いた。

「これは説法ではござらぬ。皆で仲良く、と人として当たり前のことを申した」

「人間は皆悪人と申すのなら、いがみ合い、殺し合うのが当たり前じゃ」

立ち上がった茶之は、冷然と明了を見下ろしてから、裾を翻した。

女房衆が戸を開け、底冷えの寒気が会所内を一瞬で充たす。

「待て、茶之。話は終わっておらぬ」

出てゆく妻の背へ怒号を叩きつけた夫だが、七龍太に頭を振られて、おのれの心身すべてを抑制するように、深く呼吸をする。

紗雪も唇を噛んだ。

ふつうは火事を恐れて、就寝前に火の始末をするものだが、この地では厳寒の冬季の夜にそれは堪え難い。七龍太の寝所にも火鉢が置かれ、中の炭は赤々と熱を発していた。

七龍太は、寝床に横たわりながら、風音を聞いている。

風が強まれば開いてしまうかもしれないのに、遣戸に尻差（心張棒）をかけていないのは、訪問者を予期しているからであった。

先刻の騒動のあと、会所を出るさい、七龍太は紗雪の強い視線を感じた。永い艱難辛苦を乗り越え、ようやく帰郷できたその夜に、心地よい疲労と昂りの中で、紗雪が何を求めているのか察せられた。茶之との間にあのようなことがあったばかりだから、紗雪の烈しい性情からすれば、なおさらであろう。

七龍太は、寝所へ入るさい、兵内には控えの間ではなく、余所で寝るように命じた。

「姫とは、ふたりだけで話す」

兄妹であることを初めて明かす場は、余人の気配のないところがよい。兵内も心得ていた。

しかし、そうして準備を調えたものの、紗雪にどう話せばよいものか、七龍太にはいまだ良案が浮かばぬ。思えば、氏理より白川郷独立の覚悟を明かされ、紗雪の救出を頼まれたときから、迷いつづけている。

富山城脱出から帰雲城帰還に到るまでの間、紗雪へ告げるよりさきに、たきに明かそうかとも考えた。実のむすめに対する以上に、紗雪へ無償の愛を注ぐたきならば、良き方策を授けてくれるかもしれない。

今夜も、たきはまだ、むすめのしのとともに城内の客殿に留まっている。帰雲城下の〈さかいや〉までは近いものの、それでも雪の降る夜は危うい、朝になってから帰るように、という氏理のはからいであった。

七龍太は、おのが寝所へ入る前、たきのところへ足を向けかけた。が、やはり、真っ先に告げるべき対手は当事者の紗雪でなければならぬ、と思い直したのである。

（姫は……）

恋するひとりの女として、男の寝所へやってくる。

紗雪にとって、いちどは歯を食いしばって諦めた最初で最後の恋である。それが、ほかの男に体を汚される前に、奇蹟のような成り行きで、成就できることとなった。なんという女の幸福であろう。

その仕合わせの絶頂から、七龍太は紗雪を突き落とさねばならない。われらの恋は人の倫から外れている、それでも契るのなら畜生道に堕ちるのだ、と。

だが、紗雪ならば、畜生道に堕ちてやる、と言い放ってもおかしくない。

（何より恐ろしいのは……）

むすめが最愛の父を憎むことだ、と七龍太は案ずる。七龍太と自分を兄妹として生まれさせた責めを、紗雪は氏理に負わせるかもしれず、そのときは衝動的に殺しかねない。

あれやこれや思い悩むばかりで、切り出し方すら定まらないまま、七龍太は背中に気配を感じた。風にかたかたと揺れていた遣戸の一枚が、にわかに動きを止めたのである。

訪問者が、なるべく音を立てぬよう、遣戸を少しずつ開けてゆく。枕許の短檠の炎が揺れた。

いっそのこと、朝まで狸寝入りをして、事を先延ばしにしようかと思わぬでもない七龍太であったが、できるはずもないことは分かっている。

訪問者が滑り入り、遣戸が閉てられた。

まだ背を向けたまま、七龍太はゆっくり上体を起こした。そのとき、なぜかまた寒風が入ってきた。

七龍太が背後を振り仰いだのと、間近で銀光がきらめいたのとが同時のことであり、後れること刹那というべき間で、何かを鋭く切るような音と小さな悲鳴が聞こえた。

七龍太の顔に、生温かいものが降り注がれた。匂いで、血と知れた。

七龍太は、寝床から転がり出て、刀架から直江志津兼俊を執り、腰だめに抜き討ちの構えで備えた。

この間に、どさりと重い音がして、人影が寝床に倒れ伏している。

人影は、いまひとつ。寝床の傍らに立っていた。白い寝衣を着ているのか、仄かに発光して見える。

「紗雪どのか」

七龍太は、短檠を手に取って掲げ、そちらを照らす。やはり紗雪であった。

「きっと刺客じゃ」

寝床に突っ伏す人影を見下ろす紗雪は、右手に血に塗れた刃渡り九寸五分の懐剣を握っている。

七龍太の寝所へ忍んできて、偶然にも刺客を発見するや、とっさに後ろから組みつき、喉を掻き斬ったのである。

七龍太は、びくりとも動かぬ人影へ、明かりを寄せた。

（女子の刺客……）

訝り、もはや息をしていない体に手をかけ、仰向けにさせる。

七龍太は、息を呑んだ。

茶之であった。

おそらく茶之は、内ケ嶋氏では嫡男の氏行と生母の自分は秀吉に従うという意思をはっきり表すため、七龍太の首を大坂(おおざか)へ送るつもりだったのではあるまいか。かたわらに転がっている刀は、刃渡り一尺五寸はあり、刺殺には充分の長さである。

荒い息が聞こえて、七龍太は、はっと紗雪を返り見た。

自身が手にかけた母の骸(むくろ)を前に、紗雪はよろめきながら後退る(あとずさる)。

殺したいほど憎いというのと、実際に殺すのとでは、訳(わけ)が違う。母は母なのである。それも、暗がりの中で母と知らずに殺してしまった。取り返しがつかない。

「姫。息を、深く。ゆっくり、深くなされよ」

七龍太は、おのが刀を足許に捨て置くと、宥(なだ)めるように言いながら、少しずつ寄っていき、

「それを、わたしに、お渡し下され」

区切るように言って、おのが右手を、徐(おもむろ)に紗雪の懐剣を持つ右手のほうへ差し出す。急な言動で刺激してはならないのである。

「いやじゃあああっ」

凄(すさ)まじい叫び声が、発せられた。

近くから、大きな雪の塊(かたまり)の落ちた地響きが伝わってきた。

「あああーっ」

紗雪が懐剣を振り回し、七龍太は跳び退る。

（ここから出してはなるまい）

混乱し、理性の失せたいまの紗雪は、誰彼かまわず傷つける恐れがある。

七龍太は、戸口へ回り込んだ。

眼を血走らせた紗雪が襲ってくる。それを身をひねって躱しざま、七龍太は紗雪の懐剣を持つ右の手首を摑んで、巻き込み、ともに倒れ込んだ。

紗雪は、暴れた。無茶苦茶に暴れた。それでも懐剣を決して手放さないのは、野生児の尋常ならざる闘争本能ゆえであろう。

恐ろしいほどの叫喚と物音を聞きつけた人々が、馳せつけてきた。

兵内とおおさびにつづいて、宿直の者ら。次いで家老の備前守と九左衛門に、松右衛門ら余の家臣衆、たき・しの母娘、ついには氏理までも。

暴れる紗雪を押さえつける七龍太に、血の海の寝床に沈む茶之。誰もがとっさには理解し難い惨状であった。

「兵庫どの」

七龍太が手短に状況を説くと、

「委細、承知いたした」

氏理は冷静にうけとめた。

「姫をお願いいたす」

ようやく懐剣を取り上げて、身を離したところへ、入れ代わりに氏理が寄って、紗雪を強く抱き寄せた。

「母を、母を、母を……」

身を震わせ、泣きながら繰り返す紗雪である。

「よい、紗雪。よいのじゃ。よいのじゃ」

「母を……」

「母ではない。しかと聞け、紗雪。これまで隠してまいったが、茶之はそなたのまことの母ではない。まことの母ではないのじゃ」

氏理は紗雪を落ち着かせるために嘘をついているのだ、とほとんどの者は思った。

「そなたを産んだ母は、鷹乃という名。わしが心より愛した女子じゃ」

その名に聞き覚えのある七龍太と兵内は、顔を見合わせた。

両人以上に驚愕したのが、たきとしのである。

「妙岳尼の御妹君……」

たきが洩らした。

「紗雪よ。鷹乃はの……」

氏理の声が湿る。

「茶之の放った刺客に殺された。それゆえ、そなたは何も悪くない。図らずも、まことの母の敵を討った。それだけのことぞ」

氏理は、最愛の俤ともいうべき紗雪を一層強く抱きしめ、慟哭し始めた。

雪は小止みになり、帰雲城に天正十三年の初めての朝が訪れようとしている。

「その女子に出遇うたのは、荻町の城下外れの谷川の岸辺じゃ。野駆けの帰途、水を汲みに下りたところ、痩せさらばえた身に襤褸をまとい、気を失うておった。男の赤子をしかと抱きかかえたまま」

天正十三年の元旦に、内ケ嶋兵庫頭氏理は告白を始めた。襤褸とは、破れ衣、ぼろのことである。

囲炉裏の火で暖められた会所では、十人の男女が聴き入っている。

内ケ嶋の筆頭家老の尾神備前守、三ノ家老の川尻九左衛門、紗雪の傅役の和田松右衛門、津田七龍太と従者の宮地兵内、たき・しの母娘、氏理の嫡男の刑部少輔氏行、茶之付きの老女の泉尚侍、それに照蓮寺明了である。

昨夜に茶之が不慮の死を遂げたばかりで、氏行と泉尚侍の動揺は収まっていないが、こうなっては両人にも過去の真実を明かさないわけにはいかないので、氏理は強いて列席させた。

紗雪は、まだ寝所で眠りの中にいる。忍び独特の製薬のひとつで、罌粟の未熟果の汁を原料にした睡眠薬を、紗雪に服用させたおおさびが、付き添っている。

「女子は初めはまことの名も素生も明かさなんだが、あまりの美しさと隠しきれぬ気品から、京の上つ方の出自に相違ないと思われ、また赤子の父がすでにこの世の人でなく、ほかに身寄りもいないらしいことだけは察せられた。きっとよほどに辛いことがあったのであろう。じゃから、わしは詮索せず、一条とおよび下さいと申すので、そのようにいたした。また、赤子のことも、名を明かすつもりはないようであったから、わしはただ、和子とよんだ。そして、母子のために、荻町城から少しばかり離れた山中に住まいを普請させたのじゃ。なれど、嫉妬深い茶之が知れば、何をしでかすか分からぬゆえ、ひた隠しにいたし、わしは、荻町城を訪れるたび、山居にて一条との逢瀬を重ねた。ほどなく、一条は身籠もった」

折しも、茶之の懐妊も判明する。

氏理も、茶之の嫉妬だけなら、なんとか対処できるのだが、実は、事はそれだけでは済まない。なんといっても茶之は、越中の真宗勢力の中核たる井波瑞泉寺六世・証心の息女なのである。

その当時、真宗の総本山たる石山本願寺は、法主顕如が天皇に金二万疋を献上して、僧正(そうじょう)位、次いで准門跡(じゅんもんぜき)に任ぜられるなど、ひとつの絶頂期を迎えており、白川郷においても影響力が大きく、領民は自分たちの帰依する宗門と、武門の領主との絆(きずな)になる象徴として、茶之をみていた。その茶之に対する氏理の不実は、真宗への侮(あなど)りと領民に受け取られかねない。もしそれを理由に誰か煽動(せんどう)する者がいれば、気質の穏やかな白川郷の領民といえども、他国の過激な一向一揆に倣うやもしれぬ。だから、氏理は、一条の存在もその懐妊も露見せぬよう、一層の注意を払った。

だが、秘事というものは、隠そうとすればするほど怪しまれ、洩れるのが常である。

「一条は、臨月(りんげつ)間近となったとき、おのがまことの名を初めて明かしてくれたのじゃ。鷹乃、と」

子が無事に生まれれば、もはや男と女ではなく、子の父と母になるので、そのときこそすべてを打ち明ける、とも鷹乃は氏理に約束した。

ところが、折悪(おりあ)しく茶之の臨月も同時期であり、鷹乃の出産の日に氏理は山居へ駆けつけることができなかった。

その日に、凶変(きょうへん)は起こる。しばらく前から秘事を突きとめていた茶之が、ひそかに野伏(のぶせり)どもを刺客として山居へ差し向けたのである。

氏理に愛妾(あいしょう)がいるだけでも赦し難い。なのに、その女はすでに男児を儲(もう)けており、いままた、あろうことか自分と同じ時期にふたり目の子を産もうとしている。

愛妾も男児も腹の子も皆殺しにせよ、と茶之は刺客たちに厳命した。

そして、茶之は、自身の赤子が死産だったことで、狂乱し、思わず口走ってしまう。

「お前さまのせいじゃあ」

それで氏理は、茶之が鷹乃の存在を知っていることに気づき、夜明けを待って、山居へ馬をとばした。が、遅かった。目にしたのは、愛する鷹乃の無惨な骸であり、侍女らも殺されていた。氏理を混乱させたのは、凶相の野伏の死体も七つ転がっていたことである。

しかも、鷹乃の連れ子の男児と、鷹乃が産んだと思われる赤子の姿はどこにも見えなかった。氏理は山中を必死に捜し、やがて、獣臭い岩穴の中に産婆の死体を発見する。首のあたりが血まみれで、おそらく狼に喉笛を食いちぎられたに違いなかった。察するに、追手から逃れてきた産婆が赤子を抱いて潜んだところが、運悪く狼の棲む岩穴だったのであろう。

幼子らはどこへ行ったのか。なおも氏理はあたりを捜した。いっこうに見つからぬまま、諦めかけて天を仰ぐと、樹上に白いものが見えた。幹と枝との股の間に挟まっている。

氏理は、木に登り、生まれたばかりに相違ない赤子を手にした。小さな体をくるんでいる白い産衣には、獣の毛がついていた。

そのとき、別の木から飛び移ってきた猿に凝っと見つめられ、氏理は礼を言った。この猿が狼の巣から赤子を助け出す光景を、瞬時に想像できたからである。

猿はおとなしく去ってゆく。

「運の強い子よ……」

産衣の中をたしかめると、男児ではなかった。だが、かえって氏理は悦び、頬ずりしながら、ひとり泣いた。

「鷹乃の生まれ変わりじゃ」

後日、氏理は姫を紗雪と名付ける。

発見の叶わなかった男児は、山中のどこかで追手に殺され打ち捨てにされたのか、あるいは野獣の餌食にでもなったのか、川で溺死して流されでもしたのか、いずれにせよ生存の望みはない、と諦めるほかなかった。

氏理が紗雪を帰雲城へ連れ帰ると、激怒した茶之がみずからこれを殺そうとした。

「茶之。この上、この赤子の命も奪うと申すのなら、わしは、そなたと夜叉熊を殺してから自害し、内ケ嶋の宗家を庶流家に譲る」

当時すでに、氏理と茶之は長子の夜叉熊、のちの氏行を儲けていた。

消えた男児については、氏理の胤であるという茶之の思い込みを、氏理は敢然と否定した。もしどこかで生きていて、再び茶之の刺客に狙われるような仕儀に到ってはならぬと思ったからである。

「なれど、そなたがこの赤子を、わしとそなたの実の子と認め、内ケ嶋の一の姫とするのならば、こたびの一件を、わしは終生封印いたそう」

おのが子の夜叉熊に内ケ嶋の家督を嗣(つ)がせ、いずれ白川郷を加賀のような真宗王国にしたいと望む茶之は、氏理の提案を受け容れる。死産を知る者はまだ幾人もいなかったので、氏理は茶之が姫を産んだと公表した。

「われら夫婦が永年不仲(ふなか)であったのも、母がむすめに一片の愛も与えぬゆえに、むすめも母を嫌(きら)うようになったのも、すべては、わしと茶之が、互いに怨(うら)みを消せぬまま、この宿昔(しゅくせき)の契(けい)に縛(しば)られていたからなのだ」

昔から今までの間を、宿昔という。契は、約束である。

氏理がはらはらと落涙に及んだので、列座は粛然(しゅくぜん)とし、囲炉裏の薪(まき)の爆(は)ぜる音ばかりが会所内に響いた。

「畏れながら……」

と申し出た者がいる。たきであった。

「わたくしは、鷹乃さまと鷹乃さまがお連れであった男子(おのこ)、おふたりのご素生を存じております」

しの以外の人々は、皆、驚きの顔を一斉にたきへ向ける。

「たき。それは、どういうことじゃ」

涙を拭いながら、氏理が問う。

「されば、申し上げます」

たきは、七年前の秋、川尻九左衛門に従って、三木氏の飛驒松倉城を訪れたさい、途次で妙岳という尼僧に一宿の世話をうけたことから語り始めた。

「これは、その妙岳尼さまより、愛する人たちの生死にかかわることゆえ、三木と江馬に力あるうちは、かまえて他言無用と釘を刺された秘事にございます」

小一条大将とよばれた藤原済時を祖とする姉小路氏は、建武新政の頃、飛驒国司に任じられた。その後、家は分立し、本家は飛驒の古川盆地に土着して姉小路小島家、分家は京都に残って姉小路古河家を、それぞれ称した。ほどなく小島家に、向小島（小鷹利）家という別家もできる。応仁の乱後には、荒廃する京都では生活を維持できなくなった古河家も、一族を挙げて飛驒へ移住した。

そのとき移住を決断した古河家の基綱は、京では歌人として高名で、飛驒入り後は敵の大将・三木久頼を討ち取るほどのいくさ上手でもあり、文武両道の人であった。

「基綱公は、わたくしの祖父」

と妙岳尼は、おのが素生をさらに詳しく明かした。

小島、向小島、古河の三家が手を携え、一時は、吉城郡に地生えの江馬氏や、南飛騨に拠る飛騨守護の京極氏を圧倒して、北飛騨を押さえる。

ところが、京極氏の守護代多賀氏より出た三木氏の良頼・自綱父子が、飛騨の勢力図を塗り替えてしまう。三木父子は、美濃の斎藤道三のむすめを自綱の妻に迎え、近隣の国人・土豪を従えて、主家の権益を簒奪した。その勢いのまま、姉小路三家の分裂を謀ったり、江馬氏を巧みにけしかけたりしながら、飛騨随一の実力者にのし上がったのである。

美濃で道三が子の義龍に討たれた頃、飛騨でも姉小路三家が、三木氏と江馬氏とによって滅ぼされた。

すると、三木良頼は、姉小路の名跡継承と飛騨国司叙任を得るべく、京の公家衆に露骨な賄賂工作を行った。

名跡も国司も、公認されたかどうか定かではない。中納言の官にしても同様である。のちに参議まで望んで、いったんは任ぜられて、早々に罷免されたともいわれる。いずれにせよ、経済的に窮乏していた公家衆が、贈賄されても敬遠したかったほど、三木父子は嫌われ者であったといえようか。

父子は、ともに無類の好色でもあった。姉小路氏を討ったのも、ひとつには、美形揃いといわれる同氏の女たちを、わがものとしたかったからである。殺さず、捕らえた女たちを奥向きに仕えさせて、両人は次々と手をつけた。

良頼は病気で没したことになっているが、死因は事実ではない。まことは、子の自綱に殺害されたのである。なかなか家督を譲らない父を子が憎んでいたこともあったが、女の奪い合いが直接の引き鉄であった。

同様のことは、江馬氏でも起こっている。やはり姉小路氏の女たちに魅せられた江馬時盛・輝盛父子が、女をめぐって不和となり、こちらも息子が父に刺客を放って殺してしまう。

三木父子も江馬父子も、飛騨の姉小路氏を滅ぼしたとき、最も手に入れたい美女が鯉乃、のちの妙岳尼であった。

鯉乃は、妹の鷹乃とともに逃げて、牛丸琳之介のもとへ身を寄せる。

琳之介は、姉小路向小島家の出身だが、あまりのわがまま者だったので、勘当されて諸国を流浪していたところ、実家の危急の秋を知って馳せつけ、三木軍とも江馬軍ともよく戦った。姉小路家の滅亡後は、数少ない手下を率い、飛騨各地で神出鬼没の遊撃戦法によって、三木、江馬両氏を悩ませていた。それまで存在すら知らなかった同族の男子に、鯉乃はたちまち惹かれた。

鯉乃・鷹乃姉妹を守りながら闘うことになった琳之介一党は、次第に動きを鈍らせる。

いったん飛驒国外へ逃れようとしたが、できなかった。競い合うようにして、鯉乃の行方を執拗に追う三木父子と江馬父子が、国境へ通じる主要道にも間道にも目を光らせていたからである。

そんなときに、琳之介と鯉乃の間に男児が誕生した。もし三木と江馬に発見されれば、姉小路氏の血脈の男児は必ず殺されよう。

琳之介一党は、越中へ向けて国境越えを敢行した。だが、これは陽動策であった。

「わたくしは、妹の鷹乃に基丸を託し、白川郷へ落ちよと命じた」

わが子に基丸と名付けたのは、飛驒姉小路氏を隆盛させた祖父・基綱のようになってほしい、という願いを込めたものである。

「白川郷は美しいところで、他国者は容易に入れず、それゆえいくさも起こらず、領主の内ケ嶋氏と領民も平穏に共存し合っていると聞いておりましたのでな」

飛越国境で、琳之介一党は、江馬氏の兵に発見されて戦闘となり、衆寡敵せず、次々と討たれた。

共に死ぬ覚悟を決めていた鯉乃だが、生きねばならなかった。琳之介から、涙ながらに懇願されたのである。

「死んではならぬ。そなたの目で、いつか必ず、成長した基丸の姿を見るのだ。それからわしのもとへまいり、詳しゅう話して聞かせてくれ。あの世で楽しみにしておるぞ」

鯉乃は、永年、琳之介に仕えてきた忍びの四方助に守られ、東へ逃げた。しかし、信濃へ入る寸前で、三木の兵に捕らえられた。

四方助の命も助かったのは、鯉乃が、この者を殺すなら、わたくしは舌を噛むと三木の兵どもを脅したからである。

以後、鯉乃は三木良頼の慰み者となった。

「その後、尼御前はお子とは再会がおできになられたのでしょうか」

たきが訊いた。

「できうべくもない」

寂しげに、妙岳尼は微笑んだ。

「できうべくもない、とは……」

「基丸を託すとき、鷹乃に厳命したのじゃ。もしわたくしが生きていたとしても、また、そなたがそれを知ったとしても、そなたと基丸の消息を決してわたくしに報せようとしてはならぬ、と」

「三木と江馬からお子の命をお守りになるため」

即座に察したたきである。

妙岳尼も、小さくうなずき返す。

「では、お別れになったあとのお子と妹君がどのようになられたのか、尼御前はまったくご存じないのでございますか」

「知らぬ」

「なれど、それでは、亡き琳之介どのとのお約束を果たせぬばかりか……」

たきはつづくことばを控えたが、妙岳尼は言い当てる。

「三木の家で酷い日々を過ごすだけではなかったか、とお思いか」

「畏れ入りましてございます」

「いつか基丸を捜し出し、晴れて対面いたすには、わたくしにはやらねばならぬことがある」

「尼御前がやらねばならぬとお覚悟の儀、お差し支えなくば、お聞かせ下さりましょうや」

「ここまで明かしたのじゃ、いまさら隠し事はいたさぬ」

妙岳尼の語調が強まったので、たきは緊張する。

「三木と、江馬を、滅ぼす」

一語一語、区切って、宣言するごとく、妙岳尼は言った。

驚き、それ以上に、戸惑うたきである。尼ひとりでそんな途方もないことができるはずはない。

（もしや、いささか狂うておられるのか……）

　とすら思い、たきは妙岳尼の表情を窺った。

「この尼を狂女と思うたな、たきどの」

「いえ……」

　たきはうろたえた。

「よい。さように思うのが当然じゃ。なれど、策はすでに、いささか実を結んでおる。三木自綱を唆して、父の良頼を殺させたのは、わたくし」

「まことにございますか」

「父は子を、子は父を討つ謀をひそかに進めていると、双方にそれとなく伝えた。共倒れになればいちばんよいが、いずれか一方でも死ねば、われらにすれば、充分な出来。良頼からわたくしを奪いたいと飢えていた自綱のほうが、先手を打ったということ」

「いま、われら、と仰せに」

「姉小路の女たちは強い絆で結ばれておる。江馬に捕らえられた者らも」

「では……江馬父子の一件も……」

「そなたは鋭いの。生まれは、白川郷ではのうて、もっと生き馬の目を抜くようなところであろう」

「堺にございます」

「さもありなん」

こんどは、ちょっと愉しそうに微笑む妙岳尼である。

「そなたの推察通り、江馬時盛が倅の輝盛の刺客に討たれたのも、高原諏訪城に暮らす姉小路の女たちが陰で動いたからなのじゃ」

江馬父子の居城が高原諏訪城であった。

「わたくしは、自綱が良頼を殺した直後、落飾いたしした。良頼の側室であったゆえ、当然のこと」

「はじめから、そのおつもりで」

「さようじゃ」

「それでは自綱の怒りに触れたのではありませぬか」

ようやく鯉乃の女体をおのが手にできると悦んだ矢先、出家されてしまったのだから、自綱にすれば怒り心頭であろう。

「わたくしは、日頃から自綱の奥方の心に入り込んでいた」

自綱の正室は、斎藤道三のむすめである。

「父殺しをなされたばかりか、髪を下ろしたその側室を、よもや引き戻して同衾なさるおつもりではござりますまいな。奥方のこの一言が効いたのじゃ」

その頃すでに道三は亡いが、自綱の正室は旭日の風雲児、織田信長の正室・帰蝶と姉妹でもあった。帰蝶に注進でもされては堪らないので、自綱は引き下がった。

「そうなることも、尼御前は分かっておられたのでございますね」

「なれど、自綱は執拗な男。おのがものにできぬのなら、殺す。案の定、わたくしが松倉城下に庵を結んですぐ、配下に命じて、夜中に放火いたした。それゆえ、わたくしと四方助は焼き殺されたことになっておる」

代わりの死体は、あらかじめ四方助が用意しておいた。戦死者や餓死者の絶えない戦国乱世では、例えば、大きな川をちょっと探すだけで、どこからか流れてきた水死体を造作もなく発見できる。

「それで、最初に四方助どのがおおさびに申されたという一言が、腑に落ちましてございます。妙岳尼さまがご存生といかにして知ったのか、と」

「それでもなお、松倉城下よりわずか二里ばかりのこの山中に居を構えたのは、なにゆえと思う。もはや、そなたならば、察せられるであろう」

「松倉に住まわれる姉小路の女性たちとつながって、お指図をするため」

「われらは、この先も、三木と江馬を内側より侵しつづけて弱らせ、やがては滅ぼす。それが成就いたしたときこそ……」

妙岳尼は、右手を胸にあて、何か摑むような仕種（しぐさ）をした。
僧衣の下に、首から守り袋を提（さ）げているのかもしれない。

（であるとすれば、きっと……）

中に基丸にゆかりの何かを収めてあるのではないか、ときは想像した。
想像した途端に、目頭（めがしら）を熱くする。

（この御方のために、お子と妹君を捜して差し上げたい）

まことに白川郷へ逃れることに成功し、そして、いまなお存生ならば、見つけだせないことはない。むろん、物騒（ぶっそう）な世の中だから、すでにふたりとも没したかもしれないし、事情があって他国へ移ったとも考えられよう。それでも、いちどでも白川郷へ足を踏み入れたのであれば、郷内に何らかの痕跡（こんせき）を見いだすことはできるのではないか。

それを申し出ようとして、しかし、躊躇（ちゅうちょ）した。

（尼御前は蟻（あり）の一穴（いっけつ）を恐れてこられた）

ほんの些細（ささい）なことをきっかけに、大事は起こる。だからこそ、妙岳尼は鷹乃に一切の連絡を絶（た）たせた。

わが子の命を守るという、その一事のためだけに、おのれの心を完全に殺して堪（た）え忍（しの）んできた大いなる母。

（わたしなどが侵してはならない）

思い止まるたきであった。

「申すまでもないが、たきどの。わたくしの素生も、基丸と鷹乃のことも、かまえて他言無用。三木と江馬を滅ぼす前に、われらのことが何かひとつでも洩れたと伝わったときは、わたくしはそなたを疑う。疑えば、本意ではないが、そなただけでなく、娘御も殺す」

「わたしも、何に代えても、わが子の命は守りとう存じます。決して洩らしませぬ」

「信じましょう」

「わたしも信じて下さいませ」

としのが言ったので、妙岳尼はおもてを綻ばせる。

「されば、たきどの。内ケ嶋の姫君のことも三木との縁組の経緯も、こんどは包み隠さず、何もかも話してたもれ。この尼にはきっと、力になれることがありましょうぞ」

リーン、リーン……。澄んだ美しい鳴き声が聞こえてきた。

「鈴虫の初音じゃ。縁起のよいことよ」

「さようであったか……」

これで氏理にも、鷹乃が自身と男児の名も素生も明かそうとしなかった謎が解けた。

「されば、本能寺の変後、三木と江馬が決戦に到ったさいも、あの尼どのが陰で動いていたということなのか」

妙岳尼と会っている九左衛門が、たきにたしかめるように言った。

「さようご推察なされてよろしいかと存じます」

本能寺の変から四ヶ月余り後、天下の混乱の中、飛騨では荒城郷において、三木氏と江馬氏がともに総力を挙げて激突に及んだ。双方とも、姉小路氏の女たちから、いまこそ結着をつけるべきとき、と閨で唆されたとみて間違いない。

この決戦は、三木氏が勝利し、輝盛を討たれた江馬氏は滅んだ。のちに「飛騨の関ヶ原」とよばれることになる大いくさであった。

これにより、三木自綱が、白川郷を除く飛騨の大半を平定した。共倒れを策したに相違ない妙岳尼にとっては、なかば誤算ではあったろうが、一方だけでも滅亡へ追いやったことは、収穫であったといえよう。

「きっと、妙岳尼さまは、残る三木もなんとしても滅ぼすお覚悟。それが成就したあかつき、どこかで生きていると信じる基丸さまを捜し出して再会なさりたい。そして……」

いったんことばを切ってから、たきは語を継いだ。

「そのときこそ、おのが命を絶つ」

なにゆえに、とは誰も思わない。

基丸の成長した姿をあの世の琳之介に話して聞かせたいから、妙岳尼は死ぬのである。

「妙岳尼さまは、それほど琳之介どのを愛しつづけておられるのでございます」

「なんと強き愛であることか」

氏理が声を震わせる。

「稀有な御方と存じます。同じことができる女性は、わたしの知る限り、紗雪さまだけにあられましょう」

七龍太を見やるたきであった。

「さような経緯がござったのなら、あのときのわれらはやはり正しかった。あらためて安堵いたした」

と松右衛門が胸に手をあて、吐息をつく。あのときとは、茶之が独断で決めてしまった紗雪と三木氏との縁組を、皆で智慧を絞って破談にもっていったときを指す。

紗雪にとって、三木氏は母方の一族を滅ぼしたばかりか、伯母を慰み者にした揚げ句に焼き殺そうとした、いわば仇敵。嫁いでからそうした事実を知ることになれば、あまりに悲劇的であったろう。

「ここからは、わたしの番」

七龍太が初めて口を開いた。

「何のことにござろう」

氏理が訝り、余の者らの注視も七龍太に集まる。

「基丸の居場所を、わたしは存じており申す」

「なんとっ……生きておりますのか、あの和子が」

氏理の驚きはひとかたではない。

「はい、たしかに」

「いずこにご存生か。それに、なぜ七龍太どのがご存じなのであろう」

「わたしにも、いま知れ申した」

ひとつ大きく息を吸ってから、七龍太は真実を吐き出した。

「この津田七龍太が、基丸にござる」

氏理はもちろん、兵内をのぞく一同が、あっけにとられる。

「七龍太どの……また、お戯れを……」

松右衛門が困り顔になるが、

「お戯れにあらず」

と兵内に頭を振られた。

「わが師の竹中半兵衛が卒する直前、父の喜多村十助より初めて明かされたことを、お話し申し上げる」

七龍太は、氏理に向けて、語り出した。

廻国修行中の若き半兵衛が、十助ひとりを供に、越中から白川街道を辿って飛騨入りしたのは、永禄二年の春のことである。織田信長が天下に武名を轟かせる桶狭間合戦の前年であった。

天離る地の白川郷に用があったわけではない。好奇心の旺盛な半兵衛が、帰雲城という風流な名の城をひと目見てみたいという、ただそれだけのための寄り道だったのである。

ところが、途次の道が地滑りで崩れていた。こういう不測の事態を面白がる半兵衛は、土地勘のない山中へ平気で分け入ってしまい、当然のごとく主従ともに迷った。そこで、京ふうの山荘を一軒見つけたので、一宿を請うべく訪いを入れようとしたところ、ただならぬ気配が伝わってきた。

「そこで、わが師と父は、斬られて倒れている女人らと、無傷の男の赤子をひとり、見つけ申した。生まれて一年余りとみえるその赤子は、どうやら壁の奥の隠し部屋にいて、女人らを襲った賊どもが去ったあとに這い出てきたのではないか、と。そこに、外から男たちの声が聞こえ、その話のようすから、山荘を襲った賊に違いなく、赤子をふたり殺すつもりでいたのが、どちらも見つけることができぬので、念のため、もういちど山荘の内を捜そうと戻ってまいったと知れたのでござる。賊は七人。赤子を守りながら、二対七で子細を訊き出すのは危ういし、真っ向の斬り合いも不利とみたわが師は、父には山荘内で待ち伏せさせ、みずからは賊の背後へ回り込み、前後より奇襲して一気に七人の息の根を止め申した。それゆえ、賊の正体は分からずじまいにござった。それでも、わが師が、ただひとり、まだ微かに息のあった女人から、わずかばかり、末期のことばを聞き取ることができ申した」

「鷹乃にござるな」

氏理が先んじて言いあて、七龍太もうなずく。

「して、鷹乃は何と……」

「基丸をお助け願いまする、と」

「では、竹中どのと喜多村どのは、鷹乃のその願いをお聞き容れになり……」

「さよう。基丸を、竹中半兵衛は七龍太と名付け、喜多村十助がおのが子として育てましてござる」

そして、と七龍太は話をつづける。

「父・十助は、美濃へ戻ったのち、山荘の一件の経緯をそれとのう探り、領主の正室の嫉妬が招いたことと見当をつけ申した。愛妾と、おのが子の将来の家督相続を脅かしかねない妾腹の男子の存在を、正室は恐れたのだ、と。なれど、白川郷はなにぶん他とは隔絶された鄙の地。もうひとりの赤子のことも、わたしの素生についても、たしかなことが分かり得なかったらしゅうござる。ただ、さような経緯と、あのときの女性が末期に遺したあとひと言から、わたしのまことの父と母は、内ケ嶋兵庫頭どのと、死に際に鷹乃と名乗ったおひとのほかにおらぬ、と父・十助は断じ申した」

「あとひと言とは」

「たかのは仕合わせでした、ひょうさま」

「仕合わせであった、と鷹乃が……」

氏理の眼から、また涙が零れ出る。

「それゆえ、以後は、わたしにとって、兵庫どのがまことの父、紗雪どのは異母妹と思い込んだのでござる。そのせいで、紗雪どのにも兵庫どのにも、ご当家の家臣衆にも辛い思いをさせることになり……」

首を垂れた七龍太である。

氏理は、佐々成政と紗雪の縁組が上使によって伝えられた日を思い起こし、七龍太のあのときの苦衷の真実を、いまにして初めて知った。

あのとき、氏理以下、七龍太と紗雪が結ばれることを望む人々は、たとえ信長の肝煎(きもいり)による縁組でも、七龍太ならばどうかして覆(くつがえ)してくれると期待した。にもかかわらず、その儀について七龍太はひと言も発しないので、たまらず松右衛門が異を唱(とな)え、正使の竹沢熊四郎の不興(ふきょう)を買ったものである。飄々(ひょうひょう)として何事にもとらわれず、おのが思いのままに生きるようにみえる七龍太でも、やはり信長ばかりは恐ろしいのだ、と皆が失望した。

しかし、七龍太が上意に服したのは、まったく別の理由からだったのである。成政との縁組を突っぱねたところで、自分と紗雪が夫婦(めおと)となることは永遠にありえない。父を同じくする兄と妹なのだから。

「七龍太どの。さぞや苦しまれたことであろう。何も察せられなんだわしは、不覚(ふかく)者(もの)じゃ」

と氏理が悔やんだ。

「兵庫どのには何の罪もあられぬ。父の明かしてくれたことを鵜呑(うの)みにしたわたしが愚かだったのでござる。それが、ひいては昨夜の不幸な出来事につながったように思えてなり申さぬ」

「何を言わるる。赤子であった七龍太どののお命を救い、かくも立派に育てて下されたお父上のおことばを信ずるは、お子として当然ではござらぬか。因果応報(いんがおうほう)を申すのなら、紗雪とたきが酷(むご)い目に遇(あ)わされたことも、昨夜のことも、一(いっ)にかかって、この内ケ嶋兵庫ひとりの責め」

すると、思わぬひとが声を上げた。

「父上おひとりの責めではないと存ずる」

促されなければ、みずから声を発することの滅多にない氏行であった。

「刑部……」

誰よりも驚いたのが氏理である。

「雅意にまかせて、かつては父上のお側妾を刺客に殺させ、昨夜はみずから津田どのを闇討ちせんとした母上に、罪がないはずはない」

「刑部さま、何を仰せられます」

泉尚侍がうろたえた。

「なれど、罪人は父上と母上だけではない。それがしもまた罪人……」

氏行の青白いおもてに赤みが差し、眼が潤いを帯びた。

「畏れながら、お屋形」

氏行の発言を止めようと、泉尚侍は氏理に向かって両手をついた。

「刑部さまはお母上を亡くされたばかりで、お心を乱しておられまする。ご退室をお許し下さりませ」

「控えよっ、尚侍」

誰もが初めて聞く氏行の荒らげ声であった。泉尚侍も、絶句し、身を硬くする。

「それがしは生まれついての臆病者にて、ひたすらおのが日々に波風が立たぬよう願うてきた。自分さえ安楽でおられればよい、と。それゆえ、父と母が不仲であるのをよいことに、父の武士としての厳しい教えから逃れるため、母の言いなりになって生きてまいった。母がそれがしを、いずれ白川郷を真宗一色に染め上げるための道具とみていると知りながら、当家の政には一切関わらず、いくさ場に出ることもせずに。討死した弟の亀千代の亡骸を見たときも、それがしは……」

氏行は、声を詰まらせ、両手でおのが顔を被ってしまう。

「それがしは、安堵した……わが身でのうてよかったと」

怺えきれずに、嗚咽を洩らし始める氏行であった。

「妹の紗雪だけは、それがしという人間を見透かし、あれは夜叉熊ではのうて愚者熊じゃと吐き捨てた。その通りの愚か者なのだ。家督を嗣いで領主になってよい人間ではない」

もはや氏行の涙ながらの独言であった。が、あまりの衝撃の告白に、止める者とていない。

「ここにいる皆も、話に出てきた方々も、誰ひとり、わが身のことなど顧みない。愛するひとたちのために、悦んでおのれを犠牲にしている。泉尚侍とて、母上のためだけに生きてまいった」

「刑部さま……」

思いもよらなかった氏行のひと言に、泉尚侍も声を震わせる。

「それがしが、かくも身勝手ではなく、少しの勇気をもち、少しでもひとの心を思いやる人間であれば、母と父を仲良うさせることができたやもしれぬ……それがしこそ、父に代わっていくさ場へ赴き、亀千代を守ってやらねばならなんだのだ」

とうとう、氏行は突っ伏し、獣のような声を放って泣いた。

その号泣の中から、呻くように氏行は氏理へ言った。

「父上。どうか、廃嫡を……廃嫡をお願い申し上げまする」

凡庸であまりに頼りなく、母親の人形の如き存在とみられていた氏行の心の内を初めて知って、列座から、すぐには言うべきことばが出てこない。氏行は永く、誰に吐露することもせず、独り懊悩してきたのだ。

「刑部どの」

最初に声をかけたのは、明了である。

「武家に生まれた男子だからというて、猛々しゅうあらねばならぬ、などということはない。安楽を願うは、ひととして自然なこと。刑部どのは、臆病者でもなければ、身勝手でもない。お心のやさしいおひとなのじゃ。お心がやさしいからこそ、そうして苦しんでこられた。兵庫どのによう似ておられる」

「それがしが、父上に……」

氏行が、泣き顔を上げて、明了を見た。

「兵庫どのも、ご領民とご家来衆に仕合わせをもたらすにはいかにすべきか、そのことばかりに心を砕いておられる」

「似ても似つかぬ。父上のおやさしさはひとのため、それがしはわが身一人のためにござる」

「気づいておられぬかな、刑部どのは」

「それがしが何に気づいておらぬと……」

「あなたさまの奥方は、かように仰せられた。刑部さまほどおやさしい御方に出会うたのは生まれて初めてのこと、わたくしは果報者にございます、と」

氏行の妻は、明了の孫である。

「まことにござるか」

「これでも仏門の身。嘘は申さぬ」

微笑む明了である。

「決してわが身一人のためではない。身近なおひとに、刑部どののやさしさ、真心は存分に伝わっている。あとは、二人、三人と少しずつ増やしていけばよろしいのじゃ」

明了の視線が氏理へと移る。

「さようではございませぬかな、兵庫どの」

「御坊……」

氏理は、明了に頭を下げてから、氏行を見やった。

「刑部。わしは、さまでそなたを追い詰めていたのじゃな。いまさら詫びても詮なが……赦してくれ」

「いいえ、父上。それがしこそ、いちどとて父上のお心に適うことができませず……」

「よいのじゃ。わしのことはよいのじゃ」

氏理は、首座を下り、氏行に寄って手をとった。

「なれど、刑部。そなたの母のことは信じてほしい。茶之のやりかたは間違うていたやもしれぬが、母としての思いに嘘偽りは微塵もなかった。茶之がそなたを白川郷を真宗に染める道具と思うたことなど、決してない。いがみ合うていても、茶之の夫であり、そなたの父でもあるわしには、それだけは分かっていた。信じてやってくれ」

「信じまする」

列座からすすり泣きが洩れた。七龍太、兵内主従のほかは怺えられない。

「兵内」

「はっ」

「これでようやく、友に明かせるな」

「仰せの意が……」

七龍太の言ったことの意が察せられない兵内である。

「六年前のわたしの言いつけだ」

それで、兵内は分かった。

六年前の十助の告白を、あるじとともに聞いた兵内は、その七龍太から、おおさびだけには伝えよと命じられた。さりながら、七龍太と紗雪が結ばれることを誰よりも望んでいるおおさびに、ふたりは実は兄妹であるなどと、どうして告げられようか。唯一無二の友に、そんな酷い事実を突きつけることはできなかった。そして、告げなかったことを、七龍太に隠してきた。が、とうに看破されていたのである。

「主命に叛き申した。いかようにも罰して下され」

「罰するものか。早まらずによかったのだから、そちもわたしも」

七龍太は、昨夜の惨劇に見舞われなければ、兄妹であるという思い違いを紗雪に告げているところであった。

「そちもまた、やさしきひとよ。礼を申すぞ、兵内」

「それがしまで泣かせるおつもりか」

言ったそばから、兵内は大粒の涙を溢れさせている。

「さてもさても……」

ひとり明るい声を放って、立ち上がった者がいる。松右衛門である。

「ご不幸の起こったばかりのこのとき、不謹慎きわまると重々承知の上で、どうしても申したく存ずる」

ぱっと勢いよく両腕を広げて、松右衛門は宣した。

「ご異存の方はおられましょうや、七龍太どのと紗雪さま、晴れてのご祝言に」

ふたりは兄妹ではなく、従兄妹なのだ。夫婦になることに障りはない。

期せずして、一同の泣き笑いが起こった。

帰雲城は御降の雪の中にある。元日に雪が降ることを御降といい、降れば吉兆とされ、その年は豊穣であるという。「天離る」の転語でもある。

制覇の跫

天下制覇をめざす羽柴筑前守秀吉に、一気呵成の勢いが増したのが、この天正十三年である。

正月は、有馬で湯治や、千宗易の点前による茶会などでゆるゆると過ごしながら、戦わずして臣従させた毛利氏に紀州征伐の出陣を命じる。三月には、信長の菩提所の大徳寺総見院に京・堺の数寄者百四十人余りを招いて、大茶会を開いたあと、朝廷より正二位内大臣に叙任され、初めて参内した。

その栄誉を纏って、みずから十万の大軍を率いて出馬し、難敵の紀州雑賀・根来一揆を討ち、一ヶ月ほどで紀伊・和泉両国の平定を了える。同時に、高野山も屈伏せしめた。

次いで、五月に入ると、征伐すべき敵を四国全土を制圧したばかりの長宗我部元親と定め、自身の渡海の前に、先駆けとして黒田官兵衛を淡路へ、一柳直末を播磨明石へ、それぞれ出陣させる。

ところが、好事魔多しで、秀吉は病床についてしまう。

「軽い咳気と触れ出されており申すが、実は手足の痺れもあり、眼病も発してい
るらしゅうござる」

京坂から戻ったばかりのおおさびの報告である。咳をする、咳の出る病気、風邪
などのことを咳気という。

「朝廷がひそかに数多の社寺に病気平癒の祈禱を命じましたようで、思いの外に
重篤なのではないかと存ずる」

「もしや、腎虚やもしれぬな」

と七龍太は想像した。

「なんじゃ、じんきょとは」

紗雪が、きょとんとして、七龍太とおおさびを交互に眺めやる。

ふたりとも、目を逸らした。

房事過多による衰弱症が腎虚で、無類の漁色家の秀吉なら、罹っても不思議で
はない。しかし、紗雪の好まぬ話柄である。

「なんじゃと訊いておる。申せ、七龍太」

「えっ、わたしが申すので」

「そちが言うたことではないか」

あはは、と笑う七龍太である。なんとか誤魔化したい。

紗雪が、七龍太のほうへ、一歩大きく踏み出した。早くも苛立っている。

「あの……わたしと姫が、その……閨で時々いたすことを……」

「閨で時々いたすことじゃと」

「さようにござる。それを、いたし放題にいたすと、腎虚という病に罹り申す」

途端に、紗雪は顔色を変えた。

「汚らわしいっ」

素早い平手が飛ばされ、七龍太の顔は高い音を鳴らして歪んだ。

ひっくり返った七龍太の左頰に、くっきりと手形が遺っている。

（汚らわしいって……閨では姫のほうが奔放なのになあ……）

七龍太と紗雪は正式には祝言を挙げていない。茶之の死を悼んで、一年間は服喪し、式を来年の今頃と決めたのである。

死の真相を知らぬ家臣や領民らには、茶之は血道で亡くなった、と氏理の名をもって公表した。月経時、更年期の血行不順や、昂奮や精神的な衝撃で起こる女性特有の病を総称して、血道という。茶之が激しやすい性情であることは、多くの者が知っていたから、いささかも疑われなかった。白川郷の愛すべき自然児ともいえる紗雪には冷たく、照蓮寺明了に対しても高飛車であった茶之を、嫌う領民が少なくなかったことも幸いした。

さらに、氏理が、喪が明けたら、七龍太と紗雪の挙式だけでなく、嫡男・氏行の家督相続の儀も行うと発表したことで、天離る地にも清新の気と活気が充ち満ちたのである。白川郷は新たな時代の幕開けを迎えるのだ、と。

新時代とは、すなわち、独立の道である。

白川郷は、他者から奪わず、他者から支配もされず、自分たちの意と行いによって立つ。夢のような話だが、その決意を、氏理と明了が領民の前で手を取り合って表明した。

そのためには、巨大な敵と戦うことになるやもしれぬから、無理強いはしない、とも告げた。

領民にすれば、独立の儀は、かねて明了から時間をかけて説かれてきたことである。氏理と明了という武門と宗門の長の固い絆を見せられ、かれらも満座一致の賛同を示した。

「お屋形と明了さまの大いなる夢を、われらも共に見てみたい」

「天離る地の住人なればこそ叶えられる」

「どこまでもついていきまするぞ」

こうして白川郷は一丸(いちがん)となって動きだしたのである。

七龍太は、当初、紗雪と閨を共にするのも、やはり祝言後にと告げたのだが、つまらぬことを仰せられますなとたきに叱咤(しった)され、氏理にも背中を押された。それでも迷っていると、ある夜、紗雪に組み敷かれてしまった。

「いつまで待たせるつもりじゃ。斬り捨てられたいのか」

という威(おど)し文句まで叩きつけられて。

それがいま、腎虚の説明をしただけで、平手打ちを食らわされては、七龍太にすればまったく割(わり)に合わない。

(兄妹だったほうがよかったかも……)

これからも平手打ちは食らわされ放題に相違なし、と覚悟するほかなかった。

「この橋を渡ってくるだろうな……」

左頬をさすりながら起き上がった七龍太は、紗雪、おおさびとともに立つ橋上より、あらためてあたりを見渡す。

向牧戸(むかいまきど)城の北、一里足らずのところ、庄川に架かる岩瀬(いわせ)橋である。

このところの七龍太は、羽柴方といくさになったときのために、街道の残雪がまだ消えない時季から白川郷内の諸処(しょしょ)を巡検(じゅんけん)し、備えをいかにすべきか思案中であった。向牧戸城はすでに、城主・川尻九左衛門の指揮で、堅固(けんご)な城郭(じょうかく)へと修築を進めている。

「筑前ならば、おらちゃが討つ」

強い口調で、紗雪が言った。

「姫。筑前どのはかような山深きところまで出陣しない」

七龍太はいまだに、紗雪を姫とよぶ。

「ならば、誰がやってくる」

「金森五郎八どの」

賤ケ岳合戦では柴田勝家に属して秀吉と戦った金森五郎八長近は、敗軍の一将として、しばらく蟄居を余儀なくされたものの、のちに赦されて、翌年の小牧・長久手の陣では羽柴勢に加わっている。

信長より封ぜられた越前大野郡も安堵されており、地理的にみても、これまでの飛驒との関わりをみても、秀吉から飛驒平定を命じられるのは、長近しかいない。実際、飛驒の事情に通じる美濃郡上郡の石徹白長澄に、早くも長近が何かと探らせていることを、七龍太は察知している。

「金森と申せば、七龍太の恩人なのじゃろう」

紗雪の声がちょっと沈んだ。これでも気遣ったのである。

「考えても、詮ないこと……かな」

と言いつつも、おもてに微かな憂いを滲ませる七龍太であった。

「七龍太どの」

おおさびに呼ばれて、その腕が差し示す街道の南を望見する。

騎馬が一騎、こちらへ馳せ向かいつつあった。鞍上は兵内である。

ほどなく、橋の袂で下馬した兵内が、駆け寄ってきて、折り敷く。

「戻ったか、兵内。長旅、苦労であった」

と七龍太は労った。

「向牧戸城で、備中どのより、七龍太さまはこちらと伺い申したので」

川尻九左衛門は備中守を称す。

「して、首尾は」

七龍太のこの問いには、兵内は無念そうに頭を振った。

「まことに間の悪いことにござった。バテレンどのも、いまは鉄炮を売るよりも、買いたいほうである、と」

「そうか……」

白川郷では玉薬は充分だが、肝心の鉄炮が、七龍太の望む数にはよほど足りない。しかし、秀吉の支配圏で調達するのは困難である。そこで七龍太は、まだ秀吉の力の及ばない九州へ兵内を遣わした。

九州は、貿易と一体化で布教を進める日本イエズス会の本拠である。イエズス会から大量の鉄炮と塩硝を提供されなければ、信長の織田軍団も強力なものには到底なりえなかったことを、七龍太はよく知っている。

兵内は、黒田官兵衛の使者を装い、日本イエズス会準管区長の司祭ガスパル・コエリョに会うことに成功し、日本人の通詞を介して、鉄炮の購入を申し出た。

この頃の秀吉は、支配圏のキリシタンに対し、まだ信長の政策を踏襲しており、イエズス会との関係は悪くない。その秀吉から最も信頼される部将の使者としての訪問だから、兵内は丁重に遇された。それでも時期が悪すぎた。

コエリョは、ルソン（フィリピン）のイエズス会布教長へ、窮状を訴え、支援を求める手紙を、この二月に送ったばかりであった。

手紙の趣旨は、キリスト教徒となった領主たちが、敵対する武士や仏教徒らに絶えず攻撃されても、軍事力で劣るために抵抗ができないので、兵隊に鉄炮・大炮・弾薬、及び兵士らの一、二年分の食糧と、ものを買う金銀を、快速帆船のフラガータ船三、四隻に積んで輸送してほしい、というものである。コエリョは長崎に軍艦、武器弾薬を貯蔵する計画も抱いていた。

それゆえ、この支援要請に布教長が応じてくれれば、黒田どのに協力できるであろう、というコエリョの返答だったのである。

現実には、応じてもらえるや否やも判然とせず、もし実現可能としても、輸送船の来日など何年先になるか分からぬであろう。七龍太らの戦いには、とても間に合うものではない。

「お役に立てませず、まことに面目ないことにござる」

「われらにはわれらの、バテレンらにはバテレンらの、ひとにはそれぞれの子細がある。また別の思案をすればよいさ」

心より謝った兵内だが、七龍太のほうは引きずらない。

「筑前がくたばればよいのじゃ」

と紗雪が吐き捨てた。

「いま弱っているのなら、おらちゃが止めを刺しにいってやる」

「よいなあ、姫は」

「何がよいと申すのじゃ」

「姫がいれば、何でもたやすくできるような気がする。まこと、大将の器にあられる」

このとき、こんどは街道の北から一騎、やってくるのが、遠くにちらりと見えた。

「なんじゃ、わだまつではないか」

「姫。これほど遠目で、松右衛門どのとお分かりか」

「あんなに馬に乗るのがへたくそなやつは、わだまつしかおらぬわ」

その一騎が近づいてくると、たしかに鞍上のひとは、手綱（たづな）を捌（さば）くというより、馬首にしがみついているように見えて、不細工（ぶさいく）な乗り方であった。

「火急の用らしい」

橋の袂で、馬からほとんど転げ落ちた松右衛門へ、四人から寄ってゆく。

「いかがした、松右衛門どの」

「ああ、七龍太どの……」

息を切らしながら、松右衛門は告げる。

「帰雲城（かえりぐも）に佐々（さっさ）内蔵助（くらのすけ）どののお使者がまいられ、お屋形の出陣を請（こ）いましてござる。これまでの一切を不問に付すゆえ、なにとぞお助け下され、と」

「なんと……」

おおさびが、めずらしく声を上げる。それほど、ありえないことであった。

「罠（わな）にきまっており申そう」

と兵内も呆（あき）れる。

「あるいは、よほど窮しておられるのだ、内蔵助どのは」

ひとり七龍太は、佐々成政（なりまさ）の現状を思いやった。

秀吉の病状が回復すれば、ただちに四国征伐を成し遂げ、その次なる標的を越中の佐々成政と定めることは、容易に想像がつく。その成政はいまも秀吉方の前田利家と交戦をつづけているはずである。

（助けてくれと申すからには、ことば通りやもしれぬ……）

成政の真意は奈辺にあるのか。前田勢を敵として、共にいくさをしてほしいという意味には、どうしてもとれない。

「帰城する、帰雲城へ」

七龍太は、鞍上へ身を移し、乗馬に鞭を入れた。

信長時代には越前府中三人衆として、良好な関係にあった佐々成政と前田利家の仲は、いまではすっかりこじれてしまい、絶え間なく戦闘を繰り返している。

別して、利家の憤懣はやるかたない。いくさ上手の成政の軍に、主要な城を奪われたり、領内に佐々方の城を築かれたり、と手を焼いていた。秀吉に出馬を請うても、なかなか腰を上げて貰えないし、挟撃策戦をとるはずだった越後の上杉景勝も、秀吉から中立保持を命令されたといい、鳴りを鎮めてしまった。徳川家康の出方が気になる秀吉の慎重さは、理解はできるものの、釈然としない。領国の安定のためにも、できるだけ早々に結着をつけたいというのが、利家の本音であった。

業を煮やした利家は、二月の下旬に越中西部へ攻め入り、蓮沼の数多の穀倉を焼き討って、逃げまどう郷民を女でも容赦せずに斬り殺し、寺社や民家合して三千軒を焼失せしめた。

　これに対して、およそ一ヶ月後、成政は、大胆にも利家の本拠の加賀国尾山（金沢）城に近い鷹ノ巣城を焼き払い、その一円の領民を撫で斬りにする。明らかに報復であった。

　以後も双方、奇襲による報復合戦がつづいている。

「お使者どの。たばかるおつもりならば、おやめなされ」

　向牧戸城より帰雲城へ戻った七龍太は、兵庫頭氏理以下、内ケ嶋の主立つ者らの居並ぶ会所へ入るや、佐々成政の使者の佐々近穐にきついひと言を放った。

「なんのことか」

　近穐は七龍太を睨み返す。

　成政の命懸けのさらさら越えの一行に加わっていた近穐は、雪山で主君の側室・紗雪が七龍太に連れ去られるのを、拱手して見送るほかなかった。あのときの口惜しさを忘れていないのである。

「兵庫どのに出陣を請うと言いながら、まことは別儀あってのことにござろう。明かすおつもりがないのなら、早々のご辞去を願う」

「それがしは、佐々内蔵助から内ケ嶋ご当主兵庫頭どのへの使者ぞ。おぬしと問答しにまいったのではない」

「お使者どの」

と氏理が手を挙げて制する。

「津田七龍太は、当家の顧問(こもん)の職にある。その発言は、この兵庫頭の意と思うていただいてよろしゅうござる」

「さようか……相分(あい)かり申した」

あからさまに不服の顔つきだが、ことばだけは諒承(りょうしょう)を表す近穐であった。

「有体(ありてい)に申せば……」

そこでちょっと唇を嚙(か)んでから、近穐はつづけた。

「兵庫頭どのには、佐々と前田の和議の噯(あつかい)にかかっていただきたい」

噯とは、調停、仲裁などの意である。

「なにゆえ、わしごときに……」

氏理は眉を顰(ひそ)めた。

「兵庫頭どのが、佐々の麾下(きか)を離れ、といって敵方に誼(よしみ)を通じることもせず、白川郷に引きこもられたというのは、前田方にも伝わっており申す。また、そのお人柄の良さは、かつて織田勢としてご出陣のさい、北国(ほっこく)でも少なからず知られたことと存ずる。噯人(あつかいにん)としてまたとなきおひと」

「お買い被(かぶ)りが過ぎ申そう。だいいち、わしごとき小身(しょうしん)が噯人に立てば、前田方は見縊られたと腹を立てるは必定」

「いや、兵庫どの……」

七龍太が口を挟んだ。

「前田又左衛門どのは、内ケ嶋兵庫頭に会うてみたいと思うておられましょう」

「七龍太どのまで、何を言わるる」

「ではござらぬか、お使者どの」

七龍太は近稚へ鋭い視線をあてる。

「佐々内蔵助どのは、兵庫どのに見限られたばかりか、内ケ嶋より側室として差し出されていた紗雪姫までまんまと奪い返された。秘密にしておきたかったその恥を、前田方の間者に探りあてられた。すると、あっぱれ内ケ嶋兵庫頭と又左衛門どのが褒めたという話が、越中まで伝わってきたので、佐々ではこれらを否定した。兵庫どのには、見限られたのではなく、中立を守ることを条件に帰国を許したのである。また、紗雪姫のことも、奪い返されたのではなく、内蔵助どのが慈悲心をもってみずから内ケ嶋へ返したのだ、と。それは、かつて柴田勝家どのが、裏切って羽柴方へついた前田どのを恨みもせず、人質のご息女を北庄城より解き放ったように」

七龍太の澱みない真相の暴露に、近稚のおもてはみるみる青ざめてゆく。

「なればこそ、内蔵助どのの温情に感謝した兵庫どのが、みずから曖にかかることを買って出た。さような流れにしたいとお考えなのでありましょう」

「だとすれば、どうだというのか」

にわかに近稙が居直ったので、内ケ嶋の者らは驚きの色を隠せない。同時に、七龍太の慧眼に誰もが感じ入った。

「あの剛毅な内蔵助どののご意向とは思われぬ……」

信じられないという表情の氏理だが、

「兵庫どの。それほど佐々は窮していることにござる」

と七龍太は自信ありげであった。

「なれど、七龍太どの。いくさは佐々方が優勢にすすめていると伝わっており申すぞ」

「のっぴきならぬことが起こったのではござらぬか、お使者どの」

促されて、近稙がまた唇を嚙む。

「菊池伊豆守が前田に通じた」

斬りつけるように七龍太が言い、近稙はついにおもてを引き攣らせた。

「菊池と申せば、佐々の有力な寄騎ではござらぬか」

尾神備前守が驚き、余の者も同様の反応をみせる。

氷見郡阿尾城主の菊池伊豆守武勝は、はじめ上杉氏に属したが、謙信の死後に織田信長に降(くだ)り、本貫地(ほんがんち)を安堵され、新知行(ちぎょう)も賜って、越中支配の佐々成政の寄騎となった。賤ヶ岳合戦後も成政の麾下として、能登の前田方の抑えをつとめ、侵攻も繰り返している。

氷見郡を本拠とする屋代(やしろ)氏の出身で、一族への影響力も大きいため、成政には心強い味方であった。

その菊池伊豆守が前田へ寝返ったとなれば、成政は一挙に不利な状況に追い込まれよう。

「噂にすぎぬわ」

近稙は声を荒(あら)らげた。

「噂で充分にござろう」

七龍太が意味ありげに微笑(ほほえ)んだので、近稙はおのが愚(おろ)かさに気づく。伊豆守の寝返りを肯定したに等しいからである。

「伊豆守はまだ佐々方に攻撃を仕掛けてはおらぬと存ずる。なれど、それが起こったとき、越中の国人(こくじん)、地侍(じざむらい)は雪崩(なだれ)をうって前田方に走らぬとも限らぬ。さすれば、佐々方の敗北はきまったも同然。そのとき和議を申し入れても遅い。それゆえ、伊豆守が表立って叛旗(はんき)を翻(ひるがえ)す前に嗳へと持ち込みたい。その嗳人に相応(ふさわ)しいのは、越中衆でもなければ、加賀衆でもなく、双方に国境を接する小身でありながら、いずれにも属さぬ白川郷の内ケ嶋兵庫頭ただ一人しかおらぬ。佐々の皆さまはそのように考えられたとお察し申し上げる」

図星なのであろう、近稙はただ唇を嚙んで、身を震わせるばかりであった。

「七龍太どの。いつの間に、さようなことまで……」

驚きのあまり、氏理の声は掠れてしまう。

「軍師のつとめのひとつにすぎませぬ」

北国のことはおおさびに、上方のことは兵内に、常に探らせている。数日前におおさびが摑んできた伊豆守の寝返りに関する情報には、実はまだ確証を得られていなかったが、七龍太は近稙にかまをかけて揺さぶってみたのである。結果、図に中った。

「そこまで看破されては、致し方なし」

近稙は観念した。

「あらためて、内ケ嶋兵庫頭どのにお願い申す。これより早々に尾山へ赴かれ、佐々と前田の和議の噯をしていただきたい」

「申し訳ないが、わしにはつとまらぬ。荷が勝ちすぎており申す」

「なんとしても引き受けていただく」

「つとまらぬと申し上げた」

「こちらは下手に出ておるのだ」

氏理に対しても、近穐の態度が豹変した。

「内ケ嶋が滅んでもよいのか」

「いま佐々どのには、白川郷へ兵を差し向ける余裕はござりますまい」

「われらが攻めるとは申しておらぬ。羽柴勢が攻めてまいろうぞ」

「それはとうに覚悟しており申す」

「覚悟と申しても、窮すれば、落着の仕所を考えねばなるまい。いまのわれらのようにな」

「いくさとはそうしたものにござろう」

毎日、天下のどこかで大小のいくさの起こっていた戦国時代でも、敵を完膚なきまでに叩いて、武士も領民も、老幼男女を皆殺しにするという例はなかったといってよい。犠牲をできるだけ少なくし、降参させた敵を生かして使うのが、通常の戦いかたであり、統治の仕方なのである。また、そうしなければ、勝利者側の長期的な利得は望めない。ひとり特異な織田信長による比叡山や一向一揆の大量虐殺も、世間へ誇大に伝えただけともいわれる。

その意味で、いくさとはそうしたもの、という氏理のひと言は、当時の武将として当然の感覚である。

「いったんいくさが始まれば、羽柴筑前は白川郷ばかりは決して赦すまい。間違いなく皆殺しであろうな」

「なぜそこまでお分かりか」

「白川郷は筑前が憎むそれなる津田七龍太を匿いつづけておるからよ」

秀吉は、北庄落城のさい、信長に仕えた当初から恋い焦がれてきた市を、なんとしてでも手に入れたかった。そこで、小谷城時代の市に近習として鍾愛された七龍太を、隠棲中の美濃栗原山から引っ張りだし、説得にあたらせた。が、七龍太は、夫・柴田勝家と共に死ぬことを望む市の思い通りにさせてしまう。腸の煮えくり返った秀吉は、黒田官兵衛に七龍太の処刑を命じる。これをうけて、官兵衛は敢えて金森長近に七龍太を斬らせた。幼き頃より可愛がってもらった者の手にかかる悲痛を、七龍太に味わわせることが、秀吉の意に適うと知っていたからである。それでも、七龍太のせいで市を得られなかった恨みは、その後も秀吉の胸に巣くいつづけている。

だから、七龍太がいまだ存生で、氏理がひそかに匿っていたと知れば、たしかに近習の言う通り、秀吉は怒りにまかせて白川郷を徹底的に破壊するやもしれぬ。

ただ、七龍太の存命を知る者は、羽柴方にはいないはずであった。前田を探ったおおさびの七龍太への報告でも、紗雪奪還の詳細までは知られていない。前田には、内ケ嶋の隠密衆の成し遂げたこと、という程度にしか伝わっていないのである。

まして、当事者の佐々では、紗雪は奪還されたのではなく、温情によって内ケ嶋へ返したことにしているから、事実が秀吉の耳に達することは考えにくい。

「なるほど」

　七龍太がうなずく。

「そちらから筑前どのへ、わたしのことを告げるご所存」

「まだ告げておらぬわ。また、告げるつもりもない、兵庫頭どのが早々に佐々と前田の和議にこぎつけてくれるのならばな」

「卑怯（ひきょう）なっ」

　思わず口走ったのは、和田松右衛門である。

　それがまるで合図だったかのように、抜き身を引っ提（さ）げて、会所へ躍り込んできた者がいる。

「汝（うぬ）が筑前に会うつもりなら、おらちゃが送り届けてやろうぞ、その素（そ）っ首（くび）を」

　近穐を見下ろしながら、紗雪は刀を振り上げた。

「皆、ご警固衆を押さえよ」

　叫（さけ）びさま、七龍太は飛ぶように座を立ち、おのが体を近穐のそれへ被（かぶ）せる。

　すかさず、内ケ嶋の小姓（こしょう）衆も、抜刀（ばっとう）しかけた近穐の警固者らの手を押さえた。

「退（の）けっ、七……」

紗雪は、言い切る前に、跳(と)び込んできた兵内に羽交(はが)い締(じ)めにされる。

「御免」

後続のおおさびが、紗雪の前へ回り込んで、鳩尾(みぞおち)へ拳(こぶし)を突き入れ、あて落とした。

忍びの両人は、気絶させた紗雪の体を、素早く運び出してゆく。

暴れ出す紗雪に馴(な)れている者らの、見事な連携というほかない。

「このままには済まさぬぞっ」

七龍太を突き除(の)け、近稙が息巻いた。

「済ましていただこう」

と氏理がなかば恫喝(どうかつ)するように言ったので、家臣衆は息を呑む。主君の常の穏やかさには程遠い。

「わしが斬ってもよいのだぞ、お使者どの」

「いや……」

怯(おび)える近稙であった。

「噯は引き受け申す」

氏理の予想外の返答に、表情を変えなかったのは七龍太だけである。

「畏(おそ)れながら……」

備前守が膝を進めようとしたが、これを七龍太は目配(めくば)せで制した。

「お引き受け下さるのか……」

戸惑ったようすで、近稙が氏理に念を押す。

「責め一人（いちにん）に帰（き）すと申す」

すべての責任は、結句は一人の主権者にある、という意である。

「わしも領主のひとりであるからには、わがすべての領民の生死に責めを負い、いくさをしなければ助かる命があると思い知らねばならぬ。たとえ余所（よそ）のことであっても、前田どのには、同じいち領主として向き合おうと思う。まったく自信はないがな」

最後のひと言は微苦笑（びくしょう）まじりであった。

「お待ち下され、お屋形」

たまらずに、泣きだしそうなおもてで、待ったをかけたのは、和田松右衛門である。氏理のことを、身内ではお屋形だが、他国者の前では殿とよぶことも忘れるほど、動揺している。

「加賀入りなさるだけでも、お命を危（あや）ううすると存ずる。ましてや、尾山城にお入りになられては、逃げ場がござらぬ」

「案ずるな、松右衛門。前田どのは、和議の噯人を殺すような非道のおひとではあるまいよ」

「前田どのはさようであったとしても、ご家来衆や属将の方々もご同様とは限らぬと存ずる」

「こうしたことに不安を申せば、きりがない。いったん口に出したことなのだ。二言があってはなるまい」

「お屋形が死なずに済むのなら、それがしは家臣として二言をお奨め申し上げる」

松右衛門の語尾は涙声で乱れた。

この間、近穐は茫然としている。氏理から聞いたこともない考え方を披瀝されたからであった。

「お使者どの。何か仰せられるべきことばがおありでは」

と七龍太が促した。

近穐は、ようやくはっとし、ひたいを床にすりつける。

「まことにかたじけない。内ケ嶋兵庫頭どのへ、あるじ佐々内蔵助の名代として、心より御礼申し上げる」

それから、ゆっくりおもてを上げた近穐へ、七龍太が鋭い視線を突き刺した。

「ひとつ申し上げておく。わたしとわたしの手の者が、富山城へ忍び込むなど造作もないことは、お使者どのもよくご存じであり申そう」

七龍太が少人数で富山城内へ忍び入り、人屋から紗雪を脱出せしめたことは、むろん近稙の記憶にも新しい。

「どなたの寝首でも掻くことができる。お分かりかな」

　意味を察して、近稙は怖気をふるう。

「噯の成否にかかわらず、兵庫どのは申すに及ばず、当家より随従の家臣らひとりでも、白川郷へ生きて戻らぬときは、お覚悟なされよ」

「しょ……承知致した。兵庫頭どのご主従は、われらが必ずお守りいたす」

近稙が嘘をついていないことは、その表情から伝わり、七龍太は少し安堵する。

しかしながら、思いがけないことが起こるのが乱世であった。

氏理は、内ケ嶋氏の二ノ家老で、荻町城主の山下大和守へ子細を知らせておき、翌早朝、松右衛門以下わずかな供廻りに、近稙ら佐々の使者の一行を同道させて、帰雲城を発った。

　近稙も、事の首尾を復命する家臣を、先に富山城へ向かわせた。

氏理が荻町城近くまで往くと、一日で支度を調えた大和守が、みずから警固衆を率いて、白川街道上にこれを出迎え、そこから皆で越中入りした。

　近稙の案内で、かれらは越中と加賀の国境付近の急拵えの城でいったん旅装を解き、富山城の成政からの指令を待った。

その翌日に到着した成政の書状は、近穐宛て、氏理宛て、村井長頼宛て、前田利家宛ての四通である。

利家の重臣の村井長頼は、国境線の守将の筆頭なので、最初に佐々との交渉事を承諾して貰わねばならない対手であった。

成政から氏理への書状には、嗳人を引き受けてくれたことへの感謝とともに、長頼宛て、利家宛ての両書状に内ケ嶋氏の立場を明記したことも述べられていた。氏理はあくまで中立者なので、どういう成り行きになっても、事後は帰国させていただきたい、と。

近穐は、長頼のもとへ使者を遣わし、成政からの長頼宛て、利家宛ての二通を届け、返答を待った。

思いの外に早く、翌夕に返報があり、条件次第で利家は嗳を受け容れるといい、明日、尾山城で氏理、近穐との会見を望むという。

「前田どのも、佐々内蔵助どのを嫌うておられるはずがない。もとは織田で同輩であったと申すより、武功多き年長の敬すべき武人であったのじゃからな」

城内のあてがわれた寝所で、氏理はほっとしたように言った。

「昨日の友がきょうの敵になる。さような理不尽が百年余りもつづいておるなど、やりきれぬ世にござる」

「あるいは、前田どのも永きいくさに倦んだのやもしれませぬな」

松右衛門と大和守も、溜め息まじりながら、まずは交渉の場が設けられたことに希望の光を感じた。

「いまは、明日のよき首尾を願うだけじゃ」

内ケ嶋主従は床に就いた。

やがて、城が寝静まった頃、自身も眠りについていた佐々近稙は、息苦しくなって、目を開けた。

「声を立てるでない」

手で鼻口を塞がれていると分かった。血の匂いがする。侵入者の手に染みついているものなのか。

起き上がろうとしても、できない。胸を強く圧迫されていた。膝で押さえつけられていると感じた。

短檠の明かりが寄せられ、暗がりに侵入者の顔が浮き出た。

（化け物っ）

骨が見えそうなほどにこけた左頬に深い刀痕、剝き出しの両の眼、歯欠けの醜い口許。あまりの恐怖から逃れたくて、近稙は手足をじたばたさせた。

「愚禿の名ぐらいは聞いておろう。下間頼蛇と申す」

化け物の圧倒的な力の前に、抗うのは無駄と諦めた近稙は、息を調えながら、記憶を辿った。

富山城の前の城主・神保長住が、越中の国人衆に唆されて、織田に叛いたさい、城に滞在中であった佐々成政の女房衆の案内役を、成政の寵臣の岡島金一郎がつとめていた。しかし、紗雪と不義を働いたときめつけられ、斬罪に処されてしまう。そのとき実際に手にかけたのが、もと本願寺坊官の下間頼蛇という者であった、とのちに近稙は聞いた。恐ろしいほどの剣の遣い手で、頭もきれるが、目をそむけたくなる醜貌の持ち主であった、とも。富山城は佐々勢に包囲されて、開城を余儀なくされたのに、頼蛇ばかりはいつの間にか消えていたというので、いささか興味をもったことも、近稙は思い出した。

「まわりに気づかせるようなまねを少しでもいたせば、どうなるか分かるな」

頼蛇のこの脅しに、近稙が小さくうなずくと、鼻口を塞いでいた手が離される。胸を押さえつける膝はそのままであった。

「何用か」

近稙の声は震える。

「佐々にとって、これ以上はないほどのよきことを教えてやろう」

にいっ、と頼蛇は口許を歪めた。

「大坂城で羽柴筑前がくたばった」

「なにっ……」

「聞こえたであろう。おぬしら佐々の大敵、羽柴筑前守秀吉が地獄へ堕ちたのだ」

「偽りを申すな」

「筑前が病床にあることを知らぬわけではあるまい」

「軽い咳気のはず」

「これから天下を取ろうという男が重篤であるなどと、まわりが明かすと思うのか」

武田信玄の例を引くまでもなく、重要人物の病気や死を秘すというのは、めずらしいことではない。

「信じられぬ」

「ならば、なにゆえ前田は慌てている」

「慌てているとは……」

「これまでの経緯を思えば　佐々から和議をもちかけられれば、前田では何かの罠ではないかと疑うに相違ない。それが、早々と曖に応じると返答があったであろう」

「それは……」

たしかに近穐にも、それは意外であった。

「筑前の死が表沙汰になってからでは、前田の佐々に対する優位は崩れる。この大事がおぬしらへ伝わる前に、佐々とのいくさを停止したいのが当然ではないか」

「いや……やはり、にわかには信じられぬ。明日、大坂へ人を遣ってたしかめる」

「悠長なことを申すわ。千載一遇の好機を逃してもよいのだな」

「どういうことか」

「明日は、噯の席に前田又左衛門が出座するのだ。大手柄ぞ、討ちとってしまえば」

「あ……阿呆なことを」

「阿呆なことなものか。前田又左衛門を殺してしまえば、北国は佐々のものになろうぞ。筑前亡きいま、前田に援軍がくることもない。おぬしは、主君・佐々内蔵助より、恩賞に加賀でも能登でも一国を賜ってもおかしゅうあるまい。不遇を託つおぬしの兄に栄華を味わわせてやることもできよう」

「兄に……」

途端に、近穐の心は揺れ始める。

実は、佐々一族では、以前、成政よりも近穐の父・良則のほうが、織田信長に重用されており、柴田勝家に劣らぬほどの高い地位にあって、とくに謙信存命中の上杉氏との外交には手腕を発揮した。後を嗣いだのが、近穐の兄の長穐である。長穐は、信長の贈答使として越後に遣わされ、謙信に面謁したこともあり、対上杉の外交はもとより、越中・加賀・能登の平定にも大いに奔走した。にもかかわらず、やがて加賀は柴田勝家に委(ゆだ)ねられ、本能寺の変以前の段階では、能登は前田利家、越中も佐々成政の支配するところとなる。何ら恩賞に与(あずか)ることのなかった長穐は、表舞台から姿を消してしまい、いまでは織田信雄(のぶかつ)に仕えて、尾張に三百五十貫文の知行地を持つにすぎない。

そうした長穐の口惜しさを、近穐も共有しており、自分の出世だけでなく、兄の再びの栄光も、常日頃より心に期していた。

(兄上とともに国主になれるやもしれぬのか……)

一国を賜る、兄に栄華を、という頼蛇のことばは、近穐を一瞬、夢に誘(いざな)った。

「下間頼蛇。そのほう、なにゆえ、それがしにかような大それた話をもちかけるのだ。前田又左衛門を討ったとして、そのほうに何の得がある」

「筑前めは、石山本願寺の建てられていた聖地に、けやけやしき城など築きおった」

頼蛇の言うけやけやしは、ようすが普通と違って甚(はなは)だしく悪い、感情を害するなどの意で、けばけばしとほぼ同義である。

「愚禿は、いまも紛(まご)うかたなき本願寺坊官なのだ。筑前に味方する者は、誰であれ、敵よ。いずれ、大坂城も焼き討ってやる」

頼蛇の眼に狂信の光が灯(とも)るのを、近穐は見た。

「なれど、敵の城内で、こちらは小勢(こぜい)の身をさらしたまま、城主を討つことなどできるはずがあるまい」

　この近稚の発言は、可能ならば実行したいという欲がもたげたことを示している。もはや秀吉の死を信じたのである。

「愚禿が、城内へ忍び入り、玉薬の蔵に火をかけ、吹き飛ばす。それを合図に、前田又左衛門を刺し殺せ」

「それで運好く討てたとしても、それがしはどうやって逃げるのだ。全き（まった）敵地ぞ。その前に、わが家臣らにこれを明かして、明日までに覚悟をもたせることなどできぬ。異を唱える者も多かろう」

「案ずるな。前田又左衛門を討つのも、おぬしを逃がすのも、われらの手でやってやる」

「われら、だと……」

「そうだ」

　近稚の胸から、頼蛇はおのが膝を退（の）けて、寝床の足許のほうへ首（こうべ）を回しながら、短檠も移動させた。

　上体を起こすことのできた近稚は、いま初めて気づいた、もうひとりの侵入者が座していたことに。目を見張る巨軀（きょく）である。左目に眼帯を着けている。

「血裏頭衆（ちかとうしゅう）の黒蛾坊（こくがぼう）と申す」

想像だにしなかった者の出現だが、近穐も血裏頭衆のことは聞き知っている。もとは比叡山の大衆で、織田への復讐を誓って結団した命知らずどもであるという。

これは近穐の知るところではないが、頼蛇と血裏頭衆は永く敵対していた。手を結んだのは、さらさら越えのあと、血裏頭衆が近江坂本に身を寄せたときである。

坂本は、もとは比叡山延暦寺の門前町として大いに賑わったが、ここに居城を築いた明智光秀の滅亡後はすっかり寂れて、繁栄は大津に奪われた。それでも、かつて黒蛾坊が馴染みにした女が、まだ住んでいた。山門より破門にされた上、織田方に発見されれば討たれる身の血裏頭衆だから、落ち着き先など滅多にないのである。かれらが女の家に潜伏中、密告した者がいたのであろう、秀吉の重臣で大津・坂本を支配する浅野長吉の兵に囲まれ、襲われた。このとき、突然、浅野勢の本陣へ斬り込んで怯ませ、血裏頭衆を死地から救い出したのが頼蛇であった。

「おぬしらに死なれては面白うない」

というのが頼蛇が血裏頭衆を助けた理由である。

黒蛾坊も、おのが左目を抉られはしたものの、弟の仇討ちという思いは薄れ、頼蛇を追い回すことに飽きていた頃でもあった。

はぐれ者同士、手を結んで、強者たちの足をすくい、成り上がってやろうではないか。成り上がってから、互いが邪魔になれば、また刃を向ければよい。頼蛇と黒蛾坊は暗黙(あんもく)にそう諒解し合った。

「この者と手下(てか)たちを、明日の警固衆に加えよ」

頼蛇になぜか命ぜられた近稙だが、違和感をおぼえない。すっかり取り込まれてしまったのである。

「内ケ嶋兵庫頭には明かさずともよいのか」

氏理に万一のことがあれば、津田七龍太は佐々成政を殺すであろう。むろん自分のことも、と近稙は恐れる。

「内ケ嶋など知ったことではない。大事の成就(じょうじゅ)に犠牲はつきものだ。前田又左衛門を討ち、おぬしが城を脱する。為(な)すべきはそれだけよ」

そう言われると、近稙にも、余のことは瑣末事(さまつじ)に思えてきた。よくよく考えれば、七龍太ごとき若造ひとりに何ができるというのか。

「織田信長がそうであったように、おぬしもなるのだ、乱世の風雲児に」

頼蛇のとどめのひと言である。佐々近稙は、総身にふつふつと血が滾(たぎ)り立つ昂奮をおぼえた。

近稙はまったく知らない。この頃、大坂では、死んだどころか本復(ほんぷく)した秀吉が、まずは弟の秀長(ひでなが)を四国討伐の総大将に任じ、再び精力的に動き出したことを。

棕櫚(しゅろ)の剣(はがれ)

（やはり気になる……）

山下大和守(やまとのかみ)が鞍上(あんじょう)より後方へ向ける視線の先には、今朝(けさ)、佐々近稙(さっさちかあき)の警固衆に新たに加わった者らがいる。

たしかに佐々の家臣らしい軍装に身を包んではいる。だが、佐々成政(なりまさ)の麾下(きか)として主君・氏理(うじまさ)が北国(ほっこく)へ出陣するさい、常に従ってきた大和守は、何やら違和感を拭(ぬぐ)えない。

別して、かしらとみえる男は、左目に眼帯を着けた巨軀(きょく)の持ち主で、氏理の前で黒木主馬(くろきしゅめ)と名乗った。ひときわ目立つのに、大和守がこれまで会った記憶がないと訝(いぶか)ると、近稙の父・良則(よしのり)の代に仕(つか)えたのち、戦傷により永く隠居していたところを、此度(こたび)、要請をうけて帰参したのだと言い、近稙自身もこれを認めた。

となれば、疑いを抱くのは杞憂(きゆう)なのかもしれないのだが、どこか胡乱(うろん)なのである。

「あれが尾山城にございましょうか」

和田松右衛門の声が聞こえたので、大和守は、その指さすほうを見やった。

平山城が望まれる。

北に浅野川、南には犀川が流れ、両川の間に突出する舌状の台地の先端に、本願寺八世蓮如が道場を開き、御山と敬称された。のちに、転訛して尾山とよばれ、一向一揆の拠点となるが、柴田勝家麾下の佐久間盛政がこれを攻略して、城を築いた。尾山城である。

賤ヶ岳合戦の後、前田利家が入城し、城地の名を金沢とあらためるが、天正年間においてはまだ尾山で知られていた。曲輪を拡張し、内外の惣構を掘り、石垣を築いて大城郭を整えるのも後年のことであり、この当時はさほど堅固の城ではない。

内ケ嶋氏理を曖人に立てた佐々方の一行は、国境で合流した前田の重臣・村井長頼の先導で、尾山の城地へ入った。

城地の緩やかな坂を上り下りして、主殿の建つ曲輪の前庭に着き、一行が下馬すると、見るからに涼やかな青年武士が足早に寄ってきて、氏理と近侍へ挨拶をした。

「加賀屋形へようこそおいで下された。それがし、前田家の近習にて、富田与六郎と申す。これより会所へ案内仕る」

「もしや中条流のご宗家か」

思わず、氏理が訊ねた。

「宗家は富田治部左衛門。それがしは、不肖のいち門人にすぎ申さぬ」

そうこたえて、軽く頭を下げてから、先に立って案内を始める与六郎であった。

すると、ふっと長頼が笑った。

「村井どの。何か……」

「与六郎は中条流の跡取りにござる。能登末森合戦でお屋形から激賞されるほどの武名を挙げ申したが、それでもおのれは未熟者と恥じ入り、いまだ不肖のいち門人にすぎぬ、と」

「きっとよほどに厳しき教えなのでござるな、中条流とは」

「平らかに一生事なきを以て第一とする也、いくさを好むは道にあらず」

「それは……」

「中条流の理合にござる。よって、中条流は兵法のへいに、兵馬の兵ではなく、平安の平の字を用いる。これは前田家もめざすところにて、なればこそ、われらは常に武を練りつづけており申す」

「何やら矛盾いたすようにも……」

「武を練る国へは隣国よりも働き来(きた)らず、ということにござる」

「なるほど」

「それゆえ、加賀が佐々内蔵助(くらのすけ)どのに幾度も攻め入られるのは、ひとり与六郎に限らず、われら前田の者が皆、未熟者ゆえのことと存ずる」

そう言って、穏(おだ)やかな微笑(びしょう)をみせる長頼を、氏理は眩(まぶ)しげに眺めた。

(これほどの家臣が揃う前田と、佐々はいくさなどすべきではない……)

成政一人(いちにん)がすべてを担(にな)っているというべき佐々は、常に危(あや)うい。

「皆。腰の物を、前田のご家来衆に預けよ」

玄関前で立ち止まった氏理が、随従の内ケ嶋家臣たちに命じて、真っ先におのが佩刀(はいとう)を鞘(さや)ごと腰から外(はず)した。

「兵庫頭どの、それはなるまじ」

慌てたのは近穐である。

「なにゆえか。それがしは、話し合いをしにまいった噯人。得物(えもの)は無用と存ずる」

「万一のさい、いかがなさる」

「前田どのが騙(だま)し討ちをするとでも思われるのか」

「さようなことは申しておらぬ」

佐々方が噯人に立てた氏理に丸腰(まるごし)になられては、自分たちも倣(なら)わざるをえない。

近穐はそれで焦ったのである。

「内ケ嶋どのには、われらをお信じいただき、まことに痛み入る」

と長頼が氏理へ頭を下げた。

「なれど、これまでの経緯が経緯ゆえ、佐々どののご不信ももっともなこと。佐々の方々はそのままでよろしゅうござる。むろん、われらも得物は携える」

「当然と存ずる」

ほっとして、うなずき返す近穐であった。

入殿する氏理の随行者は、大和守と松右衛門だけである。近穐のそれは、黒木主馬以下十人。余の警固衆は遠侍へ案内された。

広い会所へ入ると、壁際、敷居際に、小具足姿の前田の家臣衆がずらりと居並び、板敷きの中央に床几が三脚、据えられていた。対面する二脚と、これを左右に見る一脚とである。

対面する床几の一方に腰掛けていた者が、立ち上がった。前田利家である。

「よう座せられた、兵庫頭どの。富山城攻め以来であろうかの」

本能寺の変の直前、越中勢の籠もる富山城を柴田勝家を総大将とする織田軍が攻囲したさい、前田と佐々も参陣し、氏理は成政の麾下として従軍している。

「前田どのに嗳を受け容れていただけるや否やは、これより話し合うてからのことと存ずるが、まずは、それがしごとき小身にこうして会うて下さり、心より御礼申し上げる」

「なんの。兵庫頭どのにはいろいろと訊ねたき儀がござった。ご息女を奪い返した手際など、詳しゅう知りたい」

「ご容赦下され。あれは褒められたことではござらぬ、内蔵助どのへの裏切りゆえ」

「ひとの親としては鑑と存ずる。わしにはそこまでの勇気はなかった」

利家は、賤ヶ岳合戦で秀吉に通じたとき、柴田勝家の越前北庄城へ人質として差し出していたむすめの摩阿を見捨てた。結果的には勝家が送り返してくれたものの、戦国の武門のならいとはいえ、自分は薄情な親であるという忸怩たる思いをついに拭えなかった。

現実には、人質を犠牲にするのは御家存続のためにやむをえないことであって、利家ひとりが薄情なわけではない。だから、氏理のむすめ奪還劇は、壮挙というより、狂気の沙汰とよぶべきであろう。しかし、その狂気は同時に、なにものにも左右されない勇気でもあると思えた利家には、内ケ嶋氏理が羨ましくもあったのである。

「それがしは、佐々……」

と近穐が名乗ろうとして、

「存じておる」

利家に眉を顰(ひそ)められた。

「一兵(いっぺい)どののお子であろう」

近穐の父・良則は一兵衛尉(いちひょうえのじょう)を称し、信長から縮めて一兵とよばれていた。

「畏(おそ)れ入り……申す」

利家と氏理のやりとりを、あと一、二度待ってから、声を発するべきであった、と近穐は後悔する。そうできないほど気が急(せ)いていた。

三者は、それぞれの床几に腰を下ろした。

大和守と松右衛門は、氏理のやや後ろ、左右に胡座(あぐら)を組んだ。

黒木主馬ら近穐の警固衆十人は、その背後に並んで折(お)り敷いた。右膝を立てているから、何か起こっても素早く応じられる。

利家の後ろにも、同じく十人の警固衆が、こちらも折り敷いて居並ぶ。

大和守は、主馬のようすを、横目にちらりと見やった。

主馬の視線が、利家警固衆の中で、最も主君に近い位置の温顔(おんがん)の者に、それとなくあてられていた。が、これを逸らすと、配下の者らに何やら目配(めくば)せしたように、大和守には見えた。

「富田どの」

と近稚が、おのが腹のあたりを押さえながら、与六郎に小声でよびかけた。

小声といっても、まわりに聞こえている。

「何か」

与六郎は訝る。

「申し訳ござらぬが、厠へ……」

「腹下しかな」

言いあてたのは、利家である。

「面目ないことにござる、この大事の場で」

「よくあることじゃ」

利家は微笑んだ。

合戦場や重大な軍議の席などで、緊張のあまり腹をこわす者は少なくない。まして、近稚にとっては敵地だから、なおさらのことである。いましがたの焦った名乗りもそのせいであったろう、と利家は思った。

「誰ぞ、蓮根のおろし汁を持ってまいれ」

蓮根のおろし汁を温め、茶碗一杯ほどの量を飲むと、下痢に効くとされた。

「与六郎。厠へ案内してしんぜよ」

「は」

どうぞこちらへ、と与六郎が案内に立ち、近穐は急いでつづく。厠は、主殿内のものは、利家と家族専用なので、余の人々が使用するそれは、殿舎から離れている。

板葺石置屋根の便所小屋の前へ、二人が着いたとき、突然、足許が揺れた。地響きを伴った。

近穐は、小屋へ入らず、走り出した。

「待たれよ、佐々どの」

たちまち、与六郎が追いついて、近穐の前へ回り込む。

「逃げずともよろしゅうござる。もうおさまり申した」

「おさまった、とは……」

おもてを引き攣らせていた近穐が、おさまったと言われて、かえって驚いたようすをみせたことを、与六郎は不審がる。

「地震にござる。近頃、たびたび揺れるのは、越中でもご同様ではござりませぬのか」

「あ……いや……」

心の臓が早鐘をうっている近穐には、すぐには理解できない。

「陰陽師の中には、今年は明応以来の大地震がくるなどと予見する者もおるようにござるが、人の力ではどうにもならぬ天変地異を恐れたところで詮ないこと」

房総から紀伊にかけて津浪が押し寄せ、死者二万人を超えたといわれるのが、九十年近く前の明応の大地震である。遠州では荒井崎が破壊されて、浜名湖が外海と通じてしまった。

「さ……さようにござるな」

ようやく近穐は、おのれの早合点に気づいた。むろん、謀計のことは明かさない。

「それより、いまはお腹の具合こそが大事にござい……」

与六郎が言い終わりかけたとき、耳をつんざくような大音響が轟いた。

こんどは、咄嗟に与六郎も身を低くした。大量の火薬の爆ぜる音と分かったからである。

城地内の一ヶ所で巨大な黒煙が噴き上がっていた。玉薬蔵の建つところである。

立ったままそちらを眺めやる近穐の表情に、それまでとまったく違う変化がみられた。

「よもや……」

与六郎のその声に気づいた近穐が、抜刀する。

振り下ろされる一刀を、下から抜き打ちに撥ね上げた与六郎は、返す一閃で、近穐を真っ向から斬り下げた。

瞬間、二度目の大爆発が起こり、さらに連鎖した。吹き飛ばされた瓦礫が高く舞い上がるのが見える。

後年、越後守の受領名により、中条流宗家として名人越後と賞賛を浴び、豊臣秀吉にも礼遇されることになる富田与六郎重政は、主殿に向かって駆け戻ってゆく。

主殿の会所では、地震のさい、近稚と異なり、黒木主馬も配下も思い違いなどしていない。まことの正体は黒蛾坊と血裏頭衆であるかれらは、玉薬蔵が爆破される音が聞こえるのを待った。

地震に襲われたのは、むしろ血裏頭衆には好都合でもあった。それがおさまったとき、利家の警固衆が安堵し、隙をみせたからである。案の定、地震の直後に起こった爆発音を、主君暗殺に一瞬で結びつけることが、かれらにはできなかった。

真っ先に動いたのは黒蛾坊である。近稚という着座者不在の床几を摑んで、利家の警固衆の中で最も警戒していた温顔へ投げつけた。念のため、配下の二名を温顔へ襲いかからせておいて、みずからは利家をめがけたのである。

一方、大和守は、今朝からの疑念が現実となった瞬間、氏理の体を後ろへ引き寄せ、おのが身を挺して守ろうとしたが、驚いたことに主君のほうが動きが迅かった。

「殿、なりませぬっ」

利家と黒蛾坊の間に、氏理が身を飛び込ませたのを見て、大和守は悲鳴を上げた。

このときには、温顔の警固者が、抜き打ちの一颯(いっさつ)で、血裏頭衆の二名を同時に斬り倒している。

黒蛾坊の刺突(しとつ)の鋒(きつさき)が、利家を背後に庇(かば)った氏理の胸を抉(えぐ)ったかに見えた。刹那(せつな)、その刀は、物打(ものう)ちのところより折られた。

与六郎の養父にして中条流宗家、富田治部左衛門景政(かげまさ)の一撃である。温顔の警固者こそ、そのひとであった。

ただ、氏理の胸には、血が拡(ひろ)がった。黒蛾坊の刃(やいば)の先に、肉を裂(さ)かれたのである。

「殿っ」

大和守と松右衛門が、転がるようにして、氏理に飛びつき、その体を抱(かか)え込んだ。

利家の警固衆ほか前田の者らと、血裏頭衆とが一斉に斬り合いを始め、会所内は騒然となった。

「おのれ内ケ嶋、たばかりおって」

前田武士の幾人かが、内ケ嶋主従を取り囲み、一斉に刃を振り上げた。

「当家の与(あずか)り知らぬことにござる」

「佐々にたばかられたは、われらも同じ」

無手(むて)の松右衛門と大和守は、氏理の前後に立ち、前田勢に向かって大手(おおで)を広げる。

この間に、黒蛾坊ひとり、敵を蹴散らし、庭へ躍(おど)り出て、これを治部左衛門が追っている。

「黒蛾坊っ」

馬を飛ばして馳せ寄ってきた下間頼蛇(しもつまらいじゃ)が、腕に抱えている杖(じょう)を、鞍上より、黒蛾坊めがけて放り投げた。

玉薬蔵に忍び入って火をかけ、爆発直前に逃れ出た頼蛇は、黒蛾坊の首尾をたしかめるため、盗(ぬす)んだ馬に乗って、主殿へ向かってきたのである。途次で、玉薬蔵は吹っ飛んだ。

爆発音の直後、遠侍でも、血裏頭衆の者らが戦闘を開始しており、頼蛇が通りかかったとき、内外で怒号と悲鳴が吹き荒れていた。そのさい、これをおかしらに、と血裏頭衆のひとりから黒蛾坊の得意の武器、功徳杖(くどくじょう)を渡された頼蛇だったのである。

功徳杖を手に受けた黒蛾坊は、一方の端(はし)に付けられている絡繰(からく)り留めの鎖分銅(くさりふんどう)を、迫る治部左衛門めがけて、振り出した。

これを難なく躱(かわ)すその武士の動きを見て、頼蛇は膚(はだ)に粟粒(あわつぶ)を生じさせた。

(何者か。恐ろしいほどの手錬者(てだれ)だ)

背後に足音がして、頼蛇は振り返る。

抜き身を引っ提げた血裏頭衆の者がふたり、脛をとばしてやってくる。

「黒蛾坊。殺ったのか」

頼蛇は肝心のことを大音に訊いた。前田利家を殺したのや否や。

「しくじったわ」

鎖分銅を頭上で旋回させ、治部左衛門との間合いをじりじりと詰めながら、黒蛾坊がこたえた。

会所内で近習衆に守られる利家の姿が、頼蛇の目に映った。

（愚禿が引導を渡してやる）

もとは尾山御坊であったこの地を汚して、あるじに収まっている利家を、赦せるものではない。

（あやつらを、先に飛び込ませる）

馬首を会所のほうへ向けながら、馳せつけてくる血裏頭衆のふたりに声をかけようとした。瞬間、そのふたりは、横合いから吹きつけた疾風に、どちらも喉頸を切り裂かれ、くるりと回って、仰のけに仆れてしまう。

疾風は、若き武士である。頼蛇は知らぬが、富田与六郎であった。

（こやつもか……）

またしても、凄まじい遣い手の登場ではないか。

（前田にはこれほどの者らが……）

さしもの頼蛇にも驚きである。利家を討つのは断念するほかない。

「黒蛾坊。おぬしと愚禿は所詮、宗門違いよ」

「いまさら、何を吐かす」

「愚禿はまだ死ぬつもりはない」

黒蛾坊に馬の尻を向けるや、これを平手で強く叩いて、頼蛇は遁走にかかった。

前から、与六郎が走りくる。頼蛇は、直刀を抜いて肩に担いだ。斬りつけられると感じたからである。

すれ違いざま、与六郎が高く跳んだ。

火花が散った。打ち合わせた直刀を取り落としかけ、落馬しそうになるほどの衝撃でもあったが、それでも頼蛇は両腿に力を入れて、踏ん張る。

そのまま、振り返らずに逃げてゆく。獣の咆哮とも聞こえる声が耳に届いた。断末魔の悲鳴であろうと察し、

「南無阿弥陀仏、南無阿弥陀仏……」

黒蛾坊のために、六字名号を唱える頼蛇であった。

「さような子細ならば、内ケ嶋兵庫頭以下、当家の者らが咎めをうけるいわれはな

いと存ずる。なにとぞ、皆の身柄（みがら）をお返しいただきたい」

前田家の使者・村井長頼の説明を聞き終えて、内ケ嶋の嫡男（ちゃくなん）・刑部少輔氏行（ぎょうぶしょうゆううじゆき）は、詰め寄った。

飛驒白川郷帰雲（かえりぐも）城の会所である。

「あるじ前田又左衛門は、兵庫頭どのを疑（うたご）うてはおり申さぬ。なれど、家臣の大半はさにあらず。兵庫頭は佐々内蔵助の意を体（たい）して、お屋形暗殺の謀（はかりごと）に加担した。さようにみており申す」

「いましがたのお話では、兵庫頭が身を挺して前田どののお命を救うところを、中条流平法の宗家がしかと目にしたとのこと。それでもお疑いとは解（げ）せませぬ」

「逃げた下間頼蛇なる者が、かつては本願寺坊官として白川郷の照蓮寺に派遣され、内ケ嶋の方々とも面識があったと知れ申した。それで、いよいよ怪（あや）しい、と」

「以前のつながりをもって説かれるのならば、血裏頭衆のことは、いかに。あやつらは兵庫頭の命を狙（ねろ）うた者らにて、当家としては討ち取りたい敵。手を結ぶなどありえぬ」

「それでも、兵庫頭どのと共にまいった者らが、あるじを殺（あや）めんとしたのは、紛（まぎ）れもない事実。また、遠侍にては、内ケ嶋のご家来衆も前田の者らに抗（あらご）うており申す」

「それは、子細も分からず、争いに巻き込まれ、おのが身を守るために、やむをえざる仕儀であったとお分かりであろう。だいいち、兵庫頭はじめ当家の者らも加担していたのなら、腰の物を預けるはずがござるまい」

長頼のようすは、どこか申し訳なさそうにみえる。一方の氏行は苛立ちを隠せない。

「刑部さま」

並んで座す氏行と城代の尾神備前守の後ろに控える者が、初めて口を開いた。

「つまるところ、お裁きになるのは前田どのではないということにござろう」

そう指摘されて、長頼は微かに眉を顰める。

「申し遅れましたが、わたしの姓名は月輪悪太郎。刑部少輔の補佐をつとめており申す」

七龍太であった。前田の使者の村井長頼とも随行の者らとも面識がないので、何食わぬ顔で同席したのである。

長頼が尾山へ帰城後、月輪悪太郎という名が氏理らに伝われば、さらさら越えで紗雪らを救ってくれた月輪熊の悪太郎がすぐに思い出され、七龍太が偽名を用いて使者との会見に臨んだと察して貰える。

「月輪どのといわれるか」

と長頼がたしかめた。

「いかにも」

うなずく七龍太である。

「いま申されたこと、いかなる意か」

「お分かりにござりましょう。お裁きになるのは、前田どのではなく、ご主君の羽柴内府どの」

羽柴筑前守秀吉はいまや内大臣である。

「筑前どのとわがあるじとは主従ではない」

「さようにござったか。これは無礼を申し上げた」

山崎合戦後、秀吉と、それ以前はその上長や同僚であった織田の部将たちとの関係性は、曖昧な一面をもつ。秀吉は、信長の子らを差し置いて、織田政権の後継者となったものの、誰からも認められているわけではない。別して、信長の唯一無二の同盟者で、東海五ヶ国の太守・徳川家康は、いまだ秀吉の軍門に降ってはいないのである。

前田家でも、秀吉に対する思いは、利家と家臣らとでは異なる。利家に永く仕える家臣の多くは、秀吉を貧しい足軽時代から変わらずに何かと助けつづけた主君が、その下風に立たされることを快く思っていない。

七龍太は、村井長頼とは会うのは初めてでも、そういうひとりであることを察した。間髪を容れず、主従関係を否定したばかりか、秀吉を内府ではなく筑前と称んだところに、その本音が垣間見えたのである。

「なれど、それならば安堵いたし申した。われらがあるじ兵庫頭を疑うておられぬ前田どのがお裁きになるということであれば、お咎めなしで結着いたすと信じられる」

「事は……そうたやすくはまいらぬ」

さすがに長頼も言質を与えるまではできず、躊躇いがちであった。主従関係を否定したところで、実際には最終的に秀吉の意に服わねばならぬからであろう、と七龍太には分かっている。

「なにゆえにっ」

少し声を荒らげたのは、氏行である。

「刑部さま」

備前守が強い口調で制した。七龍太に任せるのがよい、と判断したからである。

氏行も七龍太を見やり、目配せをうけて、口を噤んだ。

「われらも、前田どのの大いなるお心遣いは分かっており申す。村井どのほどのご重臣をお遣わし下されたのでござるゆえ。あとは、吉報を待つのみと存ずる」

と七龍太はひたいを床につけた。

それを見て、氏行と備前守も頭を下げる。

長頼は、何か気持ちを抑えるように、ひとつ深呼吸した。琴線に触れたのである。

「皆さまの殊勝のごようすは、あるじ前田又左衛門にしかと伝え申す」

穏やかに告げてから座を立った長頼は、従者らを引き連れ、氏行の近習の案内で会所をあとにした。

「すまぬ、七龍太どの。さいごに要らざることを申したようだ」

氏行は謝ったが、七龍太はゆっくり頭を振る。

「終始、ご立派な受けこたえにあられた」

実は、七龍太は、氏理らの帰城の日が予想より遅れていると思ったとき、即座に兵内とおおさびを越中・加賀の国境に向けて放った。

両名は、その途次で、旅の者から、尾山城で何やら大事が起こったらしいと聞かされ、ただちにそちらへ走る。そして、おおよそのことを探り得た。氏理、大和守、松右衛門の無事もたしかめた。氏理の警固衆の中には怪我人がいるようだが、死者は出していないことも。

いずれ前田から使者が参ずると察せられ、七龍太は事前に氏行へ対応の仕方を授けておいたのである。

「これで、羽柴筑前どのから兵庫どのを厳罰に処すよう命ぜられたとしても、前田では村井どのら家臣衆が容易に服わぬと存ずる。となれば、筑前どのも無理強(じ)いはできぬ。最も信頼する前田の離反だけは避けたいところにござるゆえ」

「佐々内蔵助どのは、なんという愚かなことを……」

備前守が溜め息をつく。

「いや、備前どの。内蔵助どのはさまで愚かにてはあられぬ。尾山城の一件は、おそらく佐々近稙どのが頼蛇に唆(そそのか)されて勝手にやったことにござろう」

「さようであったとしても、言い逃れとみられましょうな」

「内蔵助どのは、図(はか)らずも起こったことを次の手に利用できるほど強(したた)かでもなし……」

「次の手に利用するとは、七龍太どの、いかなることにござろう」

「わたしなら、尾山城の玉薬蔵もろともに又左衛門どのを吹き飛ばした、と早々に喧伝(けんでん)し、真相を知られる前に、佐々の全軍を挙げて前田領へ攻め入る」

「なんと……」

備前守は、声を失い、ただまじまじと七龍太を見るばかりであった。

「てんごうにござる」

あはは、と七龍太は笑った。当て字で転合、転業などと書くが、冗談、戯(たわむ)れ、いたずらといった意である。

「なぜ使者を帰すのじゃ」

なかば怒鳴りながら会所に入ってきたのは、紗雪である。

「あやつを捕らえて、人質の取り替えをすれば手っとり早い」

「姫。それこそ、てんごうと申すもの」

「てんごうもくそもない。そちがやらぬのなら、おらちゃがやる」

紗雪は、背を向け、走り出そうとする。が、すかさず、従者のおおさびが後ろから抱きとめた。

それから、幾日も経たぬうちに、帰雲城にも重大な別儀が伝わってきた。

利家に通じたとみられていた越中氷見(ひみ)郡阿尾(あお)城の菊池武勝(たけかつ)が、とうとう現実に成政を裏切ったのである。武勝は佐々方の神保氏張(じんぼうじはる)と開戦した。

これを受けて、前田勢は、佐々方の荒山砦(あらやまとりで)を陥落(かんらく)させる。

他方、秀吉は、長宗我部元親(ちょうそかべもとちか)の降伏によって、四国平定を成し遂げるや、入京し、位人臣(くらいじんしん)を極めた。すなわち、従一位関白(じゅいちいかんぱく)へと昇りつめたのである。

成政追討の勅令(ちょくれい)を奉じる秀吉の越中出陣の下準備を調(ととの)えるべく、利家は菊池武勝に本領安堵の誓紙(せいし)を授けて、前田勢を阿尾城へ入れた。

賊名(ぞくめい)を着せられた佐々成政は窮した。絶体絶命というほかない。

関白秀吉みずから出馬と聞こえ、畏れた成政は、越中国内の要地の守備兵を撤退させ、自身も富山城に籠もる。

この夜、成政の仰ぎ見た北国の空には、残酷なほど美しく澄み渡った満月がかかっていた。

「良夜だなあ……」

同じ月を飛騨帰雲城より眺める七龍太は、今日は今日、明日は明日、と屈託なく思っている。

天正十三年八月十五日が更けてゆく。

「土壇場で恐ろしゅうなり、佐々を裏切ったのか」

秀吉の顔つきも口調も穏やかだが、眼の奥は笑っていない。

「佐々の謀は、われら内ケ嶋の与り知らぬこと。なれど、関白殿下がさよう思し召しならば、是非もござらぬ。それがしが何を申し上げたところで、見苦しき言い逃れと聞こえましょう」

と臆せずにこたえたのは、氏理である。

十万と称する大軍勢を率いて、越中入りする前に加賀・尾山城へ立ち寄った秀吉は、会所で内ケ嶋兵庫頭氏理を引見している。列座の筆頭には、城主の前田利家の姿が見える。

「命乞いはせぬと申すのだな、兵庫頭」

「罪なき者が命乞いをいたすのは、道理に適い申さぬ」

ほうっ、と秀吉が感じ入ったような声を洩らす。

「鄙の小身者の返答とは思われぬ。あやつなら言いそうなことだがの」

「畏れながら、あやつとは……」

「津田七龍太よ。白川郷の者らに慕われておったと聞く」

氏理は、一瞬、秀吉が七龍太の存命を知っていて、かまをかけてきたのかと疑ったが、おもてには表さず、澱みなくこたえる。

「凜々しく、お心が素直で、公正なお人にあられた。亡くなられたのは、残念なことにござった」

「残念とは、七龍太を殺した者を責めているように聞こえるのう」

「北庄城攻めのさいにお討死なされたとか。誰に討たれたかまでは、存じ申さぬ。殿下の仰せられたように、白川郷は鄙ゆえ、他国の出来事は、何であれ、よほど遅れて知るばかりか、子細が伝わらぬこともしばしばにござる」

「さようか。鄙であることを強みにいたすとは……」

苦々しげに笑う秀吉である。

「そのほう、躬が恐ろしゅうはないのか」

「恐ろしゅうござる」

「そうはみえぬ」

「お歴々の目の前で、醜態をさらしてはなるまい、とおのれを叱咤しており申す」

「もののふの矜持か」

「それがしごとき、さまで大層なものは持ち合わせており申さぬ。あえて自賛するならば、五分の魂といったところにござる」

「なるほど、一寸の虫けらということよな。ならば、こちらも踏み潰すのを躊躇わずに済む」

秀吉は、自身が座す置畳の傍らに控えていた近習へ、目配せした。処分を申し渡せ、ということであろう。

「内ケ嶋兵庫頭。そのほう儀……」

そこまで言って、近習は遮られた。

「殿下。お待ち下され」

利家である。

「無礼でありましょう、前田どの」

気色ばんだ近習だが、

「小僧は黙っておれ」

利家は対手にせず、秀吉のほうへ、少し膝を進めた。

「小僧ではない。それがしは……」

「よい、佐吉」

と秀吉が、その近習、石田佐吉三成を制する。

「又左。申したきことあらば、遠慮のう申せ」

又左衛門利家と秀吉は、織田家中では、当初は母衣衆と足軽という身分差があっても、わずか一歳違いということもあって、妙にうまが合い、友垣を結んだ。本能寺の変後、賤ヶ岳合戦においても、利家の協力なくして秀吉の勝利は覚束なかったといえる。以後も利家は、秀吉にとって、政権内の重鎮というより、個人的になくてはならぬ存在である。正室同士も姉妹のように仲が良い。だから、事実上の主従関係となったいまでも、利家の居城において、しかもその家臣らも居並ぶ場で、秀吉が利家を粗略に扱うことは決してない。

「事が殿下のお城やご領内で起こったのなら、佐々はむろんのこと、内ケ嶋兵庫頭も陰謀に加担していたや否やにかかわらず、罰するも罰せぬも殿下のお心のままになさるのが当然。なれど、この城地はわれら前田の領するところ。また、殿下の仰せられたように、兵庫頭が土壇場で佐々を裏切ったのだとしても、それがしを、暗殺者の刃から身を挺して守ってくれたことは、疑いようもない事実。よって、兵庫頭の処分はそれがしにお任せいただくのが、筋と存ずる」

織田政権の後継者は信長嫡孫の三法師で、その後見を信長次男の信雄がつとめる。三年前に清洲会議で定められたこの体制は、とうに有名無実なものとなっているものの、三法師が存命である以上、秀吉も利家もその家臣たることに、いまも変わりがない。だから、三法師か信雄に反対されない限り、利家の言い分はきわめて全うなものといえる。

ただ、利家自身は、必要ないはずの異を唱えてしまった。なぜなら、秀吉が無二の友の命の恩人を殺すなど、本来ありえないからである。信長の家臣だった頃の秀吉ならば、むしろ素直に氏理に感謝し、手をとって、涙を流しさえしたであろう。

（権柄を恣にするとは、こういうことであろうか……）

気分の沈む利家であった。

すると、秀吉もまた、微かに寂しげなおもてを利家へ向けた。

「躬は……まだまだ力不足のようじゃ」

理不尽なことを平然とやらねば、天下統一などできぬ。利家だけはそれを理解してついてきてくれる、と秀吉は期待したのである。

「この者の処分は、又左の思う通りにするがよい」

秀吉が引き下がり、

「お聞き届けいただき、恐悦に存ずる」

利家は深々と辞儀を返した。

「なれど、兵庫頭。別儀がある」

じろり、と秀吉は氏理を見やった。

「別儀とは何でござりましょう」

「内ケ嶋は姉小路と結んで、躬に刃を向ける所存であろう」

姉小路氏を称する三木自綱は、白川郷を除いて、飛騨国をほぼ平定し、佐々成政と通じて、秀吉に敵対している。

「さような儀は思いもよらぬこと」

「姉小路の使者が向牧戸城へまいったことは、知れているのだぞ」

「たしかに姉小路の使者はまいり申した。なれど、当家の家老で向牧戸城主の川尻備中守が追い返しましてござる。われらが姉小路、いや、三木と結ぶなどありえぬこと」

「ならば、なにゆえ、白川郷はいくさ支度を急いでおる」

白川郷のようすは、飛騨国の消息通である美濃郡上郡の石徹白長澄から、金森長近を通じて、秀吉の耳に届いている。

「前田どのと佐々どのが烈しく争うているさなかでは、白川郷も誰に攻められるか知れたものではござらぬ。備えを固めておくのは、当然のことと存ずる」

「それがまことならば、躬に従い、姉小路を攻めるに躊躇いはあるまいな」

「その儀はご容赦下されたい」

氏理がそうこたえた途端、秀吉より先に石田三成が声を荒らげた。

「汝は関白殿下に叛き奉ると申すかっ」

「叛くつもりは毛頭ござらぬ。義を立てたいだけのこと」

「義を立てるじゃと。何のことか」

「不肖のこの身が、佐々どのと前田どのとの曖人となれたのは、どちらとも戦わぬ中立の者と双方より信じていただけたからにござる。いまそれがしが一方に加担いたすは、畢竟、双方への裏切りであり、武士の信義に悖ること。憚りながら、位人臣を極められてもなお、織田家を主君と仰いでお変わりにならぬ関白殿下ならば、必ずお分かりいただけるものと存ずる」

声を張り、一気に吐き出すように言った氏理である。

実は、佐々と前田の曖が不調に終わって、もし一方から、あるいは双方から味方につくよう強いられたときに吐露する覚悟のことばとして、七龍太より授けられていた。それを氏理は関白秀吉その人に向けて放ったのである。

織田家と秀吉の関係は、表面上は、たしかに氏理の言った通りであり、いまの秀吉自身が否定し難い唯一の弱点といえる。

列座は皆、強大な覇者をまったく恐れていないようすの氏理に、心より驚いている。秘境というべき白川郷の小領主にすぎない者がこれほどの人物であったのか、と。

しかし、秀吉だけは、なぜか目許、口許に微笑を湛えながら、氏理を凝視している。

「さようか。中立を守るなら、それもよかろう」

「お許しいただける、との仰せにござりましょうや」

「近々、金森の軍勢が、姉小路討伐のため、白川領内を抜けてゆくが、黙って通して貰えればよい」

「殿下っ」

三成が諫めようとする。秀吉の権威に瑕がつくことは、この若き忠臣には我慢がならない。しかし、利家にひと睨みされたので、唇を噛んで口を鎖した。

秀吉の付言がつづく。

「申すまでもないことだが、そのさい、そのほうの家臣、領民らが、金森勢に手出しすること、一切まかりならぬ。違えれば、討ち滅ぼす」

「承知仕ってござる」

「又左」

と秀吉は利家にも命じる。

「この者をいかに処分するにしても、金森の姉小路討伐が済むまでは、人質にとっておくがよかろう」

白川郷の内ケ嶋武士と領民に対する抑止力として、これは必須の措置といえた。

「仰せの通りに」

頭を下げる利家である。

「されば、躬は出立いたす。佐々内蔵助が首を長うして待っていようほどに」

座を立った秀吉は、平伏する氏理の横まで歩を進めると、床に片膝をついて、その耳許で囁く。

「躬にとって、竹中半兵衛は最良の軍師であった。そのほうにも、劣らぬ軍師がついているようだの」

言い遺して、秀吉は足早に去ってゆく。

氏理の総身から一挙に汗が噴き出た。

佐々内蔵助成政は、単独で秀吉と戦って勝てるなどと思っておらず、実は、菊池武勝の寝返り以前より、書状で家康に相談しながら、和睦への道筋を模索していた。そのさなかに秀吉重病説が流れ、一縷の望みを抱いた。前田との和平交渉で時間を稼いでいるうちに、状況が佐々にとって劇的に好転しないものか、と。

しかし、誤算が重なった。

まずは、秀吉とほとんど時を同じくして、家康も病床についてしまったのである。腫物による激痛と発熱に苦しんだ。

次いで、内ケ嶋氏理を噯人に立てて、前田と和睦交渉をするはずだった近穐による利家暗殺未遂という信じがたい愚行である。その一報が富山城にもたらされるのと前後して、秀吉の本復も伝わってきた。

これでは降伏すら赦されぬ。成政討つべしと秀吉方は激怒しているに違いない。ここはもう、ひたすら恭順し、その間にもやはり家康にすがって、よき落としどころをきめて貰うほかない、と成政は思いきめた。

家康のほうも、成政をどうかして救うつもりでいた。信長に認められて国持ち大名にまで出世した才幹で、秀吉嫌いでもある武将を、味方につけておいて損はないからである。家康にその思いを強くさせたのは、成政の命懸けのさらさら越えであった。この先、小牧・長久手合戦の再現が行われるとしても、必ず役に立ってくれる。また、関白を向こうに回して、信長の旧臣を滅ぼさせなかったという結果を残せば、天下の諸将は今後も家康ばかりは別格とみなすに違いない。

かくて、家康と秀吉の間では、様々な駆け引きがつづき、いったんは話がまとまりかけた。家康が家老の数人を人質として差し出した上で、成政の徳川領内への逃げ込みを許さないと約束するのなら、秀吉は越中出陣を見合わせる。そういう条件である。ところが、秀吉と家康の仲介役の織田信雄が、どちらをも恐れて、互いの意思をしかと伝えずにいるうち、いたずらに時日が経ち、近穐の暴挙が起こってしまう。激怒した秀吉は、ただちに陣触れを出して、みずからも出馬することを公表したのである。

ただ、秀吉は、総大将の座を信雄に譲り、自身は関白として越中への物見遊山と称した。一見、余裕綽々のようだが、家康はそこに秀吉政権の脆弱さをみてとった。巨大な軍事力を有し、関白にまで昇りつめたのに、亡君・信長の遺児とかつての上長や同僚たちへの気遣いが、いまだに見え隠れしている。

「おそらく、丹羽五郎左の死が、筑前の心に影を落としていよう」

と家康は浜松で家臣らに語った。

丹羽五郎左衛門長秀は、若年時より信長に仕えて重用され、織田家中でも一目置かれる存在であった。本能寺の変後、この長秀を巧みに緩衝として用いつづけたことが、秀吉の成功の要因であったろう。秀吉の大徳寺における信長の葬儀に反対したり、柴田勝家との決戦も回避しようと努力するなど、長秀が秀吉の側近的な立場でそういう言動をみせたから、敵対者たちは常に後手に回ることになったともいえるのである。

その長秀が、病床につき、今年の四月十六日に自害した。表向きは不治の病に絶望したことになっているが、実際には、信長死後、強引に織田政権を簒奪した秀吉への、文字通りの捨て身の抗議ではなかったかと噂された。すなわち、諫死である。

とすれば、もとは織田家中の上長であった成政を攻めるにさいし、秀吉がみずから総大将とならなかったことも、家康にはうなずける。成政を遮二無二討ち取るつもりはないに相違ない。

そこで家康は、秀吉からの越中参陣要請に応じ、本多広孝に三千の兵を授けて出陣させた。広孝というのは、信長の庶兄の信広を捕らえて、織田に人質にとられていた竹千代（のちの家康）との身柄交換を成功させたり、大敵・武田信玄との合戦では幾度も殿をつとめて、おのが家臣を多数死なせるなど、忠孝の士として、徳川で重きをなす。また、忠勝、正信など勇将、知将を輩出した本多一族の中で、広孝の家系が宗家ともいわれる。

家康の凄味は、いまや天下統一目前の覇者に対して、容易に屈せず、常に最終手段をちらつかせて、それがはったりではないと恐れさせていることであったろう。現実に、秀吉に地団駄（じだんだ）を踏ませた小牧・長久手合戦の見事な采配（さいはい）は、世間の記憶に新しい。

秀吉麾下（きか）の武将たちも、家康のいくさ上手（じょうず）は誰もが知るところで、できれば戦いたくないと思っている。だから、かれらにとっては、家康が秀吉の意を奉じたことはもちろん、その大将に、おざなりな人選ではなく、本多広孝という徳川譜代（ふだい）の功臣を据えたことも、驚きであった。

それだけに、これによって秀吉は充分に面目をほどこしたといえる。つまり、家康は秀吉に貸しをつくった。それと同時に、秀吉が成政をいかに処分するのか、家康のためならいつでも死ねる広孝にしかと見届けさせ、場合によっては、再びの決戦も辞さないことを匂わせたのである。

秀吉と、もと織田の部将であった者らとの関係が、いまだ安定していない。それと分かっておればこその、家康の老獪（ろうかい）な綱渡（つなわた）りといえよう。

しかし、秀吉のほうも、家康の考えを読んでいた。

すでに信雄を通じて降伏を申し出ている成政の富山城を、大軍に完全包囲させると、秀吉は攻撃を命じもしなければ、すぐに成政を引見することもせず、周辺で兵を動かした。数千の兵船より越中沿岸の村々に大兵（たいへい）を上陸させて焼討ちを行い、同時に、立山信仰の本拠たる芦峅寺も焼失せしめる。芦峅寺攻めについては、成政のさらさら越えを助けた罪を罰するのと、徳川領との通交を遮断するのと、ふたつの理由からであった。また、越後の上杉景勝に命じて、越中との国境にも厳戒態勢を布かせる。越中国内の各地では、成政を慕う在地武士らに抵抗されたものの、蟷螂の斧でしかなく、あっというまに一掃してしまう。

富山城の籠城勢は恐怖に慄いた。信雄と家康の和睦嘆願にもかかわらず、やはり秀吉は成政を殺し、佐々を滅ぼすつもりなのだ、と。秀吉に従う諸将も、同様の疑いを抱いた。

すると、城中では、どのみち滅ぼされるのなら、討って出て、華々しく戦い、死して佐々の名を遺そう、という思いが沸騰し始めた。窮鼠かえって猫を嚙む、である。

だが、名ばかりとはいえ、包囲軍の総大将は織田信雄。佐々にとっては主筋であり、なればこそ成政自身もおのが処分を委ねた。いまこちらから先に仕掛ければ、その信雄を裏切ることになる。

「わしは、筑前とは違う。不忠者、謀叛人になるつもりはない」

成政は、そう宣して、家臣らの軽挙妄動を厳に戒めた。

この自重もまた、実は、事前に家康から密使をもって忠告を受けていたことによる。何があっても、ひたすら恭順せよ、と。

和睦を土壇場で反故にする正当な理由を得たい秀吉は、籠城勢から仕掛けてくるのを待つ。その思惑通りになれば、包囲軍の総大将は佐々の主筋たる信雄なのだから、なおさら成政の非を鳴らすことができる。それを危惧した家康なのである。そこまで到っては、もはや成政を救いようがない。

このあたりが、秀吉の強かさであったろう。信雄を総大将に据えたのは、織田家とその家中であった者らへの配慮というだけではなく、成政を追い詰める最後の切り札でもあった、ということである。

待てど暮らせど秀吉からの使者がこない城中では、成政に出撃決戦を迫りつづけて、いっかな聞き容れて貰えない神保兵庫之助という者が、自害し果てた。憤死とよぶべきであろう。

それで成政も、これ以上は家臣団を抑えられないと判断した。自身も我慢の限界に達していた。

「十死一生のいくさをし、敵わざるときは腹を切ろうぞ」

ついに玉砕の覚悟を宣言して、馬を曳かせると、おのが旗印に、佐々家代々の家紋の隅立四つ目を用いず、信長から賜った替紋の棕櫚を翻した。

棕櫚の幹を覆う毛苞とよばれる毛の皮は、風雨にさらされても、水に浸っても腐らず、伸縮性にも富むことから、船の綱や、垣根の結び、箒などに使われる。成政がよく働くことを、信長に賞された証であった。

富山城を間近に見下ろす呉羽山の白鳥城が秀吉の本陣。そこを真一文字にめざすと思い決して、成政が乗馬に鞭を入れようとしたまさにそのとき、秀吉の使者は来城した。成政の降伏を受け容れるという。

秀吉が先に折れたのは、悪天候のせいであった。折しも野分の季節で、富山城包囲中に幾日も暴風雨に見舞われ、人馬ともに急激に疲弊したため、早めに結着をつける必要に迫られたのである。

「呉羽殿の亡魂がお屋形をお守り下されたに相違ありませぬ」

城中の、もとは呉羽殿付きであった女たちの誰かがそう言い、多くが信じた。

成政に酷刑に処された愛妾の早百合は、呉羽山麓に実家があったことから、呉羽殿と称ばれた。成政に見初められた地でもある。そこに本陣を布いた秀吉に怒って、早百合が包囲軍を懲らしめたのだ、と。

成政が髪を剃って、容儀を調え、御礼言上のため、白鳥城へ出向いて関白秀吉に拝謁したのは、八月末のこととも、閏八月初めのことともいわれる。

「佐々内蔵助よ。新川郡は安堵いたそう」

秀吉は、越中四郡のうち、半国の広さを占める新川郡をひきつづき成政の領地とし、あとの三郡を前田利家の嫡男利長に与えた。助命とあわせて寛大な処罰といわねばならない。

「なれど、鄙の暮らしも飽きたであろう。そのほうは向後、一族を引き連れ、大坂に出仕いたせ」

成政不在の越中国が、今後、どうなっていくかは容易に想像できる。いずれ新川郡も、事実上、前田の支配となるに違いない。

（わしを飼い殺しにするつもりか……）

あまりの屈辱に目が眩みそうな成政であったが、ふたたび秀吉に敵対すれば、佐々は間違いなく滅亡させられると分かっている。

「ありがたき仕合わせに存じ奉る」

成政は、ひたいを床にすりつけながら、もと呉羽殿付きの女たちとはまったく逆の思いを湧かせた。

（祟ったか、早百合）

頭上から降らされる秀吉の嘲りのことばにも、殺した寵妾の声が重なってしまう。

「棕櫚の皮は重宝するが、いちど皮を剝がれた幹には、二度と皮は生ぜぬそうじゃ」

口惜しい成政の連想は、早百合から紗雪へ、さらに、飄々として強靱なあの男へと馳せてゆく。

（津田七龍太よ。筑前にひと泡ふかせよ）

すると、秀吉の口調が、にわかにのんびりしたものに変わった。

「ところでの、内蔵助。そちが存じおるや否や分からぬが、ひとつ訊ねたきことがある」

「何なりとお訊ね下されたい」

「もしや生きているのではないか」

「生きているとは、どなたが……」

「津田七龍太」

たったいま七龍太を意識したばかりの成政は、おのが顔色が変じるのを、隠すことができない。

その表情から、望むこたえを得られると秀吉が確信したことは、明らかである。

「心して返答せよ」

存亡の秋

「金森勢を無事に通り抜けさせれば、いくさを避けられるということなのじゃな」

安堵の吐息とともに、刑部少輔氏行は念押しするように言った。

「それが……」

言いよどんだのは、子細を語り終えた和田松右衛門である。ひとり尾山城より解放され、利家と秀吉の使者の任も負って生還した。

帰雲城内の会所である。

「いかがした、松右衛門。まだ何か話さねばならぬことがあるのなら、申せ」

と尾神備前守が促す。

「罠であるに相違なし、とお屋形が仰せられたのでござる」

「なにゆえに」

「お屋形も、たしかとは言い難きことなれどと前置きなされた上で、どうやら七龍太どのが白川郷で生きている、さように羽柴筑前は疑うているのではないか、と。それゆえ、ご当家の中立を尊重すると申して、油断をさせておき、にわかに金森勢に白川郷を攻めさせて、七龍太どのを見つけ出し、大罪人を匿った廉にて、もろともに内ケ嶋を滅ぼす。これが筑前の腹積もりであろう、と。万一、七龍太どのを見つけられずとも、先に内ケ嶋勢に攻められたから、金森勢はやむをえず戦うたことにしてしまえば、筑前のほうは約束を違えたことにならぬばかりか、すべてはご当家の浅慮と相なる」

「卑劣なやつじゃ」

紗雪が憤怒の声を上げたが、当の七龍太は冷静であった。

「わたしの身を筑前どのへ差し出してもよい」

「阿呆なことを申すなっ」

怒鳴りつける紗雪である。

「姫。お声が大きゅうござる」

「死なせるものかっ」

紗雪は七龍太の胸ぐらを摑んだ。これが愛情表現である。

「わが身を贄にするつもりはござらぬ。わたしの生死にかかわりなく、筑前どのは内ケ嶋を滅ぼすつもりにありましょうゆえ」

「お屋形も同じことを仰せられた」

と松右衛門がうなずく。

「七龍太どの。関白はなぜ、われらを滅ぼしたいのか」

早くも蒼白になって、氏行が訊いた。

「白川郷をおのが料所にしたいのであろうと存ずる。織田と本願寺に対し、われらが目晦ましの苦心をしてまいったにもかかわらず、この地では金、銀がまだまだ豊富に採れることを、あのお人は看破している。また、やりようによっては、塩硝造りを以前より盛んにできることも分かっている。かつての上長や同輩を意のままにするためにも、政の大いなる支えとして、白川郷を子飼いの者らに任せるつもりにござりましょう」

「では、どう転んでも、われらは関白と戦わねばならぬのか」

泣きだしそうな氏行であった。

「それでも内ケ嶋の当主かっ」

紗雪が叱咤する。

「こうなる前から、筑前と戦うことを覚悟していたはずじゃ」

「滅ぼされるまで戦うとは思うておらなんだ。これでは独立の道など夢のまた夢……」

「さまで弱気で、滅ぼされると案じているのなら、いまここでおら、ちゃ、が楽にしてやる」

小太刀の柄に手をかけた紗雪だが、後ろからおおさ、び、に羽交い締めにされてしまう。お馴染みの光景であった。

「御免。宮地兵内、ただいま戻りましてござる」

仕切戸の向こうから、その声がした。

すると、七龍太は、みずから立って足を運び、仕切戸を開けた。

「大儀であったな、兵内。して、こたびの首尾は」

廊下に折り敷く兵内が、おもてを上げる。

「叶いましてござる」

「何挺か」

「三百挺」

「ようしてのけた」

この年の三月から四月にかけて、秀吉は紀州征伐を行っている。信長と激闘を繰り広げた頃の本願寺が最大戦力とした雑賀一揆と根来寺衆を、徹底的に叩くためであった。小牧・長久手合戦のときも、家康に呼応して大坂城を衝こうとしたこのふたつの鉄炮集団を、秀吉は憎んだのである。

羽柴勢十万と、雑賀・根来寺勢との戦闘は、双方とも夥しい数の死傷者を出す凄絶な銃撃戦に終始する。勝利を得た秀吉は、両鉄炮集団から火器を没収して、鉄炮製造の鍛冶場も破壊し、以後は農耕に専従することを条件にかれらの還住を許した。

それでも、秀吉に屈伏するのを潔しとせず、敗戦前に鉄炮を持ち出して隠匿した者らがいる。兵内は、その者らに渡りをつけて、鉄炮三百挺を入手したのである。購入代には、帰雲城内の隠し蔵に貯えられてきた金、銀をあてた。

七龍太は、会所内を振り返った。

「まずは、一戦交えるといたそう。金森五郎八どのと戦うのはしのびないが、われらの力を世に示さねばならぬ。示してのち、白川郷の独立を宣する」

閏八月。秋の長い年ながら、白川郷では朝夕の冷気が早くも鋭い。

（いくさを少し長引かせれば、その先、半年は雪が助けてくれる）

律の風は、七龍太の気を引き締めた。

木々が鬱蒼とし、朝靄に包まれた山路を、兵馬がゆっくりと進んでいる。

ゆらゆら揺れる金の唐団扇に白の吹貫の旗印は、金森五郎八長近のものである。

三木自綱に逐われた江馬、鍋山ら飛驒衆を加えた兵三千余を従え、越前大野城を発した長近は、石徹白長澄の先導で、飛驒入りし、白川郷尾上郷村より、庄川の左岸沿いに白川街道を南下し始めた。北へ進むと照蓮寺の建つ中野村、さらに北上すれば帰雲城へ着くが、目下の標的ではない。めざすのは、白川郷の南の守りの要、向牧戸城であった。

金森勢の左方を南から北へ流れる庄川は、水嵩が増して、轟々と暴れている。このところ大雨がつづいたからである。

だが、総大将の長近は、耳朶をふるわせるほどの川音も遠くに聞こえるほど、陰鬱の気を拭えずにいる。

「五郎八ほどの達者の刃をうけて生き長らえたとは、津田七龍太は悪運の強いやつよ。さよう殿下は仰せられた」

金森勢出陣の前日、越中富山城入りした秀吉からの急使として大野城を訪れた石田三成に、そう言われ、刺すような視線を向けられた。七龍太を斬るさいに長近が手加減をしたのではないか、と秀吉は疑っているのだ。

ここで、よもや殿下はそれがしをお疑いかと反発すれば、かえって藪蛇となる。

「あの折、七龍太の血に染まったわが太刀を黒田官兵衛どのもご覧になった通り、存分の手応えがあったのだが、まことに生きておるのなら、口惜しいことよ」

秀吉随一の側近部将が目にしたという事実を告げられては、三成もこの件の追及を避けるほかなかろう。そして、長近は、本当に口惜しそうに唇を噛んでみせたのである。

「さぞご無念にあられましょう」

深くうなずき、共感する三成であった。

「されば、こたびこそ、金森どのには津田七龍太を討って、手柄を立てるように、と関白殿下はお望みにあられる」

「それは、内ケ嶋に七龍太の身柄の引き渡しを要求せよとのご命令か」

「金森どの。それがしのことばが足らなんだようにござる。相すまぬことと存ずる」

「ことばが足らなんだとは……」

「津田七龍太を討つとは、すなわち内ケ嶋を討つという意にござる」

「待たれよ、お使者どの。内ケ嶋が中立を守るゆえ、われら金森勢は、姉小路討伐に向け、白川領内を何事もなく通過できる。最初、さように仰せられたはず」

「それは、内ケ嶋が謀叛人、津田七龍太を匿いつづけていたと知れる前の話。内ケ嶋兵庫頭は、尾山城で殿下のご引見を賜ったとき、この大事を明かさなんだ。つまりは関白殿下を欺き奉った。万死に値する大罪にござる」

「内ケ嶋を騙し討ちにせよと言われるか」

「さきに殿下を騙したのは兵庫頭のほう。それであいもちにござろう」

あいもちとは、あいこ。互いに勝ち負けのつかぬことをいう。

「内ケ嶋の一方的な負けではないか」

長近は少し声を荒らげた。

「金森勢は兵を損せずに済むということにござる」

「さようなことを申したいのではない。そもそも、津田七龍太は謀叛人なのか」

「いま、何と言われた」

北庄城で夫の柴田勝家とともに死ぬのが、恋の真実であり、女の仕合わせと吐露した市を、いったい誰が翻意させられたというのか。亡君・信長の妹の心に寄り添った七龍太は、むしろ忠臣と誉められるべきであろう。そう長近はぶちまけたい。

「七龍太に何の罪が……」

「父上っ」

長近と並んで座す跡取りの可重が遮った。父が言ってはならぬことを口走りだしたからである。

可重は、実父は美濃の長屋景重という者だが、養父の長近を慕って、元服後は金森家をよく支えてきた。

また、金森家と竹中家が親しかったことで、奇しくも同い年の七龍太とは、幼少期に幾度も遊んだ。だから、長近が故意に深傷を負わさず、七龍太を足羽川へ蹴り落としたという真実を、当人から聞かされており、可重自身もそれでよかったと思ったものである。だが、その秘事を露見させぬためには、七龍太への同情を口にしてはなるまい。

「お使者どの。父は齢六十を過ぎ、近頃、老いのせいにて、時折、妄言を吐くことがござる。かまえて他意はござり申さぬ。なにとぞご容赦賜りたい」

ひたいを床にすりつける可重であった。

賤ヶ岳で柴田方であった金森家は、その後に赦されたといっても、秀吉から信を得たわけではないので、言動にはよくよく気をつけねばならない。

長近も、可重の平伏から金森家の立場に思い至り、腹の虫をおさえて、三成に向かって頭を下げた。

「それは、金森家次第。関白殿下の御下知にたしかに服うていただけるのなら、ただの妄言であったと聞き捨てにいたし申そう」

「もとより、われら金森家は謀叛人、大罪人を決して討ち洩らすものではござり申さぬ」

と即座にこたえたのは、可重である。

「殿下は、捷報と津田七龍太の首が早々に届くのを、心待ちにしておられる。お励みなされよ」

三成は座を立った。捷報とは勝利の知らせのことである。飛騨全土の平定は当然のことながら、という含みも伝わる。

怒りの収まらない長近であったが、御家のためと可重に宥められ、渋々ながら、ともに城の門外まで出て、関白の使者を見送った。

「父上。釈迦に心経と承知で、あえて申し上げる。これが戦国の世のならい。荒木のときよりはまだしもと存ずる」

六年前、信長を裏切った荒木村重の一類を捕らえて、婦女子数百人を磔や焼殺に処したとき、長近はその奉行をつとめたひとりである。母親と幼子らにも無慈悲に、鉄炮の斉射を浴びせたり、槍でもろともに串刺しにしたり、主命とはいえ残虐の限りを尽くした。

内ケ嶋は、攻撃されれば、騙されたと知って反撃してくるだろうから、荒木一類のように無防備に殺されるのを待つだけでなく、少しは合戦することになろう。

「喜蔵」

長近は、吐息をついた。可重の通称を喜蔵という。

「茶を点てよ」

「畏まってござる」

金森父子は茶の湯を能くする。わけても可重は、千利休の子・道安に学んで、のちに徳川二代将軍秀忠の師南役となった。また、可重の子の重近は、今日まで継承されている茶道宗和流の流祖である。

長近と可重は、父子ふたりきりの茶席で、一服ずつ喫し、覚悟をきめた。

（きめたはずだが……）

こうして白川郷に入り、向牧戸城へ近づくにつれ、また迷いが生じはじめた長近なのである。

前方から、急速調な馬沓の音が聞こえてくる。

一騎が、中軍の長近のもとへ馳せつけた。金森勢の領内通過の挨拶をするべく、向牧戸城へ立ち寄ることを事前に告げるため、先行させておいた先触れの士である。むろん、挨拶するというのは方便で、長近は城を乗っ取るつもりであった。

下馬して、折り敷いた士が告げる。

「この先の岩瀬橋まで、城の衆が出迎えにまいっておりまする」

「出迎えとな……」

長近は訝った。

「では、そちは向牧戸城まで行かなんだのだな」

「はっ。内ケ嶋の尾神備前守と名乗る御方が、岩瀬橋から先は自分が城まで金森どのを案内いたす、と申されましてござる」

「さようか」

長近はちょっと違和感をおぼえた。尾神備前守といえば、内ケ嶋の筆頭家老で、普段は帰雲城の城代をつとめているはず。

「出迎えの者らは甲冑を着けておるか」

金森勢への手出しは一切まかりならぬという秀吉の命令を奉じるのであれば、軍装の出迎えは異なことと言わねばならぬ。

「着けており申す。このところ三木の兵が出没しているため、金森の方々に万一のことがあってはならぬゆえ、と」

つまりは警固のためという、その理由に嘘偽りがないのなら、軍装の出迎えは当然であろう。しかし、長近の違和感はなおさらに募った。

（やはり、七龍太が……）

もし七龍太が、おのれの存生が秀吉の露見するところとなったと知れば、どう考えるか。容易に秀吉の思惑を察し、内ケ嶋は騙し討ちにあうと断定するに違いない。その可能性を、大野城を発つ前に、可重とも話し合ったのである。

向牧戸城へ達するには、岩瀬橋を渡って、いったん庄川の右岸へ出ねばならない。そこからまた南下して、庄川と御手洗川の合流地点へ至る。その川合に、向牧戸城は築かれている。

向牧戸城が白川街道から城下への外敵の侵入を阻むつもりなら、岩瀬橋の死守は絶対であり、七龍太が手を拱いて、これを放置するとは考えられない。

（われらを警固して通過させるとみせ、橋で奇襲を仕掛けてまいろう）

できれば金森勢と戦いたくないに違いない七龍太だが、内ケ嶋の君臣と白川郷の領民を救うために起つ、と長近には分かっている。

長近は、馬廻衆を呼び寄せ、何事か談合し始めた。

やがて、長近は、馬廻衆を従え、中軍から前軍の兵らを追い越し、岩瀬橋の左岸の袂まで馬を飛ばしてゆく。

あたりは、靄が薄れ、長近の一ノ谷の兜が朝の光を照り返す。この兜は、竹中半兵衛の父・重元より譲られたものである。

向牧戸城からの出迎えの士が、橋の中央に折り敷いている。随従者がふたりいて、一方は猿頬を着けており、表情を窺えない。

さらに、右岸の橋袂あたりには、兵が二十人ばかり、控えている。

長近は、乗馬の脚を、橋へ乗り入れる手前で停めて、鞍上より名乗った。

「金森入道素玄である」

賤ヶ岳の敗戦後に蟄居を命ぜられたさい、長近は剃髪し、以後、素玄と号している。

「内ケ嶋家の家老にて、尾神備前守と申す」

出迎えの備前守も名乗り返して、立ち上がった。随従のふたりも立つ。

「されば、向牧戸城へ案内仕る。おいで下され」

備前守は、腕を、長近へ向かって差し出してから、橋板のほうへ下ろす。

まずは長近の馬廻衆のうち四騎が、二列縦隊で橋板を踏み鳴らす。次いで、長近も乗馬を進めた。

瞬間、一発の銃声が轟いた。

金属音がして、長近は落馬する。

「われらは、飛騨国司家・姉小路の家来である。国を侵す賊徒、金森入道を成敗いたしたりいっ」

その歓喜の声とともに、右岸に聳え立つ崖の上で旌旗が翻った。

正親町連翹の家紋が目に飛び込んでくる。たしかに姉小路氏のそれであった。

「金森どのっ」

備前守が駆け寄ろうとするも、その顔の前へ猿頬武者が腕を上げて、これを制した。

金森勢が騒然とする中、長近はむっくり起き上がって、前へ出てきた。

「皆、鎮まれいっ」

弾は一ノ谷の兜に中って撥ねたので、傷を負っていない。

「崖の上におるのは内ケ嶋の者らに相違なし」

と備前守に向けて言う。

「姉小路の兵がそこここにいるとみせて、混乱の中でわれらを討つつもりだったのであろうが、生憎だったな。所詮は、田舎武士の猿芝居よ」

「そちらも猿芝居にござるな」

落ち着き払ってこたえたのは、備前守ではなく猿頬武者である。

「竹中家の家宝であったその兜は、金森五郎八どのが着けてこそ活きる。似合いませぬぞ、影武者どのには」

「なにっ……」

長近は動揺する。看破された通り、影武者であった。

いましがたの談合のあと、影武者と馬廻衆を先に往かせ、本物の長近は前軍の先頭寄りのあたりに紛れ込んだ。

「金森勢とは戦わぬと関白どのに約束いたした当方が、城へ案内すると申し出ておるに、わざわざ五郎八どのの影武者を立てられるとは、そちらに疚しきことがおありゆえにござろう。当方の猿芝居は、それをたしかめたかっただけのこと。そこもとをまことに撃ち殺すつもりならば、狙いは外し申さぬ」

崖の上の狙撃手は、紗雪なのである。

「どのみちいくさをせねばならぬのなら、騙し討ちはよろしくない。戦うと宣してからいたすのが、潔いと存ずる。きっと五郎八どのも同じ思い。よって、いまの鉄炮の一発を、鏑矢代わりとさせていただく」

実際に戦端を開くとき、大きな音を発する鏑矢を、最初に敵陣めがけて射込むのが、合戦のならいであった。物事の始まりを嚆矢というが、これが鏑矢のことである。

「されば、ここからは金森勢もご存分に」

そう言うと、猿頬武者は、御免と別辞を吐いてから、くるりと踵を返した。

備前守は、猿頬武者に制せられたとき、芝居の必要が失せたのだと察し、もうひとりの随従者に守られて、退がっている。

「おのれっ、愚弄しおって」

怒りを抑えきれない影武者が、馬に乗らず、おのが足で猿頬武者を追いかけようとしたそのとき、

「追うなっ。戻れっ。皆、戻れっ」

左岸の橋袂の手前で、馬を輪乗りしながら、切迫の声を上げた者がいる。本物の長近であった。

橋下から、煙が昇っている。

金森勢は怖気をふるった。刹那、大爆発が起こり、岩瀬橋は吹き飛ばされた。

粉々に砕け散った橋材とともに、影武者と馬廻衆の四騎が馬もろとも、庄川の奔流へ叩きつけられる。

左岸の橋袂に降り注いだ橋材に、火の粉を撒き散らされ、軍馬は驚いて棹立ち、兵らは悲鳴を放って右往左往する。

飛んできた黒いものが、長近の乗馬の脚許に落ちて、からころと転がった。一ノ谷の兜である。

恐怖に嘶き、暴れる乗馬を宥めながら、長近は橋の失せた対岸へ視線を振った。岸辺の橋の残骸から炎と黒煙のゆらめき立つ向こうに、猿頬武者が、すっくと立って、こちらを眺めている。

（さすが半兵衛譲りよ）

長近に怒りは湧かない。こちらの苦衷を思いやって、七龍太はこんな策を用いた、と察せられた。これで迷いも後ろめたさも失せ、真っ向から内ケ嶋とのいくさに臨める。

猿頬武者の津田七龍太は、正親町連翹が風にはためく崖上に向かって、腕を上げ、次いで振り下ろした。

すると、斉射の弾丸が、容赦なく金森勢に浴びせられた。

誰もが、心底より驚愕する。

鉄炮は一挺でもなければ、五挺、十挺でもない。ゆうに百挺を超えていよう。

ほとんど間を置かず、第二波の斉射音が、暴れる庄川の轟音をも圧した。

弾込めの暇はほとんどなかったはずだから、一弾目を放ったのと同数ぐらいの鉄炮が、発炮の準備を了えて待機していたに違いない。

（鄙の小領主の保有できる数とは思えぬ……）

きっと七龍太が調達したのだ、と長近は総身の膚を粟立たせた。

一方の金森勢に応射の準備はできていない。弾込めをし、火縄に火を点けるのは、岩瀬橋を渡ってからと決めていたのである。

「退けっ、退けっ。退けいっ」

長近は、声を嗄らして、撤退を命じた。

味方同士で押し合いへし合いしながら、白川街道を必死に北へ戻り始めた金森勢である。

（七龍太よ、侮るでないぞ。わしとて、万一の備えはしておいたのだ）

「父上の仰せられた通り、裏手の守りは手薄よな」

向牧戸城の東南側の空堀まで接近して戻ってきた物見の復命を受け、自得するように大きくうなずいたのは、金森可重である。

可重を大将とする別働隊は、長近の本軍とは飛騨入りの手前で分かれ、美濃郡上郡の遠藤慶隆の援軍と合流し、美濃北部の長滝から飛騨街道を北上、白川郷の南外れの野々俣へ出て、いまや向牧戸城の裏手に迫っている。白川街道を南下してくる本軍が、万一、入城を拒否され、庄川に面した城の表側で合戦に到ったときは、別働隊が城を裏手より奇襲する。もし内ケ嶋方で七龍太が采配をふるっているとすれば、それくらいの要心はしておくべき、と金森父子は考えたのである。

　すると、いましがた、別の物見より、城の北方で爆発音が起こり、庄川の流れる谷間とおぼしいあたりから黒煙が上がった、という報告をうけた。

　七龍太ならば、敵を引きつけておいて、城外北方の最重要防衛線たる岩瀬橋を落とすかもしれない。長近がそんなことも語っていたので、即座に可重は、父の予感が的中したと信じた。

　となれば、城中の者らも、いまは表側にばかり気を配っていよう。

「これより、城を攻める」

　向牧戸城の裏手は原生林に覆われて、深い渓谷を洗う御手洗川の流れが天然の濠をなし、軍馬や多勢の移動は困難である。だからこそ、城方にすれば、さほど警戒を厳重にする必要もないといえよう。

　可重に率いられた別働隊は、日中でも薄暗い原生林の中へ入り、徒歩で忍びやかに細径を辿って、御手洗川の岸辺へ達した。

木橋が架けられている。さきに物見が見つけた一本である。

籠城するつもりなら落としておくべきであろう。裏手からの攻撃をまったく予期していないか、逃げ道の確保か、あるいはその両方なのか、城方の理由はどうあれ、攻城勢にはありがたい不要心さであった。

可重その人は、此岸で待つ。

対岸へ渡った先陣が、急傾斜の斜面を上って、左右に広がり、城壁まわりに巡らされている深い空堀へと身を移す。

かれらは、息を殺しながら、用意の梯子を城壁に幾挺も立てかけ、それぞれの一番手の者が段に手をかけた。

すると、突如、横長の城壁の上縁へ、並んで多くの陣笠が現れた。城壁の内側に潜んでいた兵たちが、一斉に立ち上がったのである。

城兵たちは、城壁越しに鉄炮の筒を出して下向けた。

「撃てぃっ」

百挺はあろう銃口が火を噴いた。

至近から放たれた銃弾は、深堀で身動きのとれぬ先陣の兵たちに悉く命中する。

堀へ入る前の兵たちには、頭上から次々と飛礫が投げつけられる。樹上の重なり合う枝葉の陰に隠れていた者らの仕業であった。

先陣の生き残り兵らが、逃げ惑う。

「罠であったか」

可重は地団太を踏んだ。

その足許に、矢が突き立った。

原生林のあちこちの木々の陰から、矢が飛んでくる。この此岸の伏勢にも可重は気づかなかった。

（半兵衛どのの愛弟子は、おそろしい……）

金森父子の考えは、すべて七龍太に見透かされていたと言わねばならない。

近習らが、慌てて、主君の周囲に立つ。

「早、退鉦を鳴らせっ」

唇を噛みながら、可重は大音に命じた。

死に物狂いの敗走を始めた別働隊の背後や横合いから、なおもしばらく矢雨は降り注がれた。

「深追いはならぬ。皆々、退けいっ」

伏勢の弓隊を指揮していたのは、川尻九左衛門である。

弓隊は、ただちに引き揚げ、木橋を対岸へ渡った。

城中や樹上から、勝利の雄叫びが上がる。鉄炮隊と飛礫隊は白川郷の領民であった。

「落とせ」

と九左衛門に命じられた配下が、木橋に火をかける。

ほどなく橋材は御手洗川の流れへ焼け落ちて、一瞬、白煙を上げては、浮きつ沈みつしながら下流へ遠ざかってゆく。

金森勢本軍を率いる長近が、いったん尾上郷村まで戻ったその夜、本陣へ別働隊の可重の使者が急行してきた。

両軍の距離は二里余りしか離れていないのだが、よしんば向牧戸城の目を掠めて白川街道へ入れたとしても、岩瀬橋が失せたからには、その先へ進めない。そのため、野々俣から深い山林の中を掻き分けてきた使者は、すっかり暗くなってからの到着を余儀なくされたのである。

使者の報告によって、長近は、可重も城攻めで不覚をとったことを知った。

（上手を打たれた）

七龍太が内ケ嶋方の策戦立案をし、みずから軍配を振っていることは、もはや明白である。秀吉からいくさのすべてを委ねられたほどの竹中半兵衛の唯一の弟子が、本気で戦いを挑んできている。たやすく勝てるものではない。

向牧戸城を陥落させて、そこから、可重はいったん飛騨・美濃国境の下原口まで南下したあと、南飛の姉小路領を侵し、主要な城砦を落としながら、北上を開始する。他方、長近も、中野村より東へ道をとって、森茂峠越えで北飛へ入り、やはり姉小路方の城砦を攻略しつつ、南下してゆき、中飛の鍋山城あたりで可重と合流のうえ、両勢をもって姉小路の本拠松倉城の自綱を討つ。そして、最後に帰雲城の七龍太と内ケ嶋氏を滅ぼし、飛騨平定の総仕上げとする。

　これが、金森父子の当初の思惑であった。

だが、いきなり七龍太に出端を挫かれ、完敗した。

（いかにすべきか……）

　白川郷をこのままにして、姉小路征伐に向かえば、七龍太に時間の猶予を与えることになる。その間に、さらなる備えをされてしまうと、きょうのいくさよりもっと厄介なことになりかねない。半兵衛譲りの戦法を看破するなど至難なのである。

といって、明日以降も向牧戸城を攻め立て、なんとしても七龍太を討ってから姉小路征伐に向かうというのでは、先が読めない。たとえ城方が寡兵であっても、短時日で落とされるほどやわな七龍太ではないからである。

　飛騨平定戦が長引けば長引くほど、長近は秀吉から無能ときめつけられ、排除されてもおかしくない。

平定戦を順調に行っていると秀吉に伝えるためには、日々、手柄を立てる必要があろう。七龍太ほどの軍師のいない姉小路方の城砦ならば、たやすく落とせる。そう思えば、やはり、当初に立てた策に則って、姉小路征伐を優先すべきなのかもしれない。

（いや……）

きわめて単純なことに、長近は思い到った。

（何も向牧戸城を攻めずともよいのだ）

いまなら、七龍太ばかりか、筆頭家老の尾神備前守も、内ケ嶋の勇将・川尻九左衛門も向牧戸城にいる。つまりは、そのぶん内ケ嶋の本拠の帰雲城には不安のすきま風が吹いているということではないか。

よくよく考えてみれば、内ケ嶋武士の数はさほど多くあるまい。きょうのようすを思い返すと、総力のほとんどを向牧戸城に結集したように察せられる。白川郷の北の守りの荻町城にも、あるていどの兵力は必要であろうから、いよいよ帰雲城は手薄とみてよい。

帰雲城を落とされ、城下ごと占拠されてしまったら、内ケ嶋武士も領民も士気が鈍ることは言を俟たない。あとは帰雲城に兵を駐屯させておいて、金森父子は姉小路征伐に向かえばよい。これならば、飛騨平定の最後に、余裕をもって七龍太と戦えよう。

「喜蔵に伝えよ」

と長近は使者に指示する。

「いま間違いのう兵の寡ない帰雲城を、わしは明日必ず落とす。さすれば、帰雲城から向牧戸城へただちに変報がもたらされ、にわかに城中は慌ただしくなろう。そのようす見極めて、臨機に応ぜよ。中野村の照蓮寺にも兵を留めておくゆえ、そこを互いの報せの中継ぎといたそう」

照蓮寺は、石徹白長澄から祈願寺として寄進もされているので、駐屯地に使われることに否やはないはずであった。

「委細承知仕りましてござる」

可重の使者は、休息もとらず、長近の本陣をあとにした。

翌早朝、照蓮寺の近くまで進んだ長近は、先に長澄の案内により、みずから足を運んで、寺域を駐屯地に使用させてほしい、と礼を尽くして住職の明了に頼んだ。

「兵火を避け、濫妨狼藉をいたさぬとお約束いただけるのなら」

明了は、当たり前の条件を出して、渋ることなく応じた。多勢の軍兵を前にしては、応じるほかないのである。

「決して御仏のお心を蔑ろにはいたし申さぬ」

長近自身の返答に嘘はないが、実際に近くで合戦が起これば、戦火を避けるのは難しい。また、定まり事を守れぬ兵も少なくないから、駐屯地ではよからぬことが起こっても仕方がない。戦国の世とはそういうものであった。

「明了どの。御坊は永く内ケ嶋の方々とうまく折り合いをつけてまいられた、と伺うており申す」

「兵庫頭どのはご家来衆に、拙僧は信徒に、命を落とさせとうない。その思いさえ枉げずにいれば、そう悪いことは起こらぬかと……」

「相すまぬことと存ずる」

「何をお謝りになられる」

「それがしは、これより帰雲城と城下を攻めねばなり申さぬ。情けないことに、巨大な力をもつ覇者には逆らえず、わが身とわが家大事にて、他国の穏やかに暮らす人々を酷い目にあわせる。身勝手とは承知だが、かように理不尽な世が一日でも早く終わることを願うばかりにござる」

「実は、兵庫頭どのも同様のことをお考えじゃ」

「さようか。なるほど、七龍太が……」

それなり、長近は押し黙った。

「何か」

明了が訝る。

「いや、何も」

そういう長近に、明了は好感を抱いた。人となりを七龍太から聞かされていたこともあるが、内ケ嶋氏理にも似て、乱世が似合わないという印象であった。

のちに、長近の孫・重近は、大坂冬の陣の参戦を拒んで、父の可重より勘当され、弓矢を棄てて宗和流茶道を創始することになるが、この人生の選択は、あるいは、愛してくれた祖父の心に適うものであったのかもしれない。

（なれど、金森どの。帰雲城は易々とは落ちませぬぞ）

心中で頭を振った明了である。

同じ頃、野々俣の可重は、戻ってきた使者から長近のことばを伝えられ、向牧戸城へ物見を出し、その復命を待っているところであった。

ほどなく、物見がひとり、またひとりと次々に帰陣するが、一様に不審の言を口にする。

「城は水を打ったように静かにござる」

「物音ひとつ聞こえ申さぬ」

「それどころか、人けというものが伝わってまいり申さず」

「そもそも、兵の姿がまったく見当たりませなんだ」

これも七龍太の策か、と可重は警戒した。

「城方は、どこかに潜んで、われらを誘き寄せ、また昨日のような奇襲をかけてくるつもりやもしれぬ」

それを念頭において探るように、と別の者らを再度の物見に出した。

しかし、二度目の物見衆の復命も、一度目と変わるところがなかった。城の周辺に人が潜み隠れている気配もないという。

（奇態な……）

同時に、無気味でもある、と可重は恐怖をおぼえた。

だが、何もせずにいるのも恐ろしい。

可重は、全軍挙げて、向牧戸城へ向かうことにした。

原生林の中を往くのは避けた。昨日の悪夢が蘇るからである。

飛騨街道を、周辺を警戒しながら進み、城の表側へ回り込んだ。

たしかに、見渡す限り、人の姿がない。

「鉄炮玉を撃ち込め」

やや遠めから、城めがけて数十発の銃弾を浴びせた。が、反応はない。

「城内へ矢を降らせよ」

前へ出た弓隊が、矢が城壁を越えて城内へ落ちるよう、矢継ぎ早に射込んだ。それでも、応射はない。

城は、ひたすら静まり返っている。

「われらが門を開けにまいる」

麾下の猛者たちより申し出られたものの、可重は躊躇った。

長近の本陣と往復した使者の話では、昨日はやはり岩瀬橋が玉薬で吹き飛ばされたという。こんども、門扉にとりついた途端に同じ目にあわされるのではないか。

とはいえ、眺めているだけではどうしようもない。

「往けっ」

ついに可重は命じた。

杞憂に終わった。門扉は、内側から閂すらかけられておらず、あっさりと開くことができた。

入城した可重は、茫然と立ち尽くす。

「どういうことなのだ……」

向牧戸城は蛻の殻である。

その頃、帰雲城を間近に望む白川街道上では、長近の金森勢が無惨に潰乱していた。

第一撃は、街道の山側の緑の壁から飛び出てきた無数の鉄炮玉と矢である。それで金森勢の前軍は谷側へ追い落とされた。

庄川で溺死する者が続出し、川へ転落しなかった者も、城下の家々の陰から突出してきた兵に、次々と討ち取られてしまう。この第二撃の指揮は、川尻九左衛門が執っている。

中軍以下も、前軍の大混乱の煽りを食らって、山と谷の迫る街道上で恐慌をきたし、戦うのではなく、ただただ逃げることに必死になった。

それとみて、帰雲城から騎馬隊が放たれ、金森勢の逃げる中軍以下を蹴散らしにかかった。第三撃である。

その先頭をきる一騎に、長近は仰天した。

「七龍太……」

向牧戸城にいるはずの七龍太が、なぜ。

さらに、その後ろには、尾神備前守の馬上姿も見える。

神出鬼没の軍師・津田七龍太によって全滅させられるやもしれぬという、かつて味わったことのない恐怖心に、長近ほどの者でも支配された。

「退けっ、退けっ。一散に逃げよっ。逃げて、逃げて、逃げきれいっ」

昨日、向牧戸城を守った人々は、陽が落ちてから、多数の舟に乗り込んで、庄川を帰雲城下の岸まで下ってきた。庄川を知り尽くす川舟漁師たちの、夜でも艪櫂を自在に操って航路を過たぬ熟練の技を、七龍太は信じたのである。

白川郷の人数では、秀吉方の大軍を対手に各城砦に兵を分散させては、一ヶ所も守れない。集中して帰雲城を守るのが、当初からの七龍太の狙いであった。だから、向牧戸城を捨てることに躊躇いはなかった。

向牧戸城における一戦は、陽動策にすぎない。長近を、迷わせ、考えさせて、帰雲城攻撃へと向かわせる罠だったのである。

内ケ嶋の本拠へ敵を引きつけておいて、大いに叩く。そののち、籠もって、冬を待つ。

小牧・長久手の局地戦で、羽柴方に完勝したあと、小牧山城に籠もって再び戦わず、その一勝をもって揺るぎない武名を得るや、いまもって関白秀吉の意のままにならぬ徳川家康に、七龍太は倣ったともいえる。

これで、天下の視線を白川郷へ向けさせられよう。雪に鎖されて、外敵に侵される心配のない半年の間に、白川郷の内ケ嶋と領民の孤高の戦いは、必ず世に喧伝される。家康をはじめとする秀吉嫌いの者らは、ひそかに快哉を叫ぶかもしれない。

そこから秀吉と新たな駆け引きを始めるつもりの七龍太なのである。

内ケ嶋勢の先頭をきる七龍太が、鞍上で後方に向かって右手を挙げてみせた。停まれの合図である。

後続の騎馬たちも、手綱を引いて、走りを緩めた。

山側の灌木が揺れて、そこから人がとび出してきた。その人は、宙高く舞って、七龍太の背へ乗っかった。

紗雪である。

「姫。弓、鉄炮の軍配、お見事にござった」

すると、七龍太は、兜を乱暴に脱がされ、首にしがみつかれた。

「く……苦しい」

「楽しいぞ、おらちゃは」

七龍太の頬に、紗雪の唇があてられた。

えい、えい、おう。

えい、えい、おう。

白川郷の高き山々に、勝鬨が谺した。


七龍太の軍略の前に惨敗を喫した長近にとって、汚名返上の術は、秀吉への矢継ぎ早の戦捷報告以外にない。

長近は、帰雲城攻めをいったん中止し、当初の思惑に立ち返って、姉小路氏攻略を優先させた。すなわち、長近は北飛から、子の可重が南飛から姉小路領を侵し、中飛で合流して、その本拠松倉城を落とすのである。

金森父子は、火となって姉小路領を攻めたて、城砦を落とすたびに秀吉へ捷報を届けた。

飛騨国司姉小路氏を称する三木自綱は、当時、中飛の松倉城ではなく、北飛の抑えの広瀬城を居城としている。

小牧・長久手戦の終盤で、織田信雄が支援者の家康に無断で秀吉と講和してから、自綱の属す佐々成政は不利な状況へと追い込まれた。そこで、自綱は家督を子の秀綱に譲って剃髪し、久安と号して、広瀬城へ移った。隠居の身ならば、秀吉に抵抗して敗れたとしても、責めを負わずに済む、という小狡い考えを湧かせたのである。色欲の諍いから前の嫡男宣綱を殺したような非道者には、わが子にすべてを被せて何ら恥じるところはなかった。

自綱は、長近の降伏勧告に応ぜず、籠城兵もよく戦ったものの、物量の豊富な金森勢に当然ながら屈した。が、これも自綱の計算の内である。卑怯未練の振る舞いをせずに潔く戦えば、長近の武人としての情に訴えることができる。どのみち、実際に命懸けで干戈を交えるのは兵どもなのだから。

案の定、長近から籠城勢のいくさぶりを褒められ、その指揮を執った自綱は、助命と引き替えに、以後の南進の先導を命ぜられた。

長近にしても、軍門に降った自綱の姿をみせれば、抗わずに城を明け渡す者らが出る、と期待したのである。

現実に、中飛へ進むと、三木勢の城砦は、敵の先導役の姿に戦意を喪失し、次々と開城してゆく。

それでも、秀綱の弟で鍋山城主の季綱は、一戦を交えてから、逃れて松倉城へ走った。

南飛より侵攻する金森可重軍も、日頃から自綱を快く思わぬ三木の寄騎たちの寝返りによって、さしたる抵抗をうけることなく城砦を陥落させてゆく。

高山盆地の鍋山城で合流した金森父子は、全軍挙げて松倉城を激しく攻めた。対する三木秀綱・季綱兄弟も、玉砕覚悟で持ち堪えた。自分たちは父とは違うことを証明したいかのように。

城内の裏切り者の放火によって、松倉城が炎上、落城したのは、攻防五日目のことである。

再起を期して城を脱した三木兄弟は、国境の峠を越えて信濃へ入ったところで土民に襲われ、惨殺される前に、互いを刺し合って自害した。

「お子らの奮戦に免じて、そのほうは殺さぬ。どこへなりと去ね」

床几に腰掛ける長近は、地べたに平伏している自綱へ冷然と告げた。

「ありがたき仕合わせに存じ奉る」

涙ながらに、自綱は礼を述べた。

「但し、飛騨へは二度と踏み入ること、許さぬ。踏み入れば、容赦なく討ち果たす」

「八幡大菩薩に誓うて、決して、決して飛騨の土は踏み申さぬ」

「いまひとつ」

「はっ。何なりとお申しつけ下され」

「向後、僭称はまかりならぬ」

身分を越えた称号を勝手に名乗ることを、僭称という。

「その儀は……」

情けなく歪めたおもてを上げてしまう自綱であった。父の良頼と二代で、朝廷や公家衆への数多の贈賄によって得た姉小路氏という貴族の家名ばかりは、失いたくない。

「不服か、みつききゅうあん」

三木久安を、あえて一文字ずつ区切るようによんだ長近である。これがそのほうの名乗りなのだ、と思い知らせるように。

「滅相もないことにござる」

慌てて、自綱は地へひたいをすりつけた。

「それがしの名は三木久安。ほかの何者でもござりませぬ」

「これからは、討死したお子らと一族の菩提を弔う日々を過ごすことだ」

「ははあっ」

おのれの命のほかはすべてを奪われた飛驒の梟雄は、地面を見つめながら、悔し涙に咽んだ。唾も洟も垂れ流しであった。

姉小路を名乗れなくとも、せめて都人になりたい。その日のうちに飛驒を追放されると、悄然たる足取りで京をめざした。従者は、わずかに数人。

広瀬城下に残っている妻妾と子らへ、使者を遣わして、行を共にするよう命じたが、応じてくれる者はひとりもいなかった。見限られたのである。

「奈和もか」

茫然として、復命の使者に訊き返した。奈和というのは、自綱の寵愛随一の側室である。

「何と申したのだ、奈和は」

「それが……」

使者は言いよどむ。

「こたえよ、あれが申したままに」

「されば……」

「ええい、早う申せというに」

「鼠糞がごとき醜男と共におっては、京童に嗤われる」

自綱にとっては信じがたい罵言であった。

「浅見は……浅見は、いかに」

自綱が父の良頼を殺すさい、協力を惜しまなかった老女が浅見である。

「……と」

蚊の鳴くような声で、自綱には聞き取れない。

「はきと申せ。主命じゃ」

自綱に胸ぐらを摑まれ、激しく揺さぶられた使者は、ついに観念し、ひとつ深呼吸をしてから、吐き出した。

「くたばれ」

自綱のおもてが朱に染まる。

「おのれえっ」

腰刀を抜いて、自綱は暴れた。もはや狂人である。使者も従者たちも、わあっと逃げ散った。

一方、長近は、これで飛驒の姉小路領を完全に平定できたわけではない。三木勢の残党による一揆に対処せねばならなかった。

自綱の女婿で、領民に慕われていた三沢入道を首領とする一揆は、金森軍の駐屯する城へ攻め寄せたり、神社に立て籠もるなどして抗った。

さらに、金森勢の飛騨入りを歓迎して、三木攻めに加わった国人衆の中で、本領安堵や恩賞に与れないことに腹を立てて叛旗を翻す者らもいた。

長近も容赦しない。三沢入道を捕らえて妻子共々に首を刎ね、叛いた国人衆の首謀者たちは自害へと逐いやった。

金森長近の姉小路領平定は、秋も深まり、本陣を布いた鍋山城より見渡せる全山が紅葉に包まれた頃のことである。いつ白魔の跫が聞こえてきても、おかしくはない。

いまや羽柴秀吉は、みずから創り出した新姓の豊臣を朝廷より正式に賜り、天下統一へ向けてさらなる力を得ている。長近は、覇者の怒りを買わぬよう、飛騨一国の平定を急がねばならない。

「早々に帰雲城を攻める」

家臣らにそう宣したとき、急報がもたらされた。

「内ケ嶋の家老、川尻備中守が殿にご引見を賜りたいとまいっておりまする」

「なに……」

長近は、可重と顔を見合わせた。

庭先に引き据えられた川尻備中守九左衛門と随従の武者二名は、鎧に徒矢が幾筋も刺さっており、顔は血と埃とで薄汚れている。

三名の左右と背後には金森軍の兵たちが立ち、槍の穂先を突きつけて、いつでも一斉に刺突できる構えだ。

金森父子が、縁から九左衛門らを眺め下ろす。

城下へ逃げ込もうという三名へ、追手の騎馬隊が矢を射かけつづけるところに居合わせた金森の兵たちは、

「われは内ケ嶋の家臣、川尻備中守。返り忠にござる。金森の方々にお助けいただきたい。お願い申す」

という必死の叫びに応じ、追手の前に立ちふさがったのである。

多勢の金森兵に槍衾を作られると、追手は諦めて馬首を転じ、逃げ去った。

主君を裏切ることを、返り忠という。

「川尻備中は内ケ嶋の忠義の家臣と聞こえておるが、なにゆえ裏切った」

疑念を拭いきれない長近である。可重も同様であった。

「それがしは、主君・兵庫頭を裏切ってはおり申さぬ。返り忠とでも叫ばねば、金森の方々に助けていただけぬと思うたのでござる」

と九左衛門はこたえた。

「では、追手は内ケ嶋の者らではないのか」

「内ケ嶋の者らにござる。と申すより、津田七龍太に従う内ケ嶋の者ら。あの者が生きていることは、すでに金森どのもご存じにあられよう」

「存じておる。関白殿下もな」

「それがしは、金森どのと戦うことに端から異を唱え、津田の身柄を差し出して恭順いたせば、いくさは避けられると皆に説き申した。なれど、あの者は、命惜しみをいたすのか、わが身を差し出す差し出さぬにかかわらず、関白は内ケ嶋を討伐するつもりゆえ、戦うほかないのだと申しましてござる」

七龍太が命惜しみをするような男でないことを、金森父子は知っている。また、関白秀吉が内ケ嶋を滅ぼすつもりでいることも事実であった。むろん、父子はそれらを口にはしない。

「津田七龍太というは、弁が立ち、見目も爽やか。尾山城に囚われの兵庫頭の留守をあずかる筆頭家老の尾神備前守は、津田の口車にのせられ、いくさに踏み切り申した。そして、岩瀬橋の合戦からの連勝により、津田は白川郷の領民たちからも一層の信頼を得たのでござる」

さもあろう、と口に出しかけて、長近はその本音を呑み込んだ。

「なれど、それがしは、津田の策により、わが居城の向牧戸城を捨て駒にされ申した。あのときは従うほかなかったが、納得はできませなんだ」

　唇を噛む九左衛門である。

　ことば通りならば、その口惜しさは金森父子にも察せられる。永く白川郷の南を守る要として、堅固に保ってきた向牧戸城を、主君から召しあげられるのならまだしも、余所者(よそもの)の七龍太の思惑に順じて捨てねばならなかったのだから。

「それに、勝利は一時だけのこと。結句は、鄙(ひな)の白川郷など、関白殿下に踏み潰され申そう」

　と九左衛門はつづけた。

「まして、あのようなことをしたのだから、尾山城の兵庫頭も腹を切らされても仕方ない。そこで、それがしは、兵庫頭に随従している家老の山下大和守(やまとのかみ)に使者を遣わし申した。兵庫頭が金森どのに謝罪し、みずから金森勢の案内に立って、帰雲城と領民たちに降伏を命じる。そのさい、津田七龍太の身柄も差し出させる。この儀を、兵庫頭に承知させ、前田どのには、兵庫頭が金森どののもとへ赴(おもむ)くことを許していただく。大和守も、かねてそれがしと同じ思いであったゆえ、わが案を諒(りょう)といたし申した」

「それで、尾山からの返答は」

と可重が先を促す。

「兵庫頭は受け容れ申した。前田どのも、このうえのいくさを停止できるのならば、と兵庫頭が金森どののもとへ赴くのをお許し下された。ところが、津田はそれがしが隠密裡に何事か進めていると察し、捕らえるために兵を差し向けてまいった。そこで、やむをえず、それがしは出奔し、ご覧の仕儀に到った次第」

「されば、いま前田では、当方の諾否の返辞を待っているということだな」

「畏れながら、前田の衆には、支度が出来次第、兵庫頭に警固をつけて尾山を発ち、この鍋山まで送り届けいただく手筈。いまから双方で使者や書状などのやりとりをしてから事を起こすのでは、津田に時間を与えてしまうと存じ、金森どのへの無礼を承知で、そのようにさせていただき申した」

「うむ……」

長近はうなずいた。たしかに、七龍太に余裕を与えれば与えるほど、こちらが思いもよらぬ迎撃態勢を布かれてしまう恐れがある。それがさらなる勝利へつながると内ケ嶋勢が信じれば、主君・兵庫頭氏理の降伏命令にも、長近の罠と疑って、応じないかもしれない。何より厄介なのは、いたずらに時日を移すうち雪が降り始めることであろう。

「尾山からこちらまでの道筋は、加賀より越中入り後、白川街道で飛騨へ進み、荻町より東へ辿って、天生峠越えで吉城郡に入り、河合村から高山街道へとつないでまいる」

「荻町城下を通って大事ないのか」

白川郷の北の守りの要が、荻町城である。

「ご懸念には及ばぬ。荻町城は大和守の城。留守居の者には、すでに大和守の使者が委細を含ませており申す。万一、尾神と津田に事が露見したとしても、荻町城の者らが従うのは大和守の下知のみ」

「周到なことだ」

「尾神はともかく、津田七龍太は決して侮ってはならぬ男にござるゆえ」

九左衛門のその見方には、長近も異論はない。

「川尻備中」

きつい声音でよびかけたのは、可重である。

「先般の白川郷の合戦で、われらは多くの兵を失うた。内ケ嶋兵庫頭によって戦わずに家臣、領民を投降させられたとしても、そのほうらの罪が消えるわけではない」

いかに、と可重は九左衛門に迫った。

それが号令であったかのように、槍を構える金森兵たちが一斉に半歩、踏み出す。

「それがしの望みは、主君・兵庫頭とご一族、津田に踊らされた内ケ嶋家臣と領民、これらの人々の助命にござる。津田はもとより尾神備前守とそれがしも、首を刎ねていただいてよろしゅうござる」

九左衛門の眼には覚悟の光が見える。

「二言はあるまいな」

「喜蔵」

可重の念押しのひと言と、長近の叱声とが重なった。可重の通称を喜蔵という。

「いまはよい」

この期に及んでも、うしろめたさの消えない長近なのである。どういう経緯を辿ろうと、七龍太に看破されたように、長近は内ケ嶋を必ず殲滅せねばならない。それが秀吉の厳命であった。

「備中守。そのほうは仕合わせ者よな。おのが命を投げ出すのも惜しくないほどの主君を戴いておるとは」

長近は、信長に対しては、時にそういう思いを抱いた。将軍家でもなければ武門の名家ともいえぬ田舎武将にすぎないのに、誰も考えもしなかった天下布武を高らかに宣言し、未曽有の大事業達成に向けて天馬の如く邁進したのが織田信長である。その部将のひとりとして励むのは、大いなる誇りと、えもいわれぬ昂揚感を伴った。

信長が築いてきたものを、後継者づらで簒奪しつづける秀吉に対しては、稀代の才覚者と認めざるをえないものの、敬愛の情は湧かない。

「相分かった。兵庫頭の着到を待とう。そののち、ただちに白川郷へ出陣いたす」

長近は決断した。九左衛門の言を信じたのである。

その夜、高山盆地に雪華が舞った。

日中というのに、暮方の空のようである。雪暗であった。

いまにも降り出しそうな中、荻町城下へ入った兵馬は、内ケ嶋兵庫頭氏理の主従を護送中の前田の一行である。金森長近が待つ鍋山城へ向かう途次だ。内ケ嶋主従のうち、氏理その人と山下大和守は馬上で、家来衆は徒歩だが、武器を取り上げられていても、ひとりも縛されてはいない。罪人扱いせずに送り届けよ、という前田利家の配慮であった。

城下の往来に人けがない。雪が降る前に屋内へ引っ込んだのであろう、ぐらいに前田の兵たちは思った。

荻町城の城門近くの火除け地に達すると、突然、四方から、わらわらと軍兵が走り出てきて、一行は完全に包囲された。

四方の各隊とも、鉄炮を用意しており、それぞれ前列が折り敷いて膝台の構え、後列は立放しの構えで、銃口を向けてくる。

あっという間の出来事であった。

前田の兵たちは、弓矢と槍を向けて、応戦の態勢をとる。こちらは、鉄炮を持ってはいても、弾込めも火縄の点火もできていなかった。

「たばかったな、兵庫頭」

一行の主将が、鞍上より後方へ首をめぐらせた。

「わがあるじの与り知らぬこと。たばかったのは、それがし」

と明かしたのは、大和守である。

「大和どのには、わたしがお願いした」

という声に、主将は首を振り戻した。

前面の一隊の中から進み出てきた者が、軽く会釈をする。

「そちらのご重臣の村井どのには月輪悪太郎と名乗り申したが……」

「ふざけた名よ、津田七龍太」

先んじて、主将が言い当てた。七龍太の存命はいまや前田でも周知の事実である。

「ならば、話は早い。わたしが関白とは決して相容れぬ者とご存じであろう。と申すより、むこうが殺したがっているだけなのでござるが」

内容とは裏腹に、七龍太の口調は穏やかであった。

「おのれ一人の意地に、内ケ嶋家と白川郷の領民を巻き込むのか。皆殺しぞ」

「七龍太どの一人の意地にてはあらず」

氏理が初めて声を上げた。

「白川郷に生きとし生ける者すべての意地にござる」

「天離る地の者らは狂うているのか……」

呆れて、溜め息をつく主将である。

「兵庫頭どのと家来衆の身柄を、ここでお引き渡しいただきたい」

と頭を下げる七龍太を、

「殺してもよいのだ」

主将は逆に脅した。

「そこもとが兵庫頭どのと家来衆を傷つければ、われらこそ、そちらを皆殺しにいたす。織田信長公に仕えた前田の方々ならば、鉄炮の威力はよくよくご存じのはず」

「この陣形で撃ってみよ。味方にも中るぞ」

「撃つときは、皆々、覚悟のうえ」

七龍太がそう言うと、応じて、氏理が大音を放った。

「遠慮は無用っ」

さらには、打てば響くように、包囲陣ばかりか、氏理に随従の家来衆も、おうっ、と唱和した。

これに前田兵たちは驚愕し、かれらのおもてに怯えの色が広がる。それと見て、七龍太は付け加えた。

「そちらが何もせぬ限り、撃つつもりはござらぬ」

前田兵たちのおどおどし始めた眼が、ちらちらと主将を見やる。

七龍太と内ケ嶋勢の一丸の気迫が、前田勢を上回った瞬間といえよう。

「津田七龍太。それがしと立ち合え」

唐突なことを、主将が言った。

「他流仕合はせぬと聞き及んでおり申すが……」

七龍太は意外の面持ちをみせる。

「それがしを存じおるのか」

「中条流平法のご宗家を継がれる富田与六郎どの」

生涯を平らかに過ごすことを流儀の第一とする中条流においては、なんとしても止むを得ないときにのみ太刀を遣うのであって、個人的な他流仕合は厳に禁められていた。

「小谷城五人斬りの手錬を、どうしても見てみたい」

「手錬とよべるほどでは……」

「臆するか、津田七龍太」

「わたしが富田どのと立ち合えば、兵庫頭どのらを引き渡しいただける、と」

「そうだ。それがしが勝っても、この者らを引き渡して、われらは去る」

「わたしが勝ったときは」

「兵らは無事に去らせよ」

「承知仕った」

七龍太の応諾をうけて、与六郎は下馬する。

「危ういときは、おらちゃが助ける」

包囲陣の一隊の後方に立つ紗雪が、早くも前へ出ようとするが、おおさびに止められた。

「姫。お信じなされよ」

両人の目に、七龍太へ寄ってゆく兵内の姿が映る。

七龍太は、愛刀の直江志津兼俊をなぜか兵内へ手渡してしまい、代わりに二尺余りの長さの藁苞を受け取った。兵内が退がる。

「小太刀で対するつもりか」

与六郎は眉を顰めた。藁苞の長さからして、中に小太刀が収められていると思ったのである。

与六郎の養父・治部左衛門景政の兄、富田勢源が小太刀の超絶の名手として世に知られるが、通常は型稽古用であり、合戦では中条流剣士も刃渡り三尺一寸の大太刀をふるう。与六郎が佩くのも、それであった。

「よほど腕におぼえがあるのだな」

「他流仕合の後ろめたさを拭うて差し上げたく存じ……」

「もうよい、津田七龍太。これは前田も内ケ嶋も関わりない。それがしとおぬしだけの本気の命のやりとりぞ」

「わたしも、かようなことになるのではと思うており申した」

実は、前田一行の中で、主将の与六郎だけは主君の利家より密命をうけている。荻町城下で内ケ嶋勢が氏理主従を引き取る手筈なので、抗わずに渡して、尾山へ帰城するように、と。だから、内ケ嶋勢が決して火蓋を切らないことも分かっていた。

利家は、尾山城において身を挺して刺客の刃から自分の命を救ってくれた氏理に、深く感謝している。そして、この先も秀吉に屈するつもりはないという氏理の強固な意志と覚悟も察した。それならば、白川郷の家臣と領民たちのもとへ氏理を帰して、最後まで戦わせてやりたいと切に思ったのである。

主家の果実を奪って独占する秀吉の天下になろうとしているいま、氏理のような武人に心を揺さぶられるのは、利家ひとりではない。与六郎も同様であった。

ただ、与六郎は、かねて津田七龍太に興味を抱いていた。竹中半兵衛の唯一の愛弟子で、その死後、しばらくは秀吉の西国攻めに従い、見事な軍略をもって活躍したにもかかわらず、師匠譲りの無欲さで出世を望まなかったという。

きょう、与六郎は初めて見（まみ）え、七龍太からそういうしなやかな強さのようなものをたしかに感じて、かえって反発心を湧かせた。真実の姿はそこまで大層な人物ではないのではないか。七龍太が思いの外（ほか）に若いので、なおさらに疑念は膨らんだ。それを知るには剣を交えるほかない。中条流平法の本義を逸脱（いつだつ）してでも、与六郎は知って納得したいのである。

「まいる」

与六郎は、大太刀の鞘（さや）を払い、八双（はっそう）に構えた。

対する七龍太は、藁苞を両手で支えて胸前まで持ち上げた。右手は藁苞の中に差し入れられている。

敵味方の全員が、しわぶきひとつ発せず、両人を見戍（みまも）った。

藁苞を左手で摑むや、七龍太はこれを取り去り、投げ捨てた。

与六郎の視線が、七龍太が右手に持つものへ吸い寄せられる。小太刀ではなかった。

「それは……」

与六郎に、刹那の隙が生じる。

迅く深く踏み込んだ七龍太は、対手の左の籠手を打った。ほとんど同時に、大太刀を奪い取っている。

敵味方から、どよめきが起こった。誰もが神技を見た思いであったろう。

七龍太は、つつっと退がり、大太刀を持った左手をおのが背後へ回し、右手は体側にだらりと下げた。

七龍太の得物は、長さ二尺足らずの黒木の薪であった。握りのほうに柄革を巻いてある。

「他流ではなく、同門の剣」

と七龍太は告げた。

「もっとも、わたしが知る中条流は、この一手のみにござるが」

「なにゆえ、その一手を……」

打たれた左籠手を右手で押さえたまま、与六郎は茫然と洩らした。

「わが師・竹中半兵衛は、富田勢源どのに請われて、梅津某との仕合の検使のひとりをつとめ申した」

「なんと……」

富田勢源は、三十歳を過ぎると、眼病で盲目になったと後世に伝わるが、耳の病でほぼ聴力を失ったというのが真相らしい。いずれにせよ、剣の道の妨げだから、弟の景政に家督を譲って出家したのである。当時、主家・朝倉氏の一族の者が、美濃斎藤氏の人質となって稲葉山城下に住んでおり、勢源もその屋敷に寄食することとなった。

美濃国主の斎藤義龍は諸国の兵法者を招くのを好んだが、その中の神道流の梅津某は、高名な富田勢源を負かして名を揚げんとし、再三、仕合を申し入れる。ところが、勢源からは自身の兵法未熟を理由に断られつづけた。腹を立てた梅津は、勢源を臆病者と罵り、ついには、わが兵法は対手が何人であろうと手加減せぬ厳しいもので、義龍でも一撃で倒せると豪語する。これを伝え聞いた義龍は、怒りが収まらず、勢源に梅津との仕合を命じた。

勢源も、主家と斎藤氏との関係、人質の立場などを思えば、事ここに到っては承知するほかない。その仕合で、梅津の三尺四、五寸の真剣の大太刀に対して、勢源が用いたのが短い薪刀だったのである。勝者はいずれであったのか、語るまでもない。

音を聞くことのできぬ身が、薪一本で勝利をおさめた。中条流では、勢源は生きながら伝説となった。

美濃滞在中の勢源が唯一、心を許し合った人間こそ竹中半兵衛であり、その隠棲地の栗原山へも頻繁に訪れている。

「梅津某との仕合で刀槍をふるうことを躊躇っておられた勢源どのに、仕合後にいやな思いと共に燃やしてしまえばよろしいでしょう、と薪一本を勧めたのは半兵衛にござる」

と七龍太は明かした。

「津田どのとわれらに、さような深いつながりがあったとは……」

あらためて、まじまじと七龍太を見つめる与六郎である。

「富田どの。わたしは、卑怯と謗られても仕方のない手を用いた。なれど、中条流平法の跡取りとまともに打ち合うては、万にひとつも生き残る望みはなかったゆえ、ご容赦下され」

「卑怯だなどと、何を言わるる。立ち合いにおいて、対手の心を乱すのも兵法。それに、まともに打ち合えば、生き残れなんだのはそれがしやもしれ申さぬ。津田どのの完き勝ちにござる」

「わたしの勝ちはない。同門の稽古であったと思うていただけようか」

七龍太は、歩を進めて、大太刀を与六郎の手に返した。

「お心遣い、痛み入る」

憑き物が落ちでもしたように、与六郎の顔はさっぱりとしている。負けた悔しさなど、微塵もない。

「津田どの。その薪刀、頂戴できようか。終生、大事にいたしたい」

「どうぞ」

七龍太から差し出された薪刀を与六郎は恭しく受け取った。

「われら前田は、金森とともに、関白殿下より白川郷攻めの先陣を命ぜられるのではないかと……」

「そのときは、ご存分に」

「いくさを好むは道にあらず。中条流平法の本義を胸を張って叫びとう存ずるが……」

俯く与六郎である。

「降ってまいった」

鞍上の氏理が、雪華を顔に浴びながら、嬉しそうに言った。

「富田どの。積もらぬうちに、お急ぎあれ」

七龍太が勧める。

「これにて」

短い別辞を述べてから、与六郎は馬上の人となり、前田兵たちに号令した。

「加賀へ帰ろうぞ」

主君・氏理と大和守らの生還を喜ぶ内ケ嶋勢は、多くの者が涙を禁じ得ない。

ひとり、七龍太だけが、去りゆく前田の一行を長く見送った。

(又左衛門どのと前田の衆には、感謝申し上げる)


その頃、鍋山城では、氏理護送の前田の一行が幾日経っても到着しないことに、長近が苛立っていた。

「積もるのではないか」

早くも庭の大半を白銀に被ってしまった雪を眺めながら、長近は不安を口にする。

「たしかに遅うござる」

と九左衛門も同調した。

「お許しいただけるのなら、それがしの家臣を護送の道筋へ放ち、たしかめさせたく存ずる」

「わが兵も遣わそう」

「畏れ入り申す」

九左衛門に従って鍋山城入りした家臣二名と、金森軍の一隊が、急ぎ支度を済ませて発ち、高山街道を北上していった。

しんしんと雪が降りつづけるその夜、九左衛門は、居室に宛てがわれている部屋を忍び出た。見張りが緩いので、造作もない。

(頃合いだ)

九左衛門の役目は、金森軍の白川郷への出陣をできるだけ遅らせることであった。長近に尾山との使者や書状のやりとりをさせなかったのは、前田方ではごく限られた者しか、七龍太の立てた氏理奪還計画に関わっていないからである。やりとりの中で少しでも話が食い違えば、必ず露見したであろう。

飛騨にいったん雪が積もれば、あとは深くなるばかりで、半年間は白川郷へ敵が攻め入ることはできない。七龍太の狙いはそれである。

狙い通り、雪が降り始めた。豪雪地の白川郷に生まれ育った九左衛門には、きょうの雪が冬の白魔の先兵であると分かっている。

役目は終わった。金森兵と発った家臣二名も、いずれ隙をみて逃げ出すであろう。

(帰雲城へ)

生還を期して、九左衛門は鍋山城を脱した。

無常(むじょう)の嵐(あらし)

口を開けられた大きな麻袋(あさぶくろ)の中から輝きを放つのは、金(きん)である。

「ご存分にお使い下され」

手燭(てしょく)を提(さ)げて、金を覗(のぞ)き込んでいた氏理(うじまさ)が、並んで立つ者を振り返る。

七龍太(しちろうた)も、隠し蔵の中を、手燭を回してぐるりと見渡した。

ふたりの吐く息は、白い。

小さな隠し蔵だが、金銀を収めた麻袋は石床(いしゆか)をなかば埋めつくすほどの数である。内ケ嶋氏がひそかに、別して氏理の代になってから増やした。万一、白川郷が飢餓(きが)の時代に入ったとき、内ケ嶋武士団と領民たちの救済に役立てるための貯えであった。

巨大な敵、関白・豊臣秀吉と戦わねばならぬいまは、軍用に用いるつもりの氏理である。

七龍太の軍略と策謀が功を奏して、金森勢の攻撃を受ける前に、冬の降雪期に入った。雪解けの遅い白川郷だから、むこう半年間は敵も近寄れまい。

といって、こちらもただ閉じこもっているわけにはいかない。この間に対抗策を講じておく必要があり、すでに手を打ったこともある。

これも七龍太の策により、たきの昔のつてを辿って、堺商人にわたりをつけ、最重要事というべき兵糧の確保、調達に筋道をつけておいた。

天下一の商都であった堺は、二年前の大坂城築城に際し、秀吉の命により住民の大坂移住を余儀なくされたため、往時の繁栄は失せ、衰退の一途を辿っている。これを不快に思う商人は多いのだが、いまや関白さまとなった秀吉に文句など言えない。ただ、独自の情報網をもつかれらは、いずれ再び秀吉と家康が決戦に及ぶことは明白とみて、それで家康が勝利すれば堺に還住できると期待している。そこを七龍太は巧みについた。

内ケ嶋の兵糧代の支払い能力については、仲介者に付き添わせた兵内が、たっぷりの金銀を堺商人にみせて、信用を得た。

堺商人の手を経て、ひそかに兵糧を白川郷へ運び入れるのは、雪解け直前の時季を期している。そのときは、雪に慣れた白川郷の領民が任につく。

と同時に、七龍太は敢えて待っている。徳川家康その人からの誘いを。

織田信雄の単独講和という愚行によって、小牧・長久手戦は終息したが、当然ながら家康は結果に満足していない。秀吉にしても、敵の真の本丸であった家康を屈服させることができず、目的を達せられなかった。

その後、両者は、再戦に向け、水面下で動きだした。

従一位関白に昇りつめ、朝廷より豊臣という新姓も与えられた秀吉は、内裏小御所で初めて茶会を催して天皇に茶の湯を献じ、自身の茶頭の千宗易には利休居士の号を賜るなど、いよいよ権威を高めた。この間、九州を席巻中の島津義久に勅命を伝え、大友義統と和睦しなければ、関白の名をもって成敗する、ときたるべき九州征伐の布石も打ち、天下統一への動きを加速させている。

一方、家康も、駿府城の修築や、海岸防備のために三河吉良に築城するなど、領内の備えを固めながら、関東の北条氏との連携も密にした。その当主氏直の正室は、家康のむすめである。

北条氏も、秀吉に対して臣下の礼をとらなければ、滅ぼされてしまう。だが、早雲以来の関東の覇者にとって、尾張の猿を上に戴くなど、恥辱以外のなにものでもない。秀吉が最も恐れる家康とともに対抗するというのが、この頃の北条氏の揺るぎない総意であった。

徳川と北条、領国を合して十数ヶ国の力は、大層なものと言うべきであろう。

が、関白秀吉の勢力には及ばない。

（内ケ嶋の武名は世に高まった）

と七龍太は信じている。

富山城から囚われの息女を奪還し、前田と佐々の噯をして刺客の刃から前田利家の命を救い、兵力に優る金森勢を撃退した揚げ句に降雪期に持ち込んだ。鄙の小領主にもかかわらず、尋常でない働きである。

ひそかに私淑した武田信玄に倣い、忍びの者を多く用いる家康ならば、内ケ嶋を動かす者が誰であるかも、きっと探り得ているに違いない。

七龍太は家康に、一度だけ会ったことがある。

越前の朝倉攻めに向かった織田信長が、近江の浅井久政・長政父子に裏切られ、その背後をつかれそうになったとき、長政夫人で信長の妹でもある市に近侍していた七龍太は、市の命により、これをいち早く金ケ崎の織田陣へ急報した。その帰り際、援軍として参陣中の家康に声をかけられたのである。

「喜多村七龍太と申すか」

当時の七龍太は、まだ信長から津田の姓を賜っていない。

「さようにございます」

「おこと、幾歳か」

「十三歳」

「その若年で、ようもこれほどの大任を全うしたの。あっぱれじゃ」

「若年と申すより、わたしはただの童。何事もなくここまで辿りつけたのも、誰にも要心を抱かせぬ童なればこそと存じます。ご褒詞を賜るのは面映ゆうございます」

「なるほど、そういう考え方をいたすか。さすが竹中半兵衛どののお弟子よな」

「わが師をご存じにあられますか」

「半兵衛どのを知らぬ武士などおらぬよ」

あはは、と家康は笑った。

東海の麒麟児の穏やかな笑顔は、いつまでも七龍太の心に残ったものである。

その三年後、五人斬りの剣をふるって、市とその姫らを炎上する小谷城から脱出させた功により、七龍太が信長より津田姓を賜ると、家康は徳川の御用商人である茶屋家の者に託して、わざわざ祝儀を届けてくれた。

信長が本能寺に斃れたあと、天下布武の遺志を継ぐべきは家康、と七龍太は余所ながら期待もした。だが、変後の秀吉の動きはめざましいもので、亡君の弔い合戦に勝利し、清洲会議で織田政権の事実上の頂点に立って、政権内の最大の敵を賤ケ岳に滅ぼすまで、わずか一年足らずという迅さであった。家康ほどの者でも、後れをとったのはやむをえない。

七龍太は、武将・秀吉をよく知っている。師の半兵衛を通じてというだけでなく、自身が一時期は請われて、秀吉の西国攻めの陣中で幾度も献策をし、頼りにもされたからである。

（徳川どのは、いまこそわたしを欲しいはず）

そう察していながら、それでも七龍太がこちらから家康にすり寄らないのは、のちの白川郷のためであった。独立の道を歩もうという内ケ嶋と領民を率いる身は、決して他者の下風に立つべきではない。

ふいに、足下から震動が伝わった。

七龍太も氏理も、咄嗟に少し腰を落とす。

揺れは小さく、すぐに収まった。この地震は、京都では東福寺の山門を傾かせるほどの強さであったが、七龍太らの知るところではない。

「今年はまことに多い」

安堵の息とともに洩らした氏理へ、なぜか七龍太が飛びかかり、ともに麻袋と麻袋の隙間の石床へ倒れ込んだ。

かつん、と石壁に当たった何かが、跳ねて両人の目の前に落ちた。

棒手裏剣である。先端のぬめりを、七龍太は見逃さない。

（毒だっ）

第二撃を避けるため、自身と氏理の手燭の火を吹き消した。

刺客は、出入口の石の階段にいる。

「そこな刺客どの」

暗がりで見えない敵に、七龍太は声をかけた。

「名乗るつもりもあるまいが、栗山備後の手の者と察する」

敵の気配から、微かに動揺が伝わってくる。

(やはりな……)

甲賀流忍びを率いて黒田官兵衛に仕える栗山備後守利安に、かつて七龍太は会っている。刺客がその配下ならば、手裏剣は七龍太を狙ったものに相違ない。

「かような雪深いところまで、ご苦労なことだ。黒田どのは人使いが荒いな」

七龍太のその軽口にも応ぜず、刺客の気配は失せた。

板床を踏む音が聞こえる。この隠し蔵は、当主の居室に接する納戸の地下であった。

足音が遠ざかる。

(逃げる……)

一撃で仕損じた場合、早々に逃げるというのは、こういう状況に慣れた忍びならではであろう。時間をかければ、物音に気づいた城内の者らに駆けつけられ、包囲されかねない。

「兵庫どの。上がりますぞ」

七龍太は、先に立って、階段へ身を移すと、それでも警戒しながら上がった。納戸の中に人けはない。やはり逃げたのである。

七龍太は追った。

「出合えっ、出合えっ、出合えっ。曲者である」

氏理も、居室へ移りながら、大音に呼ばわった。隠し蔵へ入るときは人払いをするので、近習たちは少し離れた別間にいる。

屋外へ出た七龍太の前に、雪景色が広がる。きょうは降っていないが、帰雲城の庭は分厚い積雪に被われて、真っ白である。

その中に足跡を見つけた。

一方、曲者は、早くも城壁を越えて、石垣の下へ身を移している。

動きやすさを旨とするのか、直垂、小袖、括り袴に脛巾という恰好で、防寒具は着けていないが、足袋だけは革製とみえる。猟師や修験者なども、厳寒期の山を移動するのに、股引きひとつに上半身も下着一枚という薄着はめずらしくないが、足先ばかりは冷えない工夫をするものであった。

曲者は、腰に差していた刀を背負うや、石垣下に用意しておいたかんじきを着け、雪を漕ぎだした。動きに無駄がなく、手早い。

前方間近に、こちらを見る者がふたりいた。しかし、曲者はそのまま漕ぎつづける。

二人組の一方が、かんじきを足から外し、笠と蓑を脱いだ。月代の剃り跡も青々として、元服したばかりとみえる年少者である。十代半ばではなかろうか。

「邪魔だ、小僧。退け」

年少者に立ちはだかられ、曲者は怒鳴りつけた。

「見ていたぞ。そのほう、盗っ人か、間者か、それとも刺客か」

年少者は、曲者が城壁を越えて出てくるところを目撃したのである。

「汝は内ケ嶋の者か」

初めて曲者が警戒する。

「廻国修行の者だ」

「ならば、関わりあるまい」

「悪事を見過ごしにはいたさぬ」

年少者は、差料の柄袋の紐を解いた。

「やるつもりか。小僧だからと申して、容赦はせんぞ」

「望むところだ」

「阿呆が。死ねっ」

曲者の右腕が素早く前へ繰り出された。

年少者は、至近から飛来する棒手裏剣を抜き打ちに払い落とすや、軟らかい雪上にもかかわらず滑るような足送りで間合いを詰め、電光ともいえる突きを曲者の喉へ見舞った。

(なんと見事な……)

城壁を躍り越えて白川街道へ出たばかりの七龍太は、見知らぬ年少者の剣技に唸った。

ところが、連れの者から、

「若。生かして手捕りにいたすべきにござったぞ」

と年少者が叱りつけられたので、七龍太はちょっと驚いてしまう。

「すまぬ、作右衛門。心、技、体、すべてがよろしくなかった」

首から流れ出す血で雪を赤く染める死体を眺め下ろしながら、年少者は素直に謝っている。

「旅のお人。それなるは、城に忍び入った曲者。退治していただき、かたじけない」

二人組に声をかけ、七龍太は雪を踏んで近寄っていく。

このときには、急を知った兵内が追いついて、七龍太に寄り添っている。

「ご覧の城は、飛騨白川郷領主・内ケ嶋兵庫頭どのの居城、帰雲城にござる。わたしは、縁あって城内に居を与えられた者にて、津田七龍太と申す」

と七龍太は二人組に告げた。

「若」

作右衛門とよばれた従者とおぼしい者が、年少者をあらためて見やる。

これにうなずき返してから、年少者は七龍太が思いもよらぬことを明かした。

「津田七龍太どの。それがしは、お手前に会いにまいりました」

「わたしに……」

まったく見憶えのない顔である。

「柳生新左衛門と申す」

後年、江戸の柳生新陰流の宗家として、徳川将軍家の兵法師範をつとめることになる又右衛門宗矩の十五歳の姿であった。

小笠原流軍配を会得し、さらには、影流の開祖である愛洲移香斎の子・宗通に師事して、その奥義にも達した上泉秀綱は、自身の興した流名を新影流と称し、長尾景虎（上杉謙信）麾下の上野箕輪城の長野業政に仕えると、長野家中で後進を育てながら、武田信玄の侵攻を七年にもわたって凌ぎ、上野国一本槍と謳われて、敵からも激賞された。

箕輪城が陥落したとき、武田に迎えたいという信玄みずからの懇望を拒み、秀綱は剣理を極める最後の修行の旅に出る。そのさい、信玄より諱を賜り、以後、信綱を名乗った。

天下一の兵法家の致仕を知った諸国の大名たちは、挙って高禄での召し抱えを申し出るが、他家に決して仕えぬという約束で自由の身にしてくれた武田信玄の恩を忘れず、信綱はすべてを固辞した。

徳川家康からも自身の兵法指南役にと望まれると、信綱は相伝を許した高弟で甥でもある疋田豊五郎を推薦した。家康に対しては好印象を抱いていたのである。ところが、剣を通じた心身の鍛錬を第一としたい家康は、師匠と違って、あくまで実戦を旨とする豊五郎の剣を、将の学ぶべきものではないと却けてしまう。

他方、大和国添上郡柳生庄の豪族、柳生宗厳（石舟斎）は、諸流に通じ、大いなる自負もあったが、数年前、上洛中の信綱との奈良宝蔵院における仕合で為す術もなく完敗すると、その場で弟子入りし、師が去ったあとは過酷な研鑽の日々を送り、五畿内随一と名を馳せるまでに到っていた。信綱に再会し、立ち合って、その成長ぶりを称賛された宗厳は、新影流の秘奥の伝書を授けられる。

ほどなく信綱が没すると、宗厳は、新影流の後世への継承をみずからの使命とし、ひたすら修行の道を歩む生涯を選んだ。そして、さらに工夫を重ねたおのが流派名を、新陰流と称することとした。

いまの家康は、上泉信綱の兵法の正統を継ぐ柳生宗厳をこそ指南役にしたいのだが、接触は控えねばならなかった。というのも、柳生家の本貫地が、秀吉の弟・秀長の領国内であるばかりか、宗厳その人もおのが意思に関わりなく、秀吉の甥の秀次から知行百石を頂戴する身になったからである。小牧・長久手戦の大失態により、諸将に侮られる秀次にすれば、天下に名高い新陰流宗家に敬される身と見栄を張りたいのであろう。

実は、宗厳自身は、亡師・信綱の好意的な家康評もあって、秀吉にはあまり近づきたくないというのが本音であった。

「そこで、父は、それがしに、これなる作右衛門を従者として、廻国修行を申しつけ、途次に浜松へ立ち寄るよう命じたのでございます。いまはまだ三河守さまに仕えるのは無理でも、何かお役に立てることがあろう、と」

帰雲城の会所において、宗厳の子・新左衛門はそう明かした。三河守とは家康をさす。

従者の作右衛門は、宗厳の甥で、新陰流の高弟でもあるという。

七龍太はむろんのこと、氏理以下、内ケ嶋の主立つ人々が新左衛門の話に聞き入っている。

「それがしが三河守さまのご引見を賜っているとき、岡崎より急使が馳せつけ、驚天動地と申すべき事件が告げられ申した」

筆頭家老の酒井忠次とともに徳川の両輪と称されてきた譜代の石川数正が、城代をつとめる三河岡崎城を出奔し、京都へ逃れて、秀吉に寝返ったのである。かねて秀吉と示し合わせてのことであったらしいが、徳川では事前に気づく者はひとりもいなかったという。

数正というのは、徳川の重大な外交政策を一手に担い、主家の発展に最も寄与してきた忠臣といってよい。桶狭間合戦後、今川を見限って織田と結ぶのが最善と家康を説得し、東海の太守への道を拓いた。領国三河の長篠が戦場となった宿敵・武田との合戦では、気難しい信長の全面支援を引き出し、家康に大勝利をもたらしている。本能寺の変後に、上野・甲斐・信濃が争奪の地と化したときも、北条氏との和睦にこぎつけ、甲信二ヶ国をほとんど労せずして家康の手に帰せしめた。

要するに、余人の何歩も先を見通す目をもつ俊髦であり、それだけに、家康が織田信雄を担いで秀吉との開戦に踏み切るときは異を唱えている。彼我の力の差を冷静に分析できたからである。家康と数正の主従関係がぎくしゃくし始めたのは、このあたりからであろう。信雄の単独和睦後、秀吉の最初の和議の使者が浜松へきたときも、早々に受け容れるようにと進言し、ついに数正は家康の不興を買ってしまう。

といって、父祖の代から徳川に重臣として仕えてきた数正が、よりによって家康最大の敵のもとへ奔るなど、誰も夢にも想わない。

（かの明智光秀どのに似て、石川どのも秀ですぎておられるのだろう）

ひとり七龍太だけは、驚かなかった。

新参は申すに及ばず、譜代であっても、何かの拍子に忠義の道を外れるなど、下剋上の世では枚挙に遑がない。もし数正にも野心があるのなら、家康と秀吉を武将として比較し、今後のおのれに利するのは後者と判断したところで、怪しむに足りぬ。

亡師の竹中半兵衛が若年時に隠棲した理由のひとつが、そういう世界に身を置きたくなかったから、と七龍太は知っている。その半兵衛さえも俗世へ引っ張りだした男が、秀吉である。数正を籠絡するぐらいは、たやすいことであったろう。

「徳川家の軍法はもとより、表も裏も何もかも知り尽くしているに違いない者が、豊臣方についたのは容易ならざること」

川尻九左衛門が七龍太を見やる。数正を手に入れたことにより、秀吉は家康の対豊臣戦略も丸裸にできよう。

「して、新左衛門どの。わたしへの用向きは」

七龍太は、柳生の子を促した。

察しがついてはいる。

かねて七龍太を味方に引き入れたいと思っていた家康だが、徳川は表面上は豊臣と敵対していない態なので、秀吉から謀叛人とみなされる七龍太とも、これを庇護して金森勢と戦う内ケ嶋とも、表立って通ずることはできかねる。通じて、それが発覚すれば、秀吉に徳川討伐の正当な理由を与えることになろう。だから、家康は七龍太とはひそかに手を結ぼうと考えていたに違いない。

ところが、事情は一変した。石川数正は、出奔のさい、徳川麾下の信濃松本城主・小笠原貞慶の人質を伴い、これも秀吉は当然のごとく受け容れたという。徳川に対する明らかな敵対行為というべきで、秀吉からの宣戦布告にほかならぬ。

それならば、もはや家康のほうも遠慮する必要が失せた。徳川にとって力となるであろう者へおおっぴらに誘いをかけても、秀吉から非難される筋合いのものではあるまい。家康はまだ秀吉に臣従していないのだから。

竹中半兵衛の愛弟子で、一時は秀吉の西国攻めにも軍略をふるった男を招きたい。徳川の対外戦略の要であった数正を秀吉に引き抜かれたいま、すぐにでも会いたい。

そう欲した家康が、帰雲城への使者として、あえて十五歳の柳生新左衛門を立てた理由も、七龍太には分かる。

十五年前、越前金ヶ崎の信長へ浅井長政の裏切りを単身で急報した七龍太を、十三歳の年少にもかかわらず、あっぱれ、と家康は手放しで褒めた。これに対して、誰にも警戒されぬ童なればこそ成し遂げられたこと、と七龍太はこたえた。あのときを、家康は再現してみせ、七龍太への思いを伝えようとしたに違いない。

「三河守さまおんみずから、かように仰せられました」

そこで新左衛門は、ひと呼吸置いた。

「津田七龍太よ。時を移さず、わが帷幄に参じ、羽柴筑前を討て」

列座は息を呑んだ。秀吉とのいくさの軍配を七龍太に委ねる、という意に解釈できたからである。

豊臣秀吉を羽柴筑前とよんだところから、家康の矜持も伝わってくる。家康にとって、戦う対手は、関白ではなく、織田のいち部将にすぎない。つまり、秀吉が人臣の最高位にあることを認めていない。ゆえに、恐れてもいない。

「七龍太どの。早々に浜松へご挨拶に出向きなされ」

と氏理が言った。

これを待っていた七龍太だが、第一義は、自身が家康とどう関わるかではなく、あくまで白川郷の独立にある。

「されば、内ケ嶋兵庫頭の名代として、徳川どのと談合してまいる」

七龍太は、氏理に向かってうなずき返した。内ケ嶋氏とその領民が暮らす白川郷の独立を、家康が認めてくれなければ、徳川に味方するつもりはない。

「婿どのにお任せいたす」

微笑んだ氏理である。

婿、というひと言に、紗雪が真っ赤になった。七龍太との婚儀は茶之の喪が明けてから行う予定なので、ふたりはまだ正式な夫婦ではない。

「紗雪も七龍太どのに従うて浜松へまいればよかろう」

誰もが思いがけず、そう勧めたのは氏行であった。

「あ……阿呆。物見遊山ではないぞ。いつまでたっても愚者熊じゃ」

憎まれ口を叩いた紗雪だが、勧めを拒んだようには見えない。

列座の皆は、いつものことだが、紗雪の強がりを微笑ましく思うばかりである。

ところが、紗雪には城に残って貰うほうがよい、と七龍太が言った。

「姫は帰雲城と白川郷の守り神。万一、きょうのようなことが起こっても、姫が在城ならば、わたしは安心して浜松へ往ける」

これは、その通りであった。

降雪期でも、よほどの吹雪でもない限り、紗雪は毎日、城下へ顔を出す。領民も楽しみにしている。白川郷の独立をめざして、秀吉と敵対中のいまは、なおさらにその存在が人々に安心感をもたらす。たとえ短期間でも、不在はよろしくない。

紗雪の顔も得心のそれに変わった。

「率爾ながら……」

と新左衛門が声をかける。

「津田どのには、徳川が豊臣と戦う策を、すでにお考えのように見受け仕った。それがし、兵法を学ぶ者として、興味がござる。差し障りがなければ、ご教授賜りたい」

「若。ここで明かしていただく儀ではござらぬぞ」

新左衛門をたしなめたのは作右衛門である。

「おふたりには浜松までご同道いただけるのであろうか」

七龍太がまずそれをたしかめると、

「もとより、津田どのを浜松へお連れいたすまでが、それがしの任にござる」

新左衛門は膝を進めた。

「されば、途次でわたしの身に何か起こらぬとも限らぬゆえ、申し上げておこう」

いわば、おたずね者の七龍太である。遠江浜松へ達するまでの行路で、秀吉方に発見されない保証はない。対秀吉方の戦術を、むしろ新左衛門主従に明かしておいたほうがよいと言えた。

「羽柴筑前どのは、徳川の領国たる信濃・三河と国境を接する美濃の大垣城を、先陣の本拠といたすに相違ない」

新左衛門は知らぬし、白川郷にもまだ情報が伝わっていないが、実はこの数日前に、秀吉は大垣城に兵糧蔵を建てるよう命じている。七龍太の読み通り、徳川攻めの最前線拠点とするためであった。合わせて、秀吉はついに家康追討(ついとう)宣言も出している。

「徳川は、開戦の地を、尾張桶狭間にいたすべし」

列座の誰もが、あっけにとられた。

桶狭間を知らぬ者はいない。織田信長が今川義元(よしもと)を討って、世に風雲児として武名を轟(とどろ)かせ、のちの天下布武への、事実上の第一歩を印(しる)した地である。

「寡兵(かへい)の三河どのが桶狭間に布陣(ふじん)して、大兵(たいへい)の羽柴勢を迎え撃つという姿に、徳川方の将兵は奮い立つ。なぜなら、あの合戦をきっかけに、信長公と三河どのは、兄弟の契(ちぎ)りとも申すべき盟約を交わし、信長公が本能寺に斃れるまで、いちども揺らぐことがなかったからにござる。本来、天下布武の遺業を継ぐべきは誰であるか、羽柴勢の諸将もあらためて思い到り申そう」

緒戦(しょせん)で心理戦を仕掛けるというのが、七龍太の狙いである。小牧・長久手戦でも示した通り、家康が野戦(やせん)の名手で知られることも、秀吉方には重圧となろう。

「同時に美濃へ忍び衆を放って、各地に放火、別して大垣城下は必ず焼き討たせ、羽柴勢の後方を掻き乱す。大垣は城主のなかなか定まらぬところにて、人心も落ち着かぬゆえ、存外、警固は疎かとみてよい」

大垣城は、秀吉政権となってから、短期間のうちに三度も城主交代があった。前城主の加藤光泰などは、もとは美濃斎藤氏の部将であっただけに、出自の賤しい尾張者の秀吉を侮ったものか、その蔵入地を勝手に割いて給人を召し抱えようとし、怒りに触れて、改易されている。いまの一柳直末は、秀吉の股肱の臣のひとりだが、大垣城主となって二ヶ月ばかりなので、まだ領地の人心を掌握できていない。

「なれど、兵力の差はいかんともしがたいゆえ、桶狭間に長陣はしない。緒戦に勝利したら、ただちに陣払いして三河へ引き揚げ、その後は、小牧・長久手戦と同じく、こちらからは仕掛けず、外交の勝負に持ち込む。こたびは、一度ならず二度までも筑前どのを破った三河どのとなれば、お味方に参じる者が出てまいるは必定。いまのところは、あらまし、さように考えており申す」

これらを家康に進言するつもりの七龍太であった。

「それがしごとき小僧が評してよいものではござらぬが、津田どのの策を聞いていたら、三河どのの勝ちと決まったように思え申す」

新左衛門はおもてを上気させている。

列座の全員が同心の表情をみせた。

「かようなときに、七龍太どのにお訊ねすべきかどうか……」

と口ごもったのは、和田松右衛門である。

「何なりと訊ねられよ」

「晦日の宴をいかがいたしたものかと……」

まったくの別儀であった。

金森勢とのいくさに向けて支度し、実際の戦闘ではこれを蹴散らして、雪の季節に持ち込むまで、内ケ嶋武士も領民も緊張を強いられ、心身ともに疲弊した。軍兵に攻撃される恐れのないいま、戦捷祝いも兼ねて、かれらを癒す宴を催すための準備を、松右衛門が奉行して進めているさなかであった。

「わたしの帰城を待って日延べいたそうとのお考えなら、無用。領民が待ちわびている宴ゆえ、お触の通り、今月の晦日に行うて下され」

本日は、十一月の二十一日である。明日早々に浜松へ向けて発つとして、晦日の三十日まで残り八日間しかない。往復とも雪道も多いはずだから、急いだところで、七龍太が戻ってくるのは十二月の初旬になろう。

「なれど……」

七龍太本人から言われた松右衛門だが、氏理のことばを待った。

「そうじゃな。あまり日にちのないところで触を変えるのは縁起がよくない。七龍太どのの言われた通りにせよ」

「金森勢の撃退に軍配を振った御方が不在というのは……」

なおも納得しがたい宴の奉行人である。

「わだまつ。しつこい」

という紗雪のひと睨みが利いて、

「仰せの通りにいたし申す」

ようやく松右衛門も承諾した。

「こたびは残念だが、わたしには姫とふたり、何よりも嬉しい宴が先に待つ。頼み申すぞ、松右衛門どの」

七龍太はおもてを綻ばせた。紗雪との婚儀のことであり、その奉行も松右衛門がつとめると決まっている。

また紗雪の頰が赧んだ。

翌日早朝、帰雲城の人々は、地震の揺れで目覚めた。昨日のそれより、少し強めに感じられた。

「できる限り早う戻ってまいる」

前日に旅支度を調えておいた七龍太は、紗雪にそう言い置くと、兵内ひとりを従え、新左衛門主従とともに、雪降る中、帰雲城を発った。

（気に入らぬ兆しじゃ……）

最愛の人を見送る紗雪は、めずらしく不安が膨らむのを止められなかった。

余人には決して分からぬものだが、野生児の五官は大自然から伝わる脅威を感じ取っていたのである。ただ、災いがいつどこに降りかかるのか、そこまでは予見し難い。あるいは、明日にも脅威は失せ、何事も起こらないのかもしれない。

紗雪は、本丸の月宮楼へ上がって、城下町を眺め下ろした。

段丘上の家々は、深い雪に物音を吸収され、朝だというのに永遠の眠りについているように見える。

段丘の最下段のひろがりの尽きるところに南北にうねる庄川も、東西両岸からの積雪に被われて、視界に入る流れは細い。

東の岸辺から立ち上がる峰々は、鋭角で高い。その背後に抜きん出たひときわ大いなる峻峰が帰雲山である。

城の名につけられたその山が、なぜか呻いたような気がして、紗雪は凝視した。

「何を言いたい。おらちゃに告げよ」

彼方の帰雲山に向かって、声をかけた。

返辞はない。

すると、にわかに雪が止んで、雲間から地上へ光が射し込んだ。

（おらちゃの思い過ごしか……それとも、天地がおらちゃを弄うているのか……）

束の間の光であった。

太陽は再び雲に遮られ、風が轟々と唸って吹雪いてきた。

紗雪は、勾欄に積もった雪を、乱暴に払いのけた。苛立ったのである。

一方、七龍太ら四名は、足を速めた。

鍛え上げられた男たちだから、毎日、捗が行った。

三河岡崎に到着したのが、十一月二十八日のことである。

岡崎に立ち寄るのは、当初からの予定であった。

新左衛門主従が浜松を発つとき、数正出奔後の岡崎の動揺を鎮めにゆく、と家康は語っていた。その通りに行動したのなら、家康はいまも岡崎在城という可能性がある。むろん、早々に鎮定して、とうに浜松へ帰城したかもしれないが、立ち寄らない手はない。

岡崎城下は、騒然というほどではないものの、何やら落ち着かないようすに見えた。城代であった数正が秀吉のもとへ奔ったのだから、当然といえるが、それとは少し違う印象を抱かせた。

城を訪ねる前に、兵内が城下の人々から早々と理由を探りだした。

「三河守どのは岡崎にご在城にて、いま豊臣方の使者をご引見中とのこと」

実は、家康はとうに浜松へ戻っているはずであったが、関白・豊臣秀吉の使者が岡崎までくるという報せが入ったので、仕方なく留まったのである。

使者の顔ぶれは、亡き信長の弟・織田長益に、織田信雄の重臣の土方雄久、滝川雄利という三名であった。いまさらと嗤うほかないが、秀吉の主筋を意識した人選であろう。

「三河守どのには関白へ臣下の礼をとるように、と上洛の催促にござる」

秀吉が前に家康追討を公言したことも、兵内の仕入れた情報により、七龍太は初めて知った。飴と鞭といえよう。

（躊躇っている……）

秀吉は、できれば家康を討ちたいが、これはよほど無理を重ねなければ成功し難い。だから、いくさを避けたいというのが本音なのである。

しばらくして、秀吉の使者三名は帰途についた。かれらのようすから、会見が不調に終わったことは明らか、と城下に伝わった。

入れ代わるようにして、七龍太ら四名は岡崎城を訪ねた。

「わたしは、徳川三河守どののご要請に応じ、飛騨白川郷より参上仕った者。姓名を津田七龍太と申す。早、お取り次ぎ願いたい」

「この三河より、信長公ゆかりの尾張桶狭間へ出張って、羽柴筑前を迎え撃つ……。面白き策を思いつくものだ。さすが竹中半兵衛どのの愛弟子よな」

「不肖の弟子にござる」

家康と七龍太は、ともに岡崎城本丸の望楼より、矢作川の支流の乙川を眺め下ろしている。冬涸れの川は、水底が浅い。

本来、七龍太は傍らに折り敷くべきだが、家康が並んで立つことを許した。徳川の家臣でも領民でもない七龍太が、要請に応じて、雪深い飛驒よりわざわざ出向いてくれたことへの、家康の感謝の思いがそこにはある。

七龍太を岡崎まで案内してきた柳生新左衛門と従者の作右衛門は、背後の室内に胡座を組んで控えている。

「なれど、そうなると、よもや、わしは今川義元どのの二の舞にならぬか」

不安を口にした家康だが、七龍太は穏やかに頭を振る。

「風雨が西から吹きつける懼れはあり申さぬ」

義元が信長に討たれた永禄三年五月十九日は梅雨時で、西方より襲いかかった暴風雨が勝敗を決したといってよい。今川勢はこの大自然の猛威を正面からまともに浴びたのである。

「筑前どのの出陣の頃には、北風か南風、もしくは東南の風が吹いておりましょう」

家康追討を公言したさい、秀吉は出陣の日取りも口にしている。来年の正月十五日以前ということであった。陽暦に比定すれば三月初旬にあたり、季節風の交代する時季だが、徳川勢の背を押す東南寄りの風が吹くことはあっても、彼岸西風(ひがんにし)にはまだ早い。

「されば、年があらたまり次第、われらは早々(そうそう)に出陣し、桶狭間山とその周辺に布陣いたそう」

「たしかな勝算はござらぬ」

「いくさを始める前は、不利でもかまわぬ。不利なればこそ、慢心(まんしん)せず、工夫をして挑むことができる」

「小牧・長久手の三河守どのは、まさしくさようにあられた」

「こたびのわしには、羽柴筑前が恐れる兵法家(へいほうか)もついておる」

「お買い被(かぶ)りと存ずる」

「買い被りなものか。津田七龍太を恐れておらぬのなら、筑前も刺客など放つまい」

「あれは黒田どのの独断かと」

「ならば、なおさらのこと。筑前の軍略、政略の右腕たる黒田官兵衛ほどの者が、そちを怖(こわ)がっているということにほかならぬ」

家康が七龍太へ向き直った。

応じて、七龍太も対面の形をとり、少し頭を下げる。

「津田七龍太よ。あらためて、所望いたす。羽柴筑前とのいくさの軍配、思うさま、振ってくれ」

「わたしごときには身に余るお申し出。感謝申し上げる。なれど、返答いたす前に、ひとつ、三河守どのにお聞き届け願いたき儀がござる」

「何なりと申してみよ」

「徳川勢と羽柴勢の争いがどのように結着いたそうと、三河守どのには、白川郷が独立の道を歩むことを、お許しいただきたい」

「独立の道、とな……」

家康は目を瞬かせた。すぐには理解できないのである。

「白川郷の内ケ嶋氏と領民は、他者から奪わず、他者から支配もされず、自分たちの意と行いによって立つ」

宣言するごとく、七龍太は告げた。

「それが独立の道か」

「さようにござる」

「気の毒だが、七龍太。この乱世では、叶わぬ夢じゃな」

「なにゆえ叶わぬ、と」

「わしひとりが許したところで、どうにもなるまい」

「許すお人が天下人(てんかびと)ならば、叶いましょう」

「なに……」

「筑前どのを討てば、信長公の天下布武の大業を継ぐお人は、徳川三河守どのとなる。これも叶わぬ夢と思し召(おぼしめ)されるか」

「討てるか、筑前を」

「筑前どののほどのお人でも、桶狭間の緒戦に敗れれば、焦慮(しょうりょ)に駆られ、いずれ綻びを生じさせるは必定」

「その機を逃さぬというのだな」

「絶対、とまでは約束できませぬ」

「それでよい。羽柴筑前を対手(あいて)に大言を吐くほうが信用ならぬ」

「されば、白川郷の独立の儀、お許しいただけましょうや」

　すると、家康は、ひと呼吸置いてから、ひとつ条件がある、と言った。

「たとえ天下の政(まつりごと)を司(つかさど)る身になれたとしても、白川郷のみ格別の扱いをするには、それなりの理由が要る。公(おおやけ)の土木普請(ふしん)の折は、寄附(きふ)をしてくれぬか。むろん、その時々の白川郷の事情に合わせての両(りょう)でよい」

両とは、金や銀、薬、香など、貴重品につけられる重さの単位である。

「やはりご存じにあられましたか、白川郷の金銀山のことを」

「忍冬よな」

「畏れ入りましてござる」

白川郷における金銀の隠語が忍冬であり、他国者には決して明かさない。

「徳川は忍びの者には事欠かぬのでな。探らせていたのじゃ。筑前が白川郷に執着する何よりの理由も、それであろう」

「ご賢察」

「わしは、すべてを奪おうなどとは思わぬ。強欲は身を滅ぼす」

徳川家康というのは、晩年は恐ろしく老獪な政治家となる。が、秀吉の心身が急激に衰えて、豊臣家の弱体化が始まる以前は、言動ともに爽快な武将であった。

「仰せの儀、承知仕った」

と七龍太は、家康の条件を呑んだ。

「わしも、白川郷独立の儀、しかと許そう」

それから、家康は室内を振り返った。

「聞いたな、新左衛門。そちが証人じゃ」

「畏れながら、若輩のそれがしには荷が勝ちすぎておりまする」

新左衛門は、恐縮して、ひたいを床にすりつけ、

「証人には、ご家臣のしかるべきお人を……」

なおも言い募ろうとしたが、家康に遮られる。

「わしは、いずれ柳生を召し抱える。それゆえ、そちはわが家臣のしかるべき者だ」

秀吉一族の支配下にある大和柳生を、いま家康が家臣にするわけにはいかない。

だが、秀吉の上に立つことができれば、堂々と召し抱えられる。

「譬えようもなき至上の栄誉。その日を期して、一層精進いたしまする」

身を震わせる新左衛門であった。

「七龍太。あらためて頼み入る。筑前を討つ軍配を振ってくれような」

再度、家康に問われて、七龍太はその場に折り敷いた。

「謹んで、お引き受け仕る」

亡き信長の唯一の同盟者にして、わが弟とまで信頼された家康と、稀代の軍師・竹中半兵衛のただひとりの弟子で、信長より織田一門の津田姓を賜った七龍太が、織田政権の簒奪者・豊臣秀吉を討つべく手を結んだ瞬間である。

翌日の朝、七龍太は、十二月下旬に浜松へ参陣することを家康に約し、兵内を従えて岡崎城を発った。いったん帰雲城へ戻り、氏理らに家康との盟約の子細を報告せねばならない。

天正(てんしょう)十三年十一月二十九日。

陽暦では、すでに年が改まって、一五八六年一月十八日である。


冬晴れの日。

深雪に半(なか)ば埋もれているような城も町も、周囲の山川も、鋭い寒気の中にくっきりと浮き出て、厳しい風景であるのに、戸外に出ている人々からは華やぎが伝わってくる。

城中の内ケ嶋主従も城下の領民も、明日の戦捷祝いと慰労(いろう)のための宴を愉(たの)しみとし、準備に余念がなかった。

「猿楽(さるがく)の衆は荻町(おぎまち)城に着いているのであろうな」

「いましがた、大和守さまのお使者より、その旨、うかがい申した」

「さように大事なことを、奉行のそれがしになぜ知らせなんだ」

「お使者をご引見なされたのは、松右衛門どのにござる」

「なんじゃと」

「ご多忙のあまり、お忘れになられたのでは……」

祝宴の奉行人に任ぜられている松右衛門は、覚書(おぼえがき)を手にしたまま、下僚(かりょう)の指摘に、ううむと唸ってしまう。

祝宴には猿楽の役者たちも招いた。本日は荻町城に泊まって貰い、明日、山下大和守がかれらを帰雲城に引き連れてくるのだが、その手筈通りに進んでいることを、使者より伝えられたばかりなのである。

「忘れたのではない。思い出さなんだだけじゃ」

「なるほど、さようで……」

下僚の目許、口許には笑いが滲んでいる。

「それより、おぬしは、領民への振る舞い酒の樽の数を、たしかめてまいれ」

「また、でございまするか」

「またでも、またまたでも、たしかめてまいれ」

下僚が退がると、松右衛門も、あたふたと部屋を出た。とにかく忙しいのである。

出た途端、泉尚侍ら女房衆を従えた氏行が寄ってきたので、急ぎ、折り敷いた。

「松右衛門。明了どののお加減はどうか」

「随分とよくなられたそうにござる。なれどまだ雪道をご他行なさるまでには……」

「さようか。残念なことだが、何よりお体が大切じゃ」

明日の祝宴を前に、今夜は氏行を主宰として連歌会を催すのだが、当初は出席予定であった照蓮寺明了が数日前から風邪をひいて、まだ治りきらないのである。

「代わりに松右衛門どのが詠まれてはいかが」

と泉尚侍が、思いつきで言った。

「め……滅相もない。それがしは和歌などとても、とても」

前へ突き出した両手を、ぱたぱたと振る松右衛門である。

「そういえば、以前、紗雪が、わだまつは時折、隠れて下手くそな歌を詠んでいると申しておったぞ」

氏行も泉尚侍に同調しそうな顔つきであった。

「奉行人は裏方にござる。これにてご無礼仕る」

松右衛門は這々の体で逃げた。背後で氏行と女房衆のくすくす笑いが起こる。

(姫がご存じにあられたとは……)

顔から火が出た松右衛門は、こんどは渡殿で、その紗雪に出くわし、わあっと驚き、ひっくり返った。

「わだまつ、何をしておる。いつも粗忽なやつじゃな」

「それより、姫、お出かけにあられるか」

「町じゃ。いまから皆を手伝う」

領民は挙げて明日の祝宴の支度中なのだ。

内ケ嶋武士と領民がつながって分かち合う宴とするべく、陽が落ちても出入りしやすいよう、帰雲城と城下町を結ぶ道を照らすための置燈籠を作っている。また、領民すべてが一度に城内へ入ることは無理なので、町役に就いている家々では多数の祝膳の下拵え中であった。城下の広場で歌舞音曲も愉しむため、舞台の設営も急いでいる。

この厳寒の時季は、存外、冴え渡った晴天に恵まれることが少なくないが、高き山嶺に囲繞された白川郷の空は気紛れである。雪に降られたとき、できるだけ多くのことが屋内でもできるよう、場所の確保や様々な道具も用意しておかねばならない。

そして、これらの費用は、すべて氏理がもつ。

「わだまつ。下手な鍛冶屋も一度は名剣じゃ」

「へっ……」

「間抜け面をするな。連歌会に出よ」

松右衛門と氏行らの会話が、耳に入ったので、拙工でも数をこなせば、ひとつぐらいは傑れた作を生み出せるものだ、という俗諺を紗雪は譬えに用いたのである。

松右衛門が間抜け面をしたのは、そんなことばが紗雪の口より出たからであった。七龍太の感化であろうか。

（すごいものだ、七龍太どのは……）

一瞬、感服してしまったが、それとこれとは話が別である。

「姫。そればかりは、ご勘弁を」

手遊びみたいなものである自分の和歌など、人前で披露してよいはずがない。

「主命じゃ。おらちゃが笑ってやる」

「ひどいあるじじゃ。七龍太どのがお帰りになられたら、ご不在の折、姫にいたぶられたと訴え申す」

「訴えてみよ。庄川に放り込む。冬は冷とうて、心の臓が止まるぞ」

けっ、けっ、と笑声を放ちながら、紗雪は行ってしまう。

付き従うおおさびが、松右衛門を振り返って、ご同情申し上げる、という顔をした。

松右衛門は観念するほかない。紗雪ならやりかねない。いや、きっとやる。

（連歌会とは……）

と悄気る松右衛門のことなどすっかり忘れて、紗雪は城門を出た。そこで、川尻九左衛門と近習らを従えて帰城してくる氏理と出合った。

「とと」

「紗雪。皆が愉しげで、まことによいな」

氏理の表情が明るい。城下の家々を回って、領民たちへ直に声をかけてきたのである。

「姫。たきとしのが焦れておりましたぞ。必ず〈さかいや〉へお立ち寄り下され」

念押しするように、九左衛門が言った。

「いやじゃと申した」

「明日ばかりは、お父上も姫君らしい装いを御覧あそばされたいと存ずる」

「だから、いやじゃと……」

ちらり、と紗雪は氏理のようすを窺う。

紗雪にとって母親代わりともいえるたきと幼馴染みのしのは、前々から、祝宴では紗雪に美しい召し物を、と申し出ている。七龍太が喜んだので、紗雪もその気になった。が、いちばん見てもらいたい七龍太が不在では、着る甲斐がない。

「いや、いや、よいのじゃ。紗雪はいつもの紗雪でよい」

氏理が、ひらひらと手を振った。おもてをちょっと引き攣らせながら。

「さかいやには……寄る」

そっぽを向いて、しかし、紗雪は応諾した。

「無理をせずともよいのだぞ」

という氏理の声は、弾んでいる。

「試しに一度着てみるだけじゃ」

「そうであろう、そうであろう」

「もう行く」

紗雪は、藁沓を履いた足を、雪道に憤然と送り始めた。おおさびが従う。

「ごりょさん、ごりょさん」

「鮒を釣っておくれよ」

紗雪を見つけて、城下の子どもたちが、わあっ、と寄ってきた。

「おらちゃでなくとも、鮒ぐらい釣れるじゃろう」

おかしそうに、紗雪は言った。白川郷の子らは、皆、釣りが上手なのである。

「それがさ、きょうに限って、ひっかからないんだよ」

「数も少ないしさ」

猟師の孫十の倅である吉助・小吉兄弟が、口を尖らせる。

鮒は、極寒の時季には水底の泥中に潜むが、きょうのように陽が射して、水が少しでも温めば、泳ぎだす。寒鮒といって、この頃の鮒は最も肉が肥えて脂ものっており、美味であった。

紗雪が子らに手を引かれて、町の段丘のいちばん下まで降りる間、領民たちから、ひっきりなしに声をかけられる。そのひとりひとりの名を、紗雪は呼び返し、城下の活気を層倍のものとしてゆく。まさしく白川郷の飛山天女であった。

小さな雪原と化している川原へ出た。流れの半ばは分厚い積雪の下なので、目視できる川面は随分と細長い、ただ、水量は豊かである。

鮞を驚かせてはならないので、子らを留めて、紗雪はひとり音を立てぬよう岸まで進んで、覗き込んだ。

水底までくっきりと見える清冽な流れの中に、鮒が数匹、泳いでいる。

たしかに、数が少ない。だけでなく、どの鮒も、折れ曲がるのではないかと思えるくらい体を強くくねらせたり、銀灰色の腹を幾度も上に向けたり、動きが異様である。迫りくる何かから逃れようとでもしているようだ。

（奇怪じゃ……）

七龍太が白川郷を発った日の名状し難い感覚が、蘇ってくる。あの朝、帰雲山は人間のように呻いた。そんな気がした。

羽音が聞こえた。耳許である。

紗雪が顔を振り向けると、その羽虫はちょっと舞い上がって、頭上を旋回し始めた。

（虻……）

夏の虫である虻だが、成虫のまま越冬して、陽の射す日に八ツ手や山茶花などの蜜を求めて飛ぶ姿を、稀に目にする。動きは鈍いので、凍虻ともいわれる。

凍虻を見るなど、紗雪は初めてのことであった。

「めずらしや」

後ろで、おおさびも驚いている。

（なぜ、いま……）

虻は人や家畜の血を吸う害虫である。時には、よからぬ病を伝染させる。

七龍太出立の朝と同じく、紗雪は、何か気に入らぬ兆しを感じた。

雪見の連歌会の夕べは、月宮楼で行われる。日も暮れ始めたので、城中の控えの間に参加者たちが集まりだした。

その頃、紗雪は、ごく短い間だが、空が赤く染まるのを見た。

夕陽があやなす美しい彩色とは違う。毒々しい赤である。

「空に妖気が……」

おおさびも眉を顰めた。

ただ、この主従のほかは、城中でも城下でも、誰も空を気にかけていない。明日の祝宴に向けて、浮かれているからである。

連歌会に参加すべく居室を出ようとした氏理を、紗雪は訪れた。

「さかいやには」

と氏理から、先に訊かれた。祝宴では美しく装った愛娘をやはり見たいのである。

「たきは、おらちゃに、辻ケ花染めの何やらを着せるそうじゃ」

「さようか。愉しみじゃのう」

　心から嬉しそうな氏理である。

「とと。気になることがある」

「何かの」

「皆が怖がっている」

「いまは雪に守られておる。金森勢を恐れる必要などあるまい」

「怖がっているのは、白川郷の大地と生き物たちじゃ」

「天変地夭が起こると申すか」

　紗雪の野生児の勘が尋常でないことは、氏理もよく知っている。

「たしかに、このところ地震は少のうないが、初めてのことではない。昔も、かような年はあった」

「おらちゃの体も怯えているのが分かる」

「そなたの申すことだ。ただの杞憂ではあるまい。なれど、人は天変地夭の前には無力。起こったとしても、どうすることもできぬ」

「白川郷の人々、挙げて、しばらく退避すればよい」

「退避と申して、どこへ往くというのだ。白川郷のまわりは敵だらけぞ。それに、この時季に多勢で動くなど、自害を望むも同然ぞ」

「おらちゃが明日までに考える」

「明日は、領民が愉しみにしておる祝宴じゃ。誰も案じさせてはならぬ。七龍太どのが帰城されるまで、そなたの胸の内にしまっておくのだ」

「それでは間に合わぬやも……」

「紗雪っ」

むすめのことばを遮る氏理の声に怒気が混じった。常にやさしい父親なのに、めずらしい。

（ととには、それほど明日の祝宴が大事なのじゃ）

領民の喜びのため、という氏理の温かい心が分かるだけに、紗雪はもはや口答えしなかった。

（けど、七龍太が戻るまでは待てない。待つのは祝宴が了わるまで）

そう思い決した紗雪である。

この夜の雪見の連歌会は、盛況であった。わけても、松右衛門が生真面目に詠んだ和歌が、本人の意思とは裏腹に笑いを誘うものであったので、参加者たちを和ませた。

「わだまつ。ようしてのけたではないか」

連歌会を了えて月宮楼より下りてきた松右衛門を、紗雪は褒めた。

「笑われただけにござる。姫のひどい仕打ちのこと、庄川に投げ込まれても、必ず七龍太どのに言いつけ申す」

松右衛門の紗雪への視線は、恨めしそうである。

「女々しいやつじゃな。なれど、きょうは疲れたであろう。明日に備えて、早う寝よ」

「ああ、狡い。最後にそのような情け深きおことばをかけるとは」

「なんでもよいから、去ね」

夜遅くまで明日の準備をしていた者らも作業を了え、帰雲城と城下の家々が全く寝静まったのは、亥刻に入ってしばらく経った時分である。

亥刻とは、乙夜とも称され、現代の時間ではおおむね午後九時から十一時までの二時間をいう。灯火の貴重な時代では、就寝が当たり前である。

紗雪は、床に就かなかった。宿直の侍たちとは別に、おおさびを従え、脂燭を手に城内を見廻っている。

どこで何が起こるか知れないので、月宮楼から城下も眺めやった。

主従は、廊下を往き来するのに、編み上げたばかりの新しい深沓を履いたままである。胸掛も着けている。雪中へ飛び出さねばならない火急の時に備えての装着であった。

「おおさび、足に伝わったか」

何か重いものが倒れたような震動が、足許へ微かに伝わってきたのである。

「お屋形のご寝所のほうからにござる」

主従は走りだした。

その間に、もういちど、同様の震動を感じた。

廊下を幾曲がりかして、氏理の寝所の前へ達すると、そこには宿直番がふたり倒れており、ひとり立つ人影が戸に手をかけようとするところであった。

人影は、紗雪とおおさびに気づいて、身を翻すや、雪庭へ飛び下りた。

「曲者っ」

紗雪は、人影の足許へ、脂燭を投げつけた。細い松の割り木を芯に入れてあるので、火はすぐには消えない。

大胆にも、人影はしゃがんで、脂燭を手にとり、おのが顔へ近寄せてみせた。

見忘れることのない醜貌が浮かんだ。

「下間頼蛇っ」

おおさびは、はっきり視認するや、おのが脂燭を、醜貌めがけて投げつけた。

これを頼蛇が長い直刀の抜き打ちの一颯で払った刹那、おおさびは棒手裏剣を擲っている。脂燭の一投は、おとりだったのである。

頼蛇は、しかし、それをも、返す一閃で払い落とした。剣の腕は衰えていない。

「内ケ嶋兵庫を殺して、明日は祝宴どころか葬儀に変えてやるつもりだったが、思いの外よ、汝らが見廻っておったとは。今夜は引き揚げてやる」

「逃がすものか」

紗雪も雪庭へ下り立った。すかさず、おおさびが警固につく。

(気に入らぬ兆しは、こやつのことだったのやもしれぬ……)

であるならば、むしろ安んじられる紗雪であった。天変地夭よりも、はるかに闘いやすい。

「ならば、追ってまいれ」

頼蛇は、にやりと笑ってから、背を向けた。この男も藁沓を履いている。

「姫。なりませぬぞ」

おおさびが、紗雪の腕を、後ろから摑もうとした。闇夜の厳寒の雪中で殺人鬼と闘うなど、無謀すぎる。

腕を摑むことはできなかった。頼蛇を追って飛び出す紗雪の動きのほうが迅かったのである。

助けをよぶ暇はない。おおさびも、紗雪のあとにつづいた。

頼蛇は、塀を躍り越えて、城の裏手の山毛欅林へ逃げ込んだ。

（好都合じゃ）

紗雪にとっては勝手知ったる遊び場のひとつである。一寸先も見えない漆黒の中でも、すべて見えているかのように、樹間を素早く縫って、斜面を駆け上がってゆく。

一木一木の根の生え伸び方も、枝の出方も知り尽くしており、雪の積もり具合の深浅も分かるから、足をとられることもほとんどない。頼蛇の位置も、立てる音や息遣いで、把握できる。

頼蛇が振り返って、明らかに動揺したのを、その気配から紗雪は感じ取った。追手の女が思いもよらぬ速さで迫っていることに驚いたに相違ない。

紗雪には、自分の踏んできた追走の道を、後ろからおおさびが辿ってくるのも、分かっている。

頼蛇の荒い息遣いが間近に聞こえる。

紗雪は、小太刀を抜き、突き上げた。わずかに手応えがあった。頼蛇の足のどこかを傷つけた。だが、頼蛇の後足に蹴上げられた雪が顔にかかって、二ノ太刀は繰り出せない。

ほどなく、頼蛇は山毛欅林の山の頂へ出た。

そのあたりの木は幾らか伐られている。頼蛇は知る由もないが、紗雪が子らと遊ぶために、小さな広場を作ったからである。

紗雪も、斜面を上りきって、広場へ躍り出た。瞬間、頼蛇の直刀の横薙ぎが唸った。

紗雪は、躱しながら、怯まず、踏み込んだ。

乱刃をふるう両人の足許から、雪煙が舞い上がる。息は、吐き出したそばから、細かい氷と化して、仄かな雪明かりにきらめく。

頼蛇の足搦みに、紗雪が仰のけに倒れた。

直刀が高く振り上げられる。

「汝の死こそ、津田七龍太の地獄よ」

頼蛇は、しかし、振り下ろす前に、上体をくねらせた。

「ぐあああっ」

古傷の左の側頭部を、おおさびの棒手裏剣に掠められたのである。その衝撃で、つむりの中に残る銃弾が暴れた。

柄から左手を離してしまう頼蛇だが、それでも、右手だけで直刀を振り下ろした。

紗雪は、下から、渾身の力で撥ね除ける。

直刀が飛んだ。

無手となった頼蛇の腹を抉らんと、紗雪は起き上がりざまに、小太刀を突き出そうとした。

そのとき、頼蛇の頭越しの黒い空が、動いた。暗雲が割れたのである。

月が現れた。

晦日前夜の下弦の月だから、新月にも近く、本来なら光は薄々として心許ないはず。なのに、異様なまでに明るい。

頼蛇までも、光を感じたのか、頭を抱えながら振り仰いだ。

おおさびの視線も、月に吸い寄せられてしまう。

紗雪の五官は、脅威に震えた。途轍もない脅威だ。

（来る……）

大地が鳴動した。地鳴りである。

同時に、あたりに異臭が漂った。

人間たちは、突き上げられた。頼蛇もおおさびも、禦ぎようもなく、倒れた。

地面の積雪が、割れて、波のようにうねった。地の底から叩き上げられ、大小の雪の塊が高く跳ねる。

根から揺れ動かされる山毛欅の木々は、ぶつかり合い、恐怖の叫びを放ち、枝に溜まっていた雪を、大量に降らせる。

雪まみれの三人は、雪面にへばりついたまま動きようもない。野生児の紗雪でも自力では動けないのだ。

紗雪は、苦しげにもがく冬枯れの木々の間から、彼方の山嶺を見た。

禍々しい月明かりが、冠雪の山々の姿を浮かび上がらせている。

大瀑布が目の前で落下する音は耳をつんざく如くだが、それよりも大きな爆発音が夜気を震撼させた。

帰雲山が動いた、巨大な獣のように。

雪崩、などという生易しいものではない。山頂から山腹にかけて一挙の壮大な山崩れである。天上の神が無慈悲に巨斧を振り下ろしたとしか思えない。

その山津浪が、いったん麓へ下り、土や木や生き物や庄川の水を巻きこんで、さらに巨大化し、城下町を呑み込んでから、白川街道と帰雲城まで上ってきて、破壊しながら、山毛欅林まで達するのに、どれほどの時間がかかったであろう。

あっという間であったかもしれないし、思いの外にゆっくりであったかもしれない。いずれにせよ、紗雪もおおさびも為す術がなかった。

ひとり頼蛇だけが、死に物狂いで這って、わずかずつでも逃げようとした。

その首根へ、降ってきたものがある。

「ひいいいっ」

山津浪の魔手の指先に撥ね上げられた頼蛇の直刀が、持ち主のもとへ戻ってきたのである。凝っとしていれば、盆の窪から喉まで刃に貫かれることもなかったものを。

本願寺が織田、豊臣に屈しても、おのれが破門されてもなお本願寺坊官を称し、親鸞に倣って愚禿と自称しつづけ、孤高の一向一揆ともいうべき抵抗を決して止めなかった下間頼蛇の、これが末路であった。

大きな揺れは収まった。

大地震のもたらした潰崩の巨塊が、紗雪とおおさびの足許まで高く盛り上がっている。帰雲城も、その一部となったに違いない。

「ととおおおっ」

立ち上がった紗雪は、無惨な巨塊の中へ飛び込もうとして、おおさびに抱きとめられてしまう。

「放せ、おおさび。ととと皆を助けるのじゃ」

「姫。まだ動いてはなりませぬぞ。すぐに揺り返しがやってまいる」

いま破壊と崩落の場へ飛び込めば、余震にやられて死ぬのは、目に見えている。それでも、利かぬ気の紗雪が聞き容れるものではない。

「御免」

暴れる紗雪を、おおさびは当て落とした。

果たして、揺り返しが起こった。

もとは山毛欅林があり、帰雲城の築かれていた一帯は、断末魔の悲鳴を上げて、あちこちがずるずると崩れだす。

月の光は、依然、冴えていた。

（生きている。きっと生きている）

そう信じて、吹雪の中を尾根道に黙々とかんじきを漕ぐのは、笠と頭巾で顔を被い、目ばかりのぞかせる七龍太であった。雪片のくっついた眉毛と睫毛は、白髪と見紛う。

兵内が随従し、ふたりの前後には、合して二十人ばかりの男たちも同道する。

いましがた、中野村の照蓮寺に寄ってきたところである。

照蓮寺は、倒壊を免れた建物もあり、近在の人々の避難所にあてられていた。住職の明了も無事であった。

七龍太がなんとしても帰雲城まで往くと言うと、当初は明了に止められた。中野村より北は、山津浪によって地形が一変してしまい、もはや白川街道も道そのものが失せ、庄川の溢れた水は泥の湖を作るなど、人が通れるところなどあるまい、というのである。

まして、余震が幾日もつづいており、そのたびにどこか崩落する音が、照蓮寺にも聞こえてくる。追い討ちをかけるように、大地震の翌日から大雪が降り始め、危険度はさらに増していた。照蓮寺から帰雲城まで、街道を使うことができればわずか二里半ばかりでも、いまでは、生きて行き着くことすら覚束ない遥けし地というほかない。

それでも七龍太が帰雲城へ向かうと決すると、避難中の領民の大半が同行を申し出た。

「ごりょさんや内ケ嶋の殿様を助けとうございます」

「城下の衆の安否も気にかかって、ずっと寝られませぬのじゃ」

「白川郷は武家もわれら民もひとつになって独立する。誰ひとり見捨てたくない」

これで明了も折れた。避難民のうち、負傷しておらず、疲労も濃くない屈強な男衆二十人を選んで、七龍太に従わせたのである。

文字通り、命懸けの雪中行であった。

(こたびも、きっと凌げる)

七龍太は、一年前の今頃を思い返している。

極寒の雪の立山連峰に打ち克ったさらさら越え。あのとき、七龍太も、紗雪も、たきも、兵内とおおさびも、ひとりとして欠けることなく生き抜いたのだ。

　一行が帰雲城のあったあたりに到着したのは、照蓮寺を発ってから三日後のこと。道なき道を、あるいは探し、あるいは拓いて、大迂回(うかい)の果てであった。

「何という荒々しさか……」

「こんなところではなかった」

「そうじゃ。お城と町があったのに、ここは何もない。だいいち、人っ子ひとり見えぬなんぞ、おかしい」

「まったく違うところへ出てしもうたのじゃ」

　あまりの景色の違いに、男衆は、ここがめざす地であると認めることを拒んだ。城も町も、まったく痕跡(こんせき)を留めず消失したのだから無理もない。泥の湖を中心に、山々が変形し、木々は折り重なって倒れ、破壊されて押し流されたものが山を築いていた。

　生命の蠢(うごめ)く気配すら伝わってこない。

「よもや、あれが帰雲山……」

　兵内が茫然(ぼうぜん)と洩らし、その視線の先へ、七龍太も男衆もおもてを振り向けた。

　雪が小止(こや)みになっており、遠方まで見える。

　誰ひとり、声を発せられなかった。

　男衆の見慣れた帰雲山ではない。しかし、白川郷に生きてきた人々だから、その変わり果てた姿、と直感できたのである。

山頂から山腹にかけて鋭く抉り取られたような、言語を絶する崩落であった。もとの姿より、低くなってもいる。後世の説によれば、大地震の前と後では、標高に百数十丈（じょう）もの差があるとまでいわれる。

七龍太の一行は、いま自分たちの立つ場所が帰雲城下のどこかである、とようやく全員が思い知らされた。

城と町の人々はうまく逃げ果（おお）せた。そんなふうには、とても考えられない。きっと、この一帯に皆の死体が埋まっている。

男衆の幾人かは、へたりこんだ。泣きだす者もいた。

（紗雪……）

七龍太もうなだれた。

『飛騨鑑（かがみ）』は記す。

「内ケ嶋（帰雲城）ノ前、大川（庄川）有之候（これありそうろう）。其向（そのむかい）ニ高山御座候。而亦（しかしてまた）其ノ後ニ帰リ雲ト申高山御座候。右ノ帰雲ノ峰（みね）、二ツニ割レ前ノ高山、大川打越（うちこ）シ内ケ嶋埋立中（うめたてもうし）候。一人モ不残（のこらず）内ケ嶋ノ家断絶」

また『飛騨記』によると、

「民家悉（ことごと）ク地底ニ埋（うも）レ老若男女サラニ残ルモノナシ」

という。

帰雲城と城下町、そこに暮らす人々、すべてが、空前の巨大山津浪に呑滅されたのである。

救いがあるとすれば、逃げる須臾の暇もなく、苦痛の時はきわめて短かったかもしれないということぐらいか。人々は寝静まっており、おそらく、気づいた瞬間に命を奪われたと察せられる。

「人じゃ」

男衆のひとりが驚きの叫声を発し、おのれの足下を掘り返し始めた。

心に微かな希望の光を湧かせて、皆が走り寄る。

雪を被った夥しい残骸と泥の下から、たしかに人間の左手の先が出ている。

かれらは、残骸を除け、掘った。必死に掘った。

顔が現れた。息をしていない。それでも、掘りつづける。体を引き上げてやらねばならない。

その間に、七龍太は、死者の顔の汚れを丁寧に拭う。

兵内が動きを止めた。七龍太ともども、よく知った人である。

「たきどの……苦しかったであろう」

七龍太はやさしく声をかけた。

なおも掘りすすめると、たきの右手に握られた別の人間の手が見えてきた。互いの手首が紐（ひも）で固く結ばれている。

七龍太も兵内も察しがついた。

たきのむすめ、しののおもても晒（さら）された。

母娘（おやこ）の顔に、苦悶（くもん）は見られない。死出（しで）の旅路が離れ離れでないことに、最後の僥倖（ぎょうこう）を感じたのであろうか。

怺（こら）えきれずに、七龍太は泣いた。

男衆も、さかいやの母娘は知っている。悲泣（ひきゅう）する七龍太を思いやり、しばし手を止めた。

兵内は、立ち上がり、皆に背を向ける。忍びが泣くものではない。涙がこぼれぬよう、仰向（あおむ）いた。帰雲城の裏手の、いまは倒木群でしかない山毛欅林のほうである。

その頂で何か動いた。

（人か……）

伸び上がるようにして、上体が現れた。

「七龍太さまっ」

兵内は、思わず、後ろへ回した手で、あるじの肩を摑んだ。

七龍太が振り返って立ち上がる。

その人は、幻(まぼろし)ではない。

「紗雪いっ」

「七龍太あっ」

夫が駆け上がり、妻は駆け下りる。

「おおっ」

兵内も歓喜の声を上げた。紗雪の後ろに、無二の友、おおさびの生きた姿を、しかと見定めたからである。

両人も飛ぶように走り出す。もはや、忍びふたりも、涙が飛び散るにまかせた。

寒晴(かんば)れの光が降り注いできた。大地震が起こって以後、妖雲(よううん)の去らなかった鉛色(なまりいろ)の空から、初めての澄明(ちょうめい)な陽射(ひざ)しである。

七龍太と紗雪は、万感の思いを込めて、互いを掻き抱いた。

生生の光

「諸侯の前では三河どのを呼び捨てにいたすが、怺えて下されよ」

「無用のお気遣いにあられる。関白殿下が臣たるそれがしを呼び捨てになさるは、当然のこと」

明日、大坂城において、諸侯の列なる席で家康は秀吉に対して臣従を誓う。その前夜の対面であった。宿所にあてがわれた城下の豊臣秀長屋敷の内である。

「ところで、三河どの。お手前は、津田七龍太なる者をご存じか」

「津田と申せば、亡き信長公のご一族の姓と存ずるが……。しちろうたという名のお人は思い出せませぬなあ」

「さようか」

「そのお人が何か」

「いや、昨年の地震で亡くなったのや否やを知りとうてな」

「あの十一月の途方もない大地震にござろうや」

「三河どのと予にとっては、結句は災難とばかりも言えぬものとなったがの」

「いかにも」

秀吉と家康は、おもてをゆったりと綻ばせ合った。どちらも微笑みの裏に夜叉を隠しながら。

天正十三年十一月二十九日深夜に起こった大地震の被害は、京畿と中部地方一帯の広域に及んだ。ほとんどが秀吉の支配下である。

対徳川の最前線拠点とするはずであった一柳直末の美濃大垣も、秀吉の旧主筋・織田信雄の伊勢長島も、秀吉側近の山内一豊の近江長浜も、いずれも城が倒壊し、城下は出火して火の海と化してしまう。結果、豊臣方の将の多くは自領の復興が急務となり、秀吉は家康との決戦を断念した。

一方、家康は、領国の被害が小さかったので、いくさをしようと思えば、できないことはなかったものの、自然災害に乗じて攻めるのでは、卑怯者の誹りを免れないし、かえって秀吉方の団結を強くしてしまいかねない。ここは退いて静観することにした。

その後、余震が数ヶ月もつづいたことで、秀吉も家康も戦機を逸したとみるほかなかった。

すると、秀吉は、家康に対して異心のないことを示すべく、誰もが呆れるような外交策に打って出た。佐治日向守の妻であった実妹の旭を、無理やり離縁させてから、あらためて家康へ正室として嫁がせ、その上洛を促したのである。それでも家康が応じないので、今度は生母の大政所を人質として岡崎へ下向させる。

すでに位人臣を極めていながら、なりふりかまわぬ秀吉のやり方に、家康は、ある意味、器量の差を痛感した。自分にはとてもここまではできない、本気で戦えば打ち負かされる、と。

ようやく家康は重い腰を上げ、本日に到った。

天正十四年十月二十六日。大地震の日から十一ヶ月後のことである。

「して、その津田どのは、あの地震のさいはいずれにおられたのであろうか」

「飛騨白川郷の帰雲城に」

「なんと……」

家康は、絶句し、秀吉を気遣うように、悲痛の面持ちとなる。

「いや、思い違いなさるな、三河どの。津田七龍太というは謀叛人での、生きていれば処罰せねばならぬと思うておるだけのこと」

「ならば、とうに罰は受けたのではござるまいか。帰雲城と城下は、人ともども跡形もなく消えたと聞き及んでおり申す」

「予もさようには思うのだが、あれはなかなかにしぶとい男であったのでな」

「では、それがしも気に留(と)めておき申そう」

「滅相(めっそう)もないことじゃ。お忘れ下され」

ひらひら、と秀吉は手を振った。

「もし生きていたところで、もはや何の力もない者ゆえ」

「関白殿下の前には誰もが無力にござる」

「誰もが、と仰(おお)せられた」

秀吉の語尾が上がる。

「申し上げた」

家康に躊躇(ためら)いのようすはない。

「三河どののご本心と受け取ってよろしいかな」

「畏(おそ)れながら、関白殿下には、ご念を押されるには及びませぬ」

頭を下げる家康であった。

翌日、予定通り、大坂城において、諸侯列座の公式の場で秀吉と家康は主従関係を結んだ。また、秀吉の奏請(そうせい)により、家康は正三位(しょうさんみ)権中納言(ごんのちゅうなごん)に叙任(じょにん)される。

最強の敵・家康との融和(ゆうわ)により、天下統一への道が視界良好となった秀吉は、十二月に入るや、九州征伐(せいばつ)の出陣日を翌天正十五年三月一日とすることを諸侯に発令し、自身は太政大臣（だいじょうだいじん）に任官された。

家康のほうも、最大の憂（うれ）いが失（う）せたので、居城を遠江（とおとうみ）浜松から駿河府中へと移し、領国経営に専念し始める。

白川郷では、荻町（おぎまち）城も崩れ落ちたが、城主の山下大和守（やまとのかみ）以下、助かった内ケ嶋武士は少なくない。命冥加（いのちみょうが）を得たかれらを処罰しなかった金森長近が、あらためて秀吉より正式に飛騨国を拝領し、お国入りを果たしたのは、天正十四年八月七日。石高（こくだか）は三万三千石とも三万八千石ともいう。高山を本拠と定めるが、その古城跡に新たな城を築くのはさらに数年後のことである。

因縁（いんねん）の白川郷も支配下となった。長近は、山津浪（やまつなみ）で壊滅（かいめつ）した帰雲城とその周辺を視察してまわり、言語を絶する惨状に、この地は復興など不可能で、見捨てるほかないと覚悟した。

（七龍太よ。それがしは好運であったやもしれぬな……）

雪解け後の決戦を期した長近だが、実は七龍太を対手（あいて）に勝てる自信はなかった。むろん、金森勢一手（いって）でなく、秀吉から援軍をうければ勝てたに相違ない。しかし、その場合は、必ずみずからの手で七龍太を殺さねばならず、長近の望まぬことであった。図（はか）らずも、いずれも回避できたのである。

秀吉が欲した白川郷の金銀鉱山も、大地震によって崩壊し、危険すぎて手をつけられなかった。

白川郷の諸坑の再開発は、江戸時代も寛永年間の高山藩鉱山奉行・宮島平左衛門の登場まで待たなければならない。ただ、平左衛門のおかげで一時は繁栄した鉱山事業も、その死後は急激に衰えてしまう。

長近は、照蓮寺へも寄って、明了を引見し、領国経営の手助けを頼んだ。

「白川郷だけでなく、飛騨一国の真宗門徒を束ねるのに、御坊の力をかりたい」

「拙僧ごときにさような力はござらぬ。なれど、お約束いただけるのならば、微力を尽くし申そう」

「何を約束せよと申される」

「領民の声に耳を傾け、誰も殺さぬ、と」

「悪事を働かぬ限りは、処罰するつもりはござらぬ」

「悪事か悪事でないかは、上に立つ方々の都合できめられるものと存ずる。何らの悪事もなさず、それどころか力を貸したのに、謀叛人とみなされたお人を、拙僧は存じており申す」

「御坊、それは……」

越前北庄城落城のさいの秀吉と七龍太の一件を明了が仄めかしたことは、明白であった。長近も関わっている。秀吉の命令に抗しきれず、致命傷を負わせることは避けたものの、七龍太を斬って、足羽川に蹴り落としたのである。

関白にまで昇りつめた秀吉という巨大な権力の下で、金森氏ていどの小さな家が生き残るには、どんなに理不尽な命令でも、これまで以上に忠実に実行するほかない。

「情けないが……」

苦しげに、長近は小さく頭を振った。

「正直なお人じゃ。ならば、その正直さだけは失わぬとお誓い下され。領民に対しては、何があっても嘘偽り、隠し事だけはせぬと」

明了は長近を真っ直ぐに見つめる。

「お誓い申そう」

飛驒国の新しい領主から心の籠もった言質が与えられた。

明了と照蓮寺が高山城下へ移るのは震災から三年後のことで、のち、後嗣の宣了は飛驒金森氏二代・可重のむすめを妻に迎えた。明了は、内ケ嶋氏と結んだ姻戚関係を、金森氏との間でも新たに築いたのである。

秀吉は、九州征伐に向け、天正十五年三月一日に大坂より出陣した。予定通りである。率いる兵は、十二万と称された。

佐々成政も従軍している。秀吉から羽柴の姓を与えられ、その奏請によって、陸奥守、従四位下侍従などという大層な官位も得たが、本人には屈辱であった。

成政は、最後の賭けを敢行する機会を、あの大地震に奪われた。秀吉と家康が決戦に及んだとき、機を見て寝返るつもりだったからである。家康が敗れ、成政自身も討死したかもしれないが、それは満足のゆく最期であったろう。

豊臣政権下で佐々家を存続させるための礎を築くことに、すべてを費やす。もはや、残された人生はそれしかない。

（いっそのこと、津田七龍太のように……）

自分も地震で突然に落命してしまえば、どれほど楽であったか、と思わずにはいられなかった。越中の領地も甚大な被害をうけたのである。

九州征伐で奮励した成政は、肥後国に四十五万石を与えられるものの、わずか一年後に国人一揆の蜂起を止められなかったことで、秀吉の怒りを買い、切腹を命ぜられる。当初から達成不能な無理難題を押しつけられており、これは秀吉のあからさまな成政排除であった。成政の享年は不詳だが、七十三歳説も伝わっており、当時としては高齢で没したと思われる。

秀吉が九州征伐で京坂を空ける間、大坂城のあるじをつとめる秀次の輔佐役として、留守居の任を仰せつかったのは、かつて北国で成政と鎬を削った前田利家である。

秀吉出陣の直後、巷ではある噂が流れた。

九州どころか、高麗・南蛮・大唐にまで、秀吉は討ち入る計画を抱いている、と。

「大篇の企て、前代未聞なり」

と当時の奈良興福寺の学侶・多聞院英俊の日記にも記された伝聞である。

不安や恐怖が京坂に伝播した。わけても、朝廷、有力社寺、豪商、有徳人らは、戦々恐々であった。計画実行のために、秀吉からどんな法外な要求をされるのか知れたものではない。

利家は、噂は根も葉もないものであると否定し、京坂の風紀取り締まりも緩やかにした。九州鎮定後、東国・奥羽も豊臣政権下に組み入れて、天下統一を成し遂げたら、いくさなどする必要のない穏やかな世が訪れる。それのみを秀吉はめざしており、異国を攻めるなど思いもよらないので、誰も何ら案じることはない、と。

実は、噂は事実と知っている利家であった。いずれ秀吉は朝鮮から明（中国）へと討ち入るつもりなのである。

その野望を秀吉本人から明かされたとき、利家は怖気をふるった。壮気というより、狂気である。もし本当に実行に移すのなら、そこから豊臣政権は崩壊すると思った。

（なれど、噂を流したのは、いったい誰なのか……）

秀吉不在中の京坂に不穏の気を蔓延させようと企んだのだとすれば、敵対勢力の間者の仕業と考えられる。遠く九州の島津氏、あるいは、対秀吉で共闘するはずの家康に裏切られた相模北条氏。

ただ、秀吉の野望を知るのは身近のごく限られた人間だけだから、敵に伝わったとは考えにくい。

京都奉行の前田玄以と諸事打ち合わせのため在洛中であった利家は、思うところあって、京を発ち、大坂城に秀次を訪ねた。

「右中将さまにおかれては、関白殿下のご出陣後に、それまでご面識のなかったお人を、どなたかご引見あそばされましたか」

右近衛中将が秀次の官である。

「叔父上のご出陣祝いにと黄金を何枚か献上しにまいった者へ、声をかけてやったように思うが……」

と側近を見やる。

利家は眉を顰めた。

叔父上とは秀吉をさす。家族だけの席以外では、秀次も秀吉を殿下とよぶべきなのだが、この二十歳の若者は、多分に軽躁のきらいがあって、そうしたことに気づけない。

「姉小路久安どのかと」

側近がこたえた。

「そうじゃ。入道での、そのように号しておった。公家の名家なのであろう、姉小路は」

利家に聞き返すような秀次の語尾であった。

「さよう……」

曖昧にこたえながら、利家は思い出していた。

（飛驒より追放された三木自綱ではないか）

姉小路を称することを禁じられたはずである。

「姉小路どののご用向きは、殿下のご出陣祝いだけにござりましたか」

「わしの咄衆の末端に加えてほしいと申しておったな」

貴人に近侍して、おもに雑談の対手をつとめる職を、御伽衆とか御咄衆と称す。

（三木は殿下の御跡継ぎに取り入って、いずれ返り咲こうというのか）

小悪党の自綱のやりそうなことだ、と利家は思った。浅慮でおだてに弱い秀次なら籠絡するのは容易、と考えたに違いない。

「して、右中将さまは、姉小路どのを御咄衆にお加えになるおつもりにあられましようや」

「それはない。あの入道、わしの咄ほどに面白きことを申せなんだゆえな」

このこたえにちょっと安堵した利家だが、わしの咄ほどに、というひと言は気になる。

「右中将さまの面白きお咄とは」

「叔父上の唐討ち入りのことよ。入道が頭と同じに目まで円うしておったわ」

くっくっ、と笑う秀次である。

「それはたしかに面白きお咄」

舌打ちしたい思いを隠して、利家は微笑んだ。噂の出所が判明した。秀次の叔父自慢の咄が、自綱の口から世間へ洩れたとみてよい。

利家は、秀次の側近に姉小路久安の居所を訊いてから、大坂城を辞し、京へ戻った。

いまだ姉小路を僭称しているらしい三木自綱の住まいは、洛西の嵯峨野にあるという。平安時代から皇族・貴族の遊覧地で、かれらの山荘の点在する地は、自綱の憧れなのであろう。

（この先も殿下の野望を吹聴されては厄介）

利家は、ひそかに家臣の富田与六郎に命じて、嵯峨野へ兵を差し向け、自綱の邸宅へ踏み込ませた。

京都奉行の前田玄以には何も告げなかった。玄以に明かせば、秀吉へ報告されるのを避けようがない。それでは、利家が秀次の輔佐役としてその言動を抑制できなかった、と石田三成から咎められよう。

いまや三成は、豊臣政権の枢機に参画するだけでなく、堺奉行にも任じられ、さらには九州征伐の兵站まで一手に担い、何事においても関白殿下の名代と諸侯に恐れられるほど、秀吉の信頼は絶大なものがある。その三成が、利家の秀吉への接し方を、気に入っていない。殿下はいつまでも竹馬の友ではないのだぞ、と釘を刺したがっているのを、常日頃から利家は感じる。ただ、三成は驚くべき能吏で、豊臣政権に欠かせぬ存在であることも認めざるをえなかった。

三成に咎められたところで、自身はさしたることもないのだが、家臣たちは必ず憤り、虎の威を借る狐を討つ、と暴発する者が出ないとも限らない。

それに、いまの秀吉は信長の部将であった頃のような好漢とはいえないものの、その史上に稀有な大出世を、永年の友として誇らしく思ってもいる利家なのである。非難の絶えない中で、友が苦労して築いた政権を、内部から揺るがしかねない面倒は避けたかった。

三木自綱の住まいは、邸宅といっても、こぢんまりとした構えであった。富田与六郎と兵たちは、あっという間に自綱を捕らえて庭へ引き据えた。

「そのほう、姉小路の姓を騙り、畏れ多くも豊臣右中将さまに近づいて亡き者にせんとしたことは明白。よって、切腹を申しつくるものなり」

与六郎のその宣告に、自綱はうろたえた。

「何かの間違いじゃ。それがしは、飛騨を逐われてからは、いちどたりとも姉小路を称したことはない。ましてや豊臣家に叛き奉るなど思いもよらぬ。それがしは、この地でただひっそりと余生を送る取るに足らぬ者にて、罪状にはまったく身におぼえがない」

「切腹がいやだと申すのなら、致し方ない。われらが槍先にかけるだけ」

「待て、待て、待ってくれ。それがしは、もと飛騨国司であるぞ。罪を問うならば、しかるべき詮議をいたすがご正道であろう」

「飛騨国司と申すか。そのほう、取るに足らぬ者ではなかったのか」

「いまは隠遁者という意味じゃ」

「問答無用」

自綱に槍衾が迫る。

この年、四月二十五日に三木自綱は没するが、死因は詳らかではない。四十八歳であったという。

三木屋敷の建つところより少し高い山の尾根から、死の恐怖に引き攣る自綱の顔を、冷やかに眺め下ろす人がいた。尼姿である。

「母上のご無念は、子のわたしの手で晴らすべきと存ずるが、どうかこれでお赦し下され」

　左側に立つ者が、尼に向かって頭を下げる。

「よいのじゃ。満足しておる」

　首から提げている守り袋を握りしめながら、七龍太へ微笑みを返した尼は、妙岳尼である。

　若き日の妙岳尼、すなわち鯉乃が基丸を出産したさい、古俗に則り、臍帯を切るのに竹篦を用いた。へその緒のことを、臍帯という。その竹篦の一部が守り袋の中に収められている。基丸の父の牛丸琳之介が手ずから削って作ってくれたそれを肌身離さず、妙岳尼は生きつづけてきたのである。

「そなたにも礼を申しますぞ」

　妙岳尼は、右側へ立つ者へも、うなずいてみせた。紗雪である。

　あの大地震が起こったとき、三河岡崎から白川郷への帰途にあった七龍太は、ひたすら足を早め、最悪の被災地で紗雪に再会した。その後、竹中家の領地の美濃栗原山に隠退している養父の喜多村十助のもとへ兵内を放ち、こちらの無事もたしかめた。みずから帰郷しなかったのは、秀吉方に見張られている危険性を考慮したからである。十助だけでなく竹中家にも迷惑はかけられない。

十助も、七龍太が生き長らえていることを涙を流して喜んだ。そして、その十助から兵内に託された七龍太への伝言には、おのれの断腸の思いを呑み込んで、親としての情愛が溢れていた。

「栗原山に戻ってはなるまいぞ」

地震によって七龍太は白川郷で死んだとみられたのなら、今後は秀吉の捜索の手が伸びることはないであろう。が、万一の危険を考え、知り人のいる土地には決して近づいてはならぬ、と。

つまり、十助にすれば、生涯、七龍太との再会を断念するということである。

「日本は大いなる山国。天離る地は白川郷だけではあるまい。幸い、最愛の人は生きておったのじゃ。そういうところで、ともに楽しゅう暮らせばよい。白川郷の独立の夢は叶わなんだが、七龍太と紗雪どのだけなら独立できる。さすれば、泉下の殿もお喜びになろうよ」

泉下の殿とは竹中半兵衛のことである。

十助からの伝言を受けて、七龍太は胸を塞がれた。そして、半兵衛の形見の扇を久々に開いてみて、涙が溢れるにまかせた。

扇紙には半兵衛自身の筆による人物画が描かれている。幼い七龍太を肩車する半兵衛。

「朝露の如き人生をいつ果てるとも知れぬいくさばかりの日々のままに送るのは、つまらぬことよ。武士は花ではない。人だ。人は、心と体で存分に生を楽しんでこそ美しい。わが弟子よ、美しき人であれ」

播磨陣において死期の迫った半兵衛が、七龍太に遺したことばである。

紗雪も、十助の愛の伝言を聞き、半兵衛の遺言も初めて七龍太から明かされて、涙が止まらなかった。最愛の父・氏理ばかりか、家族も家臣も、自分を慕ってくれた城下の人々もすべて一瞬で失った痛みを、少しだけ和らげて貰ったような気がした。

「われらの親族に会いにまいるぞ」

と言い出したのは、紗雪である。

「われらの親族とは」

「七龍太にとっては母者、おらちゃにとっては伯母の妙岳尼じゃ」

ふたりは、飛騨の松倉城下に近い妙岳尼の隠棲地へ向かう。

折しも、妙岳尼と従僕の四方助は、住まいの山荘が地震によって半壊してしまったので、ある決意を秘めて、その地を引き払うところであった。

妙岳尼は、三木氏と江馬氏によって滅ぼされた飛騨国司姉小路氏の女たちへ、復讐の密命を下しつづけてきた。女たちも、両氏の慰み者として生きながら、それと気取られぬよう幾度も内紛を起こさせ、ついに両氏を滅ぼすに到った。

しかし、憎き三木父子と江馬父子のうち、三木自綱だけが死を免れたことは、妙岳尼にはなんとしても堪え難い。自綱を殺して、復讐は完結する。自綱が洛西嵯峨野で余生を送っていると突き止めた妙岳尼は、みずからの手で殺すつもりで、四方助ひとりを供として、京へ向かおうとしていたのである。

山荘を訪ねてきた明るくやさしげな面差しの武士を一目見て、妙岳尼の子宮は震えた。母の体が記憶していたのである。

「基丸……」

幼い命を救うために手放すしかなかったわが子の成長した姿は、非業の死を遂げた良人・牛丸琳之介に生き写しでもあった。

そして、基丸に寄り添う女子には妹・鷹乃の俤が重なり、これは御来迎かと思い、気を失ってしまう。臨終のさい、仏が浄土へ導くために迎えにくることを、御来迎とか、単にお迎え、などという。

夢の中で、幾年か前の出来事がくっきりと見えた。三木氏との結納の日取りを決めるため、内ケ嶋氏より派遣された使者たち。内ケ嶋の姫には本当は好いた御方がいると明かしてくれた、たきとしのという母娘。

目覚めたとき、おとなになった基丸と鷹乃に似た女子に、おのが両手を握られている温かさを感じて、自分は臨終ではなく、まだたしかに生きていると分かった。

「母上。わたしは基丸。いまは津田七龍太と申す」

「おらちゃの父は内ケ嶋氏理、母は姉小路鷹乃。尼御前の姪にて、名は紗雪じゃ」

ふたりの名乗りに、妙岳尼は咽び泣いた。

「われらは親族。これからは共に暮らしましょうぞ」

七龍太は、母の体を背負った。

ただ、妙岳尼の中では、再会を願いつづけてきたわが子ばかりか、妹・鷹乃のむすめとも会えたからといって、その歓喜が三木自綱への復讐心を消し去ってはくれない。どうしても自綱を討ちたかった。また、それを為さねば、これまでおのが肉体を三木父子と江馬父子に蹂躙されてきた姉小路の余の女たちに申し訳が立たない、と七龍太に心情を吐露したのである。

「殺すことだけが、人を罰する方法ではありませぬ」

七龍太は、妙岳尼を思い止まらせようとした。

七龍太を信じ、心をひとつにして独立の道を歩もうとした白川郷の領主と領民。その多数の命が一瞬にして大地震に奪われた。かれらは生きたかったはずだ。七龍太は何もできなかった。帰雲城下の無垢な子らのひとりすら救えなかった。亡師・半兵衛の遺言が胸に突き刺さる。

人は、心と体で存分に生を楽しんでこそ美しい。それがどれほどの罪人であっても、命を奪ってよい権利など、誰にもないのだ。

「七龍太。いまでは、おらちゃも思いは同じじゃ。なれど、尼御前の心も安んじてやりたい。これが、われらの最後の戦いじゃ。策だけ授けよ」

紗雪が懇願するなど、初めてのことである。

「一度限り」

と七龍太も折れた。

「但し、母上。事が成就しても死なぬとお約束下され」

「相分かりました。琳之介さまには、なおお待ちいただきましょう」

子と生きつづける道を、妙岳尼は選んだ。

七龍太は、秀吉が九州へ向けて出陣後、前田利家も、三木自綱と面識ありとおぼしい者らも大坂城に不在というときを狙って、四方助を容儀を調えさせて送り込んだ。

妙岳尼の命で永年、三木氏に探りを入れてきた四方助は、自綱のことなら閨房の睦言まで知っており、なりすますのに、これほど適任の者はいない。ただ、自綱よりも老齢なので、若作りの変相をおおさびと兵内の手によって施した。

あとは、豊臣秀次に拝謁した四方助が、そのいささか軽佻浮薄なところを巧みについて、何か自綱を陥れることのできそうな話を引き出すだけであった。

その結果が、いま三木屋敷の庭を見下ろす妙岳尼の目に映っているのである。

「四方助も、ようしてのけてくれたの」

背後に折り敷く、かけがえのない老僕へも、妙岳尼は礼を言った。

「このふたりの手助けがあったればこそにござる」

と四方助は、おのが両側に折り敷く兵内とおおさびを見やる。

両人も、三木家の家人を装って大坂城へ入った。なりすましが露見したときには、盾となって四方助だけは逃がす算段をつけていたのである。

七龍太と紗雪それぞれに幼い頃から頼りにされているそのふたりが、同時に踵を返しざまに立ち上がり、抜き討ちの構えをとった。

十間ばかり向こうの山若葉が、がさごそと揺れて、人の頭が見えた。出てきた人は、そのまま前のめりに倒れて突っ伏す。

兵内とおおさびが警戒しつつ近寄り始めると、風に追い抜かれた。風は紗雪である。

「姫。なりませぬ」

「危のうござる」

　秀吉方に発見されてしまったのでは、と両人は疑っている。

　何者であるのか、瞬時にしかと見定めた紗雪は、突っ伏す者のそばにしゃがんで、その頭を指で突いた。

　おもてがゆっくり上げられる。

「ひ……ひめえっ……」

「情けない声を洩らすな」

　そう言う紗雪の声も湿っていた。

　紗雪は、和田松右衛門を抱え起こして、強く抱き寄せた。

「嬉しや、わだまつ。よう生きていてくれた、よう生きていてくれた」

「勿体ない、勿体ない」

　松右衛門の汗と埃で汚れきった顔が、涙でくしゃくしゃになる。

　皆も寄ってきた。

「天佑神助とはこのことか」

　七龍太は、喜びと驚愕の露わな表情で、松右衛門の汚れた顔を拭ってやる。

「厠におりましたのじゃ」

　掠れ声で、松右衛門は明かした。

　慣れない連歌会に参加させられたせいで、体調を崩して腹を下し、就寝後も幾度も厠へ立ったのである。

「地震が起こったときは、何が何やら分からず、どうすることもできず、ただただ金隠しにしがみついており申した。すると、厠がぐるぐる回り始めて、あとは何も憶えておりませぬ。気づいたときには、越中礪波の百姓家で寝ておったのでござる」

　帰雲城内の厠は、四本の柱で囲われた狭い箱のようなものなので、存外、頑丈であった。きっと松右衛門は、その箱ごと建物からもぎ取られて、庄川まで転がり落ち、そのまま下流へ流されたのではないか。

「厠の神に守られたようだ」

　おかしそうに、七龍太が言った。

　神道でも仏教でも、厠には神が宿るという。民間信仰では、排泄物が肥料になることから、農作物の成長を願って、厠にお供えをしたり、正月に注連縄を飾ったりした。

「松右衛門どのは、姫が赤子の頃、お抱きになって厠参りをされた、と聞いており申す」

　おおさびが、七龍太の想像を補強する。

　厠の神は美しい女神と信じられており、誕生したばかりの女児に厠参りをさせておくと、その御利益に与って美形に育つという。この厠参りで、松右衛門も女神から好かれたのに相違ない。

「何であれ、善いことはしておくものにござるなあ」

と兵内も納得した。

「お役目を果たさずに死んでなるものか。それればかりを思うて、姫と七龍太どのを探しつづけてまいりました」

涙声で語を継ぐ松右衛門である。

「もはやお役目も何も……」

頭を振る七龍太だが、

「いいや。わが生涯において、比べるものなき大事のお役目」

と松右衛門に頭を振り返された。

「それがしは、おふたりの御祝言の奉行にござる」

ヒンカラカラ……。

高く澄んだ美しい声が聞こえてきた。駒鳥のさえずりであろう。

「されば、これより、われら七人、独立の道を歩もうぞ」

七龍太が宣言すると、どの顔にも赤みがさした。精気を漲らせたのである。

木々は、緑濃く、互いに枝を交え、葉を折り重ね合っている。その鬱蒼たる山林の中、急斜面を、喘ぎ喘ぎ、汗だくで登っている旅装の武士がいる。従者はふたり。

この主従の前を往く者は、鉄炮を携えている。先導役の猟師であろう。

道などない。辛うじて獣道と思われるところを、転ばぬように気をつけながら、足を送る。萎えれば、足を停め、樹幹に手をつきながら息む。

笠の内の髪に少し白いものが混じる武士は、振り返った。

樹間越しの遥か下方に、川の流れが見える。随分と登ってきた。

(生きているのかどうかも分からぬというに……)

心中で自嘲し、深い溜め息をついたその武士は、丹波国氷上郡小雲一万三千石の領主・藤懸永勝。四十四歳になった三蔵である。

天正の大地震は、誰よりも頼りになる友、津田七龍太の命を奪った。

その後、七龍太が生きていれば、相談し、進むべき道を示して貰えるのに、と世が激動するたびに惜しんだものだ。

狂気の沙汰としか言いようのない秀吉の朝鮮出兵命令に従い、渡海して奮戦するも、家臣を多く失ったばかりで、何ら得るものはなかった。豊臣政権自体も疲弊した。

二年前に太閤・豊臣秀吉が薨去するや、内大臣・徳川家康の力が強大となり、豊臣家を守らんとする石田三成との抗争を激化させてゆく。三蔵は、天下の多くの武将と同じく、どちらにつくか迷った揚げ句、三成を選んだ。というのも、かつて信長の四男で秀吉の養子となった秀勝の輔佐をつとめた三蔵にすれば、豊臣家を裏切れないと思ったのである。このときこそ、求めても詮ないことながら、七龍太の助言が欲しかった。

ところが今年、慶長五年の正月、小雲城下を巡検したさい、行商人から聞いた旅の話に、三蔵はにわかに色めき立ってしまう。

行商人は、天竜川を舟で下っているさい、岸辺に遊ぶ二匹の猿を見た。が、実は人間の男の子と女の子であった。最初に猿と見間違えたのは、ふたりの跳躍力や走力があまりにめざましく、それこそ人間離れしていたからである。その場所は、たぶん信濃・遠江・三河の国境あたりで、山深い鄙ではこんな子らが育つのだな、と妙に感じ入った。

ほかに記憶しているのは、

「おらちゃ」

女の子のほうが、自分のことをそう称し、男の子を、

「しちろうた」

とよんでいたことだという。

三蔵は、飛騨白川郷の帰雲城に七龍太が織田の目付として在城した頃、火急の用

向きで一度だけ訪れ、領主・内ケ嶋氏理の息女・紗雪にも会った。そのさい紗雪は、武家の姫君とは到底思われない言葉づかいをしていた。わけても、自身をおらちゃと称したのは、忘れられるものではない。

庄川の川揚（かわあ）がりを察知して、雪遊びをする領民の子らをいち早く避難させた紗雪の姿も、よく憶えている。獣じみた勘の持ち主らしいと驚いた。

それを思い出したら、天竜川が庄川に重なった。

男の子がしちろうたとよばれたことと合わせて、ただの偶然、と一笑に付してよいものではあるまい。

飛躍しすぎの想像かもしれないが、行商人が一瞬、猿と見間違えたふたりは、もしや七龍太と紗雪の子らではないのか。

居ても立ってもいられなくなった三蔵は、信遠三（しんえんさん）の国境付近を探らせるべく、家臣の中でも心利（き）いた者らを遣わした。三国とも徳川領なので、くれぐれも慎重（しんちょう）を期すようにも命じた。

同時に、飛騨高山の照蓮寺にも人を遣（や）った。氏理とも七龍太とも親しかった明了なら、あの大地震のときの状況も含めて、何か知っているに違いない。

雪解け後に高山を訪れた三蔵の家臣は、面談した明了が何か秘しているようにも見えたという。が、結局はうまくはぐらかされて、虚（むな）しく帰国する。

一方、徳川領への探索組には得るものがあった。

信遠三の国境一帯は、山襞が無数にあって、複雑な地形を成し、平地などほとんど見当たらないから、通交にも難儀する。そのため、古来、落武者が逃げ込むのにも、長い戦乱を避けて安全に暮らしたい人々にも、最適の場所といえた。こういう人煙も稀で、往来するだけで命懸けのところへは、領主権力も及ばないのである。戦国期に入っても、久しく同様であった。

しかし、徳川氏が領主となって経営が進められると、事情は変わり始めた。分散する小さな聚落は、ひとつ、またひとつとその支配下に置かれることとなったのである。それでも、隈なく、というわけにはいかない。樹海とも称すべき広大な山中や、奥山の高峻の尾根など、鳥獣しか棲まないような、世俗とは無縁のいわば空白地帯に隠れ棲む人間は、いまも存在すると考えられている。

常次郎という若い猟師が、山中で豪雨に遭って迷い、必死に人里を捜すうち、ちょっと広いところへ出た。そこは山間の畑地であった。水田はない。

山中に生きるといっても、たいていの者はどんなに小さくとも水田を拓きたがるもので、これによって領主権力から発見されやすくなってしまう。雑穀を中心とする畑作と山川の恵みを自然採取するだけならば、生産性が低くて貧しさからは抜け出せないものの、他との関わりを遮断されて、隠れ里という秘密を保持するのは難しくない。

どんな人々が隠れ棲んでいるのかと思うともなく思ううち、常次郎は疲労と空腹とで気を失った。

目覚めると、その隠れ里の人々に、食事を供して貰ったり、衣類も与えられるなど、世話になった。一日で恢復した常次郎は、そこを辞そうとしたとき、睡魔に襲われた。あとで察したことだが、食事の最後の白湯に睡り薬を混ぜられたに相違ない。

睡りから醒めた場所は、天竜川沿いの人里の小屋の内であった。隠れ里の人々が秘密保持のためにとった方法なのであろう。

三蔵は、この話を常次郎本人から訊き出した探索組の復命をうけると、みずから、はるばる丹波より信遠三の国境地帯まで足を運んだという次第であった。

いま三蔵主従の案内役に立つのが、その常次郎であり、三蔵より大枚の駄賃を提示されて、迷ったときの記憶を頼りに山へ分け入り、進んできたのである。

「恩を仇で返すとは、呆れたやつじゃ」

頭上から、その声が降ってきて、三蔵の一行は振り仰いだ。

高い枝上から飛び下りてきたのは、少女である。

少女は、常次郎の前に立つや、手早く鉄炮を奪い取り、抜いた小太刀の鋒を、その喉頸へ突きつけた。

「ご、ご勘弁を……」

おもてを引き攣らせる常次郎である。

「殺すなっ、鯉乃」

少し後れて飛び下りてきた少年が、少女の背後に立つ。

「分かっておるわ」

不満げな表情ではあるが、退いた小太刀を手のうちでくるりと回転させると、少女は柄頭を対手のこめかみへ打ち込んだ。常次郎は膝から頽れた。

三蔵の従者ふたりが、差料の柄に手をかけたが、やめよ、と主君に止められる。

「もしや、そなたらは津田七龍太と紗雪どののお子たちか」

と三蔵は、少年少女に質した。

「わたしも父の名を継いで七龍太を称しますが、たしかに、われらの両親は津田七龍太と紗雪」

こたえたのは少年のほうで、まことに礼儀正しい。顔も声もちょっとした仕種も、十代の頃の七龍太に瓜二つ、と三蔵の心に一挙に懐かしさが込み上げた。

「お父上から聞いたことはないか、藤懸三蔵という名を」

「知らんわ」

と鯉乃はにべもないが、少年の七龍太はにっこり微笑んだ。

「聞いております。父とともに、燃え熾（さか）る近江小谷城よりお市（いち）さま母娘（おやこ）を助けられた真（まこと）のご友人」

「ともにとは、恥ずかしや。お父上がおひとりで助けたようなものだ」

「先日、高山の照蓮寺明了どののお使者がまいられたあと、いずれ三蔵が訪ねてくるやもしれぬ、と父が申しておりました」

「さようであったか」

やはり明了は七龍太の存命を知っていたばかりか、繋（つな）がっていたのだ、と三蔵は腑（ふ）に落ちた。

「父のもとへ案内（あない）いたしましょう」

「ありがたい」

「なれど、ご従者方には、その猟師を連れてお帰りいただきたい」

そう聞いて、従者らがまた抜刀（ばっとう）しようとする。

「抜いてはなるまじ」

大音に七龍太が制した。

「そちらが抜けば、わたしも妹を止めることはできませぬ」

常次郎を昏倒（こんとう）させた鯉乃の手並みは、尋常（じんじょう）でない鮮やかさであった。よほどの手練(てだれ)者であることが、従者らにも、むろん三蔵にも察せられる。

「おらちゃは、どちらでもよいぞ」

恐ろしいことを、薄く笑いながら言う鯉乃であった。

「そちたちは山を下りよ」

と三蔵が従者らに命じた。

「ご主君の身は必ず無事にお返しいたす」

約束する七龍太に、三蔵主従はなぜか安心感を抱かされてしまう。こういうところも父親に似ている、と三蔵は感服した。

(良い育て方をされておる)

従者らは引き揚げるというので、鯉乃が常次郎に活を入れて、息を吹き返させた。

「つまらぬことじゃ」

この少女には斬り合いのほうがよかったのである。

鯉乃という名は、母の紗雪に付けられた。いまだ存命の妙岳尼の俗名である。飛騨の三木氏と江馬氏を滅ぼした女傑(じょけつ)の名、と鯉乃は誇らしく思っている。

「まいるぞ、鯉乃」

「雪ノ下を摘(つ)んでからじゃ」

その生葉(なまは)の絞り汁は、子どものひきつけ、火傷(やけど)、虫刺されなどに効(き)く。また、同じ雪ノ下でも、大文字草とよばれるものは、太い茎を茹でて食べると旨い。この近くに大文字草の群生地があるので、摘みにきたところ、七龍太と鯉乃は三蔵の一行を目にとめたのであった。

「相すまぬことにございますが、藤懸どのも摘んでいただけましょうか」

「お安い御用にござる」

父親の飄々としたところも受け継いでいるらしい七龍太の笑顔に、三蔵もつい惹きつけられてしまう。

鯉乃が突然、指笛を吹いた。何やら独特の抑揚がある。

三蔵が訝っていると、どこからともなく鹿が現れた。立派な角を生やした雄鹿であった。

つづいて猪も出てくる。大型で、体高三尺を超えるに違いない。

「お好みのほうにお乗り下され」

七龍太から勧められ、三蔵の驚くまいことか。

「よもや、馬の代わりなのか……」

「ご案じ召さるな。鹿助も猪太も人に馴らしておりますゆえ」

青ざめる三蔵の顔のおかしさに、鯉乃がけらけらと笑った。

「独立の道か……。覚悟は揺るがぬようだな」

「遠路をすまなんだ、三蔵」

「謝るな。それがしも、なんとはなしに七龍太の、いや半十であったな、おぬしのこたえは分かっていたのだ」

囲炉裏端で語り合う主人の半十と客の三蔵である。

かつての七龍太は、倅にその通称を譲ったので、いまでは半十と号している。勝手ながら、師・竹中半兵衛と養父・喜多村十助より一字ずつ頂戴した。

石田三成方の三蔵は、目睫に迫っている徳川家康方との決戦を前に、半十が存命ならば、軍師の任につくよう要請しにきたのである。むろん三成には、半十に請けて貰ってから、子細を明かすつもりでいた。

だが、生涯、独立の道を歩みつづけるというのが、半十の返答だったのである。

「念のためだが、奥方もそれでよろしいのか」

と三蔵は紗雪に訊ねた。

「良いも悪いもございませぬ。わたくしは、このひとをまるごと好いておりまする」

「さように……ござるか」

目を丸くしてしまう三蔵である。もとは武家の姫君であった女性が、こうもあからさまに惚気るところを、初めて見た。言葉づかいは淑やかになっても、紗雪の気象は昔のままであるらしい。

「なんとも気持ちの良いものだな、半十。羨ましいぞ」

三蔵の心からの吐露であることが伝わり、夫婦の傍らに座す妙岳尼も、七龍太も鯉乃も、松右衛門も心地よさげであった。

四方助はすでにこの世の人ではない。苦しむこともなく、老衰で逝った。

「三蔵。おぬし、戦陣では狸寝入りでもしておれ」

「よもや、半十、勝敗が見えておるのか。だから、無駄ないくさはするなとでも」

「兵を殺すのは、敵ではないということだ」

「それがしに分かるように申せ」

「兵を殺すのは、兵をいくさ場へ赴かせる主君だ。おぬしが何もしなければ、兵は死なずに済む。兵も人なのだ。無闇に人を殺すな」

「つむりでは分かるが、それがしは武士ぞ」

「武士も人だ。つむりではなく、情で知れ」

現実に、この年の九月に関ヶ原合戦が起こるが、三成の西軍に属した藤懸三蔵永勝は、丹後で東軍の田辺城への攻撃に参加するものの、余の武将らほど積極的ではなかった。敗戦後、所領を削られはしたが、改易の憂き目はみずに済んだ。織田氏の末流という血筋と、東軍の兵をあまり殺さなかったことが考慮されたのであろう。

「御免」

訪問の声がした。

半十ら屋内の人々は、戸外の気配を察せられなかったのである。しかし、誰も身構えはしない。

こちらの応対を待たず、外から無遠慮に板戸が開けられた。

綾藺笠を被り、渋染めの筒袖上衣に裁着、脚絆姿の一団である。

半十の視界に入る戸口の向こうに見えるのは数人だが、かれらの並び方から察するに、総勢十五人から二十人といったところか。

ひとり進み出た者が、戸口の敷居を跨いで、土間へ踏み入ってくると、笠を脱いだ。

「お久しゅうござる、津田七龍太どの」

冷たい相貌の持ち主である。

「柳生新左衛門どのか」

半十はすぐに見定めた。十五歳の頃の俤を幾らか留めている。

「いまは又右衛門宗矩と名乗っており申す」

「ようここを突き止められた」

「柳生のあらん限りの力を挙げ申した」

「ご苦労なことだが、徳川どのの御流儀兵法の跡継ぎが、わたしごとき益体もなき身に何用であろう」

これにはすぐにこたえず、又右衛門は三蔵を見やった。

「藤懸三河守どのと見受け仕る」

「いかにも、藤懸三河守である」

三蔵も恐れはしない。

「治部少どののお指図か」

石田三成は治部少輔を称する。

「それがしは、治部少どのの家来ではない。友に会いにまいっただけのこと」

「津田どの。有体に申し上げる。徳川に軍師として参じていただきたい」

考えることは同じだな、と苦笑いが洩れそうになる三蔵であった。

「天正の大地震の前日を思い出せとの御諚かな」

あの日、半十は、岡崎城において、家康その人から、秀吉との決戦の軍配を振ってほしいと頼まれた。白川郷の独立と引き替えに、半十はこれを承諾した。

「さようにご得心いただいてようござる」

「ならば、そこもとの胸許にのぞく鎖帷子は、なんのための用意であろう。引き連れてまいられた方々も、柳生の手錬者ばかりとみえるが……」

「世情、物騒にござるゆえ」

「徳川内府どのなら、わたしが考えを変えるとは思うておられぬはず。お主を持たず、誰にも強いられず、年貢とも夫役とも無縁で、雅意にまかせて生きる。かような独立の者は、やはり徳川の世でも大罪人とみなす。討つべし、とのご厳命であろう」

「何もかもお見通しとは、やはり津田どのは恐ろしいお人。自由を与えてはなるまい、とあらためて思い知り申した」

差料の栗形に左手を添え、右手で柄を握る又右衛門である。

このとき、戸外の柳生衆がざわつき、うろたえ始めた。

又右衛門は振り返った。柳生衆が鉄炮陣に包囲されているではないか。

三十人ばかりの男女と子どもたちが、いずれも膝射の構えをとっていた。兵内とおおさびの指揮による。

かれらは、三木氏と江馬氏から解放された姉小路の女たちと、その子らと、従者たちであった。この中には、松右衛門、兵内、おおさびの妻子もいる。

「又右衛門どの。不覚と恥じることはない。わたしは徳川どのも恐れる軍師なのだ」

穏やかに、半十は告げた。

じわり、と又右衛門のひたいに脂汗が滲んだ。

「せめて切腹をお恕しいただきたい」

抵抗すれば銃弾の雨を降らされる。負けを認めた柳生新陰流宗家の後継者である。

「帰られいっ、又右衛門どの」

「帰れ、とは……」

「昔、帰雲城へ忍び入った曲者を退治して貰うた。これで借りは返しましたぞ」

「それがしを生きて帰せば、次は大兵をもって攻め申す」

「それでわたしを討てるとお思いか」

静謐ともいえるその半十のようすに、又右衛門は膚に粟粒が生じるのを止められない。

「礼は申さぬ」

このひと言を別辞とし、又右衛門は配下の柳生衆を率いて去っていった。

又右衛門が、選りすぐりの弓隊、槍隊、鉄炮隊も含め、兵一千を率いて、半十の隠れ里に戻ってきたのは、それから半月後のことである。

「これでは討てぬわ……」

又右衛門は、深々と徒労の溜め息をついた。隠れ里は蛻の殻だったのである。どこもかしこも掃除が行き届き、いささかも慌てずに離れたと知れる。

囲炉裏の自在鉤に、紙が一枚引っ掛けられていた。

いえやすのあほう

その頃、独立の道を往く半十の一行は、山陽の山々の尾根道を南へ向かっていた。老齢の妙岳尼が過ごしやすいよう、暖地をめざすのである。鹿助も猪太も随従している。

前途の不安など微塵もない。晴れ渡る空から降り注ぐ大いなる光に包まれ、かれらは仕合わせであった。

「鯉乃。あそこを発つ日、忘れ物をしたと申して、束の間、戻ったな」

「そうじゃったか」

「何を取りに戻った」

「さあ。おらちゃは、それも忘れてしもうた」

「そなたらしいな」

七龍太に笑われ、ぺろりと舌を出す鯉乃である。

鯉乃は、周囲の誰も見ていないことをたしかめてから、懐より、折り畳まれた紙を取り出した。隠れ里を引き払うさい、囲炉裏の自在鉤へ半十が引っ掛けておいたものだ。鯉乃は自分が用意した紙と取り替えたのである。

それを披くと、頭上を振り仰いだ。

碧き天空を、生絹の如き流雲が往く。

言い伝えでは、雲は山の洞穴より出て、晩にはそこに戻るそうな。これを帰雲という。

鯉乃は、紙を思い切り投げ上げた。

「飛んでゆけっ、白川郷まで」

風に舞って遠ざかる紙の筆文字が、光に輝いた。

おさらば

〈完〉

解説――一気読み間違いなしの大作

青木逸美

読むたびに血湧き肉躍る。それが『天離り果つる国』だ。雑誌の連載時に読み、単行本で読み、今回再々読した。内容はすべて知っている。結末だってわかっている。それなのに、ページをめくると心が沸き立つ。興奮が止まらなくなる。「血湧き肉躍る」というのは、戦いや試合を前にして心が奮い立ち、活力が漲る様を表す。およそ読書には向かない喩えだろう。でも、一読すれば、わかっていただけるはず。上下巻で千ページ超えの大作だが、一気読み間違いなしだ。

本書は書店員・書評家など、時代小説の目利きが選ぶ、「この時代小説がすごい！　２０２２年版」の単行本部門第一位に輝いた。好評を得たのは、史実と虚構を巧みに織り交ぜて、壮大な物語を紡ぎ上げる作者の手腕にある（と私は思う）。作者が幻の城と呼ばれる「帰雲城」を題材に選んだのは、まさに「虚」と「実」のあわいに妙味を感じ取ったからに違いない。

時は戦国、舞台は飛騨白川郷。天下を狙う三武将、織田信長、羽柴（豊臣）秀吉、徳川家康から〝天離る国〟を守り、他者に支配されない独立の道を求めた人々の活躍を描く。

物語は鷹の視点から始まる。霞がかった空から飛来した鷹が、崖際の松の梢にとまって下界を眺め下ろす。山の急斜面に羚鹿が見える。岸辺ではオコジョが野ネズミをくわえている。鷹はオコジョめがけて急降下。間一髪の差で、オコジョが鷹の爪を躱す。一部始終を眺めていた美しい若者が「やあっ、お見事」と声をあげる。切り立つ険しい山々に飛翔する鷹、川岸の動物たち。そして、爽やかな笑顔の美丈夫が、目の前に映像となって立ち上がってくる。冒頭から物語世界に引き込まれ、「この若者は誰？」と胸が高鳴る。気がついたときには、宮本昌孝の術中にはまっているのだ。

若者の名は竹中半兵衛。のちに知勇に優れた名軍師として羽柴秀吉に重用される。このとき半兵衛、十六歳。廻国修行中に従者・喜多村十助と飛騨白川郷に立ち寄る。飛天の城と呼ばれる「帰雲城」を訪ねるためだ。深山幽谷の地で道に迷った主従がたどり着いた山荘で惨劇を見る。それは、血まみれの女たちと、難を逃れた無垢な赤子だった。主従は赤子を連れ帰り、七龍太と名付ける。七龍太は十助の子として育ち、半兵衛の愛弟子となる。読み始めて三十ページで怒濤の急展開、果たして七龍太の命運は如何に――。

作者の描く主人公は、眉目秀麗で誰をも魅了する快男児が多い。七龍太も気品の匂い立つような美少年に成長する。性情は明るく鷹揚で、立ち居振る舞いは清々しい。十歳で織田信長の妹・市に見初められる。このとき、市は七龍太を見つめ、「なんと端正しきかな……」と吐息まじりに呟く。〈きらきらしき〉の一言で、七龍太の才気溢れる見目麗しさが伝わってくる。市と七龍太の佇まいはきっと一幅の絵のようだったに違いない。これを機に七龍太は御小姓として市の側に仕える。やがて凛々しい若者となった七龍太は、信長の使者として、白川郷の帰雲城を訪うことになる。飛騨は山深く、冬は濃霧や雪に閉ざされ、容易に足を踏み入れられない。なにゆえ、信長はこのような天険の地に興味を示すのか。

帰雲城は戦国時代に実在した。八代将軍足利義政の時代、内ケ嶋上野介為氏によって白川郷の拠点として築城された。「流れる雲は常にこの山頂に至りもと来た空に帰る」ことから、帰雲の名が付いたと伝わる。白川郷一帯は金銀の産出地であり、鉄炮火薬に欠かせない塩硝も製造されていた。時の覇者たちがこの地を欲したのは、金銀塩硝のためだった。

帰雲城の四代目城主・内ケ嶋氏理は、七龍太の人柄を好ましく思う。七龍太もまた、氏理の志に共鳴し、白川郷の人々の素朴な生き方に惹かれていく。氏理の娘・

紗雪(さゆき)との出会いも鮮烈だ。紗雪は痩せて膚(はだ)は浅黒く、奇異な格好で山野を飛び回り、素手(すで)で雄鹿(せか)をねじ伏せる。物言いや仕草は乱暴だが、ときおり見せる純情が何とも愛らしい。嫋(たお)やかな姫君しか知らない七龍太にとって、野生の姫武者(ひめむしゃ)は新鮮で魅力的に映ったことだろう。

先にも書いたが、作者は快男児をよく登場させる。本作でも七龍太はもちろん、白皙(はくせき)の美男子で知性派の半兵衛も素敵。器の大きい氏理は大人の魅力たっぷりだし、紗雪の従者おおさびも渋くて味わい深い。実によき男が溢れている。

一方で、「悪役」は徹底的に憎らしい。飛騨国司(こくし)の三木自綱(みつきよりつな)は奸悪(かんあく)な女狂い。紗雪に邪(よこしま)な思いを寄せる。本願寺の坊官・下間頼蛇(しもつまらいじゃ)は殺戮(さつりく)を好み、執念深く七龍太を狙う。とりわけ邪悪なのが、氏理の正室・茶之(ちゃの)である。真宗門徒が多い白川郷を治めるために、氏理は有力な真宗寺院の娘・茶之を正室に迎えた。我が儘(まま)で、何が何でも自我を押し通す。異常なほど嫉妬(しっと)深くて根性が拗(ねじ)くれている。氏理を軽(かろ)んじ、娘である紗雪を憎み、あらゆる手段を使って痛めつける。穏やかな氏理が殺意を抱くほど凄(すさ)まじい毒婦だ。茶之の暗躍により、氏理と帰雲城の人々はたびたび窮地に陥(おちい)る。ここまで悪に徹していると、むしろ清々しい。作者の筆は悪さえも魅力的に描き出す。

暗黒面を象徴するのが茶之ならば、その闇を払う光のような女人(にょにん)も登場する。帰雲城下の機織師（はたおりし）〈さかいや〉の女主人たきは、紗雪を娘と同じように慈（いつく）しみ守り通す。人里離れた山中に住む妙岳尼（みょうがくに）は、ある使命を持って隠遁（いんとん）している。登場場面は少ないが、物語の鍵を握る人物の一人だ。たきと妙岳尼は、紗雪を危難から幾たびも救うことになる。戦国の世を動かしたのは男たちだが、この物語の要になるのは女子衆（おなごしゅ）の活躍だ。

本作の登場人物は五十人をはるかに超える。歴史上の人物の様々な逸話（いつわ）が盛り込まれ、戦国武将の勢力図や時代の変遷が浮かび上がってくる。それでいて、主だった武将たちは、ほとんど前面に出てこない。物語の背景に徹している。主役はあくまで、七龍太と紗雪なのだ。そして、ほんの一場面しか出ない人々も、おろそかにしない。血の通った「人」として細やかに描かれている。彼らはのちの展開に大きな影響を与えることもある。ゆめゆめ読み飛ばさないように。終盤、「あれがここに繋（つな）がるのか⁉」と驚嘆することになる。

信長と本願寺が敵対し、真宗門徒が多い白川郷を治める氏理は窮地に立たされる。どちらに味方しても、白川郷に累が及ぶ。七龍太は半兵衛ゆずりの神算鬼謀（しんさんきぼう）をめぐらし、白川郷を守るために奔走（ほんそう）する。そんな七龍太の勇姿に紗雪は心惹（こころひ）かれ、いつしか二人は恋に落ちる。氏理と帰雲城の人々は二人の恋を応援するが、思わぬ障害が待ち受けていた。上巻の終盤、七龍太でさえ抗（あらが）うことができない、悲運に見舞われる。絶望に心塞がれ、七龍太とともに、読者も頽れるかもしれない。しかし、ここで挫けてはいけない。作者はかつて、インタビューでこう語っている。「途中にどんな苦難や悲劇があっても、読後は爽やかで幸せな気持ちになってほしい」。物語は青空で終わるに決まっている。

信長の命で紗雪に縁組が持ち込まれ、七龍太との恋は引き裂かれる。その信長は本能寺で討たれ、後継者を巡って激しい争いが起こる。次の覇者となる秀吉は七龍太を憎悪し、執拗に命を狙う。本願寺の坊官・頼蛇も七龍太に執着する。七龍太と紗雪は悲恋に終わるのか。白川郷の平穏を願い、独立を目指す帰雲城の行く末は？　これでもかと艱難辛苦に襲われても、絶望に打ちひしがれても、七龍太と紗雪は雄々しく立ち上がる。たとえ天下人であっても、自由な心は奪えない。

歴史は揺るがない。変えることはできない。武田は滅びるし、信長は本能寺で果てる。秀吉の天下も長くは続かない。そして、帰雲城を襲う悲劇も避けられない。それでも、七龍太と紗雪が守り抜いた「自由な心」は未来に繋がっていく。最後のページをめくったとき、そこに広がるのは青空だ。読後はすっきり碧き天空を飛翔できる、至福の一冊だ。

（書評家）

この作品は、二〇二〇年十月にPHP研究所より刊行された。

著者紹介
宮本昌孝（みやもと　まさたか）
1955年、静岡県浜松市生まれ。日本大学芸術学部卒業後、手塚プロダクション勤務を経て執筆活動に入る。
95年、『剣豪将軍義輝』で一躍脚光を浴び、以後、歴史時代小説作家として第一線で活躍。
2015年、『乱丸』にて、第四回歴史時代作家クラブ賞作品賞を受賞。
2021年、『天離り果つる国』（上・下）にて、「この時代小説がすごい！2022年版」（宝島社刊）の単行本部門で第１位を獲得。
主な著書に、『風魔』『ふたり道三』『海王』『ドナ・ビボラの爪』『家康、死す』『藩校早春賦』『武者始め』『武商諜人』などがある。

ＰＨＰ文芸文庫　天離り（あまさかり）果つる国（下）

2023年８月21日　第１版第１刷

著　者　　宮本昌孝
発行者　　永田貴之
発行所　　株式会社ＰＨＰ研究所
東京本部　〒135-8137 江東区豊洲5-6-52
文化事業部　☎03-3520-9620（編集）
普及部　☎03-3520-9630（販売）
京都本部　〒601-8411 京都市南区西九条北ノ内町11
PHP INTERFACE　https://www.php.co.jp/
組　版　　朝日メディアインターナショナル株式会社
印刷所　　図書印刷株式会社
製本所　　東京美術紙工協業組合

　ISBN978-4-569-90332-3

PHP文庫

家康がゆく

歴史小説傑作選

宮本昌孝、武川 佑、新田次郎、松本清張、伊東 潤、木下昌輝 著／細谷正充 編

二〇二三年大河ドラマの主人公は徳川家康！　青年期から戦の日々、天下人となり最期を迎えるまでを豪華作家陣の傑作短編で味わう。